KB264703

구혜영

김광림

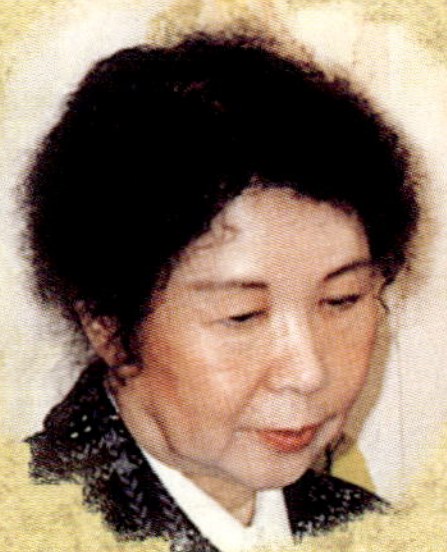

김남조

김문수

김종길

김지하

김춘수

김태길

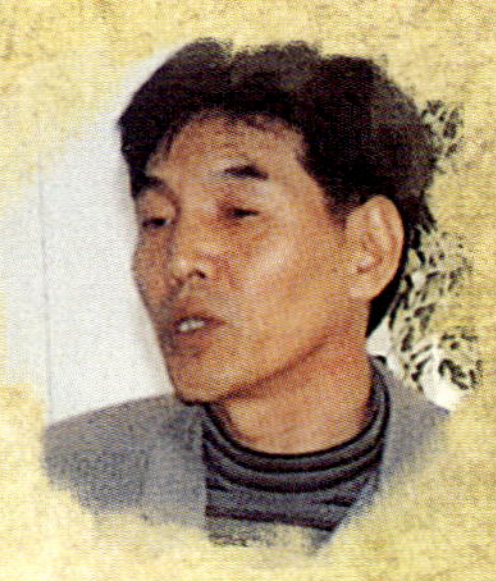

박범신

박완서

박태진

박희진

성찬경

송원희

신경림

신봉승

신현득

어효선

유종호

이근삼

이생진

이어령

이청준

이호철

전상국

정완영

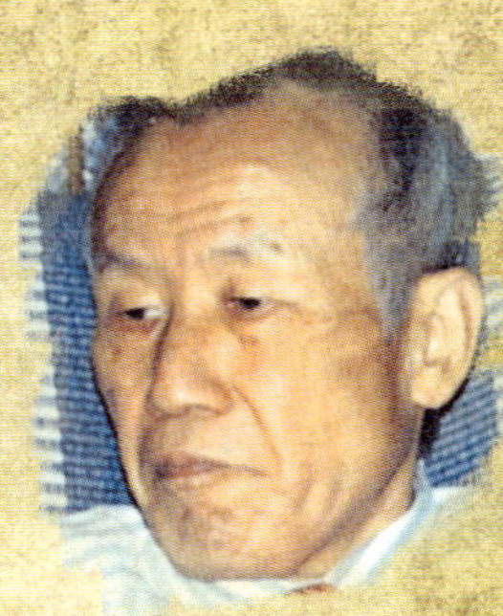

정을병

정현종

조병화

차범석

최재형

피천득

한승원

홍승주

홍윤숙

황금찬

내 문학의 뿌리

내 문학의 뿌리

지은이 | 피천득 외 35인
엮은 이 | 문학의집 · 서울
펴낸이 | 一庚 張少任
펴낸곳 | 답게

초판 인쇄 | 2005년 3월 15일
초판 발행 | 2005년 3월 19일

주 소 | 137-834 서울시 서초구 방배4동 829-22호
        원빌딩 201호
등 록 | 1990년 2월 28일, 제 21-140호
전 화 | 편집 02)591-8267 · 영업 02)537-0464, 02)596-0464
팩 스 | 02)594-0464

홈페이지 : www.dapgae.co.kr
e-mail : dapgae@chollian.net
ISBN 89-7574-189-3 03810

나답게 · 우리답게 · 책답게

한국 대표 작가들이 들려주는

내 문학의 뿌리

피천득 외 35인
문학의 집·서울 엮음

도서출판 답게

□⟨내 문학의 뿌리⟩를 발간하며

　문학을 생명으로 알고 평생을 바쳐 온 문학인들이야말로 우리 사회의 정신적 지주라고 하겠습니다. 문학인들의 창작활동이 개인적인 작업이라 하더라도 책으로 엮어져 나온 그 노작은 사회적인 파장을 일으키고 독자에게 영향을 미치는 강렬한 흡인력을 갖기 때문입니다.

　문학작품은 읽고 즐기는 게 우선이겠으나 한걸음 문학연구의 핵심으로 들어가면 그 시대의 사상적 사회적 배경과 작자의 의식세계에 접근하려는 의욕이 생기기 마련입니다.

　문학작품은 공감대가 클수록 그 문학을 낳은 작가와 시인은 어떤 사람이며 어떻게 문학의 길로 들어섰을까, 그 문학의 산실은 어떤 분위기이며, 어떤 의도로 쓰여진 작품들인지, 말하자면 문학의 뿌리에 관한 관심도가 높아지는 것이 상정일 것입니다.

　문학인들과 문학을 사랑하는 시민들의 문학적 교감을 위해 2001년 10월 26일 서울 예장동 남산자락에서 문을 연 자연을 사랑하는 「문학의 집·서울」에서는 그동안 많은 문학행사를 해 왔습니다.

　그중의 한 분야가 원로문학인을 모시고 ⟨내 문학의 뿌리⟩ 특강을 듣는 정기행사이며, 이 귀중한 행사는 계속되고 있습니다.

청중들의 큰 호응을 받아 온 이 문학특강은 녹음 테이프로도 보존이 되어 필요한 분들에게 제공이 됩니다만, 책으로 발간되었으면 좋겠다는 요구도가 높아 이번에 우선 2003년 말까지의 초청 문인 강의록으로 책을 엮었습니다.

원로 문인들의 비밀스런 산실을 드려다 볼 수 있는 이 책은 문학을 공부하는 후진들에게 한 문인의 작가정신과 진솔한 속마음을 읽는 귀한 자료가 될 것으로 믿으며, 치열한 문학정신과 비전을 펼쳐 보여준 소중한 문학자료를 「문학의 집·서울」에서 출간하게 되었음을 뜻깊게 생각합니다.

책이 나오기까지 다시 원고를 보완해주신 문인들과 강의를 듣고 원고를 대필해 주신 세 분께도 감사의 인사를 드리며, 애석하게도 이 책이 출간되기 전에 지병으로 타계하신 조병화 시인, 이근삼 극작가, 어효선 아동문학가, 김춘수 시인의 명복을 빕니다.

출판계가 어려운 요즘 출간을 지원해 준 유한킴벌리 문국현 사장님과 도서출판 답게 장소님 사장님께 감사드립니다.

2005년 2월
자연을 사랑하는 「문학의 집·서울」
이 사 장   김 후 란

□차 례

〈내 문학의 뿌리〉를 발간하며 김후란 8

구혜영 具蕙瑛 소설가   그가 아니었다면 _ 13

김광림 金光林 시인   나는 시詩를 이렇게 쓴다 _ 26

김남조 金南祚 시인   나의 시, 나의 동거인 _ 40

김문수 金文洙 소설가   내 소설의 언저리 _ 47

김종길 金宗吉 시인   여러 갈래의 뿌리 _ 57

김지하 金芝河 시인   꽃과 그늘, 그곳에 이르는 길 _ 66

김춘수 金春洙 시인   내 문학의 무의미無意味 와 의미意味 _ 79

김태길 金泰吉 수필가   경수필硬隨筆과 연수필軟隨筆 _ 88

박범신 朴範信 소설가   결핍과 충만 _ 101

박완서 朴婉緖 소설가   가벼워지기 위해 _ 108

박태진 朴泰鎭 시인   진실과 새로움을 찾아서 _ 115

박희진 朴喜璡 시인   혼돈과 창조 _ 127

성찬경 成贊慶 시인   밀핵密核과 종합 _ 139

송원희 宋媛熙 소설가   나의 길 나의 문학 _ 149

신경림 申庚林 시인   내가 산 1950, 60년대와 '농무農舞' _ 160

신봉승 辛奉承 극작가   역사와 역사소설 _ 172

신현득 申鉉得 아동문학가   동심과 고구려 정신 _ 185

어효선 魚孝善 아동문학가   그리움과 슬픔 _ 202

유종호 柳宗鎬 문학평론가   내 문학의 고향, 책읽기와 글쓰기 _ 213

이근삼 李根三 극작가   고된, 그러나 기쁨을 주는 극작劇作의 길 _ 225

이생진 李生珍 시인   섬으로 가는 나그네 _ 232

이어령 李御寧 문학평론가   나의 문학적 자서전 _ 241

이청준 李淸俊 소설가   나는 왜, 어떻게 소설을 써왔나 _ 256

이호철 李浩哲 소설가   문학에 있어서의 자유와 평화 _ 265

전상국 全商國 소설가   매력있는 인물창조, 소설쓰기 _ 276

정완영 鄭椀永 시조시인   내가 걸어 온 민족시 반세기의 길 _ 289

정을병 鄭乙炳 소설가   시간은 다리 아래로만 흘러간다 _ 300

정현종 鄭玄宗 시인   시에 대한 몇 가지 생각 _ 308

조병화 趙炳華 시인   고독과 허무를 넘어서 _ 315

차범석 車凡錫 극작가   내 문학의 뿌리는 나의 고향이다 _ 328

최재형 崔載亨 시인   나는 어떻게 문학을 하게 되었는가 _ 339

피천득 皮千得 수필가   숙명적인 반려자伴侶者 _ 351

한승원 韓勝源 소설가   나는 쓴다, 그러므로 존재한다 _ 359

홍승주 洪承疇 극작가   나의 삶과 문학적 회고懷古 _ 369

홍윤숙 洪允淑 시인   문학에 있어서의 고통의 의미와 그 수용 _ 383

황금찬 黃錦燦 시인   시작과 만남, 그리고 시詩 _ 399

그가 아니었다면

소설가 **구 혜 영**具曄瑛

그와 나의 만남은 해가 묵을 대로 묵어 사뭇 고색이 찬연할 지경이다. 그래서 이제는 가히 운명적 해후라고 설익은 닭살 돋는 표현도 감히 한다. 나는 강원도 감자바윈데 태어나기는 도청소재지인 춘천에서였고 기억의 실마리는 산간벽지 평창에서부터 풀린다. 평창은 내 조상의 땅이고 나는 유달리 긴 유치원 시절을 그곳에서 보냈다. 부모는 일제강점 시절의 고민하는 지식층으로 당시 그들은 내내 별거상태로 갈라져 살았다. 부부 금실에 틈이 나서가 아니었다. 바야흐로 몰락중인 가산을 지키고자 소지주의 청상과수댁이던 할머니가 한사코 고향 떠날 염을 갖지 않은 탓이다.

어머니는 여학교시절 항일 학생사건에 연루되어 서대문형무소에 구금된 경력이 있는 당시의 깨인 신여성이자 안팎으로 모범적 부덕婦德을 칭송 받던 가인佳人으로 결혼을 하고는 기어이 고향살이를 고집하는 홀시어머니를 모시려 한창 나이 남편과 떨어져 3세, 4세 어린 연년생 남매를 앞세우고 업고 첩첩산중 평창으로 자청하여 들어가 보통학교 훈도(지금의 초등학교 교사)가 되었다.

나는 그곳 평창에서 장차 며느리를 얻거들랑 더도 덜도 말고 보통학교 이 선생 같은 이, 라고 널리 회자되는 젊은 어머니의 맏딸로 일찌감치 다섯 살 때부터 초등학교에 진학한 여덟 살 초봄까지 줄곧 감리교 예배당이기도 한 평창 유치원 원생으로만 유년시절을 보냈다. 쌍둥이나 진배없는 연년생 철부지 남매를 둘 다 시어머니에게 맡기기 송구하여 취해진 어머니의 고육지책이었다. 처음에는 남매를 함께 유치원에 보냈는데 시종 적응을 잘하는 누나와는 달리 동생은 그렇지가 않았다. 우리 집에서 불리는 내 별명은 '역마직성'이었고 동생은 '아낙군수'였다. 그렇지만 집안에서는 아낙군수가 휘두르는 완력이 만만치가 않았다. 개구쟁이 저지레로 어른들에게 당하는 꾸지람의 화풀이를 몽땅 누나에게 되돌리는 못말리는 작은 폭군 앞에서 낙관적 기질의 겁쟁이 누나는 옴짝주눅이 들어 기를 펴지 못했다. 그 대신 바깥세상으로만 나가면 싱싱하게 물 만난 초록 물고기였다. 워낙에 싸돌아다니기를 좋아하는 누나는 밥만 뚝딱 먹고 나면 곧장 바깥으로 내달았다. 아침에는 유치원으로, 점심 후에도 갈 데는 얼마든지 많았다. 이상스레 동년배 동무들과는 유치원 밖에서는 잘 어울리지 않았다. 그저 샘솟는 호기심이 이끄는 대로 아무데로나 혼자 잘도 쏘다녔다. 길가에서 만나는 작은 꽃에 놀라면 반갑게 인사말을 하고, 실수하여 그것들을 밟기라도 한다면 또한 진정으로 동정하여 간절히 잘못을 빌고 용서를 구하는 말도 건넸다.

퇴근하고 귀가한 어머니가 동생은 업고 나를 앞세우고 논길 따라 나서는 산책길에서 여러 번 목도한 광경인지라 어머니는 장차 이 아이는 시인이 되리라고 예상했다 한다.

이런 삽화들은 모두 뒤에 어머니께 직접 들은 얘기들이다. 평창에 장이 서는 날이면 내 맘 속에도 질펀한 잔치판이 벌어졌다. 그 날이 되면 천방지축으로 기분에 들떠서는 가로 뛰고 세로 뛰고 스킵을 하면서 장바닥을 휘젓고 다녔다. 시간이 가는지 오는지도 잊은 채 놀이에 팔려, 집에서는 돌아오지 않는 손녀를 기다리는 할머니 속을 어지간히 태웠다. 먼 산의 저쪽을 간절히 동경하며 그곳에 있는 무언가에 이끌려 발 밑은 보지도 않고 무작정 뛰어가다 넘어지기 일쑤여서 내 무릎은 까지고 피 흘린 상처가 아물 새가 없었다. 그런 나를 언제던가 어머니는 호되게 회초리로 다스린 적도 있지만 별 효과는 없었다. 나는 그렇게 거지반 혼자서 사방팔방으로 쏘다니며 많은 것을 보고 즐기면서 자랐다. 다정다감한 품수치고는 어이없이 외로움은 몰랐다. 그럴 겨를이 없었던가. 눈길은 언제나 여기가 아닌 저기로 내달아갔고 그리운 아버지가 살고 있는 저 먼 산 너머에는 무언가 색다른 좋고 신기한 것들이 잔뜩 있을 것만 같았다. 밖으로 나가지 못하게 비나 눈이 오는 날이면 뒤꼍 툇마루에 걸터앉아 끝없는 동경이 아지랑이로 가물대는 먼 산을 내다보며 자작으로 노랫말을 짓고 곡조를 만들어 한정 없이 불러댔다. 그 중에는 지금까지 기억 속에 남아 있는 가사와 곡조도 있다.

지금 돌이켜 보니 그 시절에 이미 나는 그를 만났다. 눈에 보이지 않는 그가 늘 내 곁에 붙어서 호기심을 부추겨 상상에 날개를 달아 주었고 어휘를 고르고 직조하여 가락과 곡조를 붙여 노래를 만들고 짓는 재미도 알게 하였다. 그는 나의 장난감이었고 수호천사였다.

학령기인 여덟 살 초봄에 평창을 떠나 인접한 횡성에서 초등학교(그 시절은 동東소학교였다)로 진학했다. 정정한 소나무 숲이 에워싼 학교에서 겨우 한 학기를 마치고는 초등교육 과정 6년 동안에 삼척, 강릉, 울진을 차례로 옮겨 다니다가 다섯 번째인 마지막 전학을 강원도의 맨 북단 벽지 이천(지금은 이북)의 서西국민학교(그동안에 학교 명칭이 소학교에서 국민학교로 바뀐 것이다)에서 마감했다. 황해도와 함경도의 삼각 접경지인 그곳은 또한 아버지가 걸어온 좌천左遷 행로의 종착지기도 했다. 8·15 광복을 삼사 년 눈앞에 둔 태평양전쟁 끝 무렵이다. 거듭되는 전학이 되풀이되는 동안 어린 동생들은 번번이 전학 후유증으로 고통을 받는데도 유독 나만은 그런 대로 멀쩡했다(평창서는 하나이던 남동생이 그 뒤로 주룩 셋이나 더 생겨 있었다). 타고난 숫기나 적응력이 아니라 어느 학교에서나 예외 없이 작문 잘 짓는 전학생으로 단번에 명성이 오르는 유명세 덕이다. 치욕적인 시대 상황의 여러 암울한 곡절로 우리 부모는 노상 시달리면서도 그들은 그 나름의 교육적 소신에 따라 평탄치 못한 성장기 자녀들을 위해 자주 바뀌는 환경과 단절되는 친구들과의 교분관계를 메워주는 읽을거리를 최대한 배려해 주었다.

『집 없는 아이』, 『소공녀』, 『엄마 찾아 삼천리』, 『알프스 소녀 하이디』 등등을 읽는 동안에는 웬만한 전학의 소외감이나 고독감쯤은 느낄 겨를이 없는 법이다. 떠나온 고장 동무들과 주고받는 편지 쓰기, 거르지 않는 일기 쓰기도 책 읽기 못지 않은 해결책이 되었다. 어머니는 거기서 막내딸을 낳았고 아버지는 일본인 경찰서장과 사사건건 생사결단으로 싸우다가 마침내 민족주의자란 치명적(?) 죄목으로 당국에 고발되었다. 아버지는 차라리 속 시원히, 그러나 아무런 대책이 없는 실직가장이 되었다. 나는 강원도 맨 끝 벽지인 그곳에서 서울의 경기고녀를 지원했으나 낙방했다. 사춘기 초입에서 맞닥뜨린 인생의 첫 좌절로 나는 어리둥절했다.

그는 여전히 내가 의식 못하는 측근에서 수호천사로 머물러 있었지만 조만간 그가 감당할 몫은 그런 정도가 아닐 것이었다.

백수가 된 아버지는 아내와 노모, 올망졸망한 우리 6 남매에 수양딸을 이끌고 당신이 사회생활을 시작한 춘천으로 돌아갔다. 수양딸 양숙이는 극빈자인 자기 아버지가 먹는 입하나 줄이자고 우리가 횡성에 살 때 맡겨놓은 아이다. 그 애는 우리가 삼척으로 이사를 가게 되자 저희 집으로 되돌려 보내지더니 얼마 후에는 저 혼자 가출하여 삼척 우리 집으로 도망쳐 와서는 내내 우리 집에서 시집 갈 때까지 부엌일을 거들고 있었다. 나보다 두 살 위인 바지런하고 영리한 그 애를 우리 부모는 수양딸로 삼아, 이름도 없이 간난이로 불리는 그 애에게 아버지는 양숙이라고 이름 붙여 저희 집 호적에 올려 주었고, 어머니는 밤마다 문맹을 깨우치는 글을 가르쳤다. 아버지는 조상이 물려준 자기 몫의 충족한 가산을, 쥐도 새도 모르게 모조리, 광산에서 노다지를 캐겠다는 몽상가 숙부에게 빼앗겨 탕진하고 장차 자녀교육자금으로 푼푼이 아껴서 비축해둔 목돈은, 곧 함께 양봉업을 하자고 믿고 맡겼던 장래성 있어 뵈던 풋내기 영농지망생이 몽땅 챙겨서 만주로 튀어버렸다(몇 년 후 그 역시 사기를 당해서 그랬다고는 밝혀졌지만).

아버지는 그런 막막한 상태로 수다 식솔을 거느리고 춘천으로 돌아갔다. 8·15 광복 이태 전이다. 야산을 개간해서 터를 잡은 높직한 돌 축대 위에 있는 조양동 15번지. 아버지는 그 집을 사려고 부득이 처남 신세까지 졌다. 이자 없는 빚. 부모는 그런 상황인데 나는 그들의 철석같은 첫 기대를 저버리고 덜컥 상급학교 입학시험에 떨어졌으니…. 사면초가.

그해 1년 동안 구석방에 틀어박혀 재수를 한답시고 부모 눈을 속여가며 이리저리 닥치는 대로 읽어치운 독서량은 아마도 내 평생 동안의 기록이리라. 질보다 양이라는 말대로였지만 그 시절 나의 가장 큰 당면 과제와 애로는 기나긴 골방에서의 비참한 하루를 채우고 위로해줄 유일한 방편인 읽을거리를 어디서 조달하느냐, 였다. 나는 이제 사춘기였고 그 나이에 어울리는 책의 공급원 찾기가 하늘의 별 따기였다.

춘천에는 내 활동영역이 전혀 없는 데다 상급학교에 낙방했다는 수치심으로 고개를 쳐들고 어디로 가랴. 아버지 서가에 책은 좀 있지만 태반이 행정, 경제 등속의 딱딱하고 난삽한 것들뿐이다. 다만 그 속에는 전부터 눈독만 들이고 있는 두 권의 소설책이 있다. 하지만 아직 그것에 손을 대기는 이르다. 그 동안 몇 번인가 시도해 본 결론은 번번이 역부족과 시기상조였으니까. 일본 신조사간新潮社刊 세계문학전집 중의 낱권으로 그것은 제목부터가 심상치 않다. 남의 넋을 홀라당 빼앗아 버리는 저런 책들을 나는 언제나 만족하게 읽을 수 있을는지.

나는 그 두 권 소설책에 대한 숙원을 그로부터 몇 년이 더 지나서야 풀게 된다. 그리고 그 시기에는 전후가 있다. 톨스토이의 『부활』을 독파한 날의 번갯불에 감전된 듯 정신 못 차리게 휘몰아친 거센 감격. 그것이 후일 내가 작가의 길을 걷게 되는 무의식의 지렛대가 되었는지도 모르겠다. 모든 절망하는 가슴에 빛을 던지려고 쓴다는 그의 한 마디가 당시 최대 다수의 최대 행복을 열렬히 지향하던 나의 풋된 이상주의 여린 가슴에 일직선으로 내달아 곤두박질로 깊이 박혔다. 그보다 더 후에 읽은 『죄와 벌』은 도스토예프스키의 다른 작품을 먼저 읽은 다음인데도 참으로 어려운 소설책이었다.

그건 그렇고 궁하면 통한다던가. 탐욕한 나의 먹이, 읽을거리를 위해 양숙이가 발 벗고 나섰다. 다행히 우리 이웃에 책벌레 몇이 살고 있어 양숙은 감춰둔 누룽지나 홍옥 따위로 인사치레까지 하면서 감상적 순정소설이나 통속적인 연애소

설, 탐정소설 시리즈, 묵은 성인용 대중잡지 등을 바지런히
치마폭에 숨겨 날랐고 그렇게 1년은 후딱 지났다.

 다시 입시철이 왔을 때는 참으로 난감했다. 하라는 시험공
부는 완전히 젖혀두고 실없는 대중소설 나부랭이나 터지라
고 읽어댔으니 어쩌랴. 딱한 남의 속도 모르고 부모는 나더
러 집에서 다니기 쉽게 춘천고녀를 응시하란다. 나는 펄쩍
뛰었다. 거기로 가면 내 동급생들이 모두 상급생이 되어 거
들먹거릴 것이다. 춘천은 강원도의 도청소재지니까 내가 거
쳐온 여러 학교에서 누가 올라와 있는지 아무도 모른다.

 차라리 서울로 가겠다고 나는 우겼다. 부모가 머리를 맞대
고 의논을 거듭한 끝에 나를 경성여자사범학교로 보내기로
했다. 전국 13도의 재원들만 모인다는 그 학교는 경기고녀가
문제가 안될 만큼 들어가기 어려운 학교다. 학비가 관비인데
다 졸업을 하면 그대로 초등학교 교사는 따놓은 당상이다.
아버지는 진작부터 여자 직업으로는 교직이 으뜸이라는 소
신을 가지고 있었다. 게다가 집안 형편은 이리 되었는데 학
비도 덜 든다니 그야말로 일석이조였다. 하지만 당사자인 내
생각은 전혀 딴판이었다. 나는 어차피 또다시 낙방일진데 체
면이라도 덜 깎이게 이왕이면 왕창 들어가기 힘든 학교가 상
책이다, 였다.

 그런데 기적 같은 이변이 생겼다. 내가 그 학교에 붙은 것
이다. 이유는 간단했다. 일본은 패전 직전이었다. 막바지를
치닫는 존망지추存亡之秋에 입시운영도 간편히 하자는 취지였
던지 그 해의 경성여자사범 시험문제는 〈작문〉이었다. 제목

은 잊었지만 나야 자고로 작문에는 명수가 아니던가.

어쨌든 이번에도 그는 그렇게 나의 큰 위기를 거뜬히 해결해 주었다.

경춘선이 오가는 성동역을 지척에 둔 경성여자사범은 동대문구 용두동에 있었다. 부속 국민학교를 옆에 거느리고 전교생을 수용하는 크나큰 기숙사가 딸려 있는 그 단아한 3층 벽돌건물 안에서 내가 익힌 것은 이어지는 배고픔과 단절감, 그것이다. 일주일에 한 번씩 검열을 받는 일기 속에다 견디기 힘든 속내를 몽땅 털어 냈더니 기어이 필화가 되어 담임에게 호되게 쥐어 짜이고 일본인 상급생들에게는 집단 폭력을 당했다. 분해서 밤새껏 울고는 그들에 맞서 기껏 반항한답시고 스스로 절필하고 일기 쓰기를 멈췄다. 그러자 이번에는 건방지게 반항하니 괘씸하다고 또 다른 치도곤을 안겨 오는 동안에 8·15가 왔다. 아버지는 딸을 데리러 맨 먼저 일착으로 경춘 기동차를 타고 올라왔다. 엄청 주린 나를 끌고 삼청동 친구 댁으로 가서는 애 좀 배불리 먹여달라 맡겨놓고 당신은 만세를 부른다며 활개 치고 종로로 내달았다.

아버지와 함께 춘천 집으로 돌아간 나는 다시는 다니던 그 학교로 되돌아갈 염은 없었다. 해방 북새통에 나는 춘천고녀 2학년으로 전입학 했다. 46년 이듬해에 3학년이 되었는데 여름방학 동안의 국어 숙제가 작문이었다.

배우기 시작한 지 일천한 한글 실력으로 글을 쓰자니 우선 대폭으로 딸리는 어휘부터 도저히 원고지를 메울 길이 막막하다. 하여서 짜낸 궁리가 가장 적은 어휘로도 소출이 가능한 시를 한 번 써보자, 였다. 장시간 끙끙대어 비슷한 걸 하나 건졌다. 개학날 숙제물을 제출할 때는 선생님의 꾸지람이 두려워 남의 등뒤에 숨어서 고개를 푹 숙이고 얼른 내놓고는 도망쳐 나왔다.

며칠 후 등교하는데 교정 게시판 앞에 애들이 주룩 몰려 있다. 손목을 잡힌 채 끌려가 보니 어쩜! 타블로이드판 강원일보 문화면 복판에 버젓이 그것이 올라 있질 않은가. 국어 담당 김세한 선생님이 자기일인 양 자랑스레 붉은 색연필로 크게 테두리를 쳐놓은 상자 속에서 부끄럽지만 기뻐서 활짝 웃는, 나이 열여섯에야 겨우 배워서 모국어 한글로 쓰고 발표된 나의 처녀작 「맑은 흰샘 가으로」였다. 1946년 초가을이었다.

그것을 기회로 나는 춘천에서 처음으로 발족하는 문학동인 멤버로 권유를 받았다. 서울 문리대생 K, 연대생 J, 강원일보 기자 H 등이 주축이던 거기에 나는 춘천고녀에서 만난 평생 친구 A와 합류했다. 그 시절의 웬만한 젊은이들처럼 우리 역시 다시없이 혼탁하고 비열하게만 보이는 기존의 바탕을 거부하고 항거하며 가장 진보적인 깨끗하고 공평한 이상주의 이상향을 열렬히 갈망했다. 불타는 사명감으로 최대 다수의 최대 행복을 지향하는 혁명을 쟁취하기 위해 시를 쓰고 소설을 써야한다는 신념으로 정열을 들끓이면서…. 가당찮게 보이는 당국에 침 뱉고 돌 던지며 탄압, 핍박을 피해 다니며 용맹한 지사, 투사들처럼 그렇게 그것을 열띠게 기다렸다.

이윽고 터진 6·25는 나의 모든 좋은 것들을 깡그리 앗아간 대신 사춘기에서 지금 다다라 있는 청춘의 문턱까지 수년 간이나 나를 옥죄며 지배해온 이른바 이데올로기라는 설익은 거대한 환상과 망상에서 제풀로 깨어나게 했다. 나는 내 인생의 화두가 혁명이 아님을 절감했다. 그리고 나는 맨몸으로 던져진 폐허의 잿더미 위에서 납치 당한 아버지 뒤에 남은 부양 가족을 거느리는 무력한 가장으로 서 있음에 당황했다. 나는 갓 스물 대학 초년생이었다. 나는 6·25가 내 온 생애에 끼친 충격의 파장을 내 안에 그대로 담아두기가 점점 버거웠다. 그것을 끌어내어 담아내는 그릇으로 시의 용량은 아무래도 미흡하여 소설을 쓰기로 했다. 첫 단편 「안개는 걷히고」는 그런 내면의 경로를 거쳐 그 동안에 전입학한 숙명여대 졸업반 늦가을에 홀연히 발심하여 사흘 동안 밤낮으로 휴강하면서 썼다.

나는 그때까지 문단에 아무런 연고가 없고 관심도 없는 여대생이었다. 다만 평소부터 문학에 애착이 많은 한 인생 선배와 내기를 하듯 누가 소설을 먼저 쓰나 겨루느라고 쓰게 된 처녀작이 그 시절 가장 유수한 교양 종합지 『사상계思想界』 창간 2주년 기념 제1회 소설현상모집에서 어떻게 가려 뽑혔는지 그 소설 같은 경로는 여기서는 생략한다. 심사위원은 당대의 쟁쟁한 작가, 평론가인 이무영, 백철 선생님 등이었고 나는 그렇게 또다시 단숨에 문단에 데뷔했다.

1955년 4월, 내 나이 25세 때이다. 하여서 내게는 별다르게 뼈를 깎는 수련기도 없고 영향받으며 사사한 스승님도 안 계신 채 대뜸 기성작가가 되었으니 생각하면 그것이 반드시 경사만이 아니었다고 연륜이 쌓일수록 통감된다. 등단 후에는 경제적 무능 무력한 내가 거느린 수다 식솔 호구지책에 쫓겨 제대로 갈고 닦을 겨를도 없이 무딘 붓을 마구 휘둘러댄 것이 스스로 면구하고 가책만 된다.

6·25가 아니었다면 내가 과연 소설을 썼을까. 계속 시만 쓰지 않았을까, 생각할 때도 있다. 내 소설 제목에 안개가 많은 것도 우연이 아니다. 처녀작 「안개는 걷히고」, 또 다른 단편 「안개」, 장편소설 『안개의 肖像』 등등 모두가 6·25가 배경이다. 장편소설 『狂想曲』, 『고래의 노래』, 창작집 『해결되지 않은 불꽃』 등도 예외가 아니다.

글을 좀 쓴다는 것 말고는 능사가 없는 내가 그래도 가족을 이끌고 그냥 저냥 한 길을 걸어왔다. 그가 아니었다면 살아내지 못했을 인생 길. 그 짧지 않은 세월동안 늘 내 곁에 붙어서 나를 지키고 이끌어준 천생연분 반려자인 그를 곧잘 대수롭지 않게 푸대접하고 더러는 그 존재를 잊은 듯 그는 느꼈을지도 모르겠다. 그는 내 작업이 불만족하여 툴툴대며 심술을 부렸다고 이제는 헤아린다. 앞으로 얼마 남지도 않은 여생, 기꺼이 그에게 잘 보이려는 보람과 즐거움으로만 살겠다.

구혜영 소설가 약연보

· 1931년 강원도 춘천에서 출생.
· 1950년 서울사대 부고 졸업.
· 1955년 숙명여대 국문과 졸업.
　　　　　『사상계』에 단편「안개는 걷히고」가 당선되어 등단.
· 1958년 숙대 국문과 전임.
· 1973년 『안개의 초상』 간행.
· 1986년 『광상곡』, 한국문협 소설분과 회장.
· 1990년 한국여성문학인회 회장.
· 1993년 한국소설가협회 대표위원.
· 1998년 한국문협 부이사장.
· **주요 작품**
　『칸나의 뜰』,『은빛깔의 작은새』,『상아의 꿈』,『바람으로 오는 사람』,
　『해결되지 않은 불꽃』.
　그 외 소설집으로 『심상의 밝은 그림자』(1962), 『오전의 투망』(1965),
　『학의 추락』(1971), 『갈등』(1973), 『한겨울 산책』(1976), 『언어로 만
　든 새』(1979), 『천상의 꽃』(1985), 『말의 사막에서』(1989), 『대낮의
　등불』(1996), 『놓친 굴렁쇠』(2000) 등 간행.
· **수상**
　한국소설문학상, PEN문학상, 월탄문학상, 대한민국예술문화상.

나는 시詩를 이렇게 쓴다

시인 **김 광 림**金光林

왜 시를 쓰게 되었는가

기사년己巳年 태생인 내게 지난 신사년辛巳年이 꼭 여섯 번째 뱀의 해가 된다. 21세기를 맞아 도처에서 폭죽은 터졌지만 실상 내가 태어난 1929년은 어쩌면 20세기에서 가장 기가 죽은 해였는지도 모른다.

일찍이 W·H 오든은 「1929년」이란 시에서 '공원의 병아리마냥 어깨 사이에 목을 축 늘어뜨리고 혼자서 울고 있는 사내가 있다'고 발상한 바 있지만 이 병아리 모양의 사내야말로 나 같은 존재라고 말하고 싶을 정도이다.

나는 이 세상에 태어나면서 세계적인 경제공황을 만났고 네 번이나 전쟁을 겪어야만 했다. 소위 1931년의 만주사변을 필두로 1937년의 중일전쟁, 1941년의 태평양전쟁(제2차 세계대전), 그리고 1950년의 한국동란이 그것이다.

그런 의미에서 나는 괴로워 몸부림치는 저주받은 운명을 지니고 태어난 셈이다.

해방 이듬해 내 고향 원산에서는 하나의 엄청난 문학적 사건이 발생했다. 소위 해방기념 앤솔러지 『응향凝香』 사건이 그것으로, 당시 나는 문학 애송이에 불과했지만 이 사건은 나에게 문학적 충격과 몇 가지 계기를 가져다주었다. 앤솔러지 표지화를 그린 화가 이중섭李仲燮 씨와 사귀게 되었고 작품을 수록한 구상具常 씨를 알게 되었다. 그리고 평양에서의 대학 학업을 중단하고 고향에 돌아와 예술을 찾아 월남할 결심을 갖게 되었다.

끝내 무명시인으로 작고한 황인호 씨가 이들을 소개시켜 주었다. 윤용하 작곡인 '바위 고개 언덕을 혼자 넘으니…' 가 바로 그가 남긴 유일한 작사인 걸로 알고 있다.

복교를 권유하러 온 교수가 대뜸 나더러 "문학 간부로 양성 하려는데 왜 안 오느냐?"는 것이었다. 즉석에서 나는 "문학에도 간부가 있느냐?"고 반문했다. 그러자 그는 두말 않고 일어나 가버렸다. 모르긴 해도 "이런 반동 새끼는 필요 없다"고 여긴 듯하다.

이런 나의 반발이랄까 반항은 『응향』 시집에 대한 비판, 즉 회의적, 공상적, 퇴폐적, 도피적, 절망적, 반동적 요소들을 죄악시한 데다 백인준의 "문학 예술은 당과 인민에게 복무해야 한다"는 신문 논지의 역겨움에서 비롯되었다.

구상 시인은 자아비판 직전 휴게 시간에 줄행랑을 쳤지만 이 화백은 집에 웅크리고 있다시피 했다. 당시 나는 이 화백의 그림을 통해 예술을 대하게 되었고 황 씨의 습작시를 읽음으로써 시 쓰는 버릇이 생겼다. 이 무렵 나는 보들레르의 일역판 시집 『악의 꽃』과 하기하라萩原朔太郎의 『달에 짖는다』 두 시집에 심취해 있었다. 어쩌면 두 시집은 『응향』에 뒤집어씌운 여섯 가지 죄명(?)이 다 들어 있었던 것 같았다.

이 화백의 권유로 미당未堂의 『화사집』을 고본옥에서 찾아내어 읽었다. 두 사람의 감화와 자극은 그들과 어울려 술을 마시게 했고 데카당스를 지니게 했고 시 같은 것을 부지런히 끄적거리게 했다.

1948년 겨울 부친에게 귀띔도 하지 않고 혈혈단신 살얼음판의 한탄강을 넘어섰다. 서울에서 원산중학 동창인 송 모 군을 만나 그의 안내로 안양에 있는 '청포도' 동인을 찾았다. 그날 밤 C동인의 집에서 머물게 되었는데 새벽녘 잠에서 깨어 물끄러미 장지문을 바라보다가 시상에 잠겨버렸다.

낡은 문풍지에서
서낭당 기와 냄새가 풍기다

보고
또 보고

이윽히 들여다보면
아슬아슬 옛 이야기가 생각났다
해묵은 풍지 위에

비자욱이 서려

천년 묵은

벽화 맛이 돋아오르다

　제목은 「문풍지」라 했다. '청포도' 동인들에게 이 작품을 보였더니 반기며 안양 제지공장에 근무하는 박두진 씨 사택으로 나를 안내했다. 남쪽에 와서 처음 대하는 시인이었다. '청록파' 시인의 한 사람을 만나게 된 것은 큰 기쁨이었다. 이 분을 통해 앞서 월남해 온 구상 시인의 소재를 알게 되었고 내 졸작에 대한 소감도 들을 수 있었다. 꽤 고무적인 말씀을 해준 듯하다. 발표하라는 권유도 있어 며칠 후 나는 연합신문으로 구상 씨를 찾았다. 작품을 보고 "좀 관념적이긴 하지만…"하며 두고 가라고 했다. 후일 최계락의 「고가촌상」과 함께 민중문화란에 게재되었다. 추천란도 독자란도 아닌 어중간한 신인작품 소개란이라고나 할까.

　내 작품이 처음 활자화된 순간 나는 잠시나마 고향을 이탈한 외로움과 배고픔을 떨쳐버릴 수 있었다. 중학 시절에 읽은 노르웨이 작가 함슨의 소설 「굶주림」이 생각났다. 실의와 초조 속에서 하루 끼니에 곤란을 당하면서도 끝내 문학으로 명성을 떨쳐보려던 함슨의 체험이 결코 남의 일이 아닌 내 것으로 현실화되고 있었다.

　후일 민중문화란 투고자 모임이 있어 가 봤더니 10명이나 참석하고 있었다. 이 자리에는 문화부의 임권재 기자와 그의 형인 평론가 임긍재 씨도 나와 있었다. 외톨인 내게 임씨 집안과의 인연이 이때 싹을 틔울 줄이야! 이날의 참석자는 나보다 몇 살쯤 연상이었고 쟁쟁해 보였다. 약관도 채 안 된 나이에 소위 문단 교우에 첫발을 내디딘 셈이다.

시작詩作의 첫 방주方舟

6·25 전란 때까지 여주의 한적한 시골 초등학교 훈장 노릇을 하며 습작을 게을리하지 않았다. 전쟁이 발발하자 징병에 걸려들어 온양에 있는 방위학교에 차출되었다. 통영 예비사단에 소위 방위장교로 배속되어 있는 동안 초정艸丁과도 가까이 할 수 있었다. 다시 보병학교에 차출되어 장교로 임관된 후 백마고지에 투입되었을 때 동시집 『석류꽃』을 전선에 보내주기도 했다. 어쩌다가 백마고지 전투에서 전사한 내 연락병의 죽음을 애도한 시 「진달래」가 『국방』지에 실렸는데 지금은 문단과의 인연을 끊어버린 조영암 씨의 극진한 천거사가 곁들여 있었다. 시 「진달래」 덕분에 나는 휴전 후 병과를 달리하게 되었고 자주 서울을 드나들 수 있게 되었다.

누상동에 와 있는 이중섭 씨와 다시 만났다. 한번은 몇몇이 이 화백 거처에서 술을 마시다가 흥이 돋았는지 배알이 꼴렸는지 속옷을 찢어발기고 알몸뚱이로 밤새 술을 마신 기억이 생생하다.

조영암 씨의 소개로 레지스탕스와 앙가주망의 기치를 든

임긍재 씨를 그의 단짝인 작가 박연희 씨와 함께 만나게 되었다. 당시 서린다방에는 전봉건, 김종삼 등 몇몇이 늘 진을 치고 있었다. 이미 이들은 신진시인으로 활동하고 있었는데 나는 이들 앞에서 말참견을 할 수 없는 촌놈이 되어 있었다. 영화 이야기가 나와도 꿀먹은 벙어리가 되었고 음악 이야기가 나와도 무지 그대로였다. 시에 대한 새로운 이론에도 감감했다. '군대 바보'가 되어 돌아온 것이었다. 전쟁은 나에게 문학적 공백기를 강요했던 것이다. 한창 감수성이 예민할 때 죽을 고비를 넘겼다. 그러나 지금 생각하면 이 체험은 나에게 절실과 폭발적인 이미지를 가져다 준 듯하다.

전봉건, 김종삼과 3인 연대시집 『전쟁과 음악과 희망과』를 묶어낼 때 이 앤솔로지는 처남이 된 임긍재의 배려로 그가 주재하던 종합지 『자유세계』사에서 엮어주었다. 매제가 된 나를 시인으로 자리매김 시키기 위해 그랬는지도 모른다. 하기야 이 연대시집을 내고 나서 일년도 채 안 되어 봉건을 통해 『문학예술』의 박남수 씨로부터 시를 보내달라는 전갈이 왔다. 정식 청탁은 아니지만 자신이 추천을 하겠다는 뜻 같기도 해서 어리둥절한 심정으로 이에 응했다. 막상 발표된 것을 골라 보니 졸작 「상심傷心하는 접목接木」이 기성 대접을 받아 나왔다. 이 지면에서 한창 유능한 신인을 발굴할 때여서 고마움이 앞섰다. 그리하여 같은 제목으로 첫 시집을 냈는데 이 시집마저 박남수 씨와 '백자사'가 꾸며주었다.

이 무렵부터 나는 R. M. 릴케에 빠져 있었다. 일역판 『말테의 수기』를 비롯해서 『과수원』 등 닥치는 대로 읽기 시작했다. 이미지에 대한 각성이 드러나기는 두 번째 시집 『심상心象의 밝은 그림자』부터이다. 순수파니 이미지스트니 하는 말이 붙게 되었다. 밥도 굶어보지 않고 고생도 안 해본 사람의 글장난이라는 비난도 들려왔다. 나는 괴로울 때나 고통스러울 때 밝고 아름다운 것을 추구했다. 그래서 나는 자기 구원으로서의 시를 생각하게 되었고 종교적 차원으로서의 시를 의식하였는지도 모른다. 이미지의 조형과 존재의 추구를 시도한 것을 묶은 것이 세 번째 시집 『오전의 투망』이다. 이 무렵 재일동포 시인 이기동 씨를 만났다. 그는 우리 시를 일본에 소개하고 싶어했다. 그후 그의 손을 거쳐 우리의 현대시가 일본의 시지에 소개되기 시작했다.

이 땅에서 처음으로 국제펜대회가 열렸을 때 이기동의 부탁으로 구사노草野心平의 시 「북한산」을 번역해 준 것이 인연이 되어 구사노와의 만남을 그가 주선해 주었는데 호텔 로비에서 우연히 마주친 기다카와北川冬彦 만을 만나고 돌아왔다. 내가 처음으로 대한 외국시인이었다. 한 시간쯤 이야기를 나눈 듯하다. 일본 현대시의 기수였던 노시인을 통해 이미지에 대한 나의 신념, 곧 시에서의 '생동하는 이미지'와 '배경의 흔들림' 같은 것을 습득하게 되었다. 기다카와가 주재하는 동인지 『시간時間』에 기고하게 되었고 『현대시 앤솔로지 1972년(하) 北川冬彦編』에 졸시 「사막」이 원문 그대로 게재되었다. 해설은 일어로 문덕수 씨가 써 주었다. 이 지면을 통해 테드 휴즈, 제임스 라이트, 에른스트 얀들, 아이칭艾靑 등의 해외시인들을 대하게 되었다. 일본시단 진출의 첫발을 내디딘 셈이었다.

평가 기준의 대표작

  같은 작품을 여러 지면에서 다루고 언급해 주는 것은 그만
큼 관심의 대상이 된 데서 비롯되는 것 같아 감히 대표작으
로 「0」을 내세우기로 한다.

        예금을 모두 꺼내고 나서
        사람들은 말한다
        빈 통장이라고
        무심코 저버린다
        그래도 남아있는
        0이라는 수치

        긍정하는 듯
        부정하는 듯
        그 어느 것도 아닌
        남아있는 비어있는 세계
        살아있는 것도 아니요
        죽어있는 것도 아닌
        그것들마저 홀가분히 벗어버린
        이 조용한 허탈

        그래도 0을 꺼내려고
        은행 창구를 찾아들지만
        추심할 곳이 없는 현세

끝내 무결할 수 없는
이 통장

분명 모두 꺼냈는데도
아직 남아있는 수치가 있다
버려도 버려지지 않는
세계가 있다

이 「0」이 일본의 시 동인지 『암초岩礁』에 번역, 소개되자 토요미술출판판매土曜美術出版販賣의 연간 앤솔로지 『詩と思想詩人集』(1998)과 월간시지 『詩と思想』 특집 〈연간총괄 베스트 콜렉션 100〉 속에 픽업되고 나서 이 시지가 매달 일·영역으로 한 편씩 다루는 바이링걸 포엠에 해외시인 것으로는 처음으로 이것이 선정되었다. 또한 국제 펜에서 발행하는 *PEN INTERNATIONAL* (Volume 19 No. 2, 1999)에 정소영 씨가 번역한 「0」이 8개국 시인들의 작품 속에 수록되기도 했다.

이 「0」은 1960년대 말부터 10여 년간 근무한 은행생활의 체험에서 나온 것이다. 가정적으로는 가장 난처했던 시기의 소산이다. 마이너스로 치닫다 못해 나는 직장까지 포기해야만 했다. 자살까지도 생각했지만 나와 동갑인 영국인 알바레스의 『자살의 연구』를 번역하면서 그 유혹을 가까스로 뿌리칠 수 있었다.

그때 나는 0의 상태를 얼마나 동경했는지 모른다. 있는 것도 없는 것도 아닌 긍정도 부정도 아닌 버려도 버려지지 않는 그런 경지를 말이다.

이 시가 『시문학』(1972년 2월호)에 발표되자 문덕수 씨는 즉각 「모순적 인식방법」에서 다음과 같은 반응을 보였다. 그 요지의 일부만 소개하면

> 김광림의 「0」에서 우리의 주의를 끄는 대목은 '그래도 남아 있는 0이라는 수치'이다. 예금잔고의 전무하는 일상적 인식에서 0이라는 수치의 존재, 다시 말하면 있었던 수치를 다 소비해버리고 없어진 그 상태의 실재를 형이상학적으로 인식하고 있다. 처음부터 '없는 것'과 '있었다가 없어진 것'과는 그 실재가 판이하게 다르다. 처음부터 없었던 것은 '無'이지만 '있었다가 없어진 상태'는 그 자체 '有'이기 때문이다. 이 시의 첫 연의 '일상적 무'와 '형이상학적 유'의 대립은 모순과 갈등이다. '긍정과 부정'의 병치並置는 심리적 철학적 갈등의 기복을 보이고 다시 그 어느 것도 아니라는 변증법적 총합으로 나아간다. 그리하여 '남아있는 비어있는 세계'에서 無와 존재를 포괄한 총합의 경지를 보게 된다.
>
> 김광림의 시는 다각적인 면에서 그의 인식 방법이 고찰되어야 하겠지만 여기서는 모순적 인식방법만을 지적해 두기도 한다.

고 피력한 바 있다. 이쯤에서 나는 그의 '모순적矛盾的'이라는 말에 그가 진작 나의 아이러니의 시 세계를 꿰뚫어보고 있었다는 데 놀라지 않을 수 없었다.

변모와 시야의 확대

　지난 1991년에 나는 세 번째 시론집 『아이러니의 시학詩學』을 상재한 바 있다. 그 속에서 21세기 시문학의 한 방향으로서 '뛰어난 상상력, 아이러니'를 언급한 바 있지만 우리나라에서는 아이러니에 관해 이렇다 할 논의가 이루어지지 않고 있다.

　아이러니를 문화적 현상으로 고찰한 학자도 없을뿐더러 문학적 현상으로 취급하고 있는 비평가도 아직 눈에 띄지 않는다. 시에 있어서의 아이러니를 논하는 시인도 극히 드물다. 모두가 자연주의자거나 현실주의자여서 그런지 모순이나 부조화의 현상이 일어나지 않는 사회여서 그런지 좀처럼 분별이 안 된다. 다만 시의 경우는 지금도 여전히 감정이입이라든가 사고의 전달에 좀더 충실했기 때문에 인간의 이성으로서는 납득이 안 가는 초자연의 세계를 등한시하기 때문에 아이러니의 현상을 못 보거나 외면하고 있는지도 모른다.

　뜻밖에도 우리나라에서 내 시에 아이러니를 본 평자는 젊어서 요절한 윤강원이었다. 그는 나와는 일면식도 없었지만 『시문학』(1984년 10월호) 지상에서 「아이러니」라는 제목으로 내 시 「유카리나무」를 비평한 바 있다. '그는 전주 송광사의 뜰 앞까지 닿아있는 유카리나무가 불문의 영역에 서서 어쩌면 수난의 예수를 구출해 냈을지도 모른다는 상상력에서 아이러니와 마주친 듯하다'라고. 이와는 대조적으로 졸시 「불법승 소리」도 파주시 초리골에 있는 가톨릭 수도원 근처 야산에서 불법승佛法僧 새가 울고 있는 것도 아이러니컬한 현상이 아닐 수 없다.

전후 50년째에 일본에서 상재한 『キムクワンリム 金光林 시집』(靑樹社)에 대해 그곳의 여러 평자로부터 아이러니, 해학, 풍자, 유머, 위트 등의 문제가 제기된 데는 놀라지 않을 수 없었다. 그 속의 극히 일부만을 소개하면 시라이시白石 가즈코는 이 시집 해설문에서 '그의 시를 통해 반도가 지닌 무게, 운명, 의지를 알 수 있을 것이다. 그것은 직구直球의 노여움도 애잔함도 아니고 해학이라는 멋진 표현으로 쓰여져 있다. 이 무거운 운명과 문명 비평 시집이 유머와 위트와 풍자로 지탱되어 있는데 나는 경의와 공감과 기쁨을 느낀다.'고 했다. 또한 사가와佐川亞紀는 '김광림의 시는 가장 모던하다. 아이러니, 위트, 유머, 건조한 눈, 즉물성, 오늘의 말과 사물을 시 속에 거두어 넣어 열려진 시 정신, 날카로운 지성과 속깊은 슬픔이 있으면서도 독특한 웃음과 따스함이 독자를 끌어들인다.'(『조류시파潮流詩派』1998, 174호)고 언급하고 있다.

이쯤에서 나는 한때 순수파니 이미지스트라는 딱지가 붙은 적이 있지만 어느덧 해학, 풍자, 유머, 위트 등을 지닌 넓은 의미의 아이러니스트가 돼버린 것을 실감하게 되었다.

우리의 고정관념으로 높이 평가되고 있는 시가 다른 나라에서 반드시 그렇게 평가 되리라고는 기대할 수 없다. 오히려 국내에서 묵과되다시피 한 것이 때로 번역을 통해 새삼

평가를 받는 경우가 있고 보면 우리 시에 대한 고정관념에 문제가 있는 게 아닌가도 싶다. 차라리 번역에 적합한 시는 의미성이나 비평성이 있는 것일는지 모른다는 생각이 든다.

이 땅에는 아직도 심정을 노래하는 시만이 진짜 시이고 생각하고 비평하는 시는 시가 아닌 것으로 여기는 풍조가 지배적이다. 다시 말하면 비평성 없이 쓰여지는 시가 아름다운 시라고 감동하면서 황홀해하는 느낌이 없지 않다. 그래서인지 천편일률적으로 시를 영위하는 시인도 적지 않다. 데뷔작이 곧 대표작이어서 평생토록 그 톤에 사로잡혀 기생하고 있는 실정이다.

우리 시가 세계적이 되려면 안이하게 세계적 수준을 운운할 게 아니라 우리 시의 시야부터 넓혀야 할 일이다. 그리고 행동 반경도 확대시켜 나가야 할 것이다.

김광림 시인 약연보

- 1929년 함남 원산에서 출생.
- 1948년 『연합신문』에 「문풍지」 발표.
- 1958년 『문학예술』에 「상심하는 접목」 발표.
- 1974년 시론집 『존재에의 향수』 간행.
- 1979년 시론집 『오늘의 시학』 간행.
- 1992년 한국시인협회 제28대 회장 취임.
- 1995년 시론집 『아이러니의 시학』 간행.
  일본에서 세계시인총서⑤로 『김광림 시집』 간행.
- 1996년 장안전문대 교수 정년 퇴임.
- **주요 작품**
  『심상의 밝은 그림자』(1962), 『오전의 투망』(1965), 『학의 추락』(1971), 『갈등』(1973), 『한겨울 산책』(1976), 『언어로 만든 새』(1979), 『천상의 꽃』(1985), 『말의 사막에서』(1989), 『대낮의등불』(1996), 『놓친 굴렁쇠』(2000) 등 간행.
- **수상**
- 1973년 제5회 한국시인협회상.
- 1985년 대학민국문학상 수상.
- 1996년 일본에서 '지구상' 수상.
- 1999년 대만에서 '중흥문예특별공로상' 수상.
- 2002년 제2회 박남수문학상(재미문화재단) 수상.

나의 시, 나의 동거인

시인 **김 남 조** 金南祚

만약에 시가 지상에서 없어진다 해도 광범한 충격은 주지 않을 것 같다. 과거의 모든 시와 미래에 갖게 될 시마저 합쳐서 이 시대가 그것을 포기하게 될 경우라도 반응하는 양상은 비슷할지 모른다.

그렇게 말하고 보니 글의 서두로서 긴장이 모자라는 듯싶다. 공상적인 얘기를 담아 두는 상자 속에 누군가가 이 이야기도 털어 넣고 뚜껑을 닫아 버린다면 지우개로 지운 듯 맥없이 뭉개질 것이기에 말이다. 그러나 과연 공상거리로 지껄여 본 말일 것인가.

문인들은 확연히 다른 현실에 속해 있다. 명백히 현대는 영상 우위의 시대며 사람들은 글자와 멀어져 가면서도 별반 아쉬움을 못 느낀다. 가령 대형 열차 사고를 알리는 신문의 특호 활자보다 텔레비전 컬러 화면의 움직이는 영상이 훨씬 더 비극의 실감을 선명하게 한다고 믿고 있다.

문자와 영상의 공존시대면서 영상이 문자를 앞지르는 사실에 하등의 문제의식을 못 느껴도 괜찮은가. 하필이면 우리 시대에 이르러 유구한 전통의 거대한 축軸이 회전하고 뒤집힌단 말인가. 결코 바람직하지 않은 격변이 아닐 수 없다. 문자 시대는 기울어져 가고 다양한 전파 매체는 중천으로 솟아오르는, 이러한 사태의 불균형한 편향이 단지 문학에서만 불행한 일인지를 나는 묻겠다.

문자 문화는 위대한 공헌을 해왔으며 인류사의 귀중한 기록들을 오늘에 전해 준다. 돌이나 양피지, 그리고 우리의 한지에 담겨져 몇 백 몇 천 년까지도 보존, 계승되어 온 사실을 누가 모른다 할 것인가.

나는 왜 문학을 하는가

내가 쓰려는 글의 요지는 이것이건만 산란한 심정이면서 둔중한 압박감을 느끼고 있다. 문학이 이 시대에서 어떤 의미며, 또 그것이 용납받거나 거부되는 사실들을 제쳐놓곤 나의 운필이 불가능하다. 내가 문학에 종사한다는 국한된 성질을 떠나서 문학이 우리와 우리 후대의 삶에서 이해받고 존중되어 마땅한 그 근거에 의해서 그러하다.

이 시대가, 조간 신문의 활자가 아닌 TV 뉴스를 귀로 들어 알아차리고, 유현한 고전도 만화로 바꾸어 때우는 등의 현실에 대하여 만감의 우수와 염려를 털어 버릴 수 없다고 부연하련다.

　문학은 느끼고 생각하는 기능을 정신 세계의 질서와 통일감으로 이어주며, 그 먼저 본질을 인식하도록 언제나 권면해 왔다. 특히 인간의 내적 생명을 쉽게가 아닌 어렵게 배양하고 싹틔워 순이 자라게 함으로써 잉태와 산고의 의연한 도덕성을 짚어 왔다 하겠으며, 써 봄으로써 확인하게 하고 책임을 지고 발언케 하는 일 등 인간 교육의 그 기본부터를 담당해 왔었다.

　그런데 오늘날 현대인의 기호는 간편한 기구, 특효 의약품, 확실한 투자, 재미있는 관람물 등으로 전이하였고, 이를테면 탄산 음료수의 광고를 보면서 반사적으로 냉장고에 손이 가는 등 신체 습성도 현저히 변화되었다. 이와 같이 실용성과 촉발주의에서 문학은 점점 거리를 넓히는 대상물로 인식되는 일방이다.

　시는 시인이 쓰는 글이지만 사실은 시인이 땀과 피로 기르는 식물이다. 선인장처럼 가시투성이인 것조차 맨살결에 안아버리기를 서슴지 않는다. 시와 시인은 운명적인 동거인과 같은 관계이며, 그러므로 시인들은 삶의 고뇌와 관념의 난삽하고 생소한 것까지를 수용하여 의미 구현으로 옮기려 하며 둘 사이의 동질화와 심도가 더하기를 갈구한다.

　뿐만 아니라 시의 아주 높거나 불멸한 것은 그 작가의 영혼의 산물이라 말할 수 있겠으며, 탁월한 작품일수록 작가의 소유를 벗어나 그의 조국이나 민족의 한계도 넘어서서 세계와 인류의 자산이 되어 온 사실을 우리는 알고 있다. 이제 그 나눔의 욕구 또한 냉각되고 줄어든다면 문학은 어찌되며 인간의 장래는 또 어찌되겠는지.

비단 특출한 시인이나 빼어난 작품이 아닌 경우라도 한 시인의 진실, 그리고 그와 작품 사이의 진실은 심히 귀중하다. 이에 준하여 나와 내 시와의 관계도 귀중하기에 나를 바칠 다른 일거리를 생각할 수란 없어 왔다.

우스운 얘기지만 시를 의인화하여 사람처럼 여기는 심리 최면에 빠지는 등 묘하였다. 정녕 그랬었다. 무수히 다른 관심에 나를 쪼개는 상습적 분심가며 인생 잡무가 중첩하는 나에게, 마치도 현존하는 사람처럼 구체적인 대응의 관계선상에서 시 그것은 나의 점유占有를 위협 명령하면서, 고지에서 오만히 굽어보던 그 오만한 남자(?).

그는 나의 굴복과 사죄를 확신하는 존재(?)였으며 매번 그의 의중대로 되었었다. 무슨 말이냐 하면 내가 다른 일에 마음 빼앗기거나 어느 기간 산문에 열중하다 돌아와 새 원고지를 펴고 시를 이루려 할 때 단 일별도 주지 않던 그(?)의 비정.

나는 여지없는 무력증에 잠겨 끈끈한 늪에서처럼 참담히 허우적거리고 침체, 절망, 허탈 등으로 채워진 쓰디쓰거운 잔을 그가 따르는 대로 받아 삼킬밖에 없었다. 오랜 세월 동안 헤일 수도 없이 겪은 나의 수모…. 뭐랄까, 시에는 확실히 영靈이 있었으며 요동치는 심해의 파도처럼 기운찬 체력을 겸비하고 있는가도 싶었다. 한탄, 한탄할진대 무엇 때문에 시

따위를 시작하여 피를 말리고 매운 눈물을 흘리게 되었더란 말인가.

　어느 의미에서 나는 시인이 아니다. 나는 구걸하는 사람이다. 그야말로 애원하고 애원하는 그 초라하고 남루한 존재이곤 했다. 나에겐 세상이 너무 광활하고 심각했으며 훨씬 아프고 깊게 절감하건만 종이 위의 시들은 들풀 한줌을 뿌리는 결과에 불과했다.
　요컨대 마주보는 세상의 무량함과 다양함이 나를 절망케 했으며 한 폭의 풍경도 끝없는 두루마리의 그림처럼 한량없이 이어지는 사실에서부터 나를 압도하고 멀미나게 만들었다. 자연은 무한 장중하였고 생명들은 일차적으로 낱낱이 신비하고 장하였으며 더하여 애련하고 절묘하였기에, 나는 감히 그 한끝을 건드리기에도 힘겹고 숨이 찼다.
　쓸 수 없는 시. 완강히 거부되는 시의 굳게 잠긴 문고리를 흔들면서 발가벗긴 사람처럼 춥고 부끄럽기만 하였었다. 그 저켠에 냉엄히 서 있는 그의 인색함 내지는 그의 준열함을 숙명적으로 내가 대항해야 했다니 이 역부족이 말이나 될 일인가. 진실로 이와 같을진대 내가 그래도 사람인가. 또한 내가 그래도 시인인가.
　그러면서 세월이 흘렀다. 그리하여 마치도 만년에 이르러 너그럽게 회고하는 연로한 부부 사이처럼 나와 내 시도 그간의 갈등을 쓸어 내리고 온화한 기후, 얇은 햇빛 속에 목의자를 나란히 하고 앉았다. 다른 이의 시집을 읽는 일도 전에 없이 큰 위안이 되고 있으니 강의에 보탬되는 몫을 챙긴다는 강박 의식을 이젠 벗어난 때문일지도 모른다.

나는 왜 문학을 하는가.

그 중에서 왜 시를 쓰는가.

대답하건대 어느덧 내 삶의 진정한 일부가 되었기 때문이라고 말하련다. 편안한 일상복처럼 익숙해진 건 시가 갈등 없이 씌어진다는 뜻이 아니고, 쓰거나 못 쓰는 일 자체에부터 상관이 거의 안 되는 듯 여겨진다는 그 뜻이다. 그저 살아 있는 자들끼리 인기척을 알듯이 함께 부스럭거리면서 별반 부자유도 없이 지내는 그런 상황이다.

문학은 예술이라는 이름조차 거북할 만치 너무나도 삶 그 자체다. 문학은 삶이 투영되는 거울이라는 개념은 이미 보편화되었거니와, 문학과 작가는 서로 바라보면서 무리 없이 소통하는 동거 관계라고 다시 한 번 정리해 봄직하다.

이 시대는 앞서도 말한 바 영상 위주의 풍조가 초래해 있으나 인간 정신의 유구한 본질은 크게 변질될 수 없으리란 생각으로 격려받고자 한다. 의식 있는 사람들은 목마른 듯이 책갈피 속의 글씨들을 읽고자 하며 그러므로 대형 서점이 매우 북적거리는 실정이 아니냐고, 비록 문학, 철학 등의 서적은 화려한 신간 창구의 주연급은 아니지만 말이다.

시를 택했기에 무력증의 자각에 시달리며 암울한 병적 상태를 거듭하여 복습하기도 했으나, 그것이 곧 내 삶 그 절대 질량이던 걸 편안한 긍정으로 되돌아본다. 그리고 이후에도 시간이 주어지는 한 이러한 여건을 내 정신의 주택으로 기꺼이 용납할 것이다. 다행히 나에겐 분발이라는 취미(?)가 없지 않으니 거듭 또 거듭 그렇게 해보련다.

김남조 시인 약연보

· 1927년 대구 출생.
· 서울대사대 국어교육과 졸업.
· 1950년 『연합신문』시 「성숙」, 「잔상」 등을 발표하여 등단.
· 숙명여대 국문과 교수 역임(1955~1993).
· 한국시인협회장, 한국 여성문학인회장 역임.
· 현재 예술원 회원, 숙명여대 명예교수.
· **주요 작품**
  시집으로 『목숨』, 『겨울바다』, 『바람 세례』, 『평안을 위하여』, 『희망학습』, 『사랑초서와 촛불』 등이 있고, 수필집으로 『어느 먼 이름에게』, 『그대 사랑 앞에』,콩트집 『아름다운 사람들』 등이 있음.
· **수상**
  시인협회상, 대한민국 문화예술상, 예술원상 등 수상.

내 소설의 언저리

소설가 **김 문 수**金文洙

1

이 글을 쓰려니까 문득 글을 깨우칠 무렵의 일들이 떠오른다.

나는 입학도 하기 전, 글을 일찍 깨우친 터여서 국민학교(초등학교) 1학년이 끝날 무렵에는 형들의 국어책을 읽으며 심심풀이를 했다. 큰형은 나보다 여섯 살이 위였고 작은형은 세 살 위였는데 누구의 국어책인지는 기억에 없으나 『심청전』을 읽은 것은 아직도 엊그제의 일처럼 또렷하다. 그때 나는 심청의 얘기를 펑펑 눈물까지 쏟으며 읽고 또 읽었다. 내가 최초로 접한 소설이기도 했다. 그와 같은 슬픈 얘기가 또 없나 싶어 나는 형들이 책보를 풀어놓기가 무섭게 국어책을 찾아들고 열심히 읽었다. 어떤 날은 밤이 이슥하도록 읽어나갔다. 그러나 그런 글은 없었다. 그렇지만 나는 학기가 바뀌거

나 학년이 올라가 형들이 새 국어 교과서 타오기를 고대했었
다. 달리 읽을 책이 없었기 때문이다. 그렇게 책이 귀했던 때
였다. 그것은 나뿐만 아니라 우리 연배의 공통적인 불행 중
하나였다.

결국 나는 옛날 얘기를 졸라대는 아이가 되었다. ㄴ부친이나 모친
은 그런 면에 있어서는 자상한 성격이 아니었으므로 그 불길 같은
내 욕구는 전혀 충족될 수 없었다. '옛날 얘길 밝히면 가난을 면치
못한다!' 는 핀잔만 잔뜩 들었을 뿐이다. 그때 그 핀잔대로 나는 오
랫동안 한호寒戶의 가장으로 지지리 궁상을 면치 못하는 신세가 되
어 그 어릴 때 일을 회상하며 종종 쓴웃음을 짓곤 했다. 형들도 옛날
얘기를 조르지 못하게 할 양으로 무서운 얘기만을 들려주었다. 그래
도 나는 가슴 벌렁거리며 그런 얘기를 졸라 들었다. 그 덕으로 밤에
변소 갈 일이 생기면 모친을 변소 앞에 세워 놓아야만 겨우 볼일을
볼 수 있는 무섭쟁이가 되고 말았다. 제상의 갱물이 무섬증에 좋다
고 해서 몰래 그 물을 배가 빵빵하도록 마셨던 기억도 생생하다. 아
무리 무서운 귀신 얘기라도 끄떡없이 듣기 위함이었다.

청탁 의도와는 다른 '뿌리'지만 어쨌든 어떻게 생각하면
그것도 내 문학을 있게 만든 뿌리라고도 할 수 있을 것이다.

2

하룻길을 가다보면 개도 보고 소도 본다는 속담이 있다.
살다보면 이런 저런 많은 사람들을 만나게 된다는 말일 것이

다. 또 인간은 인간을 보기 위해 태어난다는, 누군가의 명언을 기억하고 있다. 그렇다, 나도 여태까지 살아오면서 숱한 사람들을 보고 그리고 겪어왔다. 그런데 박복해서인지 팔자인지 이상하게도 그 숱한 사람 중에 선한 사람들이 너무나 적었다는 것이다.

누구나 다 그렇겠지만 나도 선한 사람들을 보면 또 만나고 싶었고 실망과 혐오감을 느끼게 하는 사람들은 되도록 멀리 해 왔다. 이름만 들어도 혐오감을 느끼게 하는 사람들하고는 아예 상종을 하지 않았다. 내 주변의 여러 사람들은, 설사 혐오감을 느끼게 하는 사람들일지라도, 그래서 욕을 바가지로 끌어 붓다가도 정작 그 사람들 앞에 서면 잘도 웃고 떠들어 댔지만 나는 도저히 그렇게 두 얼굴이 되어지질 않았다. 가까운 선배나 친구들의 권유대로 나도 그렇게 해보려고도 노력을 했지만 아직까지도 그런 기술을 습득하지 못하고 있다. 아무리 생각해봐도 그 정확한 까닭을 모르겠으나 아마도 내가 받고 자란 철저한 가정교육 탓인지도 모르겠다.

나는 아주 어릴 때부터 아득한 선대로부터의 가훈이었다는 선善, 의義, 애愛에 대해 부친의 철저한 가정교육을 받고 자랐다. 그리고 장성하여 한 가장이 되었어도 부친은 당신의 자식들이 행여 가훈을 어기며 살까봐 걱정이셨다. 때문에 우리 형제 누구네 집에건 부친의 유묵遺墨인, 초서로 된 한시漢詩 액자가 걸려 있다. 그 내용을 번역한다면 이렇다.

아주 조그만 불똥 하나가 만 이랑의 섶나무를 태우며 반 마디의 그릇된 언구言句가 평생의 덕을 그르친다네 / 몸에 한 오리를 걸쳐도 늘 베 짠 여인의 노고를 생각할 지며 한끼 밥을 먹을 때도 농부의 고달픔을 생각하라 / 탐하거나 남을 질투함은 마침내 십 년 안강安康을 버리게 되며 적선積善하고 어질게 베풀면 반드시 후예에게 영화가 올 것이네 / 복과 경사를 누리게 되는 것은 많은 원인과 그를 적행積行함에서 생기니 모쪼록 바르고 진실 되게 살진저.

이것은 고종高宗의 훈시訓詩인데 부친은 당신 자식들이 이 시의 액자를 대할 때마다 가훈을 상기시키기 위해 당신의 친필로 남기신 것이었다. 그러니 부친의 가정교육은 철저했다기보다 차라리 종교적이었다고 표현함이 옳을 듯싶다.

나는 불교에 관심이 많지만, 어쨌든 내가 종교를 갖지 못한 것도 아마 그런 가정교육 탓일 수도 있겠다. 이런 나이고 보니 내 작품들도 그 인간의 근본이념을 망각하지 않는 작품이어야 한다는 점을 나도 모르는 사이에 생각하게 되었을 수도 있겠다. 그리고 그런 토양土壤에서 내 문학이 뿌리내려 싹 튼 게 아닐까 싶기도 하다. 그래서인지 혹자는 내 소설에서 '교화敎化'의 냄새가 난다고 하기도 한다. 그러나 분명히 밝히지만 내 소설은 교화를 목적으로 쓰여진 것이 아니다. 교화용 소설이 아니라는 얘기다.

나는 내 주변에서 상식 이하의 삶, 잘못된 삶을 살아가는 자들의 얘기들을 많이 들어왔고 보았기 때문에 그런 삶들이 병적으로 싫어서 그 이야기들을 쓴 것이다. 다시 말하거니와

내 소설들을 읽고 교화를 받은 사람이 있다손치더라도 그것
은 독자의 몫이지 내가 목적한 바는 아니라는 점이다. 작가
의 양심상 외면할 수 없는 삶들을 이야기로 쓴 것이다.

　우리 연배의 거의 모든 작가들이 그렇듯 우리는 그야말로
'인간성이 말살된 사회구조' 속에서 허덕여 왔을 뿐만 아니
라 우리 문학인들과는 비길 수도 없이 어둠 속에서 비참한
생활로 끊임없이 고통받는 이들의 삶을 목격해 왔다. 나는
그들의 암울한 실상을 소설화하는 것도 작가의 중요한 소임
중 하나라고 믿어왔고 또 지금도 그것은 변함이 없다. 때문
에 매번 새로운 원고지를 메우기 전에는 여러 분야, 계층에서
소외 받고 있는 이들의 이야기를 구상하곤 했다. 그것은 곧
시대의 아픈, 어두운 면의 폭로이며 증언이고 고발이다. 그
리고 또 그것은 나 자신의 이야기이기도 했다. 나 자신도 권
력, 금력 그리고 숱한 사회악에 의한 피해자였다는 뜻이다.
그러니 그 폭로, 증언, 고발에 열심일 수밖에 없었잖았겠는
가.

　폭로, 증언, 고발이라는 단어들을 나열하고 보니 테오도르
드라이저(Theodore Dreiser, 1871~1945)의 『아메리카의 비극』이
탄생하게 됐을 때의 한 일화가 생각난다.

　저 유명한 뉴딜 정책으로 미국의 대공황을 극복한 루주벨
트 대통령이 물질주의의 팽배와 정경유착, 도덕성의 상실 등
으로 사회가 부패할 대로 부패했을 때 정경유착 등 모든 사
회악은 자신의 정치력으로 해결할 자신이 있었으나 국민 개
개인의 가슴속에서 빠져나간 양심은 되돌릴 길이 없었다. 그

리하여 고심 끝에 문학의 힘을 빌릴 수밖에 없다는 판단을 내리고 작가들을 백악관에 초청하여 만찬 연설을 하게 되었는데 그 요지는 '미국의 장래를 위협하는 쓰레기를 제거 (Muck Raking)해 달라'는 것이었다. 문학작품이 악을 폭로, 고발함으로써만이 '쓰레기가 제거'된다는 루주벨트의 그 주장에 많은 작가들이 공감, 동조했고 『아메리카의 비극』도 그래서 탄생된 작품이라는 것이다. 그 이후부터 그때 대통령이 얘기한 'Muck Raking'은 본래의 뜻인 '쓰레기 제거' 외에 '고발문학'이라는 새로운 문학용어로도 쓰이게 됐다.

작가의 삶과 그 작가의 작품이 밀접한 연관성을 지니게 된다는 것은 일반적으로 널리 알려진 사실이다. 그렇다면 내 삶도, 내가 듣고 목격한 내 주변의 어둡고 비참한 하층민들의 삶도 내 소설 속에 녹아들었을 것은 당연한 것이라고 생각할 수 있다. 그리고 또 그것이 일부 내 문학의 뿌리를 이루고 있다고 할 수 있겠는데, 사실 나는 자기 작품에 스스로 해설 같은 것을 붙인다거나 또는 내 문학세계는 이런 것이오 하고 언급한다는 것은 작가 스스로도 헤아릴 수 없는 또는 각 작품들이 타고난 생명을 목 조르는 일에 불과하다는 주장에 전적으로 동감하는 편이다.

이제 이쯤에서 나는 저 지난해에 타계한 평론가 장문평張文坪의 『동정·연민·연대감의 문학-김문수론』에서 내 문학의 뿌리를 엿볼 수 있게 한다고 생각되는 부분을 발췌 소개키로 하겠다.

(전략) 김문수는 다섯 가지 이상의 다양한 경향으로 작품을
써왔다. 그것은 다음과 같이 요약할 수 있다.

1. 역사적 대사건의 영향을 밝힌 것.
2. 지배계층의 박해를 밝힌 것.
3. 노인문제를 다룬 것.
4. 인간동료 사이의 불화를 다룬 것.
5. 하층민의 성性문제를 다룬 것.
6. 재수생 문제를 다룬 것. (중략)

어떤 경향의 작품에서든 한결같이 그리고 끈질기게 그와 동
시대 하층민의 어두운 생태를 보여준다. 즉 김문수 소설 테마
는 단 하나, 하층민의 불행이라고 하는 무겁고 괴로운 기류이
다.

김문수가 보여주고 있는 중요한 하층민의 모습은 버림받은
자, 학대받은 자들의 참혹한 모습이며 그들의 불행한 삶은 강
제로 안겨진 비극이다. 김문수 작품의 주인공 또는 내레이터로
되어 있는 소설은 그 자신의 체험이 이야기되어 있는 예도 적
지 않다. 이러한 점은 첫째로 자기 자신의 직접적인 체험을 작
품화하는 그의 탁월한 재능을 입증해 주고 둘째로는 그의 작
품의 진실성을 입증해주고 있는 그의 매우 좋은 점이라 할 수
있다. (후략)

3

　진정한 문학인이라면 누구나 국가를 초월한 '인류의 문제'에 그 뿌리를 뻗으려는 생각에 골몰하리라고 믿는다.

　글로벌 시대에 있어 '국가를 초월한 인류의 공동 목표'로 설정할 수 있는 현안은 크게 셋으로 내세울 수 있을 것이다.

　그 첫째는 세계 곳곳에서 일어나는 종교분쟁(전쟁이라 함이 옳겠지만)이나 가공할 만한 테러와 그것을 응징하려는 대대적인 무력행사를 종식시키는 것이고 둘째는 세계 도처에서 발생되고 있으며 자행되고 있는 지구 환경 오염과 자연 파괴 행위에 대한 것 그리고 셋째는 나날이 발전(?), 변모되고 있는 전자 통신 매체가 끼치는 인류 사회의 황폐화라는 점이다. 따라서 문학인이 어떻게 자신들의 무기인 글을 통해 이러한 문제들에 대처할 것인가에 고심하여 뿌리를 뻗어야 할 것이다. 물론 이러한 심각한 문제들은 궁극적으로는 인간의 생존 문제로 귀착되는 것이어서 나 또한 내 문학의 뿌리를 어떻게 뻗어나갈 것인지 고심치 않을 수가 없는 것이다.

　『빨간 망아지』로 나를 그의 전 작품에 빠져들게 만든 존 스타인벡은 노벨 문학상 수상 연설에서 '작가의 사명은 고대로부터 지금까지 변한 것이 없다'고 전제한 뒤 '작가는 우리 인간이 가지고 있는 수많은 결점과 잘못을 폭로하는 동시에 인류 진보를 위해 어둡고 위험한 곳에서 꿈을 밝히는 곳으로 드러낼 의무를 지니고 있다'고 피력한 바 있다.

이제 장황한 얘기를 매듭짓고 내 문학의 뿌리를 고백(?)하려 한다. 나는 작품 활동을 함에 있어, 인간이라면 누구나 지켜야 할 의무이자 권리인 '양심'을 잃지 않으려고 노력해 왔으며 또 앞으로도 그럴 것이다. 단적으로 말한다면 내 문학의 뿌리는 인도주의라고 할 수밖에 없겠다.

예나 이제나 우리 문학에 담겨져 왔으며 변함없이 앞으로도 담겨져야만 하는 것은 인도주의라는 인간의 존엄성이 그 무엇보다도 우선 되어야 한다고 믿는다. 인간은 개인이든 크고 작은 집단의 구성원이든 간에 절대적인 가치를 지닌다. 그러므로 그것은 계속 그 뜻이 갱신되어 풍부해지는 인도주의의 입장에서 주위 세계를 보고, 또 보여주는 것이 작가의 소임이자 국가를 초월한 문학의 공동 목표인 것이다.

위에서 장문평에 의해 다뤄진 여러 경향의 내 소설은 그것이 직접 체험에서 씌어진 것이든 간접 체험을 바탕으로 한 것이든 모두 꾸며낸 이야기지만 그러나 그것은 분명히 진실이다. 내가 내 주변에서, 우리가 우리 주변에서 얼마든지 목격할 수 있고 겪을 수 있는 진실한 이야기다. 당대적 현실 사회에서는 물론이려니와 미래에도 목격되고 체험되어질 것이 분명한, 숱한 사람들의 암울한 삶의 이야기며 또 그 암울한 동굴 속에서 벗어나 밝은 세계로 향하기 위해 몸부림치는 하층민들의 이야기이다.

내 문학(소설)이 뿌리한 자리가 그렇듯 암울한 동굴 속이라 해도 좋을 것이다. 그러나 비록 음지陰地에 내린 뿌리라 할지라도 그 나무는 분명 향일성向日性이다. 비록 뿌리의 위치는 그럴지라도 잎과 꽃은 햇볕 아래서 돋고 필 것이다. 그리하여 충실한 진실의 열매를 기대한다. 문학 존폐의 위기설이 난무하고 심지어는 '삶의 위기'라고까지 일컬어지는 이 시대라는 함정艦艇이 인간성을 잃고 침몰하지 않도록 내 문학의 뿌리가 더욱 건강하고 튼튼해져 깊고 넓게 뻗어 다양한 맛과 향기로 충만한 진실의 열매로 결실되기를 나는 절실하게 소망한다.

김문수 소설가 약연보

· 1939년 충북 청주 출생.
· 1958년 청주고등학교 졸업.
· 1962년 동국대학교 국어국문학과 졸업.
· 1982년 국민대학교 대학원 국문과 졸업.
· 1991년부터 한양여자 대학 문예창작과 교수.
· **주요 작품**

　단편집 『성흔』(1975), 『이상한 토요일』(1978), 『바람아, 이 영혼을』(1978), 『가출』(1997), 『꺼오뿌리』(1990), 『육아』(1980), 『서러운 꽃』(1988), 『어둠의 저쪽』(1990), 『가지 않는 길』(1999) 등 다수.
· **수상**

　1961년 조선일보 신춘문예 「이단부흥異端復興」 당선, 충북 문학상 「반항쇄풍기」(1967), 현대문학상 「성흔聖痕」(1975), 제11회 한국문학 작가상 「끈」(1979), 제6회 조연현문학상 「물레나물꽃」(1987), 제20회 동인문학상 「만취당기晩翠堂記」(1988), 제5회 오영수문학상 「파문을 일으키는 모래 한 알」(1997), 제31회 대한민국 문화예술상(1999).

여러 갈래의 뿌리

시인 **김 종 길**金宗吉

  내 문학의 뿌리는 여러 갈래인 것 같다. 그러나 그것의 근간根幹이라고 할 수 있는 것은 집안에서 대대로 이어받은 한학漢學에 있는 것이 아닌가 생각한다. 내 고향인 경북 안동에 처음 입향한 나의 조상, 즉 입향시조入鄕始祖는 내 21대조이다. 그 뒤 안동에 세거世居한 우리 일가, 즉 의성 김씨는 조선조의 유가儒家들이 다 그러했듯이 한학을 가학家學으로 삼았던 것이다.

  전통적으로 유가에서는 시문詩文을 문사文詞라고 하여 경시하는 풍조가 있었으나 시만은 특히 중요시되었던 것이 사실이다. 그것은 공자가 자신이 시경詩經을 편찬하고 시의 중요성을 역설했기 때문이기도 하지만 한국 유생들의 자기 표현과 사회생활의 주요한 매체가 한시였기 때문이다. 한시는 그들에게는 '고급 오락'이면서 자기수양의 수단이며 사교생활의 방편이었던 것이다.

우리 집안에서는 사내아이가 우리 나이로 여섯 살이 되는 해 동짓날에 '입학'을 하게 되어 있어 내가 정식으로 글을 배우기 시작한 것은 1931년 동짓날이었다. 그러나 나는 그때 이미 천자문千字文을 반 정도는 알고 있었다. 어릴 적에 증조부와 함께 사랑방에서 기거하던 나는 이른 아침이면 글을 배우러 오는 동네 아이들과 젊은이들에게 큰할아버지가 가르치시는 것을 어깨너머로 따라 배우다시피 했던 것이다.

그뿐만 아니라 나는 정식으로 '입학'하기 전부터 알고 있는 한자를 꿰어 맞춰 시 짓는 흉내를 내기도 했다. 어린 나에게는 다섯 또는 일곱 개의 글자로 짓는 한시가 매우 재미있게 생각되었기 때문이다. 이 글짓기에 대한 취미는 2년 남짓 한문을 배운 다음 1934년 청송군 진보에 있는 초등학교에 들어간 뒤에도 계속되었다. 1937년 일본인들이 지나사변支那事變이라고 부르던 중일전쟁이 일어날 때까지는 '조선어'라는 과목이 있어서 전과목을 일본어로만 가르치던 당시로서는 마치 외국어를 배우듯 수업을 들었는데 그 수업시간에는 우리말로 글짓기를 하는 일도 있었다.

그리하여 나는 초등학교 시절에 일본어 글짓기와 함께 우리말 글짓기도 할 수 있었다. 이 두 가지 언어로 하는 글짓기는 내 경우 중등학교에 들어가서도 3년 동안 계속되었다. 왜냐하면 내가 다닌 대구사범학교에서는 우리 학년이 3학년이었을 때까지 주당 한두 시간에 불과했지만 '조선어' 시간이 있었기 때문이다. 우리 학년은 김영기金永驥 선생한테서 그

과목을 배웠는데 김 선생님은 가끔 우리말로 작문을 하게도 하셨던 것이다. 그 무렵의 내 문학수업에 관해서는 여러 해 전에 쓴 글에서 좀 길게 인용하기로 한다.

그러나 그 시간 이외에는 이른바 '국어상용國語常用'의 방침 아래 적어도 학교에서는 일본어만을 사용해야 했기 때문에 우리말과 글을 읽고 쓸 기회는 거의 없었다. '국어', 즉 일본어 시간에는 작문뿐만 아니라 일본의 단시인 '하이쿠俳句'나 '와카和歌'를 짓게 하기도 하였다. 나는 이 가운데서 특히 '하이쿠'에 흥미를 가졌고 내가 지은 '하이쿠'가 일본어 선생의 격찬을 받은 적도 있었다.

그 당시에 읽은 것도 주로 일본문학 작품이 아니면 일어로 번역된 서양문학 작품이었다. 그 가운데서도 내가 특히 좋아한 것은 프랑스 시로 그 중에서도 발레리의 것이었다. 그리하여 열일곱 열여덟 살쯤 될 무렵 나는 발레리에 심취하다시피 하였다. 발레리는 특히 읽기 어려운 시인이요, 비평가이다. 그러나 완전히 이해는 안 되었지만 그의 현란한 이미지와 투철한 사고는 소년시절의 나를 한동안 거의 사로잡고 말았다. 그것은 중년의 예이츠가 말한 '어려운 것의 매혹'이었던 것이다.

그러나 나는 그 무렵의 중등학생으로서는 희귀하게도 우리말로 된 문학 잡지나 시집을 접할 기회를 가질 수 있었는데 그것은 방학 때면 찾아가는 외가에서였다. 당시 서울에서 신문사에 근무하면서 시를 쓰던 외숙 이병각李秉珏 씨와 중앙불교전문학교(동국대학교의 전신) 문과에 다니던 외종형의 본가의 서가에서 나는 『문장文章』, 『시학詩學』 등의 잡지와 『화사집花蛇集』이니 『청마시초靑馬詩抄』니 하는 호화판 시집들을 꺼내 읽을 수가 있었기 때문이다. 일본어를 통해서만 읽던 문학을 우리말로 읽는 감회는 각별한 것이었고 『문장』이나 『시학』의 품위 있는 체제나 『화사집』이나 『청마시초』의 매력이나 품격은 내게는 또 하나의 발견이었고 기쁨이었다.

내가 대구사범학교 심상과尋常科의 5년 과정을 졸업한 것은 1945년 3월이었다. 당시의 제도로는 사범학교 졸업생들은 2년간 의무적으로 초등학교 교사로 근무해야 하게 되어 있어 나도 고향인 안동에 있는 초등학교에서 그해 4월초부터 교편을 잡기 시작했다. 그러나 그해 8월에 해방이 되었기 때문에 초등교사 의무연한의 구속을 벗어날 수 있어 그해 10월 중순경 진학을 위해 서울로 올라오게 되었다. 그 뒤의 내 문학공부에 관해서는 앞에서 인용한 글과 다른 글에서 다음과 같이 말한 바 있다.

방학이 되자 그해 봄부터 시작된 초등학교 교사직을 버리고 본격적인 문학공부를 하기 위해 그해 10월에 나는 서울로 올라왔다. 다른 데는 학생모집이 끝났고 혜화전문학교만이 남아 있어 나는 입학시험을 치르고 그리로 들어갔다. 해방 직후 혜화전문에는 많은 문인들이 출강하고 있었다. 양주동梁柱東, 이하윤異河潤, 김광섭金珖燮, 이헌구李軒求, 김진섭金鎭燮 선생이 그분들이다. 양주동 선생은 우리 고가古歌와 영어를, 이하윤 선생은 쉬운 영시를, 그리고 그 밖의 선생들은 문학개론류의 과목을 가르치고 그 외에도 변영만卞榮晚 선생이 한문학을, 김법린金法麟 선생이 불어를, 강세형姜世馨 선생이 독일어를 그리고 정규창丁奎昶 선생이 영어로 된 서구 산문시를 가르치고 있었다. 나는 그분들의 강의를 열심히 들으면서 시도 열심히 습작했다.

그러나 47년 여름 고려대학교 영문과 2학년에 편입시험을 쳐서 들어간 뒤부터 내 시작은 의식적으로 억제되었다. 영어와 영문학 공부에 치중해야 했기 때문에 시 쓰는 일이 주가 되었던 종전의 생활방식은 포기하지 않을 수 없었던 것이다. 게다가 고 이인수李仁秀 교수의 '20세기 영시' 강의를 통해 접하게 된 현대 영시에 대한 개안은 하나의 충격이었고 이 충격은 나에게 시에 대한 자의식을 싹트게 한 것이 사실이다. 내가 그 뒤에 매우 과작하게 된 것은 이렇게 내가 현대 영시를 주로 공부하고 가르쳐온 것과 크게 관계가 있다. 현대 영시 중에서도 그 당시 나에게 가장 강렬한 충격을 준 것은 T. S. 엘리엇의 시와 시론이었다. 그 충격으로 말미암아 엘리엇은 나의 주된 학문적, 지적 관심의 대상이 되었지만 그 때문에 내 시적 체질은 심한 갈등에 부딪히게 된 것 또한 부인할 수 없다.

그러나 나는 엘리엇의 시풍을 처음부터 추종할 생각은 없었다. 그를 찬탄하면서도 나는 그와는 다른 나일 수밖에 없다는 것이 내 생각이었다. 설사 내가 그로부터 영향을 받았다고 하더라도 그것은 표피적인 것이 아니라 쉽게 가려낼 수 없을 만큼 심층적인 것일 것이다. 내가 영시를 공부하고 엘리엇을 전공했다 하더라도 나는 그와는 다른 동양인으로서 그와는 다른 문화전통에 속해 있고 그와는 다른 시를 쓸 수밖에 없지 않은 가. 나는 엘리엇을 공부하기 시작할 때부터는 아니라고 하더라도 그와의 첫 해후의 충격이 가라앉기 시작하고부터는 늘 그렇게 생각했고 지금도 그렇게 생각하고 있다. 영국의 성직자 시인 G. M. 홉킨스처럼 나도 "내가 위대한 고전을 읽는 것은 그들을 찬양하고 나는 그들과 다른 시를 쓰기 위해서이다"라고 말하고 싶다.

이번에도 인용이 길었으나 내 문학의 뿌리를 이야기하는 자리에서는 되풀이할 수밖에 없는 이야기들이다. 이 이야기들을 통해서 알 수 있듯이 한학을 하는 집안에서 태어나 어릴 적에 한자를 배우며 한시 흉내를 내곤 하던 나는 초등학교 시절에는 일본어와 우리말로 글짓기를 했고 중등학교에 들어간 뒤로는 그것 외에도 우리 현대시와 일본의 시문학 및 서양문학, 특히 프랑스 시문학 등으로 시야를 넓히게 되었으며 대학에서는 영문학을 공부하면서 현대 영시, 그 중에서도 특히 엘리엇의 시와 시론에 매료되다시피 했으니 이 글의 첫머리에서 말했듯이 내 문학의 뿌리는 여러 갈래라 할 만하다.
그러한 가운데서도 내가 문학적인 주체성을 고집해온 것은 내가 안동지방의 유가 출신이라는 사실과 무관하지 않은 것 같다. 역시 이 글의 첫머리에서 스스로 짐작했듯이 내 문학의 근간은 가학인 유학 내지 한문학에서 찾아야 할 것 같다. 그러나 이때까지 내 시나 비평을 논하면서 그 점을 언급한 분들이 많아 내가 당대의 한국문단에서는 거의 유일하게 유교와 한학 소양이 깊은 사람인 것처럼 되어 있는 듯하나 그것은 사실과 다르다는 점을 이 자리에서 밝혀 두고 싶다. 안동의 유가 태생으로 도리 없이 유가적인 체질을 물려받은 것은 사실이지만 내가 의식적으로 유교를 굳게 신봉해온 것은 아니며 내 한학 소양도 영문학계에서는 조금 이례적일지는 모르나 일반적으로 소문난 만큼 깊은 것도 아니다.

다른 자리에서도 실토한 바 있지만 내 평생의 유한遺恨 가운데 하나가 왜 내가 초등학교에 들어간 다음에도 계속 한문을 배우지 않았던가 하는 것이다. 내 선친도 한학을 한 분이지만 젊으실 때는 사업을 한 적도 있어 밖으로 나돌아다니시는 일이 많았다. 그러나 증조부께서는 내가 초등학교 6학년, 즉 졸업반이 될 때까지 살아계셨기 때문에 학교가 파한 다음 그 어른한테서 한문을 배울 수도 있었던 것이다. 나 자신은 어렸기 때문에 어른들이 시키는 대로 따르는 처지였지만 한학을 하신 그분들이 그때 어떻게 그렇게 쉽게 나에게 한문을 가르치는 것을 포기하셨는지 지금 생각하면 이해하기도 어렵고 또 원망스럽기도 하다.

더구나 증조부께서는 내가 어렸을 적부터 옆에 두시고 보았을 뿐만 아니라 내가 초등학교에 들어갈 때까지 2년 남짓 한문을 가르치시기도 하여 내 장래에 큰 기대를 거셨던 분이다. 그분의 유사遺事에는 다음과 같은 대목이 보인다.

증손 종길이… 신학에 들어가게 되자 탄식하며 말하기를 "이

세상에 살면서 시속을 따르지 않을 수 없으나 뒷날 우리집 한
가닥 글의 맥이 오로지 그에게 달렸더니 이제 글러버렸다. 어찌
아깝지 않으랴…"하였다.
(曾孫宗吉…　及入新學　嘆曰生此世不得不從俗然異日我家一種
文脈專恃干渠今左矣豈非可惜也…)

　사실 지금 돌이켜보면 초등학교의 공부는 다양하고 재미는
있었지만 한문을 배워본 나에게는 매우 쉽게 생각되었기 때
문에 그것과 함께 한문공부는 충분히 병행시킬 수도 있었던
것이다. 만약 그랬더라면 내 한학은 꽤 탄탄한 기초를 쌓았
을 것이고 내 한문실력도 제법 행세할 만한 것이 되었을 것
이다. 그러나 그 경우 내가 해방 후 대학에 진학했을 때 그
한학이나 한문소양을 살리기 위해 십중팔구 나는 국학 내지
동양학을 전공하게 되었을 것이다. 그랬더라면 학문적으로는
고생을 덜하면서 성과는 더 컸을지도 모르나 문학하는 사람
으로서는 시야가 좁고 좀 고루하거나 답답했을지도 모를 일
이다.
　지나간 일을 두고 가정을 일삼는 일은 부질없는 노릇이기
는 하나 내 어릴 적 한문공부가 그 정도에 그쳤기 때문에 내
가 뒷날 영문학을 공부하여 다소간 견문을 넓히게 되었을 것
같기도 하다. 그러나 다른 한편으로는 그 때문에 시적 자의
식과 갈등을 겪느라 과작하는 버릇이 몸에 배이게도 되었으
니 그 사실이 내게 가져온 문학적 득실을 정확히 따질 수는
없다. 내가 어릴 적에 한문공부를 좀 하게 된 것은 필연성의

소치라 하더라도 그 뒤 내가 발레리나 엘리엇에 매료되게 된
것은 우연이라 해야 할 것이다. 사람의 팔자란 역사적 사건들
이 그러하듯이 필연과 우연의 교차로 이루어지는 모양이다.
　그리고 보면 내 문학의 뿌리는 여러 갈래의 것이면서 그것
이 귀결되는 데는 있는 것도 같다. 그것도 내 팔자를 구성하
는 필연과 우연의 얽히고설킨 가닥 속에 뿌리박고 있음에 틀
림이 없다.

김종길 시인 약연보

· **1926년** 안동에서 출생.
　고려대학교 영문학과 졸업. 대구 경북대학교 및 청구대학에서 가르치다가 고려
　대학교로 옮겨 33년간 재직하는 동안 세필드 대학과 케임브리지 대학에서 각
　각 1년간 연구.
· **1992년** 정년퇴임.
· **현재** 고려대학교 명예교수 및 대한민국 예술원 회원.
· **주요 작품**
　1987 런던 앤빌 프레서 포에트리에서 영역한국한시선.
　Slow chrysanthemums 간행.
· **수상**
　1978 목월 문학상 수상, 1996년 인촌상 수상.

꽃과 그늘, 그곳에 이르는 길

시인 김 지 하金芝河

　내가 기억하는 6·25 이후 60년대 이전의 한국 사회에 대한 포괄적 인상은 '가난'이었다. 그리고 그것이 물질적 차원이든 정신적 차원이든, 개인이든 사회든, 서울이든 지방이든, 상층부든 하층민이든 가리지 않았다. 모든 것이 한결같이 '가난'했으며, '가난' 그 자체였다. 그래서 나는 우선 그러한 '가난'이 없어져야 한다고 생각했다. 내가 대학시절부터 민주화와 민족통일 등 사회변혁운동에 가담하게 된 이유도 오로지 여기에 있었다. 이른바 '빵문제'가 해결돼야 자신도 모르게 기괴해지고 비열해진 내면화된 가난을 극복할 수 있다고 믿었기 때문이다.

　나는 지난 날 우리 삶의 밑바닥에 도사린 '짐승 같은 어둠의 정체'인 그러한 '가난'을 내 청춘의 생각과 시의 출발점으로 삼았다. 어떤 허기진 영혼이 노래 부를 때 어김없이 함몰되는 음악성의 지옥인 '에어포켓' 혹은 '블랙홀', 즉 내 시 속의 비트(beat)들을 한 번 분석해 보라. 거기에 열여섯 이후 내 청춘기의 가난과 사랑, 결핍과 눈물, 동경의 좌절과 수음手淫의 죄의식 등의 모습이 숨겨져 있다. 정신보다 더 깊은 영의 '가난'은 내용이 아니라 형식에서, 형식보다 깊은 장단, 호흡에서 기어 나온다. 어느 때인가, 허수경 시인은 이것을 몸과 마음 사이에 있는 '입술'이라고 표현한 바 있다. 그 '입술'은 내용과 형식 사이에 있는 영의 호흡, 가난과 배부름을 표현하는 장단을 지칭한다. 그리고 그 장단 가운데서 비트는 배부름보다 가난할 때 나온다.

가난하고 불행한 사람은 궁지에 몰리면 입을, 눈을, 감각을 닫아버린다. 가난이 가져다주는 동물적이고 본능적인 방어기제이다. 하지만 내 시 속에서 이것은 단지 방어기제로 끝나는 것이 아니라 정반대로 '여백'이나 '틈', 또는 '소통성疏通性'으로 기능한다. 또한 '흰빛'의 출생지, 시커먼 '블랙홀'의 자궁으로 기능한다. 그리고 바로 이 '가난' 때문에 '텅 빈 무無'로부터 '흰 그늘', '신대 율려神代 律呂', '율려의 창조적 차원변화'인 신인간의 신문화가 나타난다. 그리고 그것은 '가난'을 '창조'로 바꾸는 '각비覺非'가 갖춰질 때 가능하다. 곧 '가난' 속에서 참된 초월의 진정한 '빛'을 찾아내는, 창조적 응시와 개입과 변형이 요구된다.

그러나 나는 내 시와 영혼의 밑바닥에 컴컴한 기억 속의 귀신 모습을 한 '가난'을 바로 쳐다볼 용기가 없다. 정작 '각비'에 이르지 못한 채, 비겁하게도 내 마음은 어느새 울고 있다. 그리고 이렇게 우는 버릇이 바로 '가난'이다. 지긋지긋한 '가난'은 이렇게 악마처럼 악순환 된다. 내 초기 시의 밑바닥에는 이러한 악마적 성격의 '가난'과 도리어 빛나는 창조로 이끄는 '가난', 그리고 시적인 것과는 거리가 먼 캄캄한 죽음으로서 '가난'이 도사리고 있다. 하지만 본래 시는 '가난'과 거리가 먼 것이다. 이 점을 망각해서는 안 된다. 행여라도 가난을 시의 주제로 즐겨 삼지 말라는 것이다. '가난'은 어떤 식으로든 이 지상에서 끝끝내 사라져야 하는 것이다.

돌이켜보면, 나의 '가난'에 대한 탐색과 성찰의 핵심은 역시 생명에 있었다. 나는 '생명파' 시대의 서정주와 딜런 토마스의 전 시기에 거친 생명주의의 영향을 받았다. 하지만 대학 초기 나의 시적 여행은 고등학교 시절의 연장이었다. 소위 학림다방에서 시화전이라는 것도 그랬다. 확고한 자기 발견을 하지 못한 채 복잡다단한 영향들이 들쑥날쑥 혼재하는 카오스 상황이었다. 내 시의 표현들이나 이미지 생성의 체계들, 비유나 은유들, 색채나 냄새, 울림과 그늘 등은 나의 삶이나 그 뿌리로부터 유리된 채 허공을 떠돌고 있었다. 하지만 그 속에서도 나는 지속적으로 생명에 대해 생각하곤 했다.

그러나 나의 문학과 삶에 결정적인 고비는 역시 4월혁명이었다. 나는 4월혁명을 계기로 우리문화연구회 등을 통해 민족문화의 의미에 대해 깊이 생각해볼 수 있었으며, 나의 뿌리인 고향에 돌아간 것도 그 이후였다. 특히 4월혁명이 퇴색하고, 평생을 두고 사랑하고자 했던 짝사랑이 무산되면서 다시 찾은 고향 '땅끝'에서 만난 한 흰 점 형태의 환각은 나의 문학에 결정적인 것이었다. 나는 그 바다로부터 올라오는 저 기이한 '흰 손', 그리고 짤막한 예언적 경고성의 기침소리 등을 통해 그 어떤 이데올로기도 정치 프로그램도 없는 반란, 세계와 역사와 성스러운 모든 가치 자체에 대한 원생명의 반역을 읽어내고자 했다. 내게 그 땅끝에서 만난 흰 점의 환각은 원초적 반역을 불 지피는 미친 기쁨의 세계를 상징하는 것이었고, 또한 미칠 듯한 희열의 푸른 불꽃을 피우는 반역의 폭발로 다가왔다.

나는 이것을 나의 시다운 시의 출발점으로 삼았다. 그 이름조차 아득한 '땅끝'에서부터 나의 시는 비로소 자기 발견, 제 뿌리와 줏대, 이미지의 고향, 언어의 집, 그리고 참된 삶이 생성하는 시간의 풀꽃들이 쌓인 옛 곳간을 찾아냈다. 나는 고향으로 돌아감으로써 비로소 민족으로, 민중으로, 내 가족으로, 내 자신으로 돌아갈 수 있었다. 무엇보다도 인간으로, 생명의 세계로 명백히 귀환할 수 있었다. 아마도 잠재적으로는 이미 오래 전이었지만, 분명 그때를 계기로 희미하나마 나는 생명의 감각을 통해 아시아인이면서 인류요, 지구 생태계의 일원이면서 우주인 한 크고 깊은 신령으로 돌아가는 길을 찾았던 것이다.

그 무렵 나는 두 번인가 영산강가의 저 쓸쓸한 마을, '부줏머리'를 돌아서 왔다. 길고 긴 강가의 황토 흙 둑길을 터덜터덜 걸으며, 내가 이제서야 돌아온 곳이 과연 어디며, 내가 돌아온 마음의 역사가 무엇이며, 내가 정말로 누구에게 돌아온 것인지를 생각했다. 그리고 그때 나는 거의 스스로 선택한 자살과도 같은 그 죽음, 죽임들은 어떤 뜻을 가지고 있는가? 저 푸른 강물, 저 눈부시게 붉은 황토 흙, 저 시퍼런 탱자나무들과 짙푸른 하늘 빛, 흰 구름, 흰 삐비꽃들, 공중으로 힘차게 뛰어오르는 숭어떼의 저 푸른 몸뚱이에 번쩍거리는 흰 생명의 빛! 그것에 대해 저 검은 죽임들은 어떤 의미를 갖는가를 묻고 또 묻곤 했었다.

6·25 때는 사람만이 아니었다. 갯벌의 그 흔한 꼬막마저도 집단 폐사했고, 3년 간 무서운 가뭄과 흉년이 휩쓸어 초목草木조차 도처에서 시들었다. 이때 죽임은 무엇인가? 죽임과 죽음의 결과를 훤히 알면서도 관철하고자 한 것은 현실 혁명의 승리인가? 우주의 근본 개혁인가? 거꾸로 그러한 비극적 죽임과 자연의 흉사를 알면서도 이른바 역사의 이름으로 진행하는 혁명이나 정의나 전쟁은 과연 생명의 생성질서에 합당한 것인가? 우주의 참된 질서에 합당한 참다운 개벽의 실천인가? 그것이 아니라면 그 오류와 죄악과 생명에의 반역은 누가 단죄할 것인가? 예고된 죽임임에도 그 죽임으로 나아간 그 민족, 그 민중의 운명은 무엇이며 무슨 뜻을 갖고 있고 누가 배정한 것인가?

6·25는 송장잔치였다. 나는 그러한 6·25가 발발하기 나흘 전의 꿈에서 동네의 '다리뚝'이라는 돌다리 밑 시커먼 뻘밭에서 머리와 가슴에 붉은 피범벅이 된 웬 사내가 새끼줄로 묶은 붉은 관棺을 등에 지고 끊임없이 앞으로 꼬꾸라졌다 다

시 일어섰다 하며 걸어나가는 끔찍한 장면을 보았다. 그러고 나서 6·25가 터졌고, 그 돌다리 밑 검은 뻘밭은 인민군과 국군이 바뀌어 들 때마다 이쪽 저쪽의 수많은 사람들이 맞아 죽고 찔려죽는 피범벅의 자리가 되어버렸다. 그리고 그것은 내게 한편으로 끝없는 복수심과 혐오감과 증오, 따른 한편으로는 무섭고 두려운 마음이 감추고 또 감춘 사실마저도 감추어도 사라지지 않았던 두려움의 그 캄캄한 이중적 중력장 중독의 시간, 빛 없는 땅끝의 시간, 역사 그 자체로 다가왔다.

그러나 그러한 역사적 비극과 그 비극의 한계 안에서나마 민중적 삶의 최고 덕목인 사랑을 위해 죽음을 선택하는 ‘결단’을 내렸을 때, 역사라는 이름의 그 선천先天 시대 중력장의 비극의 맞은편에 역사가 아닌 영성적인 내면으로부터 풋풋한 생성으로서의 생명들이 솟아오른다. 새푸른 하늘, 짙푸른 탱자나무, 뛰어오르는 숭어떼, 희디흰 메밀꽃, 시뻘건 황토 흙의 신령한 붉은 빛, 새하얗게 빛나는 그 생명의 초월성이 출현한다. 무엇보다도 아비의 죽음을 이어 그 죽음의 자리로 아들이 나아가는 결단이 나타난다. 인간의 잘못된 역사를 우주생성에 근거해서 깨닫는 ‘각비覺非’, 아들이 아비의 마음과 삶에 일치해서 죽음의 자리로까지 나아가는 결단이 이뤄진다.

수운 선생은 이것을 ‘내 마음이 네 마음이다吾心則汝心’로 표현했고, 『삼국유사』의 신화에서 환인桓因이 환웅桓雄의 천하에 대한 큰 뜻을 알게 되는 부분을 ‘아비가 자식의 뜻을 알고父知子意’로 표현했다. 즉 하늘 마음과 사람의 마음이 하나가 되는 것, 아비 마음이 자식의 마음과 일치하는 것을 뜻하는 '각비' 또는 '결단'이 바로 홍익인간弘益人間의 정신을 밑받침하는 근거이자 천지공심天地公心이며, 현대적 개념으로 이는 '사회적 소통'이자 '우주 사회적 공공성'을 가리킨다. 다시 말해, 아비와 아들 사이의 사랑과 결단, '각비'가 바로 민족적이면서 전 사회적이고 우주적인 공공성, 진정한 삶과 세계변혁의 철학적 근거가 되는 것이다.

그런 만큼 매서운 '각비'라고 부르는 그 결단, 즉 비록 쓸쓸하고 남이 알아주지 않은 아비의 뒤를 따라 아무도 보는 이 없는 바닷가 한모퉁이에 거적 덮인 죽음으로의 길일지라도 기어이 따라가는 것. 하지만 그것을 통해 아비의 차원을 이미 갱신하며 새로운 차원의 내면성의 무궁생성에 참여하는 것이 생명사상이라고 할 수 있다. 생명사상으로서 각비는 생명의 안쪽인 우주적 영성과 '자유로운 혼魂', '혼의 자유'인 '무無'의 창조적 활동을 바탕으로 천신만고와 안팎의 고통에도 굴하지 않는 끝없는 결단을 의미한다.

이제 나는 내 스무 살에 이미 열리기 시작한 '흰 우주에로 뻗어나가는 무궁한 내 운명의 길', 그리고 '땅끝'에서 반환점을 돌고, 용당리에서 그 비극성을 예감하고도 황톳길에서, 죽임 앞에서 그 성공의 낙관을 부정함에도 동시에 그 패배 속으로의 참여를 긍정한 그 '그늘', 즉 '율려律呂'적인 내 운명의 길에 들어섰다. 회피하고 싶지만 받아들임으로써만 열리는 눈부신, 눈부신 생명의 길, 신령한 율려의 길을 간다.

이제야말로 '다양한 정착적 노마디즘'이라는 이름의 세계,
신시神市의 영성적인 호혜互惠경제와 전원일치를 추구하는 화
백和白의 직접민주주의의 세계로 나아간다. 또한 풍류의 초
월적 우주 영성의 '떨림'의 '빛'과 지구 생태중력장의 '흐
름'이라는 현실 중력질서 사이의 문화적 통일과 대변혁에
의해서만 맺히고 풀리는, 정착하면서 이동하는, 생명적 구심
이면서 물질적 분산 해체이며, 민족이면서 세계이며, 신령이
면서 육체적 물질이며, 전체적 통일이면서 개별적인 자유인
율려의 길, 마고麻姑의 길로 분명히 나는 가고 있다.

어릴 적 나는 나의 외할아버지로부터 "너는 앞으로 글을
쓸 아이다. 이 말을 잊지 마라. 사람이 글을 쓰려거든 똑 요
렇게 써야 헌다. 한 놈이 백두산에서 방귀를 냅다 뀌면 또
한 놈이 한라산에서 '이이 쿠려' 코를 틀어막고, 영광 법성
포 앞 칠산바다에서 조기가 펄쩍 뛰어 강릉 경포대 앞바다에
쾅 떨어진다, 요렇게!"라는 말을 들은 적이 있다. 그때 나는
왠지 놀라서 눈을 크게 뜬 것 같고, 지금까지도 나는 이 외
할아버지 말씀을 잊지 않고 내 문학의 중요한 규범으로 마음
깊숙이 간직하고 있다.

하지만 나는 너무 '오래' 감옥에 있었고 투쟁에 너무 '깊
이' 개입해 있었다. 바로 그 '오래'와 '깊이'가 나의 '큰 판
소리' 생산을 막았고, 또 역으로는 그 판소리 안으로 '오래'
와 '깊이'가 들어가서 그것이 참으로 '큰' 소리가 되는 길
을 도리어 가로막았다.

그러나 어쩌랴! 시절이 '시'보다 '삶'을, '삶'보다 '쌈'을

더 요구했고, 나는 본디 이십대의 어느 날 어느 벗에게 술취해 떠들었듯이 '민족의 역사 위에 내 몸으로 큰 시를 쓰기'를 각오했던 것이 아니던가? 지금 생각해도 나의 지난날의 성취는 그리 뛰어난 것이 못되지 않나 싶다. 그러나 분명한 것은 시는 삶의 연장이지 그밖에 따로 있는 것이 아니다. 차라리 삶이 시가 될망정 시가 삶을 배신하는 따위는 일종의 파탄이라고 밖엔 안 본다. 변명의 여지는 있겠으나 그리 바람직하지도 아름답지도 않은 일이라는 말이다.

내가 문학을 실제적으로 수업하게 된 것은 고등학교 때부터다. 나는 국어와 한국문학을 가르쳤던 아름답고 풍요한 상상력과 큰사랑의 품을 지닌 이인순 여선생님과, 영어를 가르쳤던 쏘는 듯한 지성의 눈빛과 현대 영문학에 뜨거운 정열을 지닌 김성모 선생님의 따뜻한 도움과 엄격한 지도로 촌놈 특유의 '멍청귀'를 면하고 저만 잘난 줄로 착각하는 '올통볼통귀'를 졸업할 수 있었다.

그때 나는 우리말의 아름다움과 오묘함을 처음 알았고, 한용운, 김소월, 김영랑, 서정주를 줄줄 외우고 다니며 한恨과 불교적 허무虛無, 현실성과 무궁성의 이중적 역설, 육욕적 세계인식과 근역槿域 신선도神仙道의 아름다움의 비밀을 조금이라도 눈치챘다. 또한 동시에 키이츠나 셸리의 낭만주의에서 스펜더 오든의 모더니즘, 소로우의 '월든'의 초월주의에서 비트 제너레이션의 잭 캐루악과 알렌 긴즈버그 류의 이탈주의에 이르기까지 섭렵할 수 있었다. 뿐만 아니라 그레이엄 그린이나 엘리엇, 또 그들과는 전혀 다른 딜런 토마스까지 공부할 수 있었다. 그 가운데서도 특히 딜런 토마스의 영적이고 우주적인 생명사상에 깊이 심취하게 된 것은 역시 고등학교 무렵이었다.

나는 이러한 고등학교 선생님 이외에도 나의 삶과 문학에 결정적인 영향을 미친 스승이 있었다. 아주 어렸을 적에 사물의 기초적인 이치를 가르친 유명한 빨치산 출신의 로선생과 문리대적 민족문학에 눈뜨게 해준 친구 조동일이 바로 그들이다. 또한 젊은 시절 철학과 출신의 친구 윤노빈으로부터 헤겔 변증법을 속속들이 알게 되었으며, 1960년대와 70년대부터 돌아가실 때까지 늘 모시고 살았던 무위당 장일순 선생님으로부터 삶의 이치와 역사, 종교와 정치, 대인 관계에 관한 몽양과 간디, 비노바 바베 등의 뚜렷한 가르침을 받았다.

내가 감옥에서 집중적으로 공부한 것은 첫째가 생태학 스케치, 둘째가 선불교, 셋째가 테야르 드 샤르댕의 사상, 넷째가 동학이었다. 먼저 생태학은 일반적인 환경생태학부터 들어가 공공경제학을 거쳐 드볼과 세션즈의 심층생태학 소개서, 루돌프 바로와 머레이 북친 등의 사회 생태학 등으로 나아갔다. 하지만 그러한 생태학만 가지고선 세계와 삶의 진화를 이해하기엔 인간은 너무나도 복잡하고 심오하다고 생각, 나는 선禪과 불교에 관한 깊은 내면적 지식과 무의식적 지혜를 갈구하게 되었다. 그래서 『금강경』을 비롯한 여러 경전을 읽었을 뿐만 아니라 고승들의 게송과 법어를 이백 수 가량 달달 외웠으며, 거기서 인간의 영적 깨달음과 영성적 소통을 맛볼 수 있었다. 하지만 이것 역시 파괴의 극복이나 생명과 평화의 새 사회 창조 사이에 관계에 대한 그 어떤 확실한 철학적, 과학적 근거도 발견할 수 없다는 것을 느꼈다.

그러던 차에 내가 기억해 낸 것은 함석헌 선생의 옛 권유였다. 영성과 생명, 삶의 안팎을 과학적이고 신학적으로 함께 이해하기 위해선 테야르 드 샤르댕을 읽는 것이 첩경이라는 권유를 생각해냈던 것이다. 나는 이효상이 번역한 테야르 드 샤르댕의 전집을 모조리 읽었다. 하지만 두세 권을 제외하고 번역이 엉터리여서 도무지 무슨 말인지 알 수 없었다. 그래서 주저인 『인간현상』과 다른 책들의 영역본을 영한사전을 참조하며 몇 달 동안 읽었다.

그리고 나는 거기서 후일 나의 사유와 사상의 핵심이라고 할 수 있는 '우주진화의 삼대법칙'을 발견할 수 있었다. 즉 첫째 우주 진화의 내면에는 의식의 증대가 있고, 둘째 우주 진화의 외면에는 복잡화가 있으며, 셋째 군집群集은 개별화한다는 삼대법칙이었다. 하지만 그 과정에서 크게 놀란 것은 "이게 바로 동학 아니냐"는 것이었다. 테야르 드 샤르댕 사상의 중핵이 동학사상이라는 것을 크게 깨우친 것이다. 고생물의 고전이며 최고 최대의 과학적 진화론이라고 할 수 있는 샤르댕의 우주진화 삼대법칙이 바로 동학사상의 핵심이었던 것이다.

내 생애를 통틀어 더듬어 찾아온 그 무엇이 있다면, 한마디로 그것을 줄여 말하라면 '모심', 즉 '侍' 한 글자라고 즉

시 대답하겠다. 그리고 이것은 바로 동학의 스물한 자 주문, 그 중에서도 '시천주 조화정 영세불망 만사지侍天主 造化定 永世不忘 萬事知'의 맨 앞에 있는 '모실 시侍' 한 자와 연결되어 있다. 즉 '모심'이라는 것은 안으로 신령이 있고 밖으로 기화가 있으며 한 세상 사람이 서로가 서로에게서 옮겨 떨어질 수 없음을 각각 깨달아 각기 나름으로 각각 실현한다는 의미를 담고 있다. 또한 이것은 "엇갈리고 얼크러진 잡다를 밟고 나가되 공경하는 마음을 놓치지 않고 집중하면 허물이 없으리라履錯然 敬之無咎"(『주역』 이괘離掛)에서 '경지敬之'와 동학에서 말하는 '시侍'와 밀접하게 관련되어 있다.

그러나 나는 혼돈 나름대로의 질서와 중심 아닌 중심으로서 '모심'을 몰랐고, 모른 채 그 하나를 잡다 속에서 찾아야 한다는 강박관념에 시달린 적이 있다. 그것을 찾지 못해 온갖 혼란과 부담감이 내 젊음을 내내 무거운 짐으로 느끼게 했다. 바로 그것이 내 곁에, 우리 속에 있는 줄을 새까맣게 몰랐던 것이다.

하지만 지금 나는 기독교적 의미보다 훨씬 더 풍요롭고 경건한, 타자를 드높이고 섬기는 사랑으로서 '모심'을 내 생의 마지막 과제로 삼고 있다. 내 민족과 동양의 오래고도 새로운 지혜의 보석인 동학으로부터 '모심'을 발견할 수 있었던 것이다.

김지하 시인 약연보

· 본명 김영일(金英一), 호는 노겸(勞謙).
· 1941년 전남 목포 출생.
· 1966년 서울대 미학과 졸업.

　　　　　8년여 투옥생활, 한국 민주화운동의 상징.
· 1969년 「황톳길」 등 시 5편을 『시인(詩人)』지에 발표.
· 1970년 5월, 『오적(五賊)』 필화사건.
· 1974년 민청학련 사건으로 사형선고 받음, 7월 무기징역 감형.
· 1975년 2월 출옥 후 옥중기 「고행―1974년」 발표, 재차 투옥됨.
· 1999년 율려학회 창립.
· **주요 작품**

　『황톳길』, 『오적』, 『타는 목마름으로』, 『고행-1974년』, 『애린』, 『남(南)』 등.
· **수상**

　'로터스(Lotus)' 특별상 수상, 노벨문학상 후보 추대됨(1975년).

　'위대한 시인상'과 '부르노 크라이스키 인권상' 수상(1981년).

　이산 문학상(1993년).

내 문학의 무의미無意味와 의미意味

시인 **김 춘 수**金春洙

나는 어떻게 문학을 하게 되었는가

30년대 말에서 40년대 초 나는 일본 동경에서 공부를 하게 되었다. 1939년 경기중학 5학년 졸업을 석 달쯤 남겨두고 나는 자퇴를 하였다. 3, 4학년 때부터 학교가 무슨 소용이 있겠느냐 하는 생각이 들었는데 그래서 대학 갈 생각은 안 하고 극장이나 도서관으로 돌아다녔다. 그 당시는 일본말이 강요되던 시기였다. 민족의식이니 그런 거창한 생각은 없었고, 아무튼 사소한 일로 일본인 담임선생과 다투고 그 길로 자퇴서를 내버렸다. 집에서는 학교에 다니는 줄 알고 있었는데 나중에 가친께서 아시고는 크게 꾸중을 하셨다. 중학교 4학년을 마치면 대학 예과에는 갈 수 있었던 시기였는데 그만 시기를 놓치고 동경에서 고향 친구의 권유로 '일본대학 예술학원'에 들어가게 되었다. 음악과나 미술과보다는 창작과

가 마음에 들어 입학하게 되었다. 선생들이 작가거나 시인이었다. 특히 일본 시단에서 명성을 떨치던 하기와라 사쿠타로오 선생의 자유분방한 강의가 인상적이었으며, 에드가 알렌 포우를 강의한 이토우 세이 선생 강의도 좋았다. 예이츠며 릴케를 만난 것도 그때였다.

그리고 고향인 경남 충무로 귀국하게 되었는데 다 아시는 대로 그 당시 일본은 우리말 우리글을 사용하지 못하게 하고 문학작품을 발표하지 못하도록 혹독한 정치를 하였다. 그런 배경에서 충무에 살고 있던 20대의 젊은 예술 지망생들이 모였다. 후에 세계적인 음악가가 된 윤이상, 화가가 된 정형민, 시조로 등단한 김상옥 등이 뜻을 같이 했다. 청마 유치환 시인을 회장으로 했다. 당시 청마 선생은 40대셨다. 2, 3년 가까이 지속된 모임이었고 이 기간은 나의 습작기에 해당된다. 우리 문화에 대한 목마름에서 시작된 모임으로 일종의 문화운동이었다. 이 시기 습작한 시를 청마 선생께 보이곤 했는데 별 말씀이 없으셨다. 맞춤법이 틀렸다는 지적 정도였던 기억이 난다.

나의 작품세계와 문학관

나는 계속 실험을 한다는 생각으로 즉 실험정신으로 시를 써 왔다. 그래서 그 변모과정이 의도적인 편이다.

1948년 나는 첫 번째 시집인 『구름과 장미』를 출간했는데 대부분 유교 전통적 서정시라 할 수 있겠고, 기성 시인들의 시에서 벗어나지 못하는 아류적 시라고 할 수 있다. 지금 꼽으라면 몇 편밖에 없다. 이 시기 4~5년간은 자기 개성을 찾지 못한 암중모색의 시기였다.

50년대에 접어들면서 나에게 길이 열리는 듯했다. 나는 남의 시의 압력으로부터 풀려났다. 나만의 개성을 찾으려는 노력을 하게 되는데 그러한 시도로 나의 시는 관념적인 색채를 띠게 되었다. 학생 시절 좋아했던 릴케의 관념시가 매력으로 나에게 다가왔고, 전후의 실존주의 철학에 경도되어 있었다. 꽃에 빗대어 사상이나 철학 같은 관념을 드러내려고 했다.

시 「꽃」에 대해 많은 사람들이 연애시라고들 하는데 나는 「꽃」이라는 시를 통해 존재성의 테마를 탐구하려고 했다. 꽃이라는 말 이전에는 몸짓과 형태만 있을 뿐이었다. 우리가 '꽃'이라고 명명하자 '꽃'이 된 것이다. 하이데거가 말한 '언어는 존재의 집'이라는 말대로 어둠 속에 있는 것을 끄집어내는 역할을 언어가 하는 것이다. 나아가서는 인간존재에 대한 탐구였다고도 볼 수 있다. 몹시도 과작이 되었다. 1년에 한 편이 고작이었던 시기다.

그러다가 60년대로 접어들면서 시에 대한 또 한번의 회의와 반성을 하게 되었다. 과연 시가 철학인가 하는 회의였다. 시를 통해서 철학을 할 필요가 있겠는가 하는 문제제기였다. 철학을 하고 싶으면 시를 쓰지 말고 그냥 철학을 하면 되는

것이었다. 시라는 것은 철학 이전, 사상 이전, 관념으로 굳어
지기 이전의 말랑말랑하고 소프트한 어떤 것이 아닐까 하는
생각이 들었다. 시에서 관념, 즉 철학이나 사상을 빼려면 설
명해서는 안 된다. 시는 감각이면 감각 그대로, 정서면 정서
그대로 있는 그대로의 모습을 그려내야 한다. 시는 의미 이
전의 것이기 때문이다. 독자도 시에서 무엇을 나타내려고 했
느냐를 찾지 말아야 한다. 현대 순수회화의 거장인 피카소가
무엇을 나타내려고 한 것이 아니다. 모차르트 음악도 내용은
없지 않은가. 음이 빚어주는 분위기만 있을 뿐이다.

　이러한 시를 나는 순수시 혹은 무의미 시라고 했는데 무의
미 시에 대해 독자의 반응은 모르겠다, 어렵다고 한다. 그러
나 이러한 점이 바로 시가 예술인 이유이다. 여기서 내용이
없다는 말은 철학을 피한다는 뜻이다. 좋은 시란 설명이 안
된다. 그냥 좋다. 발레리도 '시는 그 주변에 침묵을 거느린
다'고 했다. 음악을 설명하면 오히려 음의 미학세계를 파괴
하는 게 된다. 그래서 나는 비평가와 옳은 감식가와는 다르
다고 생각한다. 설명을 잘 하는 사람이 꼭 좋은 감식가는 아
닌 것이다. 좋은 감식가를 겸비한 좋은 비평가도 있지만 비
평가 중에는 말재주만 있는 경우도 있다.

　1960년대부터 1980년대까지 무의미 시를 추구했고 무의미
시를 처음 추구한 시가 「인동잎」이다. 시의 성패를 떠나서
이 작품은 애착이 간다. 1991년에 쓴 연작시 「처용단장」은
그러한 나의 경향이 집대성된 작품이라고 할 수 있다. 나는
그때 설명을 배제하고 이미지를 서술만 하는 무의미 시에서

이미지도 의미를 피하기 어렵다는 생각이 들었다. 그래서 마침내는 낱말까지 해체하고 음절단위로 나열하는 시도를 했고 분위기만 있는 시를 쓰게 되었다. 1990년대 이후는 새로운 경향을 다시 모색하는 시기라고 할 수 있다.

내가 영향받은 작가나 작품이 있다면 릴케와 정지용을 꼽을 수 있겠다. 릴케에게서는 초기시에서 추구했던 관념적이고 철학적이고 실존적인 시의 영향을 받았다고 본다. 학생시절 릴케에게 심취해서 전기까지도 다 찾아 읽었다. 릴케는 좋은 시를 쓰려고 가족까지도 모두 버렸는데 나는 거기까지는 못했다. 좋은 시인이 되기 위해서는 세속적인 것에서 한 발짝 물러서야 된다고 생각한다. 국내 시인으로는 정지용 시인인데 정지용 시인을 통해서 말을 다루는 방법, 짧은 시행 안에 많은 의미를 담을 수 있는 함축의 방법 등을 알게 되었다.

청마와 미당의 영향에 대해서도 질문들을 하는데 대시인이기는 하지만 청마의 영향은 별로 받지 않은 것 같다. 오히려 그 당시까지 보지도 못한 미당의 영향을 받았다는 생각이 든다. 미당은 나에게 시인으로서의 재능을 인상적으로 보여 준 시인이다. 신비적인 면과 천재적인 일면을 가지고 있는 시인이다. 내 시의 「귀촉도」는 미당의 시를 모방한 것이다. 소재, 어조, 어휘까지를 모방했는데 내 속에 나도 잘 모르는 미당과 비슷한 기질이 있는가 보다. 미당 선생과는 자주 만났는데 나에게 '대여大餘'라는 호도 그 분이 지어주셨다. 나는 현실생활 속에서 일종의 도덕적 결벽성을 가지고 있는데 시에는 그런 부분이 전혀 드러나지 않는다.

김수영 시인과의 관계에 대해서도 질문을 많이 받고 있다. 김수영은 내가 평생동안 유일하게 라이벌 의식을 느꼈던 시인이다. 그와는 생전에 한 번도 만난 적이 없었는데 제1회 시인협회상을 김수영이 수상했고 제2회를 내가 마산중학교 교사 시절에 수상하는 등 인연이 있다. 만약 김수영 시인이 없었다면 내가 그와 같은 시를 쓰게 되었을 것도 같다. 김수영과 다른 길을 모색하다 보니 지금과 같은 시세계에 다다른 면이 없지 않다. 김수영 시인은 내가 하고 싶었던 말을 대담하고 솔직하게 해주었는데 그래서 나는 의도적으로, 의식적으로 그와는 반대되는 순수시를 더 고집하게 된 것 같다. 1960년대 김수영은 내 시를 '부르주아 시'라고 비판했는데 나는 부르주아라는 말을 싫어했지만 김수영 입장에서는 그렇게 보일 수도 있겠다 싶어 반론을 하지 않았다. 그는 심미성이 강한 시인이었는데 그러한 예술성을 억지로 누르고 도덕성이나 사회성을 강조했다고 보여진다. 청마나 톨스토이와 같은 사람들이다. 자기 입장에서 성실한 사람들이 그러하며 오히려 적당히 얼버무리는 것은 나쁘다고 본다.

「들림, 도스토예프스키」(1997년도 대산 문학상 수상작)에서는 도스토예프스키 소설을 시에 직접 차용했는데, 일종의 기법이라고 할 수 있다. 그의 작품 속의 인물들을 시에 등장시켜 그들을 통해 도스토예프스키에 대한 생각을 정리해보려고 했다. 도스토예프스키는 젊었을 때부터 그 동안 내가 관심을 많이 갖게 된 작가이다.

나의 집필벽

　나는 시 쓰는 것 이외에는 할 줄 아는 게 아무 것도 없다. 벽에 못 하나 박을 줄 모르고 은행에 가서 돈 찾고 넣고 하는 일도 할 줄 모른다. 아내가 다 맡아 했었다. 잡기도 할 줄 모른다. 내 경우 시를 안 쓰면 살아있는 송장, 죽어있는 거나 마찬가지다. 요즈음은 한 달에 한두 편 쓰지만 그것이 내 일과의 전부다. 시 쓰는 일 말고는 하는 일이 없다.

　앞으로 나의 작품세계에 어떤 변화가 있게 될까

　그 동안 매달렸던 무의미 시에 대한 탐구도 1990년대에 들어서면서 나는 다시 이러한 생각에 회의를 갖게 되었다. 그 후 선의 세계를 추구하게 되는데 이것은 말이 없는 세계다. 그러려면 말을 안 하고 시를 쓰지 말아야 하는데 그러자니 외로웠다. 시는 써야 되었다. 그래서 후퇴하기로 했다. 그냥 후퇴가 아니라 정반합의 변증론적 후퇴를 하기로 했다. 다시 의미의 세계로 돌아가되 무의미 시세계를 통합해서 의미의 세계로 돌아가기로 했다. 또 하나 최근 작업 중에서는 그 동안 개인적 체험을 시에 노출시키는 것을 삼가해왔는데, 아내가 떠난 후 아내를 많이 생각하게 되었고 아내를 애도하는 시를 쓰게 되었다.

우리 문학의 비전에 대하여

우리 시단은 100년을 맞았지만 그 동안 위대한 시인을 배출하지 못했다는 생각을 하게 된다. 엘리엇이나 릴케 등 큰 시인들의 시는 인간성에 대한 통찰을 아주 깊고 치밀하게 추구한 것을 볼 수 있다. 그러나 한국시는 그러하지 못했다. 좋은 시인, 훌륭한 시인들이 몇 있어서 우리 시를 현대시로 끌어오기는 했지만 큰 시인은 없었던 것 같다. 시는 단순히 레토릭이나 작품 자체로 그쳐서는 안 되며 시 자체가 무엇인지 인생이 무엇인지를 추구해야 한다고 생각한다. 현대의 시점에서 리듬에 매달리는 일도 바람직하지 않다고 본다. 시의 위기라고들 하지만 우리 시단은 매우 왕성하게 활동하는 재질 있는 젊은 시인들이 많은 것으로 알고 있다. 숫자가 많은 데서 좋은 것이 나올 수 있다고 생각한다.

시는 현실이 아니라고 생각한다. 오히려 현실을 떠날수록 현실에 관여하는 모순을 가지고 있다고 생각한다. 시는 역사를 무시할 수 있어야 한다. 아니면 혁명가가 되어야 하며 혁명가는 죽어야 한다. 1980년대에 나도 4~5년간 역사 현실에 참여한 적이 있고 말하고 싶지 않은 부분이지만, 역사를 부정한 나에게 역사가 복수를 한 것이라는 생각이 든다. 역사는 TV처럼 강자가 만들어내는 것이다. 각도에 따라 다른 사실이 비쳐지는 것이 역사다. 지금까지는 역사가 개인을 심판했지만 앞으로는 개인이 역사를 비판해야 한다. 얼마나 많은 개인이 역사에 파멸되었는가.

　젊은 친구들에게 굳이 말한다면 자기 개성에 충실할 필요가 있다. 남의 눈치, 비평가들의 눈치를 보지 말았으면 한다. 당장의 칭찬에 연연하면 오래 가지 못한다.

(원고작성: 김유선 시인)

김춘수 시인 약연보

· 1922년　경상남도 충무시 동호동에서 출생.
· 1939년　경기고등학교 자퇴.
· 1942년　니혼대학[日本大學] 예술학과 3학년 중퇴.
· 1946년　광복 1주년 기념 시화집 『날개』에 시 「애가」를 발표.
· 1948년　첫 시집 『구름과 장미』를 내며 문단에 등단.
· 통영중학교와 마산고등학교 교사.
· 1965년　경북대학교 교수.
· 1978년　영남대학교 문리대학 학장을 역임.
· 1981년　제11대 국회의원 및 대한민국예술원 회원.
· 1986년　한국시인협회 회장 등.
· 2004년　11월 29일　작고함.
· **주요 작품**
　시집 『늪』, 『기』, 『인인(隣人)』, 『꽃의 소묘』, 『부다페스트에서의 소녀의 죽음』, 『김춘수시선』, 『김춘수전집』, 『처용』, 『남천(南天)』, 『꽃을 위한 서시』, 『너를 향하여 나는』 등, 시론집으로 『세계현대시감상』, 『한국현대시형태론』, 『시론』 등이 있다. 이 외에도 『한국의 문제시 명시 해설과 감상』(공저) 등의 저서가 있다.
· **수상**
　제2회 한국시인협회상.
　1959년 자유문학상, 대한민국문학상, 대한민국 예술원상, 문화훈장(은관) 수훈.

경수필硬隨筆과 연수필軟隨筆

수필가 김 태 길金泰吉

1

휴전협정이 이루어졌다는 소식을 듣고 지체 없이 청주의 직장을 버리고 서울로 복귀한 것은 뚜렷한 대책이 있기 때문은 아니다. '설마 어떻게 되겠지' 하는 막연한 기대만을 안고 돌아온 것인데, 전쟁으로 상처투성이가 된 서울은 그전과 달라서 낯설기 짝이 없었다. 대학 강사의 자리쯤은 쉽게 얻을 수 있으리라 안이하게 생각했던 것이나, 동분서주하여 겨우 얻은 것은 외국어를 가르치는 학원의 말단 강사 자리였다.

'상록학원'의 원장 차주환 선생이 나에게 맡긴 것은 「TIME」과 「LIFE」를 교재로 삼는 고급영어 강좌였다. 내 실력을 믿고 고급반을 맡겼다고 고맙게 생각한 것은 착각에 불과

했고, 고급반은 수강생이 적었던 까닭에 내 차지가 되었을 뿐이었다. 그 학원의 강사료는 수강생 수에 비례한다는 것도 곧 알게 되었다.

어느 날 저녁에 강의를 마치고 귀가하려고 했을 때, 차주환 원장은 나를 다방으로 끌고 갔다. 그날 우리는 학원 원장과 강사의 관계를 떠나서 이야기를 나누었다. 학원을 경영하는 일이 차주원 선생의 본직本職이 아니라는 것도 그때 알게 되었고, 새 학년이 되면 서울대학교 중국문학과의 전임강사로 들어가게 되었다는 것도 알게 되었다. 그러나 그날 차 선생이 나에게 하고 싶었던 가장 중요한 말은 함께 수필을 써보지 않겠냐는 제언이었다.

옛날의 우리나라 선비들은 대개 문집文集을 한두 권쯤 남겼다는 사실을 강조하면서, 우리도 장차 함께 수필을 쓰는 글벗이 되자고 간곡한 어조로 말했을 때, 나는 주저하지 않고 즉석에서 그의 제언에 찬성하였다. 나도 철학도의 길로 들어섰을 때부터 철학적 사색의 결과를 알기 쉽고 멋있는 문장에 담아서 남기고 싶다는 생각을 가지고 있던 터였다.

수필의 길에 동참할 친구가 또 한 사람 있었다. 당시는 상록학원에서 영어와 중국어를 가르치고 있었지만 후일에 서울대학교 중국문학과 교수가 될 것을 목표로 삼고 있던 장기근張基槿 선생이 그 사람이다. 공교롭게도 세 사람은 동갑이었다.

세 사람은 각각 한 편씩 글을 써 가지고 일 주일 뒤에 모이기로 약속하였고, 그 약속은 어김없이 지켜졌다. 그러나 세 사람 앞에는 예기치 않은 문제가 기다리고 있다는 것을 그때 비로소 알게 되었다. 세 사람의 수필관隨筆觀이 서로 다르다는 것을 발견한 것이다. 세 사람은 각각 자신의 수필관에 따라서 글을 써 왔던 것이며, 각자 자기가 쓴 것과 같은 유형의 수필만이 바람직하다는 주장을 고집했던 것이다.

차주환이 써온 것은 요즈음 우리가 말하는 연수필軟隨筆 또는 서정수필에 해당하는 것으로 구체적 체험을 중심으로 삼는 가벼운 글이었다. 장기근이 써온 것은 당시의 사회현실을 비판한 짧은 논단으로서 요즈음 우리가 말하는 경수필硬隨筆에 가까운 것이었다. 내 경우는 철학적 사색을 담은 추상적인 글을 쓴다고 의도했던 것이다. 죽도 밥도 아닌 것이 되고 말았다.

각자가 자신의 취향에 맞는 수필을 써도 무방하지 않겠느냐는 타협안도 나왔으나, 성미가 팔팔한 장기근 선생이 응하지 않았다. 그럴 바에는 각자가 자신의 뜻대로 글을 쓰면 되었지 굳이 동인同人이라는 이름으로 모일 필요가 없다는 것이 그의 논리였다. 결국 장 선생은 탈퇴를 선언하였고, 차 선생과 나만이 '동인'으로 남은 꼴이 되었다.

그보다 앞서서 차 선생은 나에게 김소운의 『마이동풍첩馬耳東風帖』을 빌려주었다. 구체적 체험을 중심으로 삼은 가벼운 글들을 모은 것이었다. 그 책을 읽으며 그런 글에도 묘미가 있다는 것을 알게 되었고, 내가 생각했던 추상적인 수상隨想보다 접근하기가 쉽겠다는 판단도 갖게 되었다. 차 선생의 권고가 먹혀 들어간 것이며, 결과적으로 나도 차 선생을 따라서 연수필에 손을 대게 되었다. 친구 따라서 강남에 간 격이 되었다.

2

장 선생이 떠나간 뒤에 차 선생과 나는 수필 때문에 정기적으로 만나지는 않았다. 새 학년이 되면서 차 선생은 서울대학교 중국문학과의 전임강사가 되었고 나는 서울여자 의과대학에 조교수로 취직이 되어, 두 사람의 연구실이 가까웠던 까닭에 부정기적으로 가끔 만났던 것으로 기억한다. 수필에 대한 열성은 내가 더 강한 편이었고, 글이 한 편 되면 그것을 들고 차 선생 연구실을 찾아갔던 기억이 난다.

그 당시에 습작으로 쓴 글이 어떤 것이었는지 기억이 분명치 않으나, 차 선생의 취향에 맞추어서 연수필에 속하는 것을 주로 썼지만, 내 고집대로 중수필重隨筆에 가까운 것도 틈틈이 썼던 것으로 알고 있다.

차 선생은 내가 쓴 것과 자기가 쓴 것을 합하여 서울대학교 『대학신문』에 나란히 실리도록 주선하기도 하고, 때로는 내 것만을 『대학신문』 또는 『사상계』지에 실리도록 하는 열성을 보이기도 했다. 1955년부터 수필에 대한 열성은 지나칠 정도로 높아졌고, 써낸 글의 편수도 상당한 수에 이른 것으로 기억한다. 1977년 여름에 미국 국무성의 장학금을 얻게 되어 존스 홉킨스 대학원에 입학하게 되거니와, 박사학위에 대한 야심을 안고 떠나는 마당에 3년 동안 쓰고도 남을 정도의 많은 원고용지를 짐 속에 챙겼다는 사실만으로도 당시의 내가 제정신이 아니었다는 것을 말해 준다.「석양夕陽」,「창문」,「홀아비의 방」등 열 편 이상의 수필이 내가 미국 유학 시절에 쓴 것들이다.

1962년 첫 번째 수필집을 내게 되었고, 그 이름을 『웃는 갈대』라고 지었다. 그 책의「머리말」은 다음과 같이 시작되고 있다.

> 너무나 가혹한 현실은 우리의 숨길을 막을 것만 같다. 난마亂麻보다도 어지러운 생활의 주변을 똑바로 의식할 때마다 상이 저절로 찌푸려지나니…. 그러나 현실과 대결하는 마당에 있어서 우리는 반드시 악마처럼 무서운 얼굴을 지켜야 하며, 일부의 철학자들이 하듯이 언제나 심각한 표정을 지어야 할 것인가? … 세상이 각박할수록 차라리 심각한 표정을 풀고 한 걸음 물러서서 남의 일처럼 웃어넘기는 마음의 여유를 갖고 싶다는 뜻이다.

'한 걸음 물러서서 남의 일처럼 웃어넘기는 마음의 여유'의 나타남을 나는 유머(humor)로 보았다. 그런 맥락에서 당시에 나는 유머가 있는 글을 쓰고 싶었고, '유머에 관하여'라는 장편 수필을 쓰기도 했으며, 첫 번째 수필집 이름을 『웃는 갈대』라고 지었던 것이다.

『웃는 갈대』에 실린 모든 글들이 유머를 담고 있는 것은 물론 아니다. 유머라는 것이 의도한다고 나오는 것이 아니라 어떤 소재素材를 염두에 두고 붓을 들었을 때 해학적 기분이 저절로 일어나야 생기는 것이며, '웃기자'는 의도가 앞서면 도리어 냉소冷笑에 가까운 것이 튀어나오기 쉽다는 것을 나는 알고 있었다. 무거운 주제를 다루는 경수필硬隨筆의 경우는 해학적 기분에 젖을 가능성이 적으므로, 자연히 연수필軟隨筆 쪽으로 붓대가 움직일 경우가 많았던 것이 아닐까 한다.

그러나 학생 시절부터 염두에 두었던 '사색적 수상'에 대한 욕심은 마음 바닥에 항상 깔려 있었다. 『웃는 갈대』에 실린 글 가운데도 『세월』, 『암야의 낙서』, 『마음의 여유』, 『정열·고독·운명』 등이 자리를 차지한 것은 그런 욕심과 무관하지 않을 것이다.

1964년에 『빛이 그리운 생각들』이라는 제호를 달아서 둘째 번 수필집을 냈고, 그로부터 4년 뒤인 1968년에는 『검은 마음 흰 마음』이라는 이름으로 셋째 번 수필집을 출간하였다. 절차탁마하는 각고의 노력 없이, 수필의 바람직한 모습에 대하여 깊이 반성하는 시간도 갖지 않고, 그저 부지런히 써냈다는 것을 의미한다. 따라서 『웃는 갈대』에 실린 초기의 글들보다 성숙했거나 향상했다고 평가할 만한 것은 찾아보기 어렵다. 쉽게 말해서, 자만에 빠진 것이다. 굳이 『웃는 갈대』의 경우와 달라진 점을 찾는다면 일상적이고 서정적인 글보다 사색적 또는 현실 비판적인 글들의 편수가 눈에 뜨이게 늘어났다는 점을 지적할 수 있을 것이다.

『빛이 그리운 생각들』은 4부로 나누어져 있거니와 제3부에 속해 있는 단상斷想들은 「지성에 관하여」 또는 「우문愚問에 관하여」 등의 제목이 암시하듯이 대부분이 칼럼에 가까운 것이며, 제4부는 「비판의 자유와 그 책임」, 「종교에 관한 속견俗見」, 「두 가지의 철학」 등 여덟 편의 소론小論을 묶은 것이다. 『검은 마음 흰 마음』의 경우도 모두가 4부로 나누어져 있으며, 그 제3부는 「주부와 생활의 중심」, 「현모양처」 등 주로 여성에 관한 소론 아홉 편을 묶었으며, 그 제4부는 「한국의 지도자」, 「대중성과 저속성」 등 잡다한 소론小論 열한 편을 묶어서 만들었다.

3

1971년에서 1972년에 걸쳐서 10개월 남짓한 세월을 하와이의 동서문화연구원(East-West Center)에서 보낸 적이 있다. 집을 비운 동안에 많은 우편이 와서 쌓여 있었거니와 그 가운데 『월간 수필문학』이라는 잡지가 여러 권 섞여 있었다. 그 잡지가 내 주목을 끈 것은 그것이 한국에서 발행된 최초의 수필 정기간행물이라는 사실보다도 '수필'에 '문학'이라는 화려한 꼬리가 붙어 있었기 때문이다.

그 동안에 나는 많은 수필을 썼지만 다만 그것이 좋아서 썼을 뿐이며, 굳이 '문학'을 의식하지 않았다. 그러나 이제 수필을 학자나 선비의 단순한 여기餘技가 아니라 문학의 한 분야로서 본격적으로 추구하고 있는 사람들이 한국에 있다는 사실을 알고 속으로 약간의 충격을 받았다. 그리고 수필을 보는 나의 시각에도 약간의 변화가 생겼다.

세 권의 책으로 묶어서 출간할 정도로 여러 편의 수필을 썼으나, 수필이론에 대해서는 별다른 관심을 쏟지 않았다. 소설이나 시의 경우는 지켜야 할 작법이 있겠지만, 수필은 제멋대로 써도 무방하리라는 생각을 처음부터 가지고 있었던 것으로 보인다. 수필론에 관한 글을 전혀 읽지 않은 것이 아니나, 밑줄을 그어가며 정독할 정도의 열성은 없었다. 그러나 이제 수필에도 문학의 이름을 붙여서 본격적으로 다루자면, 마땅히 이론적 탐구도 필요할 것이라는 생각이 들었다.

하와이에서 귀국한 지 한 달포쯤 지났을 무렵에 월간 수필문학사에서 원고를 청탁한다며 사람이 찾아왔다. 그때부터 『수필문학』지와 인연을 맺게 되었고, 그 인연을 계기로 수필에 관한 나의 앞날에 예기치 않은 변화가 생기게 되었다. 이 잡지를 매개로 삼고 생긴 변화 가운데 하나는 김소운金素雲 선생, 윤도영 선생을 비롯한 여러 수필가들과 알게 되었다는 사실이고, 그 또 하나는 새로 생긴 수필 단체에 관여하게 되어 한 개인으로서 수필을 쓰는 데 그치지 않고, 한국 수필계 전체에 깊은 관심을 갖게 되었다는 사실이다.

1977년경부터 월간 수필문학사가 심한 경영난에 빠지게 되었고, 이 잡지를 살려야 한다는 수필가들의 여론을 따라서 〈수필문학진흥회〉라는 단체가 만들어졌다. 단체가 결성되기는 했으나 그 회장을 선출하는 과정에 예기치 않은 사정이 생겨서, 창립총회에 나가지도 않은 내가 그 회장직을 떠맡게 되었다. 그리고 본의 아니게 내가 단순히 개인으로 수필을 쓰는 사람으로서만 머물러 있기가 어렵게 되었다.

수필문학진흥회의 회장직은 3년 뒤에 물러났지만 완전한 자유인의 처지로 돌아올 수 없었다. 『수필문학』 잡지를 살려 보고자 여러 사람들이 수고했지만 결국 폐간을 막지 못한 책임이 나에게도 있다고 보았던 까닭에, 회장직을 물러난 뒤에도 『수필문학』을 살리기 위한 움직임의 중심부에서 벗어날 수가 없었던 것이다.

월간으로 수필문학 잡지를 내기가 어렵다는 것을 알았을 때, 그 대안으로서 계간지를 발행하자는 의견이 나왔다. 그 대안의 실천을 위해서도 뜻을 같이하는 사람들이 가끔 모일 필요가 있다는 의견을 따라서 또 하나의 작은 모임을 만들었다. 〈수필문우회〉라는 이름을 단 이 모임은 처음에 20명 내외의 인원으로 출발하였다. 이 모임의 회장도 수필문학진흥회의 회장을 맞도록 하자는 나의 주장이 받아들여지지 않고 내가 그 자리를 맡게 되었다.

계간으로 수필 잡지를 내는 산파역을 위하여 만들어진 〈수필문우회〉는 『수필공원』이라는 이름의 계간지를 내는 일을 어렵게 성취하고 그 임무를 일단락 지었다. 그러나 『수필공원』의 창간만으로 만사가 끝났다고 보기는 어려운 형편이었다. 그것이 계속 나올 수 있도록 뒤에서 밀어주어야 할 실정이어서, 〈수필문우회〉는 계속 존속하게 되었고, 『수필공원』이 안정된 자리를 잡을 때까지는 10여 년의 세월이 걸렸다.

10여 년의 세월이 흐르는 동안에 〈수필문우회〉는 그 자체
로서 성장하게 되었고, 매월 모여서 『합평회合評會』라는 이름
으로 수필에 대한 이론과 현실을 두고 많은 담론을 나누었
다. 2001년은 〈수필문우회〉가 창립 후 20주년을 맞은 해여
서, 한국수필의 이론과 현실을 정리한다는 뜻에서 비교적 성
대한 심포지엄을 열기도 하였다. 그리고 그 뒤에 나는 그 회
장직을 물러났다.

　　4

　〈한국수필문학진흥회〉와 〈수필문우회〉에 깊숙이 관여한
25년여의 체험은 철학자로서의 나에게는 엄청난 외도의 세월
이었고 낭비의 세월이었다. 그러나 그 동안 배운 것도 많고
느낀 바도 많다. 다음에 내가 한국수필에 대하여 평소에 느
끼고 생각한 바의 일단을 적어서 이 글을 마무리할까 한다.
　제대로 된 수필은 시나 소설 등 문학의 다른 분야와 견주
어도 결코 손색이 없는 자랑스러운 문학이라고 생각한다. 다
만 문제는 '수필가'라는 이름에 어울릴 정도의 수준 높은 산
문을 쓴다는 것이 생각보다 훨씬 어렵다는 사실에 있다. 현
재 한국에는 많은 수필 잡지가 있어서 '수필가'의 면허증에
해당하는 등단패 또는 신인상을 주고 있다. 그런데 그 '등단
패' 또는 '신인상'을 주는 인심이 매우 후한 경우가 많아서,
우후죽순처럼 많은 '수필가'들이 경향 각지에 나타나게 되

었다. "나는 수필가요"하고 자신을 소개하기가 주저스러운 것이 오늘의 우리 현실이다. 수필을 사랑하는 선배들이 수필에 뜻을 둔 후배들의 길에 재를 뿌린 격이 되었다.

　현재 우리나라 수필계에는 40대와 50대의 중견층에 매우 탁월한 작가들이 상당수 있는 것으로 알고 있다. 그러나 그들이 누구인지는 별로 알려져 있지 않다. 수필가의 수는 염치없이 불어나는데, 옥석玉石을 가려주는 객관적 평론이 미약하기 때문이다. 수필집에 대한 서평이 없는 것은 아니다. 그 평필評筆이 주례사적 찬양의 선을 크게 벗어나지 못하는 사례가 많고, 수필가에게 문학상을 주는 단체가 분별없이 많아서 등단을 하고 햇수가 늘면 누구나 한두 개의 상패를 받게 되나, 대상大賞이니 우수상이니 하는 것도 별로 믿을 바가 못 된다.

　해마다 봄이 되면 '신춘문예작품 현상모집' 광고를 내는 언론기관이 많다. 시와 소설, 희곡 등은 물론이요, 아동문학이나 시조 같이 그 인구가 비교적 적은 분야도 그 대상對象에 포함되어 있는데, 수필 분야는 대개 빠져 있다. 이는 우리나라 수필계가 비중이 큰 언론기관의 관심을 끌지 못하고 있음을 말하거니와, 그 까닭이 무엇인가를 한국의 수필가들은 생각해 볼 필요가 있지 않을까 한다.

　우리나라의 수필가들이 '문학'을 의식하고 써서 발표하는 글들의 대부분은 '사사로운 느낌' 또는 '사사로운 이야기'를 부드러운 문장으로 묘사한 것이 대부분이다. 흔히 '서정수필' 또는 '연수필軟隨筆'로 불리는 것을 문학성이 높다고 보는 추세가 강한 것이다. 사회의 비리非理를 고발하거나 삶과 죽음에 관한 철학적 문제로 고민하는 글이 전혀 없는 것이 아니나, 그와 같은 딱딱하고 심각한 글들은 수필문학에 뜻을 둔 사람들이 선호하는 바가 아니다. 그러한 글들은 '수필'이라기보다는 오히려 '논단論壇'이라고 불러야 한다고 생각하는 사람들도 적지 않다.

오래된 기억이지만, 우리나라에서도 유력한 언론기관에서 '신춘문예 현상모집'에 수필 분야를 소외시키지 않은 때가 있었다. 그럴 경우에도 '서정수필' 또는 '연수필'에 능한 사람들이 다수 응모했을 것이고, 같은 취향을 가진 심사위원들이 그 가운데서 잘 된 것을 당선시켰을 가능성이 높다.

탁월한 서정수필에는 산뜻한 아름다움이 있고 잔잔한 감동이 따른다. 그러나 사사로운 느낌 또는 사사로운 이야기를 다룬 글은 아무리 잘 썼다 하더라도, 사회에 경종을 울리거나 우리들의 공동생활에 심각한 문제를 제기하는 힘은 미약하다. 소시민적 안일을 즐기며 심미적 생활에 몰입한 수필가들에게는 심각한 사회문제 또는 삶과 죽음의 문제 따위에 헛되이 매달리는 것은 부질없는 짓으로 보이기 쉽지만, 언론기관의 책임있는 자리에 앉은 사람의 견지에서 볼 때는 서정수필 내지 연수필의 세계가 격동하는 우리 현실에 비추어서 너무 한가롭다고 보일 공산이 크다.

서정수필의 아름다움 또는 묘미를 나는 과소평가하고 싶지 않다. 다만 한국의 수필계가 온통 서정수필 내지 연수필의 세계에만 매달리는 것은 바람직하지 않다고 생각한다. 외국

에서는 무겁고 심각한 주제들을 깊이 있게 다룬 수상隨想 또
는 에세이(essay)도 무수하게 많은 것으로 안다. 우리나라만이
우리들의 광활한 영토를 자진하여 포기하는 것은 이해하기
어려운 태도가 아닐 수 없다.

김태길 수필가 약연보

· 아호 우송(友松).
· 1920년   충북 중원 출생.
· 1945년   일본 동경제대 법학부 중퇴.
· 1947년   서울 문리대 철학과 졸업.
· 1955년   『사상계』에 수필 「화단」 발표로 창작활동 시작.
· 1960년   미 존스홉킨스대학원 철학박사.
· 1962년   서울대학교 부교수, 교수.
· 1963년   제1수필집 『웃는 갈대』 출간.
· 1981~2001년 〈수필문우회〉 회장 역임.
· 1985년   학술원 회원.
· 1986년   서울대학교 명예교수.
· 1987년   철학문화연구소 이사장.
· 2001년   '성숙한 사회가꾸기 모임' 상임대표.
· **주요 작품**
  『빛이 그리운 생각들』, 『검은 마음 흰 마음』, 『소설에 나타난 한국인의 가치관』,
  『흐르지 않는 세월』, 『무심 선생과의 대화』, 『초대』, 『꿈이 있는 사색』 외 다수.

결핍과 충만

소설가 **박 범 신**朴範信

네가 나보다 깊고 고요한 것은
은밀한 중심에 속 깊은 자궁을 품고 있기 때문이라는 거
나는 알아
내가 삼백 예순 다섯 날
너에게 머리 두고 사는 뜻도.

「산에게」 전문

   몇 년 전 어느 저녁 무렵. 용인 '한터산방'의 너른 동쪽 창으로 너부데데한 굴암산 발치가 까무룩하게 저녁 운무로 꺼져내리는 것을 망연히 내려보다가, 생뚱맞게 무릎 오그려 붙이고 앉아 쓴 시의 전문이다. 읽다만 어떤 시집의 여백에 이 짧은 시를 쓰고 났더니, 이상도 하지. 하나도 슬프지 않은데 눈물이 주르륵 흘렀다. 이미 오래 전 백골이 진토되신 어머

니가 너무도 그리웠기 때문이다.

어머니는 용인에 묻혀 계신다

　벌써 십여 년 전의 일이다. 공연히 천지간에 마음 둘 데 없어 속에 바람 든 무처럼 썰렁썰렁하던 사십대 끝물에. 그래도 어디 고요한 곳에 묻혀 살면 허황해진 영혼일망정 심지로부터 행여 새 살이 차오를까 하여 용인 골마다 들쑤시고 다니다가, 젊은 부동산 중개인의 안내를 받아 지금의 '한터산방'에 자리를 처음 보았을 때, 어디서 본 듯 만 듯, 올망졸망하지만 그 품새는 자못 넉넉한 산세에 감싸인 것이 대뜸 마음에 차서 값을 깎고 자시고 할 새도 없어 서둘러 터를 접했던 것인데 나중에 느낀 바, 내가 그곳을 선택했던 게 아니라 어머니가 나를 그곳으로 불러들였다고 여기게 되었다.
　'한터산방'의 뒷산 너머너머에 어머니가 묻혀 계셨던 것이다. 뚱땅뚱땅 조립식 패널로 우거를 짓고 누웠는데, 영락없이 어머니의 등에 업혀 있는 꼴인지라, 입주 첫날 밤 내내 이몽가몽하는 중 어머니를 여러 번 뵈었다.

유랑이 필연이듯 회귀도 필연이다

　연접하고 중첩된 산은 골마다 깊고 아늑하니, 처처에 생명을 품고도 산은 적멸보궁처럼 고요하다. '한터산방'에 혼자 있으면 날마다 그것을 느낄 수 있다. 회귀라고 한들 그것이 꼭 죽음이겠는가.

가령, 집단무의식의 세계를 우리에게 가르쳐준 분석심리학의 대가인 칼 융은 무의식의 세계를 알기 쉽게 설명하려고 이런 삽화를 예로 들고 있다.

어떤 사람이 호숫가를 걷는다

혼자 걷는 것이 아니라 다정한 누군가와 함께 걷고 있는데, 어떤 지점에서부터인가 불현듯 어린 시절을 보낸 고향집의 추억 속에 빨려 들어간다. 함께 걷는 사람의 이야기를 그는 건성으로 듣는다. 그렇다고 그 호숫가 풍경이나 동행자의 이야기가 어린 시절을 떠올리게 할 만한 어떤 모티브를 제공해준 것도 아니다. 그는 집으로 돌아와 홀로 누워 '왜 그 지점을 지날 때 고향집이 떠올랐을까' 생각해보지만, 고향집 풍경과 그 호숫가는 너무도 달랐기 때문에 아무리 생각해봐도 합리적 이유를 발견할 수가 없다.

탐구심이 많은 그는 다시 그곳을 간다

고향집을 처음 떠올렸던 호숫가의 어느 지점에 당도하자

코끝에 무슨 냄새가 느껴진다. '이게 무슨 냄새일까.' 그는 냄새의 진원지를 따라 호숫가를 둘러싼 숲 안쪽으로 들어가다가 마침내 거위들이 잔뜩 모여있는 거위농장과 만난다.

'아하, 이것이었구나.'

그는 감탄해 마지않는다. 고향집에서 그는 거위 한 쌍을 길렀던 것이다. 거위 농장으로부터 날아온 미세한 거위냄새가 그 자신이 인식하지 못한 가운데, 무의식의 심층부에 나이테처럼 박혀있는 거위를 기르던 어린 시절의 추억으로 그를 데려갔던 것이다.

이것은 특별한 이야기가 아니다

칼 융이 아니라도 무의식의 세계가 때때로 우리 삶에 의식세계보다 더 큰 영향을 미칠 수 있다는 걸 지금은 대부분의 보통사람들도 다 알고 있다. 차이가 있다면 칼 융의 삽화에 등장하는 그 사람은 현상의 배후를 쫓아 그 호숫가로 되돌아가 마침내 거위냄새를 찾아냈다는 것이고, 일상생활에 바쁜 우리들은 대부분 본성의 거울이라고 부를 만한 문제의 '호숫가'로 되돌아가지 않는다는 것뿐이다.

밀란 쿤데라의 표현에 따르면, 호숫가로 되돌아가 마침내 무의식의 심층부까지 도달할 수 있었던 칼 융의 삽화에 나오는 사람은 '신의 창으로 들어갔다'고 할 터이다. 바쁜 우리가 보기에 그는 삶의 관성에서부터 허황하게 삐어져 나올 수 있을 만큼 한가한 사람이기 때문이다.

우리는 '신의 창'으로 들어갈 수 없다

우리가 '신의 창'으로 들어가려면 인간 세계의 창이 우리 앞에서 닫히고 만다. 삶의 관성을 쫓지 않으면 낙오될 뿐이라는 소문이 우리를 짓누르고 있다. 소득이 백 배 이상 늘어난 지난 30~40년 동안 삶의 속도는 2백 배 이상 늘었고, 욕망의 넓이는 3백 배 이상 늘었다고 말한다면 과장일까. 전국 방방곡곡으로 뻗어나간 고속도로를 달리는 폭력적인 질주가 그렇고, 인터넷의 숨가쁜 정보라인이 그렇고, 세계화의 총성 없는 전선도 그렇다. '낙오되면 죽는다'라고 자본주의의 잔인한 고문기술자 '경쟁'은 밤낮없이 우리 귀에 대고 속삭인다. 그러니 불같은 질주의 관성에 삶을 내맡길 수밖에 없는 우리는 '호숫가'로 되돌아갈 수 없는 게 너무도 자명하다. 머물 겨를도 없으니 어떻게 되돌아갈 겨를이 있겠는가. 우리는 다만 공학적으로 설계된 로봇처럼 앞으로 달려갈 뿐이다.

그러나 아무리 독해져도 진짜 로봇이 될 수는 없다. 그것이 우리의 비극이다. 때론 피곤에 절어 만원전철에서 끄덕끄덕 졸다가, 때로는 출근시간에 쫓겨 씹지도 않은 밥알을 허겁지겁 목구멍 안으로 넘기다가, 때로는 경쟁자에게 가위눌리어 비지땀 흘리면서 서류철을 정리하다가, 또 때로는 핏대를 올리면서 더 빠른 차, 더 좋고 우뚝한 집을 향해 씨근벌떡 달리다가 그 어떤 새벽이나 어떤 한낮 또한 어떤 저녁에, 가령 너무 아득해 이제는 잊은 줄 알았던 순정 어린 옛날의 한 편린이 떠오르거나, 아니면 이미 오래 전 돌아가신 어머니의 슬픈 꿈이 떠오르거나, 그것도 아니면 아주 예전에 헤어진 사랑하는 사람의 맑은 눈빛이 반짝 떠오르거나 할 때, 갑자기 뒤집힌 압침을 밟았을 때처럼 소스라치면서 '이게 아닌데' 하고 중얼거린다.

'사는 게… 이게 아닌데'

그것은 세계가 우리에게 입혀준 전사의 갑옷에 눌려서도 결코 완전히 죽지 않고 있는 본성이 보내는 일종의 경고 메시지이다. 그리고 그것은 동시에 하나의 찬스이기도 하다. 대부분은 '이게 아닌데, 이게 아닌데' 중얼거리면서도 다시 두 주먹 쥐고 냅다 달려가느라 그 경고 메시지를 곧 잊고 말지만, 그 메시지를 잘 살려 붙잡을 수만 있다면 삶의 새로운 지평을 열는지도 모르기 때문이다.

나는 그럴 때 용인으로 간다

그곳엔 적멸보궁과 같은 고요가 있고 그 곳엔 또 어머니의 자궁을 골마다 품고 있는 산이 있다. 산으로 가는 회귀의 마음은 그런 의미에서 죽음이 아니라 새로운 탄생으로서의 회귀일 수 있다. 왜냐하면 산이 품고 있는 자궁은 곧 본성이기 때문이다.

새 봄을 앞두고 있는 요즘의 굴암산은 고요하면서도 쓸쓸하고, 쓸쓸하면서도 꽉 차 있다. 아직 겉모습은 겨울산 그대로지만 새 삶을 준비하는 숨은 꿈들로 꽉 찬 요즘의 산 속으로 홀로 걸어 들어가는 게 참 행복하다. 그런 순간엔 최소한 '이게 아닌데'라고 생각하지 않는다. 고요하면서도 쓸쓸하고, 쓸쓸하면서도 꽉 차 있는 숲 저쪽에서부터, 나의 순정 어린 본성이 새 신부 같은 요요하고 여여한 모습으로 나를 마중 나오기 때문이다.

박범신 소설가 약연보

· 1946년 8월생.
· 중앙일보 신춘문예로 등단.
· 원광대 국문과, 고려대 교육대학원 졸업.
· 한국문회협회, 한국소설가 협회, 국제 펜클럽 회원.
· **현재** 명지대학 교수.
· **주요 작품**
『죽음보다 깊은 잠』,『불의 나라』,『풀잎처럼 눕다』,『불꽃놀이』 등이 있음.
· **수상**
대한민국 문학상 수상.

가벼워지기 위해

소설가 박 완 서朴婉緒

소설을 쓴 지가 30년을 넘다보니 내 글을 읽었노라고 반가워하는 독자를 예서제서 만나게 된다. 그 중에는 자기가 살아낸 남다른 세월을 책으로 엮으면 박경리의 『토지』나 최명희의 『혼불』보다도 더 길고 감동적인 소설이 될 거라면서 그걸 털어놓을 기회를 달라고 호소하는 이가 있는가하면, 심지어는 자신의 기구한 인생역정을 털어놓으면 그 소재 값으로 얼마를 받을 수 있나를 먼저 탐색하려는 이까지 있다. 나는 인생상담 같은 얘기에는 별로 관심이 없기 때문에 이런 경우가 여간 곤혹스러운 게 아니지만 나도 그들처럼 내가 겪은 걸 소설로 써보고 싶을 만큼 특별하게 여긴 게 내 소설의 동기이니 만치 그런 독자이자 잠재적인 작가에게 친밀감을 느낀다. 내 소설 또한 내가 살아낸 삶과 살아온 시대에 대해 증언하고 싶은 욕구를 참아내지 못한 결과물이라고 생각하고 있다.

소설은 사람 사는 얘기다. 살아온 세월을 줄거리로 요약해 놓으면 삶은 놀라울 정도로 통속적이다. 허나 통속소설이란 말을 듣고 싶어하지 않는 걸 보면 소설에서 재미 말고 더 중요한 걸 덤으로 얻기를 바라는 것 같다. 마찬가지로 상상력의 원동력이 되는 체험도 얼마나 남다르고 기구한 삶을 살았나 보다는 자기에게 주어진 삶을 어떻게 남다르게 느끼고, 진지하고 독창적으로 생각하고, 의미있게 살았느냐가 더 중요하다고 생각한다.

내게는 한 시대의 뼈아픈 상처가 응어리 되어 가슴을 짓누르고 있다. 오십여 년 전에 못 박힌 마음의 못자국을 몸이 옮겨 받아 오늘까지 시난고난 앓는 건 나의 피할 수 없는 병이다.

그 해 그 싱그럽던 유월이 다 갈 무렵 그 난리가 났다. 점점 가까워지던 포성이 마침내 미아리 고개 너머까지 육박해 왔는데도 늙은 대통령은 수도 서울의 방위는 철통 같으니 시민들은 안심하고 생업에 종사하라는 빈 말을 남기고 한강을 넘어 갔고, 넘어간 후 한강 다리를 폭파시켜 버렸다. 우리는 그것도 모르고 생전 처음 들어보는 대포소리가 무서워서 그 더운 여름날 솜이불을 잔뜩 뒤집어쓰고 늙은 대통령이 남기고 간 떨리는 목소리에 무슨 생명줄처럼 악착같이 매달렸다. 그 후 석 달 동안 남아있던 시민들은 살아남기 위해 온갖 고초를 다 겪었다. 숨어살고 싶어도 누군가가 먹여주지 않으면 목숨을 부지할 수 없다는 건 자명한 이치. 가족 중 한 사람이라도 밥벌이를 해야만 살 수 있다는 생존의 법칙은 전시일수록 오히려 더 엄혹했다. 최소한의 부역은 생업이었다. 서울이 수복되고 정부가 돌아오자 우리는 미친 듯이 환호했다. 썩은 동아줄 같은 거짓말을 남기고 도망친 데 대한 원망 같은 건 품을 새도 없었다. 굶주림과 공포가 끝난 것만 고마웠다. 거짓말을 남기고 도망친 데 대한 사과는 그 다음이어도 좋았다. 사과는 아니어도 좋으니 너그럽게 다독거리고 위로해 주려니 했다. 그것조차도 어리석고 착한 백성의 헛된 환상, 분수를 모르는 응석이었을까. 굶주림은 어느 정도 해결됐지만 공포가 끝난 건 아니었다. 부역했다는 손가락질은 치명적이었다. 사과와 위로가 있는 따뜻한 세상은 오지 않았다. 거짓말은 해명되지 않았다. 교만한 정부는 위로 대신 가혹한 응징을 우선했다. 심지어는 백성을 내팽개치고 도망친 것까지도 잘못이 아니라 큰 공으로 둔갑을 했다. 고위층끼리도 도강渡江파니 잔류파니 편을 갈라 도강파가 더 으스대는 꼴을 보아야 했으니까. 사적인 복수까지 묵인되어 횡행했다. 여름내 반동분자라고 끌려가고 죽임을 당한 숫자 위에 빨갱이로 몰려 처형되거나 무자비한 복수의 표적이 된 인명이 보태졌다. 그건 훗날 전사자보다 더 많은 민간인 희생자라는 통계숫자를 남겼다. 개인은 몇 백만 분의 일 외의 아무것도 아닌 게 되었다.

나는 내 피붙이들의 목숨이 그렇게 도매금으로 넘어가는 걸 참을 수가 없었다. 하나의 목숨은 하나의 우주고 각자 무엇과도 바꿔치기 할 수 없는 고유한 세계이다. 그뿐 아니라 하나의 목숨이 억울하게 제 명에 못 죽었을 때 그를 사랑한 살아남은 이에게 하늘만큼 땅만큼 큰 고통을 남긴다. 나는 내가 사랑한 피붙이들의 죽음을 몇 백만 단위의 집단으로부터 끌어내어 고유한 것으로 만들고 싶었다. 그리하여 살아남은 슬픔과 치욕을 희석하여 견디기 수월하게 하려고 소설을 썼다. 망자를 위하여 지노귀굿을 하는 것은 망자를 위해서가 아니라 살아남은 자가 조금이라도 망자의 무게로부터 가벼워지려고 하는 짓이다.

그러나 아직도 내 기억은 6·25 동란에 못박혀 있다. 못이 녹슬고 썩고 삭아서 흙이 되고도 남을 세월이 지났건만 못자국의 통증은 자주 도진다. 6·25는 내 기억의 원점이다. 나는 지금도 그때의 고통이 도져서 혼자 신음하며 울 적이 있다. 4·19때 온몸이 폭발할 것처럼 기뻤던 것도 거짓말을 한 대통령을 용서 못하는 마음 때문이었을 것이다. 그러나 세상은 달라지지 않았다. 세상에 대해서 말할 때 늘 '이 놈의 세상'이라는 폭언을 일삼았고 이 놈의 세상이 언제나 바뀌나, 변화를 갈망해 왔다. 그런 성향 때문에 스스로를 진보의 편에 서 있다고 자부했고, 한번 쥔 기득권은 죽도록 놓지 않고 누리려는 이들을 보수라고 역겨워했다.

지금 나는 그렇게 역겨워하던 보수 편에 서 있는 것 같다. 진보를 외치던 사람들이 권력을 잡았건만 세상은 아직도 달라져야 할 이 놈의 세상으로 보인다고 말했더니 남들이 나를 보수 취급했다. 나는 내가 누구인지 잘 모르겠다. 세상을 두 패로 갈라 내가 어느 편에 속하는지 확실하게 해두지 않으면

불안한 것도 6·25의 후유증일 듯싶다. 내가 발 붙여온 한결같은 입장이 있었다면 그건 반체제가 아니었을까. 아마도 영원한 반체제 기질 때문에 소설을 쓰지 않을 수 없었을 것이다. 내가 가장 싫어하는 건 정치가이다. 정치가 싫으니까 정치적인 사람도 혐오스럽다. 자신의 이익을 위해서 어떤 거짓말도 할 수 있는 사람을 정치적인 사람이라고 생각하니까 내가 가장 싫어하는 건 아마 정치가보다는 거짓말쟁이가 더 맞을 것이다. 그럼에도 불구하고 나는 매일매일 어떡하면 그럴듯한 거짓말을 할 수 있을까 그 궁리밖에 할 게 없는 소설가이니 내 처지가 딱하지 않을 수 없다. 소설은 허가 맡은 거짓말이니까 아무리 거짓말을 해도 법에 걸리지는 않겠지만 사람 사는 세상에는 왜 예로부터 허가 맡은 거짓말이 있어왔을까, 생각할수록 내 아둔한 머리로는 여간 고민스럽지가 않다. 어떡하면 정직할 수 있을까, 그 생각만 하면서 거짓말을 꾸며대고 있다면 누가 믿을까.

나보다 먼저 저세상에 간 남편은 내가 원고가 잘 안 써져서 지치고 불행한 얼굴을 하고 있으면 아이들한테 "쉿, 느이 엄마 건들이지 말아라, 아마 거짓말이 바닥이 났나보다"고 놀려대곤 했었다. 그는 거짓말이 바닥난 마누라를 이마에 뿔난 마누라보다 더 무서운 척했다. 그래도 그의 그런 놀림 때문에 악마에게 쫓기는 것 같은 초조감에서 놓여나 숨을 돌리면서 이 노릇이 그렇게 대단한가, 자신을 돌이켜볼 여유를 가질 수 있었다.

이 노릇은 힘이 많이 드는 일이다. 점점 힘에 부친다는 걸 느끼기 때문에 작은 일이라도 시작하려면 먼저 내 몸하고 의논을 해야 한다. 하다못해 짧은 여행을 떠나려도 그 전에 내 몸의 눈치부터 봐야하는 주제에 대작이라도 구상하고 있는 것처럼 말한다면 아마 저승사자가 다 웃을 것이다.

슬슬 무계획하고 헐렁하게 살고 싶어서 몇 년 전 서울을 벗어났다. 작은 동산에 안긴 동네라 아무 때나 산에 갈 수 있어서 좋다. 등산이라기보다는 걷기라고 해야 할 정도로 부담 없이 오를 수 있는 야트막한 산인데도 산은 오르기보다도 내려오기가 더 힘들다는 걸 요즘 자주 느끼게 된다. 발목을 삐거나 돌부리에 걸려 휘청거리는 것은 오르막길에서가 아니라 내리막에서이다. 무릎이 안 좋다는 걸 느끼게 되는 것도 오를 때가 아니라 내려올 때이다. 내려올 때 후들대거나 미끄러지지 않고 의젓하고 품위 있게 걸어 내려오려면 올라갈 때 힘을 다 써 버리면 안 된다. 내려올 힘도 남겨 놓아야 한다는 게 바로 하산의 요령이다. 그래서 언제나 마음 내킬 때 혼자서 간다. 동행이 있으면 보조를 맞춰야한다. 뒤질까 봐 눈치 봐야하고 경쟁심이 생길지도 모른다. 이야기도 나눠야한다. 암말 안 하고 같이 걸어도 부담이 안 되는 동행은 쉽지 않다. 무엇보다도 타인과의 조율이 부질없다.

늙는 것도 쉬운 일은 아니다. 산천이나 초목처럼 저절로 우아하게 늙고 싶지만 내리막길을 저절로 품위 있게 내려올 수 없는 것처럼 그게 그렇게 쉬운 일이 아니다. 그래도 나는 이 나이가 좋다. 마음놓고 고무줄 바지를 입을 수 있는 것처럼 나 편한 대로 헐렁하게 살 수 있어서 좋고 안 하고 싶은 건 안 할 수 있어도 좋다. 다시 젊어지고 싶지도 않다. 안 하고 싶은 걸 안하고 싶다고 말할 수 있는 자유가 얼마나 좋은데 젊음과 바꾸겠는가. 다시 태어나고 싶지도 않다. 볼 꼴 못 볼 꼴 충분히 봤다. 한 번 본 거 두 번 보고싶지 않다. 한 겹 두 겹 책임을 벗고 점점 가벼워지는 느낌을 음미하면서 살아가고 싶다. 소설도 써지면 쓰겠지만 안 써져도 그만이다. 마음속에 나를 억압하는 찌꺼기가 없어져서 못 쓰는 거라면 그 또 한 얼마나 좋은 일인가. 결국은 가벼워지기 위해 썼다는 게 가장 맞는 말이 될 것이다.

박완서 소설가 약연보

· 1931년 경기도 개풍에서 출생.
· 1950년 서울대 국문과 입학.
· 1970년 [여성동아]장편소설공모에 『나목(裸木)』당선.
· **주요 작품**
  장편소설 『휘청거리는 오후』, 『그해 겨울은 따뜻했네』, 『그대 아직도 꿈꾸고 있는가』, 『미망』, 『아주 오래된 농담』, 『꼴찌에게 보내는 갈채』, 『어른노릇 사람노릇』 등.
· **수상**
  한국문학작가상 ,이상문학상, 대한민국문학상, 동인문학상,
  현대문학상, 대산문학상, 인촌상 등 수상.

진실과 새로움을 찾아서

시인 **박 태 진朴泰鎭**

　나는 대학에서 영문과에 적을 두면서도 장차 내가 작가가
된다고는 꿈에도 생각 못했다. 때가 1940년 무렵 일제의 사
상탄압이 극도에 이른 때라 도쿄생활도 예외는 아니고 하숙
을 찾아오는 경찰은 내가 읽는 책까지도 감시하는 판에 나는
감히 문학을 할 생각은 하지 못했다.

　나는 이때 프랑스 영화에 빠졌었고 제2 외국어로 프랑스어
를 택한 터라 어느 영화에서 명배우 루이 주베가, 폴 베르렌
느의 시를 뇌이는 것에 나는 홀딱 반해 그 작품을 찾아 나도
외워 버렸다. 그러다가 소문이 나고 대학의 한국 유학생의
모임에서 그 시「슬픈 대화」를 낭송하는 버릇도 생겼었다.

　그러다가 해방이 되고서야 비로소 문학을 생각하게 되는데
그것이 서울 명동이다. '라 쁠륨'이라는 다방이 그 계기가
된다. 그 벽에 프랑스 번역시가 붙어 있어 나는 놀랐다. 그

동안 나는 프랑스어를 계속했었다. 그 번역자 전봉래와도 인사를 나누고 나도 그 다방을 자주 찾게 되고 비로소 문학청년들과도 사귀게 된다. 이 전봉래 씨가 전봉건 시인의 친형이다. 그러다가 박인환 시인과도 만났다. 그는 내가 외국잡지들에서 주워 읽은 외국문단 소식에 각별히 관심을 가졌고, 그러는 동안에 일간신문 문화부 기자들도 만나는 가운데 내 작품도 발표하게 된다. 나는 술이 약해 멋쟁이 행세는 못했지만 6·25 전 해인 49년 망년회 술자리에는 김수영, 김윤성, 서정태(미당의 동생) 등이 밤새 같이 했다고 기억한다. 내가 이 무렵 일로 부끄럽지 않게 기억하는 일이 있다면 목월木月이 시작한 시지詩誌 『심상心象』 창간호에 미국시인론美國詩人論을 기고했는데 한국시단에 미국시의 이미지즘을 소개하기는 처음이었다고 자부한다.

　나는 상당히 오만했던 것을 스스로 인정한다. 나는 같은 세대며 그 앞지른 문단의 작품들에 대해 크게 불만이었다. 물론 내 감상적인 문학태도 역시 불만이었다. 나는 젊은 나이이면서 알맹이가 없든지 부족한 시나 소설을 문학이라 할 수 있느냐고 반문했다. 말하자면 앞 세대는 일제의 탄압으로 휴머니티를 추구 못 한 것이 큰 결점이고 우리들이 당면한 오늘의 문학은 그 알맹이가 무엇이어야 한다고 아무도 단언하지 못했었다.

　하기는 6·25와 그 후유증이 일상日常을 누리는 가운데 문인들은 새로운 현실에 새로운 자기발견을 하는 데 크디큰 고심을 겪어야 했다. 나 역시 예외가 될 수 없는 가운데 새로

운 방법론을 접목하여야 갈 길이 보일 것만 같았다. 외지外誌
들을 열심히 얻어 보지만 물론 프랑스는 실존주의로 열을 올
리고 영국시단은 대여섯 시파詩派로 나뉘어 열을 올리고 미국
은 모더니즘에 뒤이어 비트 세대世代가 두드러지고 있었다.
그러나 내 궁금증만 더하고 속내는 익히 알 수 없었으니 내
가 당장에 짚고 갈 문학에는 도움이 못 됐다.

그러다가 내게 천혜의 기회가 왔다. 내가 직장의 주재원으
로 1957년에 런던에 거주하게 된 것이다. 말하자면 나는 현대
시現代詩의 새로운 면모를 체험하게 된다.

나는 고작 어떤 시를 유감없이 썼을까, 나는 의심한다. 의
욕은 그야 현대시現代詩였겠지만 매우 감상적이 아니었을까.
물론 회고취미를 애초부터 나는 경계했었다. 나는 내 새로운
시에 회의를 느끼는 가운데 런던생활을 시작하였다고 하겠
다. T. S. 엘리엇, 에드윈·뮤어, 오든의 시집들을 비로소 사
읽던 감회를 아직도 새롭게 기억한다. 엘리엇의 시「텅빈 사
람들」의 한 연聯

　　　세상은 이렇게 끝맺으리
　　　세상은 이렇게 끝맺으리
　　　세상은 이렇게 끝맺으리
　　　꽝하는 소리 없이 흐느낌 뿐으로

W. H. 오든의 작품「1939년 9월 1일」8연의 끝 줄 '사람
은 혼자 살지 못한다 / 배고픔에는 시민이든 / 경찰이든 어쩔

수 없는 것 / 서로 사랑하지 못하면 죽어야 한다' 또는 오든
의 「어느 저녁」의 3연

> 나는 너를 사랑하리라
> 중국과 아프리카가 맞붙을 때까지
> 그리고 강이 산을 뛰어넘을 때까지
> 연어가 길거리에서 노래부를 때까지

이런 과감한 비전, 실증적인 이미지들 또는 분방한 상상력
등은 나에게 자극적이었고 힘을 또한 주었다. 그들의 작품에
서 보는 문명비판의 안목은 내가 학생 때 읽은 영·불 시에
서(예이츠, 워즈워드, 랭보, 릴케 등) 경험하지 못한 것들이었다. 나
는 시의 새로운 리듬에 또한 자극을 받았다.

무엇보다도 내 작품에 새롭게 시도한 것이 비전의 시이다.
말하자면 거시적巨視的인 것이랄까. 밑바닥에 역사가 흐르는
바윗덩어리처럼 눈앞을 부딪쳐 오는 현실과 미래를 느끼는
일. 시는 이제 노스탈직한 정감情感에 그칠 수는 없다. 시는
정감만을 담아가지고는 회고취미에 빠지고 옛 스타일에 그
친다. 시는 새로운 정감과 사고思考를 담아야한다.

내가 또 발견한 것은 그들의 시단詩壇이 매우 개성적이고
다기多技하다는 것이다. 말하자면 우리들이 소월, 미당, 청록
파 하며 50년이 흐르는 가운데 그들은 이미 두 세대世代가 바
뀌었다. 새 세대는 앞 세대의 시감詩感, 스타일의 또는 리듬
의 쇠퇴감을 꼬집어 자기들의 취미로 바꾸는 일이었다. 새로

운 개성을 또는 스타일의, 또는 소론所論의 작품을 내던지지
않고는 시인 행세를 하지 못했다.

　나는 한편 프랑스 문단의 움직임에도 민감했다. 기실 그
소식도 하룻밤이면 도버해협을 건너 런던에 온다. 가장 인상
적인 것이 카뮈와 사르트르의 문학논쟁이었으리라. 지난 해
가 바로 50년이 된다. 바로 내가 런던에 살던 때다. '나는 반
항하니까 존재한다'는 카뮈의 선언이다. 여태의 '코기토 엘
고 슴'은 저리가라는 것이다 2차대전 후의 거목巨木인 시인
르네 사르 역시 '나는 항거하니까 가지를 친다'고 하였다.
항거할 때 자기발견을 꾀하고 새 가지를 얻는다는 이야기가
된다. 의미심장한 말이다. 50년을 여일한 우리 시단에게는
크게 충고가 된다고 나는 믿는다.

　시인이 새로운 시를 쓰려면 그만한 자극을 받아야 한다.
내가 런던에 살기 시작하고 매일 영·불 신문을 읽고 커다란
책사, 헌책방을 수시로 드나들 수 있는 것이 커다란 자극이
었다. 덕분에 내 호흡이 커졌다면 이 역시 고백이 아닐 수 없
다. 여담이지만 멋쟁이 시인 스티븐 스펜더에게서 점심대접
을 받은 것 역시 큰 영광이 아닐 수 없고 그가 앞으로 시에
서 우주宇宙여행을 다룰 것이라며 내 소견을 물었는데 나는
즉석의 답에 궁해 미처 생각한 적이 없노라고 답변했던 일을
가끔 기억한다. 그렇기로 문인은 그의 이름이 활자화되어 인
쇄되는 것이 즐거운데 얄팍한 계간지 『아담』지誌가 1957년
"펜"의 도쿄회의를 특집하는 데 곁들여 한국문학을 소개한다

고 해서 내가 모윤숙 씨의 작품을 영역해 주었는데 그 계간
지의 서문에 나를 영·불어를 구사하는 젊은 한국 시인으로
소개한 것을 잊을 수 없다. 그는 루마니아 출신으로 주간을
맡았었고 부인은 피아니스트였다고 기억한다.

　알다시피 나는 초창기에 노스탈직한 시로 시작한 것은 사
실이지만 현대시를 의식하면서 이미지 시인으로 굳혀나갔다
고 하겠다. 예를 들어 초기의 작품 「서울과 서정抒情」에서
'탄흔彈痕에 그늘지는 노스탈지/유리 깨진 창窓가에 가을이
온다'고 한 것은 6·25를 치른 한국의 가을은 한낱 감상이기
에는 또렷한 이미지 그대로 있다.
　시인은 방황한다. 같은 의미에서든 다른 의미에서든 따라
서 시상詩想은 계속한다. 좋은 시, 미흡한 시를 인생이라는
곡절따라 리듬따라 나는 계속 시를 써 온 꼴이다. 내 시관詩
觀이랄까 문학文學자세를 기본적으로 피력하는 뜻에서 나는
선시집選詩集『오후가 흘러가는 창窓』 재판再版의 자서自序
(1980년)를 다음에 인용한다.

　　『오후가 흘러가는 窓』은 물론 작품의 이름이다. 그러면서
　　많은 것을 의미하는 작품이었다. 첫째로 뭔가 다른 실제 경험
　　이 아로새긴 이미지들이 어른거리는 '창窓'이다. 6·25라는 심
　　각한 인간적人間的 경험이 주는 지성知性, 감성感性이 서로 어울
　　리지 못하는 것이 또한 특징이지만 한 사람의 시인詩人은 그러
　　나 비전을 가지려고 한다. 그리고 이 '창窓'은 약간 노곤한 오

120

후午後가 어울린다.

이 '창'은 물론 나 자신이다. 시인이 자신의 이야기를 하기란 쑥스럽다. 왜냐하면 내 자신의 이야기란 대체로 궤변詭辯에 지나지 않으니까. 내 딴에는 개성의 시인으로 자처해 왔음에랴. 약간 오만한 이야기지만 20대에 나는 만해萬海, 소월素月 등 몇 분 안 되는 선배시인들의 영향받기를 거절했었다. 그 이유는 시를 쓰는 모든 사람들이 그들에게서 출발하고 있었으니까.

어쨌든 나는 해방 이후 외국어에 매우 열을 올렸고 당시의 영·불문단의 움직임에 민감해졌다. 물론 나는 학자적인 의미에서가 아니라 다만 나의 창작성에 자극을 얻는 데에 있었다. 혹자는 이것을 일종의 감상이라고 하겠지만 그러나 외국문단 관계를 일어책으로만 읽던 당시의 사정을 감안할 때 나로서는 매우 적극적인 데가 있었다. 하기는 이러한 관계가 고故 인환寅煥과 수영洙映과의 친교가 더욱 잦게했던 것도 사실이다.

나는 나의 작품들이 약간 까다롭다든가 또는 난해하다는 평을 받아왔다는 것을 시인한다. 그 이유는, 내가 딴 시인들처럼 옛 모티브대로 감성이나 운치에만 치중하지 않은 까닭이리라. 그런 평을 들을 때마다 나는, 한 사람쯤 주지시主知詩를 쓰면 어떠냐고 생각했다. 실제로 포에지가 '정감만으로 감상되는 시대'는 이미 아니다. 이 즈음 포에지가 의미성을 자아냄으로써 소기의 효과를 얻은 예를 최근 30년간의 외국시에서 많이 보았다. 이것이 넓은 뜻에서 주지적인 처리의 효과이었다.

한국시는 상황이 다르다고 나를 통박하지 않기를 빈다. 왜냐하면 우리 모두 현대를 살고 시인은 현대시를 쓰고있는 데는 다름이 없을 것이니까. 한국시만이 유독 50년 전인 소월素月의 때를 이탈해서 안 될 법은 없다. 물론 그는 우리의 훌륭한 고전임에 틀림없고 그 시대의 훌륭한 리듬을 남겼다.

나는 내 시관詩觀의 추이를 다시 검토하는 뜻에서 시선집 『고수부지에 누워서』(1994년 출간出刊)의 서문序文의 끝부분을 다시 인용한다.

내가 다른 시인과 다른 점은 차례에서 보듯이 나의 시의 주제이다. 시의 오솔길. 청산리 또는 시심, 시덕에 얽매이지 않고 내 상상력이 미치는 데까지 감동을 얻고 오늘의 시감과 그 의미성에 도달하려는 것인데 내가 오늘 20세기 말에 살고 있는 것을 잊지 않는다. 세계시단을 보더라도 세기초에 화려했던 미국 모던(파운드, 엘리엇 등)이나 프랑스 슐레아리스트(아포리넬, 엘리아르 등)들의 영향이 1945년(2차대전 종료) 이후 차츰 가셔버렸다. 나는 아직 한국 모던이라 해야할까. 아니라면 나는 다만 오든英과 샬佛 두 시인의 기질의 차이를 의식적으로 음미할 줄 아는 시인이려고 한다.

나는 내 시 이야기를 길게 이야기할 논객이 못 되는 것 같다. 하기는 이야기가 긴 사람이라면 산문에 능해서 시를 못 썼을 것이고 나는 끝으로 시「고수부지에 누워서」의 2연을 옮김으로써 내 대단찮은 문학론을 마치련다.

나는 나를 듣는다, 느낀다.
숨을 내쉬고 들이쉬며
여기 수천년 흘렀을 이 강은
오늘 하나의 사색 그리고 감정의 물결
탐탁찮은 어저께를
사람들이 더럽힌 오염물도 함께
대단찮은 곡절도 함께
시시한 그들의 이름은 물론
흘려 보낸다 보내리라 나는 듣는다.
말을 잃는 강물의 위엄을

나는 이제 나의 시 이야기를 그만하고 한국문학에 대한 내 생각을 적어 본다. 아마추어든 프로든 한국사람은 문학을 쉽게 생각하는 경향이다. 그런데 서구사회에서는 문학은 나름대로 천재가 하는 일로 인식되어 있다. 기실 일반사람의 인식치고는 커다란 차이이다. 하기는 우리 문학은 우리 식으로 우리가 이루는 것임에는 틀림없다. 우리들의 때에 비하여 오늘의 문학지망자가 몇 배나 많은 것도 사실이며 그만큼 문학을 쉽게 생각하는 것도 사실이다. 나 역시 그렇게 양산된 한 사람이라면 내가 과연 한국문학의 앞날을 운운할 자격이 있을까. 우리 문학의 장래는 우리 문인들의 자세, 말하자면 적극성 여하에 있다고 나는 본다. 문학을 지향하는 사람은 우리 때보다 훨씬 많은데 작품을 발표해 나갈 발표지는 적어 그들 본인들도 따라서 아마추어 기분일 줄로 알고 있다. 그러나 문학은 작가가 예술가로서 평생을 바치는 작업으로 되어 있다. 그렇다고 로칼커라에 휩싸인 인간상을 재미있게 추구했다고 해서 한국고유성이 풍부한 문학작품이라고 크게 평가받는다고 할 수 없다. 언제나 세계世界적 수준에서 평가를 받을 때 그 작품은 우수작임을 인정받는 것이 상례이다. 물론 반론이 거세리라. 한국 고유의 문화성, 예술성이 우선한다. 그러나 한편 지방색채라는 낙점은 피해야 한다. 한국적이며 동시에 세계성에 비추어도 손색이 없어야 한다는 뜻이다.

다시 말해서 한국문학을 세계수준에 끌어올린다는 이야기가 되며 이렇게 될 때 한국문학의 비전은 비로소 논의될 것이 아닐까. 시의 경우 한국 정신사 어디서 우리의 고유성을 찾을 것인가. 아무도 제언한 바 없지만 그러기 위해 한국의 근대화, 현대화 과정에서 찾자는 이야기가 될는지 모른다. 이것이 하기는 지난 50년을 소월, 미당에 시종한 결과라면 한국 현대문학은 영, 미, 불의 기준으로 이미 두 문학세대가 지났을 것으로 간주되어 나는 크게 당황하기도 한다. 그들의 시대는, 거기다가 우리의 휴머니티가 완전히 강탈당한 때였음을 우리는 알고도 남음이 있다. 그런 뜻에서 한국문학은 어떻든 비약하는 데에 있다고 나는 본다. 그렇다면 그들 시대의 한국문학을 대물림 할 거냐, 말하자면 해방 후 50년을 묻어버릴 거냐. 필자의 생각으로는 그나마 업적을 그대로 팽개칠 수는 없다고 본다. 내 생각에는 뒷세대가 앞세대에 비해 이 나라 문학에 보탬을 더 한다고 믿는다. 새로운 세대이니까 새로운 차원에서 문학을 한 것은 사실이다.

한국문화의 전례 없는 산업화, 근대화를 감안할 때 정신면의, 정치면의 근대화를 아울러 이룩했고 새로운 휴머니티 형성을 도왔을 것이니 우리는 뒤늦게나마 지난 50년을 소월, 만해, 미당 등의 그림자에서 벗어난 새로운 모습으로 재발견을 해주어야 마땅하다고 나는 본다. 우리는 알고 있다. 2차대전 후 영, 미, 불 서구나라들 모두 새로운 문학을 찾아 두세 문학세대를 거쳐 헤맸는데 우리들은 그대로 50년 전을 헤매는 꼴이라면 우리 문학은 바른 평가를 받을 길을 스스로 포기하는 격이 된다.

물론 나 따위 한 시인이 괘념할 바 아니고 문학사를 다루는 논객들이 다루어 나갈 문제임을 나는 잘 안다. 그렇기로 불원에 해방 후(2차대전 종료) 60년이 된다. 말하자면 우리의 신문학 형성에 태반이 이 동안 이루어졌다. 이 동안이야말로 한국 민주주의를 비로소 경험하고 6·25와 4·19와 군사혁명을 겪으며 이른바 한국적 휴머니티를 형성해왔다. 이때에 비로소 한국문학은 그 활로活路를 얻은 만큼 이 동안은 극히 중요한 시기였다.

박태진 시인 약연보

- 1921년 평양에서 출생.
- 1942년 일본 닛고(立敎) 대학 영문과 수학.
- 1944년 졸업과 동시에 일군에 징집.
- 1945년 중국에서 해방을 맞아 귀국.
- 1946년 이화여고 영어 교사.
- 1948년 연합신문 『신개지』에 시를 발표하면서 창작활동 시작.
- 1957년 동인 『현대온도』에 참여.
- 1957년 영국 런던 거주, 해운회사 주재원.
- 1961년 귀국.
- 1962년 시집 『변모』 출간.
- 1978년 대한화재보험 이사 역임.
  비평집 『현대시와 그 주변』 발간.
- 1983년 동양화재 부사장으로 은퇴.
- **주요작품**

  1987년 『한 사람의 이야기 시』 출간.

  1992년 영역시집 『*Selected Poems 1*』 출간.

  1995년 영 · 미 · 불 시선 발간.
- **수상**

  문학평론가협회상(1985), 번역가협회상(1999).

혼돈과 창조

시인 박 희 진朴喜璡

오늘이 바로 6·25입니다. 즉 한국전쟁이 일어난 지 53주년이 되는 날입니다. 이 날에 즈음하여 제가 저 자신의 문학의 뿌리를 여러분 앞에서 말씀 드리게 된 것을 저는 대단히 뜻깊고 고마운 일이라 여기고 있습니다. 왜냐면 저의 문학의 뿌리가 다져진 것은 6·25전쟁 때였으니까요. 문학사적인 견지에서 볼 때 저는 전후세대에 속합니다.

1950년 6월 25일. 그때 저는 대학에 진학한 지 얼마 안 되는 겨우 스무 살 나이였습니다. 27일에도 저는 대학 도서관에서 예이츠 책을 읽고 있었는데, 의정부 쪽에서 은은히 포성이 들려왔습니다. 드디어 그 다음 날 28일에는 지축을 흔드는 탱크부대를 앞세우고 괴뢰군 서울 입성! 그야말로 청천벽력이었지요. 국군은 속절없이 후퇴해 버렸고 한강 다리는 끊어지고 말았으니, 어쩔 수 없이 서울에 남게 된 대다수 시민들은 독 안에 든 쥐 꼴이 된 겁니다. 이내 생지옥으로 화하고 만 악상황에 휘말려서 우리는 숨돌릴 겨를도 없이, 불안과 공포에 떨어야했습니다. 양식이 동나서 굶주린 배를 움켜쥐며 견뎌야 했습니다. 사느냐, 죽느냐? 마치 아슬아슬한 벼랑길 가듯 늘 정신을 극도로 긴장시켜야 했습니다. 안 그러면 언제 목숨이 달아날지 몰랐으니까요.

쫓고 쫓기는 동족상잔의 가혹한 옥신각신, 그런 참극에도 마침내 종지부가 찍힐 때가 오더군요. 2년을 두고 질질 끌어오던 정전협상이 성사된 것입니다. 38선 대신 휴전선이 새롭게 국토분단선으로 설정되었으니, 달라진 것이라곤 열전이 다시 냉전으로 되돌아 간 것뿐. 전쟁은 언제 재발될지 모른다는 위기의식이 가슴 속 깊이에서 꺼질 줄 모르고 도사리고 있었어요. 하지만 그런 대로 무장된 평화가 무려 반세기나 지속이 되고 보니 철통 같은 남북의 대치국면에도 겨우 숨통이 트일 것 같은 긴장의 완화와 평화통일에의 조짐이 조금씩 보이고 있습니다.

6·25 당시엔 약관의 홍안 소년이던 제가 이젠 마치 산신령 같은 긴 수염의 백발노옹이 되었습니다. 그 동안 제가 죽지 않고 이렇게 살아 남을 수 있게 된 건 어떤 난관에 봉착하더라도 잘 견뎌내어 극복해야 되겠다는, 끝내 살아 남아 유종의 미를 거두어야 되겠다는 강렬한 삶에 대한 의지 덕분이 아니었던가 여기고 있습니다. 그 강렬한 삶에 대한 의지란 제게 있어서는 곧 문학에 대한 끈질긴 집념이요, 치열한 애정 자체였다고 해도 과언이 아닙니다. 삶과 문학의 괴리현상은

처음부터 저에겐 추호도 없었지요. 문학 이외의 어떠한 형식
도 제 전부를 걸어도 좋을 만큼 매력적으로 다가오진 않았어
요. 오직 문학의 형식을 통해서만 저는 저 자신의 최선의 진
수를 담을 수 있거니와 그러한 자기실현이 재래하는 자유의
기쁨보다 더 좋은 것은 세상에 아무것도 없었던 것입니다.
문학은 곧 제 생명예요. 몸이 아파야 건강의 소중함을 알게
되듯, 아무리 궁핍한 불모不毛의 상황에 빠져 있더라도, 오히
려 그럴수록 문학에의 그리움은 절실해진다는 것, 아니 문학
없이는 살 수가 없다는 걸 아주 뼈저리게 또는 눈물나게 실
감할 수 있게 해준 그것이 저로선 6·25전쟁 체험이었던 것
입니다.

　물론 전쟁처럼 참혹한 건 없습니다. 죽음만도 못합니다. 언
어도단의 생지옥이 제멋대로 연출되는 것이 전쟁입니다. 상
기해 보십시오. 얼마나 많은 무고한 백성들이 영문도 모르고
일조일석에 목숨을 잃었는지. 얼마나 많은 젊고 유능한 꽃다
운 청춘들이 그 웅지를 펴보지도 못하고 산화하고 말았는지.
죽은 자를 위해서 살아남은 사람들은 무엇인가 나름대로 진
혼의 작업을 해야 할 것입니다. 적어도 이 땅의 시인일진대,
겨레 전체가 입었던 상처의 치유를 위한 대서사시를 쓴다든
지 하여 기념비적인 작품을 후세에 남겨야 할 겁니다.
　도대체 이 6·25동란, 또는 한국전쟁은 어째서 일어났고,
그 비극적 성격은 무엇이며, 정전 후 반세기가 지났는데도
여전히 미해결의 갖가지 난문제를 안고 있는 까닭은 무엇입

니까?

첫째, 이 전쟁은 단순한 동족상잔이 아닙니다. 비록 지역적으로는 한반도에 한정된 국지전의 양상을 띠었지만, 실은 일종의 제3차 세계대전이었다고 볼 수 있습니다. 즉 강대국 미국이 주도하는 이른바 우익세력, 데모크라시와 시장경제의 확보를 통해 개인의 인권과 자유를 최대한 존중하겠다는 정치 이데올로기, 민주주의와 이른바 좌익세력, 사회주의 혁명의 세계화를 통해 무산계급의 영구 집권과 번영을 기도하는, 자기파 세력의 확충을 위해서는 수단 방법을 가리지 않는 것이 지고지선의 당성黨性 발휘라고 맹신하고 있는 미친 이데올로기, 공산주의와의 피투성이 막판 대결이었던 것. 남한에 가세한 건 미국을 비롯한 UN 16개국 다국적군이었고 북한에 가세한 건 인해전술을 마다 않는 중공군이었지만 그 배후에는 늘 소련의 조종이 있었습니다. 결국 소련과 미국으로 대표되는 좌우 이데올로기 대결 각축전에 이 땅은 억울한 속죄양으로 바쳐진 셈이었습니다.

8·15광복의 기쁨은 잠시였습니다. 이미 제2차 세계대전이 끝나기도 전에 강대국들에 의한 일방적 흥정으로 한국의 운명은 정해져 있었습니다. 그것이 마魔의 38선이었으니, 어쩔 수 없이 조국은 분단의 비운을 맞았습니다. 그러자 아연 격동하는 세계 안의 이 땅은 불길한 초점이 돼버렸습니다. 세계의 온갖 모순과 치욕, 쓰레기라는 쓰레기는 모조리 이 땅에 모여들어 세계사의 하수구가 된 것입니다. 그런데 문제는 그 하수구가 몇 년이 못 가서 꽉꽉 막히고 말았다는 사실입니

다. 막힌 하수구는 뚫려야 마땅한데, 그것이 이 땅에선 6·25 동란으로 터졌던 것이었습니다. 그 하수구는 기어코 속 시원히 뚫릴 것 같더니만, 전국의 초토화와 수백만 인명의 희생을 치르고도 다시 전쟁 이전으로 돌아갔습니다. 거기 한국전쟁의 혹독한 비극성이 있다고 하겠습니다. 만약 한국이 오랜 숙망인 통일을 이룬다면 그것은 비단 이 나라만의 경사가 아니라 전세계의 박수와 환호를 받아서 마땅한 세계적 경사요, 세계사의 영광이라 해도 과언이 아닐 것입니다.

일찍이 어느 외국작가는 이렇게 말했지요. 어쩌면 앞으로 노벨 문학상은 한국인 작가가 타게 될지 모른다고. 왜냐면 그들은 한국전쟁이라고 하는 미증유의 세계사적 대사건을 훌륭히 감내하고 극복했을 터이므로.

문학은 미상불 시대와 사회의 제약을 벗어날 수 없다고 봅니다. 더구나 그것이 위기상황의 연속이라는 난세일 경우, 시대정신의 체현자인 작가로선 오히려 크나큰 전화위복의 계기로 삼을 수도 있는 것인 만큼 더욱 치열히 살아야 할 겁니다. 그리하여 마침내 승리의 기록을 온 인류 앞에 제공해야 되겠지요.

1965년 『思想界』 4월호에 저는 670행에 달하는 장시, 「혼돈混沌과 창조創造」를 발표했습니다. 저로선 최초로 서사적 골격을 가지고 있는 장시를 쓴 겁니다. 때마침 광복 후 20년이 되는 해라, 무엇인가 한 매듭 지어야 할 계제라 보았지요.

나란 누구인가? 이 파란만장의 한국에 태어나서 오늘날까지 어떻게 살아왔나? 내가 시인일진대, 그것도 한국어 시인일진대, 그 진정성은 어떻게 해서 획득돼야 마땅한가? 도대체 우리 한국민족사 내지 문화사의 과거와 현재 그리고 미래를 하나로 당당히 꿰뚫게 마련인 자기동일성, 정체성은 무엇인가? 또한 오늘날의 세계사와 한국사는 밀접 불가분의 관계가 되었는데, 그렇다면 '세계 안의 한국'이 갖는 위상은 어떠하며, '한국 안의 세계'는 어떠한가? 15세에 8·15광복을 맞았고, 20세에 6·25동란을 겪은 이 땅의 시인이 이젠 35세의 장년이 되었으니, 무엇인가 자신의 전반생을 정리하는 장시라도 써야 하지 않겠는가.

「혼돈과 창조」를 저는 4부작으로 구상하게 되었지요. ①식민지시대 ②해방의 소용돌이 ③동란과 우리들 ④살아서 남는 것. 이상 네 개의 소제목만으로도 이 시의 내용과 그 전개는 다소 짐작이 되실 줄 압니다. 주인공은 물론 저 자신입니다. 운명적으로 주어진 여건(식민지 시대) 속에 어려서는 이렇다 할 의식도 없이 순응할 뿐이었죠. 실은 그것이 암흑시대였다는 걸 8·15 해방의 광복을 맞아서야 깨닫게 됩니다. 그만큼 저는 철저한 식민지교육의 제물로서 거의 태반은 왜인이 되었다가 차츰 제 정신을 차려갔던 것입니다. 한글과 한국사에 눈뜨기 시작했죠. 그러나 제대로 공부할 시간조차 충분하게 주어지진 않았어요. 비록 어린 학생이었지만, 저 어지러웠던 해방의 소용돌이, 좌우익 갈등, 그 속에 휘말려서 멋모르고 허송했던 시간들이 악몽처럼 떠올라 오는군요. 하지만 마침내 대학 문과에 진학했을 무렵에는 아주 확고한 주관이 서 있었죠. 그렇다 나는 시인이 될 것이다. 아주 찬란하고 위대한 한국어 시인이 될 것이다. 내게 있어 시인이 된다는 것은 선택이 아니라, 운명인 걸 어쩌랴.

　대충 말하자면 이상이 장시 「혼돈과 창조」의 전반부를 이룬 내용인 것입니다. 즉 아직 시인으로서의 뚜렷한 주체성이 확립되기 이전에 제가 겪어온 역사적 사회적 격동 속에서의 어지럽고 두려웠던 반의식 상태가 그대로 투영된 — 따라서 시인적 감성과 지성의 여과과정을 거쳤다고는 보기가 어려운 생경한 언어들로 조직되어 있음을 볼 수 있습니다. 아직 미숙한 소년의 눈에 비친 현실의 혼돈상을 내면화하지 않고 생경하게 반영시키는 게 주인공인 소년의 성장과정을 오히려 리얼하게 드러낼 수도 있는 것이라는 판단 때문이었을 것입니다.

　그러나 후반부는 전반부에 비해 많이 달라지죠. 시의 흐름이 극적으로 요동치고 있는 것은 비슷할밖에 없다고 하더라도, 표현의 밀도가 훨씬 치밀하고 섬세해지며 박진감 넘치는 구체성을 띠고 전개되고 있습니다. 제3부인 「동란과 우리들」의 첫 도입부만 인용해 보렵니다.

　　　　우리는 스무 살,
　　　　가장 아름다운 초록의 나이.
　　　　남몰래 길렀던 장미의 혈액을
　　　　샴페인 터뜨리듯 솟구치는 꿈으로
　　　　꽃피워야 할 그러한 가슴에
　　　　허나 폭탄처럼 전쟁이 터지다니.

1950년 6월 25일,
공산군 대거남침!
희망에 부푼 일요일이었는데
맑은 하늘에서 벼락이 친 것이다.

　6·25동란은 참으로 저에게 아니 우리에게 평생 잊지 못할 크나큰 상처, 파괴와 살육, 공포와 기아, 온갖 부조리, 배신, 밀고, 부패, 고통 등등 생의 부정적 암흑면을 구석구석 맛보게 했습니다. 인간이 극한으로 타락하게 되면 아주 추악한 괴물이 된다는 것, 악마가 따로 없고 인간이 추락하면, 즉 새까만 독덩어리 되면 그렇게 된다는 걸 통감케 했습니다. 놀라운 것은 그런 목불인견의 비인간적 극한상황을 인간은 묵묵히 견뎌 낼 수도 있다는 일입니다. 하지만 더욱 놀랍고도 대견스러운 것은 어떠한 궁핍의 밑바닥 속에서도, 살아야 되겠다는 강력한 의욕과 의지만 있다면, 인간회복은 기어코 성취될 수 있다는 일입니다.
　제4부 「살아서 남는 것」― 이 장시의 마지막 마무리가 실은 제게 있어 가장 어려운 대목이었음을 말씀 드리지 않을 수 없군요. 그것은 도무지 앞이 내다보이지 않았기 때문이라 할 수 있습니다. 이 땅의 미래가, 통일의 가능성이 그 비참한 전쟁을 치르고도 뚫리긴커녕 더욱 공고히 막혔기 때문이라 할 수 있습니다. 이북의 혹독한 비인간적, 획일적, 폐쇄적 독재체제의 탄압이 싫어, 목숨보다 그리운 자유를 찾아 남하한 북한 동포, 그들 중엔 그러나 적지 않은 사람들이 남한도 안

주의 땅은 못된다고 속속 해외로 떠났던 것입니다.

한동안 저는 될 대로 되라는 일종의 허탈상태, 심한 무기력에 빠져 있었지요. 나 아닌 타자他者, 군중적 인간 속에 아무런 위화감도 느끼지 않고 동화되고 마는 듯한 묘한 기분이 싫지가 않았던지 마냥 더불어 떠돌고 있었어요. 하지만 은연중 이런저런 인연으로 구원의 손길이 저에게 다가왔죠. 저는 다시 방 안에서의 맑은 고독과 정신의 집중 속에 자신의 진정성을 되찾게 되고, 믿음과 희망과 사랑을 회복하죠. 그중 가장 결정적 계기가 되었던 게 저 동해안 화진포에서의 해돋이 체험이었던 것입니다.

당시 저는 모 고등학교 교사였었는데, 왜 그런지 동해의 해돋이를 보고 싶어 무작정 그리로 떠났던 것입니다. 마침 여름 방학 때라 학생 두 사람이 해변에 천막을 치고 있더군요. 그들의 호의로 저는 천막 안에서 편안히 눈을 붙이게 되었지만, 이내 새벽 3시쯤부터 몰래 빠져 나와 모래톱 위에 단좌했습니다. 마치 기적을 대망하는 사람처럼 아주 간절한 예감에 차서 마음을 모아 캄캄한 수평선 쪽 한 점을 응시하고 있었습니다. 저는 그때 처음으로 바다의 빛깔이 서서히 떠오르는 해돋이 따라 시시각각 천변만화千變萬化한다는 사실을 알았지요. 조각구름 가득한 하늘의 빛깔 또한 처음엔 약하게 홍조를 띠더니 드디어 이글이글 불타는 햇덩이가 샴페인 터뜨리는 소리를 내며 수평선을 박찰 때엔 온통 진홍의 장미꽃밭 되더군요. 해는 이미 저만치 높게 솟았어요. 욱일승천旭日昇天의 기세로 말입니다. 순간 저도 벌떡 자리에서 일어나며 환호했습니다. 가슴을 펴고 한껏 신선한 공기를 마셨지요. 제가 맨발로 서 있는 자리에서 태양의 높이까지 바다 위엔 곧장 황금의 기왓장이 찬란하게 깔린 것을 확인하고, 그냥 성큼성큼 그 위를 걷고 싶은 충동마저 일더군요.

화진포는 참으로 묘한 곳이어서 이승만과 김일성의 별장도 있었어요. 하지만 보십시오. 바다에는 38선도 휴전선도 없는 것을. 그것은 오직 다즉일多卽一이자 일즉다一卽多라는 화엄의 진리를 말해주고 있을 뿐이었습니다.

그때에 제가 느낀 신생의 환희는 곧 활연대오豁然大悟나 다름없어 저는 심신이 탈락했다 할까, 무량광명장無量光明藏이 돼버린 듯했습니다. 나와 겨레는 하나로 합쳐지고 다시 그것은 세계와 우주로 확장해 나갔지요. 조국의 과거와 현재와 미래는 나의 그것과 조금도 다름없이 하나로 꿰뚫려 있음을 보았어요. 그렇습니다. 저는 그때 분명 견자見者였습니다. 고도의 영성적 투시력을 발휘했던 견자였습니다. 시인이 고차원의 비전을 갖게 되면, 곧 예언자가 될 수도 있겠지요.

저는 그제야 비로소 장시 「혼돈과 창조」를 아주 훌륭하게 끝내줄 수 있다는 확고한 자신이 생겼던 것입니다. 화진포에서의 해돋이 장면, 세상에 그처럼 멋있는 피날레가 또 어디 있겠습니까. 해돋이 장면은 이어서 자연스레 기원의 독백으로 끝나게 되죠. 기원의 독백? 하지만 그것은 독백이라기보다 겨레 전체의 간절한 염원이기도 하고 동포에게 드리는 희망의 메시지이기도 한 겁니다.

이 고요한 아침의 나라.
티없이 고운 맑은 하늘 아래
백의를 걸치고,
그저 어질게만 살려는 죄로 해서
수난을 거듭해온 비운의 나라.
우리는 지상의 어떠한 겨레보다
평화와 자유를 갈구하나이다.
우리에게도 살려는 의지의,
엄청난 의혈의 역사가 있었건만
이 거듭되는 비극을 살피소서.
우리에게 또다시 통일을 베푸시고
우리로 하여금 스스로 우리의
운명의 고난을 개척케 하옵소서.
그리하여 또다시
동방의 빛나는 등불이 되도록.

　　「혼돈과 창조」는 한 한국시인이 일제의 식민지 시대에 태어나서 역사적 사회적 변혁의 연속이란 대혼란기를 어떻게 견뎌내어 자신의 정체성과 시의식을 차츰 확립해가는가를, 어떻게 그것을 더욱 정련하고 확충시켜가며, 한국시인으로서의 운명과 사명의 일치를 향해 나아가고 있는가를 그 생애의 중반에 즈음하여 자서적으로 정리해 보인 장시인 것입니다. 동시에 그것은 필연적으로 한국과 한국사와 직결되어 있는 만큼 서사시적 성격과 배경을 갖는 점이 한 시인의 정신사적 반생록半生錄에 그치지 않고, 이 장시에 상처를 영광으로, 혼돈을 창조로 기어이 바꾸려는 겨레혼의 울림을 실어주고 있습니다.

왜 제 문학의 뿌리가 6·25전쟁 때 다져졌단 말인지, 이제 여러분은 그것이 진실임을 능히 이해하여 주시리라 믿습니다.

박희진 시인 약연보

· 1931년 경기도 연천 출생.
· 1955년 보성중학 거쳐 고려대 영문과 졸업.
　　　　　『문학예술』 추천으로 등단.
· 1960년 제1시집 『실내악』 출간.
· 1965년 시집 『청동시대』 출간.
· 1961~1967년 동인지 『육십년대 사화집』 주재.
· 1976년 『빛과 어둠의 사이』 출간.
· 1979년 '공간시낭독회' 상임시인.
· 1993년 『연꽃 속의 부처님』 출간.
· 2001년 『세계 기행 시집』 출간.
· 2002년 『사행시 사백수』 출간.
· 2003년 『1행시 960수와 17자시 730수·기타』 출간.
· 주요 작품
　지금까지 총 24권의 시집과 수상집, 『투명한 기쁨』 외 다수의 저작물 있음.
· 수상
　월탄문학상 수상(1976), 현대시학 작품상(1988), 한국시인협회상(1991).

밀핵密核과 종합

시인 성 찬 경成贊慶

여섯 살 때 고향인 충남 예산에 있었던 신명유치원에 들어갔다. 1935년경의 일이다. 이때 유치원 동기들이 몇몇 고향에 남아있지만 작고한 이도 꽤 많다. 유치원 보모의 이름은 잊어버렸는데 당시로서는 시골에서 흔히 볼 수 없는 멋쟁이 신여성이었다.

단 한 대밖에 없는 풍금으로 노래연습을 했다. 보모는 원아들에게 낮잠 자는 시간이니 잠을 자도록 하라고 시켜놓고 풍금으로 어떤 선율을 되풀이 치는 것이었는데, 그 선율이 어찌나 듣기 좋고 고운지 어린 가슴에도 무어라 말할 수 없는 감동을 받았다. 말하자면 그 곡조가 내 심금을 울렸다(어린 가슴에도 이런 표현이 합당할지 모르겠으나). 나중에 더 커서 알게 되었는데, 이 곡조는 슈베르트의 자장가였다. 이것이 슈베르트와 나와의 첫 번째 만남이었다.

　중학교에 들어갈 무렵 이번에는 나와 슈베르트의 그야말로 운명적인 만남이 있게 된다. SP판 한 세트를 가질 수가 있게 되었는데, 레코드사인 이름은 텔레훈켄이었고, 에리히 클라이버(이 사람은 요새 인기 있는 지휘자인 카를로스 클라이버의 부친이다)가 지휘한 슈베르트의 미완성 교향곡이었다. 교향악단 이름은 생각이 나지 않는다.

　이 곡이 너무 아름답다고 느껴져서 나는 곡을 들어가며 울었다. 내가 처음 겪는, 본격적인 심미적 체험이었던 셈이다. 그 아름다운 슬픔에, 그 슬픈 아름다움에 나는 망연자실했다. 세상에서 이렇게 아름다운 음악을 듣고 났으니 나는 이제 죽어도 그만이라는 생각까지 하게 되었다. 지금 생각하면 물론 소년기의 감상感傷이었겠지만, 어쨌든 당시의 나로서는 꽤 심각한 체험을 한 셈이었다.

　그후 평생을 통해서 미는 변함없는 내 명제이자 화두이다. 미로 해서 얻는 감명보다 더 뜻이 있다 싶은 감명을 나로서는 생각해낼 수가 없다. 나의 미의 전당에 들게 된 빛나는 별들, 그 중에서도 단연 으뜸으로 내가 꼽을 수 있는 별은 추사 김정희 선생의 서예다. 그 창의성과 표현의 힘과 멋. 그 격조의 높이와 깊이. 나로서는 추사예술 이상의 예술의 보기를 찾는다는 것을 단념한 지 이미 오래다. 나는 추사는 피카소의 아버지라고 아무런 주저 없이 선언한다. 피카소가 들으면 서운하겠지만.

　추사 말고도 나에게 빛나는 별들이 많다. 헨리 무어의 조각. 파울 클레에의 그림. 바흐, 모차르트, 베토벤, 슈베르트,

쇼팽의 음악 등 열거하자면 길어진다.

그러니까 나는 미에 사로잡힌 것이다. 그런데 미가 도대체 무엇인가? 하고 누가 물어 오면 미를 정확하게 설명하기가, 다시 말해서 미에 대한 합당한 정의正義를 내리기가 무척 어렵다고 느끼지 않는 사람은 없을 것이다. 그러나 또 미에 대해서 할 수 있는 말은 얼마든지 있다. 미란 우리 마음을 강력하게 사로잡는(매혹시키는) 어떤 힘이다. 미란 우리의 균형감각에 어떤 행복감을 줄 수 있는, 그런 마음의 조직이다. 미는 깊이와 높이와 크기를 가질 수 있는 감동의 내용이다. 미는 삶의 활력소다. 영국 시인 존 키이츠는 미는 영원한 기쁨이다. 이렇게 말하고 있다. 이런 말들이 하나도 틀리는 말은 아닐 것이나, 그렇다고 해서, 이런 말 속에 미의 본질이 다 들어 있다고 생각하는 사람은 없을 것이다. 그러나 어쨌든 미는 진리의 탐구라든가 정의의 실현이라든가 하는 경우처럼 우리가 삶의 노고와 피와 땀을 바쳐서 추구하기에 충분한 보람이 있는 그런 것이라는 점도 부인할 수는 없을 것이다.

어떻게 어떻게 하다가 나는 소년기에서 청년기에 이르는 과정에서 음악가나 미술가가 될 수 있는 행운과 기회를 얻지 못했다. 음악가나 미술가는 아무나가 될 수 있는 것도 아닐 것이다. 그 대신 시를 쓰게 됐는데, 이미 암시적인 말씀은 드린 것으로 생각하지만, 시를 예술의 큰 테두리 안에서 생각하는 성향이랄까 버릇이랄까 하는 것은 벌써부터 굳건히 자리를 잡아온 터이다. 나는 시를 미와 결부시켜서 생각하지 않을 수 없게 되어 버린 것이다.

이것은 나의 진실의 고백이다. 또한 이것은 나의 자랑도 아무것도 아니다. 다만 시와 관련시켜서 좀 특징적이라면 특징적일 수 있는 성향을 가지고 있다는 사실을 말씀드리는 것뿐이다.

어쨌든 간에 나는 아름답지 않은 시는 별로 관심이 가지 않는다. 시 형식의 아름다움이건, 비유적 표현의 아름다움이건, 상념想念의 아름다움이건 무엇인가 아름다움의 요소가 들어있어야 하며, 그렇지 못한 시는 별로 잘 된 시라고 여겨지지가 않는다.

나는 또 지금까지의 우리나라 시인 중에서 내가 존경하고 싶은 훌륭한 시인은 상당수 있지만, 그렇다고 해서 내가 본 뜨고 싶다고 느낀, 따라서 영향을 받게 된 시인은 별로 없다는 점도 솔직히 고백하지 않을 수 없다. 나는 오히려 서구 시인들한테서 많은 영향을 받아왔다고 느끼고 있다. 예컨대, 엘리엇, 예이츠, 딜런 토머시, 폴 발레리, 존단을 위시해서 17세기 영국의 이른바 형이상학파 시인 윌리엄 블레이크 키이츠, 셸리, 바이런, 쟝 콕토, 단테, 괴테 등 이름을 다 들 수도 없다.

그렇다면 저 사람이 쓰는 시는 꽤나 버터 냄새가 나겠군, 하고 생각하시는 분이 계실는지도 모르지만, 이것은 또 그렇지가 않다. 외국 시인의 시를 보고 감탄했다고 해서, 우리말로 시를 쓰는 내가 만약에 버터 냄새를 풍긴다면, 그것은 내가 아직 시인으로서 미숙하다는 말밖에는 되지 않는다. 사람은, 동양인이건 서양인이건, 서로 같아 함께 나눌 수 있는 공

통의 정신구조를 갖고 있는 것이다. 이러한 선험적, 또는 수
동적 조건으로 해서 동서양은 함께 예술적 감흥을 나눌 수 있
으며, 서양인이 우리의 아악을 듣고 심취하게 되고, 내가 베
토벤의 교향곡을 듣고 감동의 선율을 느낄 수 있는 것이다.

　나를 키운 풍토는, 내 피와 골격을 꾸민 요소는 한국의 땅,
한국의 물, 한국의 바람이다. 그러한 내가, 정말로 나에게 충
실하다면 한국적인 특색을 여읜 시를 쓸 수 있을 리가 없다.
실지로 내가 쓴 「김치」, 「동치미」, 「간장」, 이러한 시를 음미
해 보시면 내가 드리는 말씀에 근거가 없다고는 생각하지 않
으실 것이다.

　그렇기는 하지만, 내가 쓰는 시가 한국의 시단에서는 어느
정도 이질적인 면을 지니고 있으리라라는 것은 나도 자인한다.

　어떤 점에서 이질적인가, 이러한 물음에 답을 드리기 위해
서 나는 세 가지를 생각하게 된다. 첫째는 내 시에 지적知的
인 요소가 매우 짙은 것이라는 점은 나 자신도 부인할 수가
없다(나 자신에 대한 진단을 나 스스로가 말씀드린다는 것이 마음 편한
일은 아니다). 둘째는 내 시의 밀핵성密核性이다. 셋째는 내 시
의 종합성이다.

　‘밀핵’이란 말은 내가 만들어 낸 말이다. 이 말은 밀핵시,
밀핵적 심상, 따위로 활용해서 쓸 수 있다. 밀핵이란 한마디
로 고도로 농축된 의미를 말한다. 밀핵시 하나하나에, 시의
심상에, 또는 시 전체에 가능한 한 많은 의미의 밀도를 담고
있는 시를 말한다. 밀도란 단위 용적에 들어있는 질량의 수
치를 말한다. 물의 밀도를 1이라 할 때 같은 부피의 우라늄

의 밀도는 200배가 넘는다. 솜 같은 시가 아니라 우라늄 같은 시가 밀핵시다. 그리고 이런 시를 추구하는 것이 내 시적 체질이다. 이론상 같은 만큼의 의미를 여러 문장이나 설명을 써서 나타내면 의미의 밀도가 떨어지며, 따라서 밀핵시에서 멀어지고, 반대로 되도록 짧은(또는 자수를 줄인) 표현에 같은 만큼의 의미를 담는다면 전형적인 밀핵시가 된다.

시의 종합성이란 명제도 시의 밀핵성과 관련이 있다. 주제나 소재면에서, 또는 표현의 기법 면에서 버리는 것 없이 모든 요소를 다 종합, 조화, 또는 융합시켜 보자는 것이 시의 종합성이다. 시에 정서만 있고 지성이 없다면, 또는 시에 육체만 있고 정신이 없다면, 시에 눈물만 있고 냉철한 반성이 없다면, 또는 이와 반대의 경우라면, 시에 해학만 있고 진지성이 없다면, 시가 진지하긴 한데 웃음이 없다면, 시에 음악성은 뛰어난데 회화성이 없다면, 시에 정경묘사는 잘돼 있는데 음악처럼 울려오는 가락이나 리듬이 없다면 이런 시는 내가 뜻하는 시와 거리가 있다. 말하자면 나는 사람 같은 시를 쓰고 싶은 것이다. 육체적 정신적 여러 기능 중에서 무엇인가가 하나 빠져 있다면, 성한 사람은 못 되지 않는가.

밀핵과 함께 내 시의 성격과 구조를 드러내기 위해서 만들어 낸 또 하나의 비평적 용어에 '우주율宇宙律'이라는 말이 있다. 이 말은 내 시의 운율구조의 특색을 설명하기 위한 용어이다. 우주율 하면 무엇인가 굉장한 것 같지만, 그 개념은 그리 복잡한 것은 아니다. 우주율이란 말하자면 운문과 산문의 중간쯤 가는 문장형식을 뜻한다. 즉 운문이 갖는 운율적

효과와 산문이 갖는 정확·치밀한 묘사력을 동시에 살려보
자는 형식이며 이것도 일종의 운율적 종합인 셈이다. 운문은
장중하며 여운은 있으나, 운문으로는 자세한 설명이 어렵고,
산문은 정교한 묘사나 설명이 가능하나 음악적 묘미는 없다.
이것을 동시에 살려보자는 시도이며, 1980년대쯤부터 내가
써온 시는 대개가 이 우주율의 형식에 의한 것이다.
　밀핵이건 우주율이건 마치 무슨 까다로운 조건만을 주문하
는 시도 같은데, 그러면 어떤 시가 그러한 시인가? 하는 의
문을 가지실는지 모르겠다. 내가 생각하기에 우리나라 시인
중에서 밀핵시적 체질을 가진 시를 쓰는 시인이나, 우주율을
연상케하는 운율로 시를 쓰는 시인이 결코 적은 것은 아닐
것이다. 왜냐하면 이러한 시적 자세나 지향이 동서고금의 시
를 볼 때 결코 보편성이 없는 시도가 아니라고 느껴지기 때
문이다. 이와 동시에 밀핵시나 우주율의 구체적인 보기로서
는, 평생을 의식적인 지향으로 이러한 작업을 해왔기 때문
에, 시가 졸하건 아니건 간에 내가 써온 시가 그렇게 될 수
밖엔 없다고 여겨진다. 예를 하나 들어보겠다.

　　　　푸른 뇌실(腦室)이 아무리 희한한 거짓말을
　　　　마구 쏘아대도 그것이 그대로 들어맞을 만큼
　　　　存在의 수안(睡眼)은 가없이 비어 있거늘

　　　　　　　　　　　　　　「화형둔주곡」 중에서

이런 구절을 밀핵시의 한 보기라고 할 수 있을 것이다. 푸

른 뇌실은 우리 두뇌를 말한다. 무슨 거짓말을 해도 그것이 결국 다 참말로 들어맞을 만큼 이 우주와 존재는 오묘하고 신비롭다, 대개 이런 뜻이다. 최근 물리학계의 가설은 끈 (sring)이론이라는데, 끈 이론의 세계는 11차원의 세계이며, 그 내용도 참으로 기기묘묘한 모양이다. 또 요새 일부 물리학자의 계산에 따르면 이 우주엔, 아니 우주 밖에는 우리가 살고 있는 우주와 비슷한 우주가 10의 500승만큼 있다고 한다. 10의 500승이면 10에 0이 500개 붙은 수치이다. 별이 1,000억 개쯤 들어 있는 은하가 또 1,000억 개쯤 들어있는 것이 우주 하나다. 그런 우주가 그렇게 또 많이 있다. 이런 거짓말이 어디 있나. 그러나 이것이 거짓말이 아닌 참말일 수도 있는 것이다. 존재의 잠은 그렇게 깊다….

내가 말핵시론을 주장하게 된 동기 및 이 시론이 갖는 의의는 결코 나 개인적인 시작업의 전개에만 국한되는 것이 아니며, 우리나라 현대시사와도 관련되는 그 이상의 의의가 있을 것이라고 나는 생각한다. 밀핵시론을 착안할 때 내가 이것저것 여러 국면을 면밀히 따져보고 그렇게 한 것은 결코 아니며, 나는 다만 직관적으로(아니면 거의 본능적으로) 그러한 방향으로 내 시를 굳혔고, 또 평생을 일관되게 그렇게 해왔지만, 지금에 와서 넓은 시야에서 조망해 볼 때, 밀핵시론이 우리나라 시가 갖는 전반적인 약점을 보완할 수 있는 처방이 될 수 있는 것이 아닌가 하고 나는 진지하게 생각하는 것이다.

우리의 현대시사 약 100년의 성과를 훑어볼 때 나는, 우리 현대시가 매우 서정적이며 곱긴 하지만, 어딘지 모르게 무게와 깊이가 부족한 것이 아닐까 하는 생각을 지울 수 없는 것이다. 역시 대체로 주정적主情的이며, 지적知的 요소가 부족하다. 여성성女性性 쪽에 치우쳐 있으며 남성성男性性에서 저울대가 힘을 쓰지 못하는 것이다. 이것이 나만의 그릇된 판단일까?

전통의 문제에서, 동질적인 유전자만을 선호하는 전통은 차츰 그 체질이 약화되어 급기야는 그 존립 자체에도 위협을 받게 되는 경우가 생길 수 있을 것이다. 이질적인 유전자를 과감하게 흡수 소화하는 전통은 오히려 그 체질이 강화될 수 있을 것이다. 이와 같이 전통도 살아 있는 생명체다. 나는 내 밀핵시론이 우리 현대시의 약점을 보완 강화할 수 있는 다소 이질적인 유전자가 될 수 있지 않을까 생각하며 다시 이 말을 되풀이하는 것이다.

1956년에 내가 시단에 데뷔할 무렵부터 내 시에는 난해하다는 표가 붙고, 그 후로 줄곧 내 시가 깊이 있는 이해에서는 외면당한 것이 아닌가 하는 생각도 하게 된다.

나는 난해를 위한 난해한 시구를 만지작거리는 적은 결코 없었다는 점을 담담히 말씀드릴 수 있다. 무언가 골치 아픈 것은 손대지 않는 것이 낫다고 생각하는 경향은 결코 문화적이라고 할 수는 없는 것이다. 나는 어떠한 구절도, 콤마 하나에 이르기까지, 어떠한 정서나 생각의 얼개 없이 쓴 적은 없

다. 숨은 뜻을 시구에 심으려고 애써왔다. 이런 의미의 발굴,
이런 기대를 나는 더러 미래의 독자들에게 걸어본다.

성찬경 시인 약연보

- 1930년 충남 예산 출생.
- 서울대 대학원 영문과 졸업.
- 1956년 『문학예술』에 「미열」, 「궁」, 「프리즘」이 추천되어 등단.
- 『60년대 사화집』 동인.
- 1966년 시집 『화형둔주곡(火刑遁走曲)』(정음사)
- 1970년 시집 『벌레소리송(頌)』(문원사)
- 1982년 시집 『시간음(時間吟)』(문학예술사)
- 1986년 시집 『영혼의 눈 육체의 눈』(고려원)
- 1989년 시집 『황홀한 초록빛』(성바오로출판사)
- 1989년 시집 『그리움의 끝을 찾아서』(흙)

나의 길 나의 문학

소설가 송 원 희宋媛熙

문학의 길로 들어선 지 어언 40여 년이 된다. 나는 내가 왜 문학의 길을 걸었는지에 대해 회의를 해 본 적이 없다. 문학은 어쩌면 내 숙명이었는지 모른다.

어릴 적부터 나의 집에는 책들이 굴러다녔다. 밤이면 어머니는 책을 보셨다. 어릴 적에 나는 어머니를 따라 종로에 있었던 것으로 기억되는 영창서점永昌書店이라는 서점을 따라가 본 일이 있다. 그래서인지 나도 『소공녀』, 『집 없는 아이』, 『콩쥐 팥쥐』를 읽었고 『검둥이 아저씨』를 읽었다. 그것들을 읽으면서 나는 많이 울었다. 그 이유는 나의 어머니는 4살 때 어머니를 여의고 초등학교 때 들어온 계모로부터 무척 학대를 받았다는 이야기를 들었기 때문이다. 어머니가 밤이면 누구에게든 당신이 슬프게 자랐다는 이야기를 할 때면 나는 이불을 쓰고 울었다. 어머니의 상처는 아무도 치유해주지 못했다. 그래서 책을 읽으신 것 같다. 어머니의 슬픈 이야기는 나를 슬프게 했고 간접적인 상처도 되었다. 어머니가 불쌍해서 '그 원한을 어떻게 갚아 드리나?' 하고 생각했다. 나는 어렴풋하나마 '인간이란 무엇인가?' 하고 생각하는 버릇이 생겼다.

우리 집 사랑채에 가끔 아버지 손님이 묵었는데 후에 알고 보니 독립운동을 하는 아버지 친구분들이었다. 결국 초등학교 6학년 때 우리 아버지는 일경에 쫓기자 가족들을 데리고 중국으로 망명을 갔다. 아버지는 가족이 있어서인지 적극적인 독립운동을 하신 것 같지는 않고 중국인과 사업을 하면서 아마 자금을 댄 것 같다. 자주 중국옷을 입은 아버지 친구분들이 자고 가기도 했다. 나는 여기서 내 민족의식이 조금씩 싹터갔다.

우리는 중국에서 고향이 서울이라는 이 선생님의 집 반쪽을 빌려 살았다. 그분은 전쟁 전에는 중국의 어느 대학교수였는데 전쟁 때라 학교가 폐쇄되어 우리 아버지와 사업을 같이 했다. 이 선생의 집에 내가 출입을 많이 한 것은 이 선생의 서고에 마치 도서관처럼 책이 많았기 때문이다. 이 선생의 전공은 정치학이었는데 정치에 관한 책이 많았지만 부인은 동경에서 문학공부를 했다고 했다.

서고에는 책만 가득해서 들어가면 고서적 같은 냄새가 내 코에 스며들었다. 나는 그 냄새가 좋았다. 책을 많이 읽었지만 의미보다도 스토리 위주였다. 의미는 한국에 돌아와서 그것들을 다시 읽고서야 명작인 줄 알았다. 중학 2학년 때 양자강揚子江이라는 글이 학교 문예지에 실렸는데 그 지도는 이 선생이 해주셨다. 문예지에 게재 된 것을 보고 그분들은 나보고 '글재주가 있구나' 했지만 작가의 꿈은 없었다.

해방이 되어 우리집은 귀국했는데 그분들은 귀국하지 않았다. 이것도 후에 알게 된 것인데 이 선생은 19살에 고향에서 조혼을 했는데 동경에서 공부를 하면서 지금의 부인과 연애를 했다는 것이다. 그들은 귀국할 수가 없었던 것이다. 우리 식구가 귀국할 때 부인은 울었다.

귀국해서 우리집은 남산에 있는 적산가옥을 사서 살았다. 집만 나오면 길 건너가 충무로였다. 그 당시 충무로 일대가 서점이었다. 고서점까지 들어서 즐비했다. 나는 그곳에 가면 헌책을 싸게 샀다. 어느 날 나는 얄팍한 문예지 한 권을 읽었는데 그 중에 「찹쌀떡」이라는 단편이 있었다. 뒤를 보니 동국대생으로 되어 있었다. 이름은 이상 무엇이었는데 더 이상 기억에 없다. 그밖에도 동국대생이 쓴 것이 하나둘쯤 더 있었던 것으로 보아 학교의 문예지였는지도 모른다. 나는 이 학교에 들어가야겠다고 생각되어 동국대를 들어갔다. 다른 학교와 비교하는 등의 생각은 없었다.

대학 2학년 때 교양과목인 철학개론 시간이었다. 교수는 칸트의 관념철학을 강의하다가 칸트의 일화를 들려주었다. 칸트의 사숙에는 그의 강의를 듣기 위해 많은 학생들이 몰려들었다. 아침 6시부터의 강의실 인원은 한정 돼 있어 강의를 들으려는 학생들은 동이 트기 전부터 문밖에서 줄을 서서 기다렸다. 시작시간과 끝맺음도 정확했다. 그런데 강의시간 중 한 학생이 주머니 속에 손을 집어넣고 들었던 모양이다. 여기에 신경이 쓰였는지 칸트는 학생에게 주머니에서 손을 빼라고 했다. 그러나 학생은 고개만 숙이고 있었다. 칸트는 두 번째 빼라고 했다. 그러자 옆자리의 학생이 그는 팔이 없다고 말해주었다. 칸트는 당황했을 것이고 미안도 했을 것이다. 그는 말했다. '나는 없는 학설도 만들어내는데 너는 없는 팔 좀 내놓으면 어떠냐.'라고 대답했다고 한다.

그날의 칸트의 일화가 내 뇌리에 깊숙이 음각되었다. 그리고 생각했다. 칸트의 일화는 일종의 패러독스다. '있어야할 것이 없을 때 우리는 잃어버린 것보다 더 버금가는 것을 창작해야한다. 그것은 문학이다.'라고 생각했다.

나는 한발씩 작가의 꿈을 키워가고 있었다. 당시 나는 한 문학청년하고 자주 만났다. 그는 시를 공부하고 있었는데 우리는 당시 유행어처럼 돌고 있는 실존주의를 논하고 사르트르를 논하며 마치 세상을 다 아는 양 건방졌다. 어느 맑은 가을날 낙엽을 밟으며 우리는 덕수궁 뒷담을 산책하고 있었다. 한쪽은 법원이라 주위는 한적했다. 그 청년은 말했다.

"나는 이 법원 앞을 지나면 한 소설이 생각납니다. 스웨덴의 여성작가 '라 겔레프'라는 분이 쓴 「늪지의 처녀」인데요. 가난한 농가의 딸 헬가는 읍내로 나가 지주의 집에 하녀로 들어가죠. 그런데 지주가 헬가를 임신시켰죠. 집에 돌아와

아이를 낳은 헬가는 먹을 것도 없어 양육비를 지주에 청하게
되죠. 그러나 지주는 자기 아이가 아니라고 딱 잡아떼죠. 할
수 없이 법정에까지 가게 되어 여러 차례 재판했으나 지주는
끝내 부인하죠. 마지막 재판 날 마을사람들이 결과를 보기
위해 재판장으로 몰려들었죠. 재판장이 피고인 지주에게 마
지막 성서聖書에 손을 얹고 사실을 말하라고 하자 갑자기 원
고인 헬가가 일어나면서 재판장에게 이 재판을 취소하겠다
고 합니다. 헬가는 아이 아버지가 성서에까지 거짓말을 하는
것을 볼 수 없으니 이 재판을 취하하겠다고 합니다. 그렇게
까지 해서 대가를 받고 싶지 않다는 거죠. 방청객들이 갑자
기 소란해지죠. 더욱 더 놀란 것은 재판장이죠. 백발의 노 재
판장은 말합니다. '내 60 평생 재판을 해왔지만 오늘같이 놀
랍고 기쁜 일은 처음이다.' 하며 노안에 눈물이 글썽거리
죠."

　이 이야기를 들었을 때 나는 칸트의 일화를 들을 때처럼
가슴이 찌르르했다. 그와 헤어지며 나는 곧바로 청계천 고서
점으로 달려갔다. 그때 이미 충무로에는 서점들이 다 사라지
고 술집들이 들어서 고서점들은 청계천으로 밀려나갔다. 나
는 그들 고서점을 몇 군데 돌면서 기어코 북구3인집北歐3人集
속에 들은 라 겔레프의 「늪지의 처녀」를 구했다. 내용은 빅
토르 위고의 『레 미제라블』만큼 나를 감동시켰다. 그리고 이
런 소설을 쓰고 싶다고 마음먹었다.

　1957년 단편을 써서 조선일보 신춘문예에 응모했지만 낙
선했다. 꼭 되리라고 기대는 안 했지만 가슴 두근거리며 기

다렸었다. 실망이 컸다. 재주가 없다고 낙담도 했다. 그때 친구가 창신동에 살았는데 자기 앞집에 시인 김용호 선생님이 계신데 그 부인과 친해서 내 이야기를 했다는 것이다.

어느 날 놀러갔다가 김 선생님 댁까지 갔다. 그분은 지난번 신춘문예응모에 관한 것을 알아보았는데 내가 낸 작품이 예선까지 올라갔었다고 하더라고 했다. 심사위원들 성향이 각기 다르니 문예지의 추천을 받아보라고 하며 김이석金利錫 선생님을 소개 해주셨다. 나는 이미 김 선생님의 단편도 몇 편 읽어 만나보지는 못 했어도 그 선생님의 작품이 좋았다. 나는 김 선생님에게 세 편의 단편을 보여 드렸다. 그랬더니 쓸 수 있는 사람이라며 추천을 해주겠다고 하시며, 『문학예술지』에 안내했는데 그때 문학예술지 사무실은 을지로 2가 중앙극장 부근에 있었던 것 같다.

주간을 보시던 시인 박남수 선생님과 인사를 했다. 곧 두 편의 작품이 몇 달 걸려서 게재되었다. 박남수 선생님은 내게 "이제 문학의 관문을 통과했는데, 여성들은 문단에 오르면 쉽게 여성지에 글을 써 대중작가가 되는데 되도록 순수문학을 해주기를 부탁한다"라고 당부하셨다. 나는 그 약속을 지금껏 지키고 있다.

그후 얼마 있다가 나는 결혼을 했다. 결혼하자마자 연이어 두 딸을 낳고 보니 생활에 지쳐 마음먹었던 작품을 제대로 쓸 수가 없었다. 마음은 초조하고 글은 안 나오고 매일 파지만 싸였다. 김이석 선생님은 그런 나에게 '너무 행복에 젖어 있는 것 아닌가. 문제의식이 없어진 것 아닌가.'라고 말씀하셨다.

문제는 구태의연한 삶과 관습을 고수하려는 주변 환경이었다. 획일적 사고가 나를 비난했다. 갈등이 증폭되어 가면서 그들은 내가 이상했고 나는 그들이 이상했다. 따라서 그들과 같아지지 않는 나를 곱지 않게 생각했고 남편과의 의견 충돌도 생겼다. 새로운 것을 추구하려는 나와 한국적 가부장 전통에 젖은 남편과의 충돌은 예상보다 컸다. 심한 갈등과, 만용에 가까운 용기를 내어 이혼을 선언했다. 그리고 일주일 후 남편은 '우리가 애정 문제로 갈등하지 않는다면 내가 양보하겠으니 당신의 일을 해보라.'고 했다.

당시 나는 몹시 슬럼프에 빠져 있다가 4년 만에 재기할 수 있었다. 작품이 발표될 때 종종 일간 신문 문예란에 '이 달의 시와 소설평'에 올랐다. 열편이 되자 나는 첫 창작집 『화사』를 출판하고 출판기념까지 했다.

그러나 나는 다시 슬럼프에 빠졌다. 한계에 부딪혔다. 인간이란 무엇인가? 탐욕과 이기심과 질투. 비열과 비굴과 모함, 위선과 오만, 부정과 불의, 타산과 무관심, 골수에 박힌 미숙한 성차별 등의 인간심리의 지도가 거의 절제 없이 무감각하게 드러날 때 나는 환멸과 혐오까지 느껴 절망까지 했다. 내게는 인생의 길을 열어준 문학이 돌연 무의미와 무력함을 인식하게 했다. 타인의 얼굴은 내 얼굴이기도 했다.

나는 종교 속으로 도피했다. 영혼의 갈망이었다. 어떤 절대자가 필요했다. 나를 압도하는 거기에 구원이 있을 것 같았다. 교회는 나갔지만 확실한 신앙의 의미를 바르게 체득하지는 못했던 것이다. 나는 창세기부터 다시 시작했다. 종교 역시 패러독스였다. '네 원수를 사랑하라'. '오른뺨을 때리면 왼뺨도 내놓아라', '마음이 가난한자는 복이 있으니 네 마음은 천국이다', '사랑은 이런 것이다' 하며 십자가에 매달린 예수는 '고통은 신에게 다가가는 길'이라고 했다. 석가모니도 탐욕과 이기로 뭉쳐진 인간에게 깨달음과 해탈을 갖기 위해 자신과의 싸움을 역설했다. 역시 패러독스다. 그러나 패러독스 속에 진리가 있었다.

나는 현실로 돌아왔다. 현실을 외면하는 것이 아니라 혼돈을 직시하며 혼돈을 재정비하여 새로운 길을 열어주어야 했다. 그들을 외면의 대상이 아니라 그들을 사랑해야했다. 그것이 작가의 사명이었다. 그러기 위해 작가는 뼈를 깎는 고심이 있어야했다. 자신부터 추구하며 변화하고 비전을 갖는 것은 창조였다. 그런 의미에서 작가는 대중 속에 있지만 현실에는 외면 당하는 홀로 서 있는 고독한 자이며, 그것은 부단한 자신과의 싸움이며 불의의 악과 싸우는 자일 수밖에 없다.

프랑스의 작가 몰리약은 말했다. '누구보다도 문학인들은 (앞에서 말한) 약점을 많이 가지고 있다. 따라서 상처도 많다. 그러나 그 모든 것을 자신 속에서 빼내려고 애쓰고, 상처 또한 스스로 치유하는 방법을 알고 있는 강한 존재다'라고. 알

베르트 카뮈는 그의 부조리의 철학에서 작가의 당위성은 '작가는 현실의 악과 부정과 무관심의 비극을 막기 위해 성실과 정확한 언어를 사용해서 작가 스스로를 구원하고 타인을 구원할 수가 있다'고 말했다.

1981년, 나는 파리에 갔다가 파리의 팡테온에 들렀다. 팡테온의 입구 기둥에는 이렇게 써있다. 간략하게 말하면 '나라를 위해, 나아가 인류를 위해 공헌한 자의 영혼과 유해를 모신 곳' 잔다르크에서부터 근세에 이르는 프랑스 작가들의 유해가 있었다. 빅토르 위고의 유해가 있는 방에 왔을 때 안내자는 '여기 우리의 위대한 작가가 잠들고 있소. 그는 지금도 우리의 가슴속에 살아 있소.' 또 하나의 방 앞에서 안내자는 말했다. '이 방은 당대에는 유명한 작가였고 책이 많이 팔려 인기와 부를 함께 누린 작가 에밀 졸라의 방이었소. 그러나 그가 이 곳에 들어온 것은 잘못된 것이라는 엄격한 심사를 거쳐 그의 유해는 쫓겨났소. 지금은 빈방이니 여러분들도 인류에 공이 있는 사람은 누구나 들어 올 수 있소.' 하며 웃었다. 나도 두 작가의 작품을 읽어 알고 있다. 두 작가의 작품은 너무나 대조적이다. 심사는 엄격했다. 나의 길이 틀리지 않은 선택이었음을 재인식했다. 많은 것을 생각케 하는 팡테온이었다.

어머니의 상처가 곧 나의 상처였고 아버지로부터 민족의식을, 그리고 이 선생 댁의 서고, 칸트의 일화와 영적인 신앙,

그들로부터 나는 비전이 있는 상상력을 갖게 되었으며 나의 문학은 그 바탕 위에 서서 한 우물만 계속 파고 있다. 작가는 오직 작품으로만 말할 뿐이라는 것을 신조로 삼고서.

 돌아보건대 한길을 40여 년 걸어왔건만 '자 이겁니다' 하고 내놓을 수 있는 것이 없고 부끄럽기만 하다. 늘 자신의 부족함을 느낀다. 그만큼 문학이 어렵게만 느껴진다. 그러나 이 길은 하늘에서 부여받은 멍에이고 내 구원의 길이다. 때론 지쳐 무익한 도로라는 생각도 번개처럼 스치지만 말이다.

 '이만하면 됐어.' 하는 말은 작가에게는 없다고 생각하는데, 나를 철부지 대학시절부터 옆에서 보아온 신학자이신 분의 말씀이었다. 지금은 작고하셨지만 그분은 그래도 나를 볼 때마다 '대단하다고 생각해.' 하고 끄덕이며 '불모의 땅엔 무엇을 뿌려도 잡초라도 나지만 이미 있는 세계 속에서 그것을 변화시키려고 움직여본다는 것은 쉬운 일이 아니니까.' 그 말은 내가 평범한 기존생활 속에서 변화를 추구하려는 노력을 의미했을 것이다.

 나는 오늘도 컴퓨터 앞에 앉아 하얀 화면 위에 생각을 짜내며 최상의 언어와 문장을 구사하느라 힘을 다하고 있다. 아마도 이 생명 다하도록 할 수밖에 없다. 시지프스의 신화 속 신의 형벌처럼 말이다.

송원희 소설가 약연보

· 1927년 서울에서 출생.
· 1955년 동국대 영문과 졸업.
· 1955년 『문학예술』에 단편 「화사(花蛇)」, 「식민지」로 데뷔.
· 1971년 제1창작집 『화사』 간행.
· 1975년 제2창작집 『비틀거리는 중간』.
· 1978년 장편소설 『고독의 문』.
· 1983년 제3창작집 『잃어버린 날개』.
· 1985년 동화집 『아코디언 아저씨』.
· 1995년 장편 『안중근, 그날 춤을 추리라』.
· 1996년 제4창작집 『회색빛 기행』 외 단편 8편 수록.
· 2002년 제5단편집 『탈옥수와 노인』 외 8편 수록.
          중편 「당신은 누구십니까?」.
· 2003년 중편 「공립에서」.

· **수상**
 일붕문학상(1984).
 동포문학상(1987).
 이주홍문학상 본상(2002).
 중편 「길」로 한국소설문학상.
 중편 「만남」으로 전쟁문학상.

내가 산 1950, 60년대와 '농무農舞'

시인 신 경 림申庚林

나는 60년대 중후반 서울로 올라오기까지 50년대와 60년대 전반을 거의 농촌과 시골 소읍에서 보냈다. 서울살이를 청산하고 내가 내려가 짐을 푼 곳은 나서 자란 고향이었다. 타고난 뚝심도 없고 별다른 재능도 지니지 못한 내가 서울을 떠나갈 수 있는 곳은 고향밖에 없었던 터다. 그 무렵 내 고향은 전쟁 후 잠시 살아나는 것 같던 광산 경기가 시들면서 여간만 스산해 있지 않았다. 농가에 방 한 칸을 빌려 살던 한산 인부들이 이불이며 솥 따위를 실은 작은 짐마차를 앞세우고 아내며 아이들과 함께 타박타박 신작로를 걸어 올라가던 모습, 그것이 내가 고향에 가서 매일처럼 보지 않으면 안 되는 풍경이었다.

그 시대를 산 사람치고 새 보리가 나기 전인 보릿고개를 모르는 사람은 없겠지만, 우리 마을의 보릿고개는 유별났던 것 같다. 자연부락 30여 호 중 면장일을 하는 당숙, 초등학교 교사인 다른 당숙, 그리고 아버지가 농협에 다니는 우리집이 겨우 배고픔을 모르는 정도고, 점심은커녕 하루에 한 끼로 때우는 집이 태반이었다. 이때는 정작 먼 산엘 가야 해올 수 있는 나무를 구하기가 어려웠으니, 모두 허기가 져서 먼 산엘 오를 수가 없어서였다. 가까운 야산에서 갈퀴로 바닥을 훑어 불땔거리를 해다 파는 것이 고작이었다. 새벽에 일어났다가 아침밥을 지을 쌀을 꾸러 온 이웃집 아주머니와 맞닥뜨리는 일도 더러 있었다. 쌀 한 됫박을 퍼주고 온 할머니가 "해나 뜨거든 올 것이지"하고 중중거리면 아버지는 "아, 오죽 답답했으면 올라구"하고 자못 넉넉한 체를 해서 할머니 화를 돋우곤 했다. 한 번 근처 초등학교 교장으로 있는 이모부가 소고기를 사들고 온 일이 있었다. 아버지와 이모부가 그것을 석쇠에 구워 술을 마시는데 들에 나갔던 할머니가 들어오면서 "애, 너 시방 정신이 있는 거니, 남들이 아침을 먹었느니 굶었느니 하는데 고기냄새를 풍겨!"하고 어머니를 나무란 일도 있다.

1950년대가 다 끝나갈 무렵에는 우리집도 이웃 소작인들보다 별반 나을 것이 없을 정도로 거덜이 났다. 아버지가 농협을 그만둔 것이었다. 아버지는 월급만 가지고는 두 아들을 대학에 보내기가 버거워(아우도 대학에 재학 중이었다.) 무언가 다른 사업을 한다는 구실이었지만, 이미 공사판이며 산판 따위 남의 사업에 뒷돈을 대다가 빚을 져서 그것을 갚기 위해서는 큰돈이 필요했고, 큰돈을 만들 길은 30년 근속의 퇴직금밖에 없었던 것이다. 퇴직금만으로는 빚을 다 가리지 못해 밭 몇 뙈기만 남겨놓고 논도 몽땅 팔았다. 그래도 점심을 거르지 않을 수 있었던 것은 아버지한테 빚을 얻는 재주가 있었기 때문이다. 그러나 이것도 한두 달이었다. 아버지한테 빚을 갚을 능력이 없음이 알려지면서 아무도 더 이상 상대하려 들지 않았다. 우리는 돈이 되는 것이면 다 팔았다. 아버지가 금장사나 금분석 또는 금방앗간 같은 일을 할 때 어머니가 몰래 모아두었던 몇 푼어치 안 되는 금도 팔았고, 할머니 금반지며 은반지도 팔았다. 심지어 할아버지 때 앞마당에 심은 작약을 파서 팔아 며칠 밥을 먹기도 했다. 할머니는 하도 속이 상해 싸고 드러누워 며칠이고 식음을 전폐했다.

　이때 내가 할 수 있는 일은 집을 나오는 일이었다. 농사에 마음을 붙이지 못하고 광산이며 공사장을 떠도는 소꿉친구가 있어, 나는 곧잘 공사장으로 또는 광산으로 그를 찾아갔다. 여름 어느 날 인근에 있었던 소규모 댐 공사장으로 그를 찾아가 한 달쯤 지냈던 일을 나는 아직도 잊을 수가 없다. 싸움을 잘 하던 그는 그 공사장을 주름잡고 있었고, 그의 억지가 통해서 나는 돌을 실어 나르는 인부에서 그것을 체크하는 감독이 되었다. 임금은 일당으로서 그날그날 전표로 지불되었는데, 몇 번 실어 날랐느냐에 따라 차등 지급되었다. 많이 일을 하면 사흘치 밥값을 벌 수 있었지만, 조금만 게으름을 피면 하루 밥값도 벌기 어려울 정도로 임금이 박했다. 하지만 돈벌이 길이 아무것도 없는 시골에서 이곳은 굉장한 일자리였고, 줄 없이는 일을 얻기도 쉽지 않았다. 여기서 일을 하는 인부들에게는 근처 술집에서 모두 외상밥과 술을 줄 정도였다.

내가 여기서 오래 견디지 못한 것은 그냥 서 있기만 하면 되
는 자리인데도 내 체력이 그것을 감당하지 못했기 때문이다.
 그가 광산에서 일할 때는 광산으로 찾아가기도 했고, 새로
나온 농기구 따위를 가지고 다니며 팔 때는 장사동무가 되어
따라도 다녔다. 그러나 언제고 결국은 되돌아와, "이제 우리
집안은 망했어! 부자가 다 놀고만 있으니!"라는 할머니의 신
세타령을 들어가며 눈칫밥을 먹고는 장터를 어슬렁거렸다.
인근에는 나와 비슷한, 대학을 졸업한 사람, 다니다 말고 내
려온 사람, 대학에 다니지만 하숙비가 없어 서울에는 시험
때만 올라가는 사람 등이 수도 없이 많아, 갑갑하니까 모두
들 장터에 나와 어슬렁거렸다. 이발소에 가면 으레 이런 친
구들이 몇 죽치고 있어, 절망적인 말을 주고받았다. 실제로
그때 우리에게는 희망 같은 것이 보이지 않았다. 땅을 팔아
대학을 다녔지만 일자리는 없고, 얼마 안 남은 농토에 농사
를 지어 보았자 비료값이며 농약값 대기도 버겁다고들 했다.
전쟁이 끝나고 10년이 가까운데도 사는 게 조금도 나아지지
않았고, 삶의 질은 일제 말기보다도 오히려 떨어졌다고 우리
들은 공공연히 불평들을 해댔다.
 처녀들이 하나 둘 도시로 빠져나가기 시작한 것도 이 무렵
을 전후해서였을 것이다. 누구는 서울 사는 육촌 언니 집을
찾아갔다고 했고 누구는 공장에 취직이 되어 갔다고 했는데,
대개 연줄연줄 식모자리를 구해 간 것이 뒤에 밝혀지고는 했
다. 그래도 이런 경우는 행복한 편이었다. 공장에 취직했다
면서 설날 선물 꾸러미를 사들고 왔던 처녀가 어떤 술집에서

고향 청년에게 발견되었다는 소식을 들었을 때는 슬펐다.

　그래도 장날은 즐거웠던 것 같다. 비단 나와 비슷한 처지의 친구들을 많이 만날 수 있대서만은 아니었다. 돈이 안 되는 희망없는 농사나마 열심히 지어, 돼지새끼들을 몰고 나오는 친구도 있었고, 낫이나 도끼를 벼르러 대장간을 찾아오는 친구도 있었고, 수수며 조, 말이나 메고 나와 석유로 바꿔가는 친구도 있었다. 이들과 하찮은 얘기로 시시덕거리는 것도 좋았고 막걸리잔이나 얻어먹으면 더 좋았다. 옛날과는 비교도 안 되게 터무니없이 규모가 작아진 장이었다. 광산의 폐업도 그 원인이었지만, 도대체 시골에 팔고 살 물건이 없었다. 아니 있다해도 시골 사람들에게 살 돈이 없었을 것이다. 실제로 장에 나오는 물건들이라는 게 대개 싸구려여서, 물들인 군복이며 고무신 혹은 조기나 간고등어를 빼면 모두 지방에서 나는 농산품뿐이었다. 제법 값나가는 물건이라 해도 불량품이 많아 가령 고무신 한 켤레 사려면 짝 맞는 것을 고르기 위해 좌판 앞에 쭈그리고 앉아 맞추고 버리고를 수없이 거듭해야 했다. 그래도 나뿐 아니라 모두들 장날이면 아침부터 차려입고 나섰으며, 아마 이날 아니고는 갈 데도 없고 이곳 아니면 갈 곳도 없어서였을 터이다. 더욱이 우리가 장날을 기다렸던 것은 이날만은 남의 눈치를 보지 않고 대낮부터 술을 마실 수 있어서였을는지 모른다. 또한 시골 사는 사람 모두가 가난하고 모두가 불행하다는 사실을 새삼스럽게 확인할 수 있는 것이 바로 장날이기도 했다.

　얼마 뒤 우린 읍내로 이사를 나왔다. 아버지가 비료공장에

경리자리를 얻어서였다. 읍내로 나와 우리가 든 집은 대지 2천 평에 방이 열다섯이나 되는 종중宗中집, 대문가로 나붙은 방 두 칸이었다. 당시 우리는 서울서 대학에 다니는 동생 하나만 없고 6남매가 몽땅 모여 있으니 여덟 식구나 되었는데, 그 여덟 식구가 조그만 방 두 개에 나누어 수용되어야 하는 것이었다. 할머니는 밤만 되면 이 집 비럭잠을 얻어자러 나가는데도 매일처럼 우리는 남자 여자 두 패로 갈라져 칼처럼 포개어져 자는 칼잠을 자지 않으면 안 되었다. 집 앞으로 널따란 채마밭이 있고 그 아래 바로 길을 겸한 개울둑이어서, 여름날 밤이면 종중집에 사는 사람들 모두가 그 개울둑에 돗자리를 내다 깔고 시시덕거리다가 잠이 들고는 했다.

답답해서 견딜 수 없으니 나는 밖으로 나돌 수밖에 없었다. 둑을 걸어 내려가 다리를 건너면 바로 장터였는데, 다행인 것은 시골과는 사뭇 달라 무싯날에도 사람들이 붐빈다는 점이었다. 큰길로는 제법 큰 가게도 많았으나 골목으로 들어서면 잔 장사들이 판을 쳤다. 한 소쿠리도 안 되는 냉이를 앞에 놓고 종일 쭈그리고 앉은 할머니, 집에서 쓰다가 버릴 수 없으니까 가지고 나온 것 같은 단추며 바늘이며 빗이며 머리핀 따위를 좌판에 벌여 놓은 잡동사니 장수, 더 들어간 팥고물을 덜어내려고 안간힘을 쓰는 아주머니 같은 사람들이 한도 끝도 없이 앉아 있었다. 먹고 살 길이 없으니까 내다 팔 것만 있으면 전을 차리고 보는 꼴이었다. 얼마 전 베트남에 갔다가 사과 세 개만 있으면 전을 차리고 본다는 말로 베트남 사정을 설명하는 소리를 들었지만, 당시 우리 사정도 별반 나을 것이 없었을 것이다. 가령 개울 건너에는 제사공장이 있었는데, 그 공장의 작업반장쯤 되는 사람과 연줄이 있는 사람들은 대개 골목에서 번데기 장사를 했다. 실을 뽑고 버린 번데기를 싸게 내다가 파는 것이었다. 또 과수원에 품팔이로 다니는 아낙네들도 수시로 골목에 벌레 먹은 사과 몇 알을 놓고 종일 손님을 기다렸다. 할머니는 그 광경들이 부러워서 우린 어떻게 실공장이고 과수원이고 아는 사람 하나 없느냐고 한탄을 했다.

나는 친구 소개로 아이들 영어지도를 시작했다. 처음에는 집으로 찾아가 한 학생을 가르치는 일을 했고, 이어 그 아이가 모아온 여러 아이들을 집단 지도하는 일을 했다. 이것이 제대로 벌이가 안 되는 것은 제때 수강료를 못 내는 아이가 많았기 때문이다. 한 아이가 영 수강료를 안 내어 추궁했다가 영어공부를 하기 위해서 신문을 돌리는데 구독료를 아직 못 받았다는 대답을 들었다. 그 아이가 늘상 양말이 없는 맨발인 것을 이상하게 여겨왔던 나는 그 아이로부터 수강료 받기를 단념했다. 이 무렵 신문을 배달하는 아이들의 반수가 중고교 학생들이었던 터다.

그러나 나는 이 일을 꾸준히 해내지 못하고 주머니에 돈 몇 푼 생기면 무작정 집을 떠났다. 버스에서 내리면 그곳이 원주이기도 하고 문경이기도 했다. 싸구려 하숙에서 하루이틀쯤 빈둥거리다가 돌아오기도 하고, 서너 시간씩 걸어서 산골로 들어가 엉뚱한 사람들한테 신세를 지기도 했다. 짧으면 한 사흘, 길면 1주일 만에 돌아와 보면 공부팀은 해산되어 있었고, 그래서 다시 다른 팀을 만들지 않으면 안 되었다. 그러자니 아이들이 쉽게 떠나지 않도록 묶어둘 필요가 있었다. 나는 인기 있는 선생이 되지 않으면 안 되었고, 치기만만하게도 그 길을 「공산당 선언」을 가지고 영어구문을 가르치는 데서 찾아냈다. 이 방법은 주효해서 나는 얼마 아니해서 아이들 사이에서 꽤 유명한 선생이 되었지만, 문제는 내가 그만 「공산당 선언」의 늪에 빠져버린 것이다. 나는 아무 자리에서나 겁 없이 「공산당 선언」을 이용했고, 이 버릇이 마침내 술자리에서 중인환시에 김일성 장군의 노래를 부르는 추태로 발전을 했다. 이 일로 내가 잡혀가 조사를 받는 등 두어 달 고생을 한 것까지는 좋았지만, 결국 지역사회에서 왕따를 당함으로써 아이들의 코 묻은 돈을 빼앗는 일조차 할 수 없게 되었다.

　나는 더욱 밖으로 나돌았다. 공사판을 도는 친구를 찾아가 한 달씩 신세를 지기도 하고, 광산을 한다는 다른 친구의 외사촌을 찾아가 무작정 빌붙어 지내기도 했다. 또 소문만 듣고 농토를 개간한다는 일면식도 없는 당고모부를 찾아가기도 했지만, 나는 더 많이 무작정 떠돌아다녔다. 실제로 막노동은 내가 하기에는 너무 힘에 겨운 일이었고 그런 일을 할 만큼 마음의 준비도 되어 있지 않았다. 나는 늘 내 한계를 깨달으면서 절망하고는 했지만 이 과정에서 얻은 것도 있으니, 새로운 눈으로 세상을 보게 된 것이다. 농촌에서 나서 자라면서도 그 동안 나는 할아버지, 할머니 그리고 아버지, 어머니의 보호에 싸여 제대로 세상 모습도 농촌의 현실을 보지도 알지도 못하고 살아온 터였다. 여기저기 돌아다니면서 나는 가끔 이렇게 다짐하곤 했다. 다시 글을 쓸 기회가 온다면 이젠 전같이는 쓰지 않겠다. 그때는 꽤나 여러 곳을 돌아다 닌 것으로 생각했지만, 지금 돌아보니 여주, 이천, 원주, 홍성, 횡성, 영월, 제천, 문경, 영주 등 겨우 충주에서 2백 리 안 팎이었다. 너무 돈이 없어서였을 게다. 차비가 떨어져 지나가는 버스를 보고도 터벅터벅 걷는 경우가 허다했으니까.

내가 다닌 시골은 어느 한 곳 빼놓지 않고 황폐해 있었다. 그때만 해도 농민이 전국민의 절반이라고 했으나, 이미 산속에는 군데군데 빈집들이 있었다. 농사만 지어 가지고는 도저히 먹고 살 수가 없으니까 무작정 도시로 빠져나간 것이었다. 아직 전쟁의 상흔이 가시지 않아 남편을 잃고 혼자 사는 여자도 숱하게 많았다. '초가집도 없애고 마을길도 넓히는' 새마을 운동이 시작되었다고는 하나 그 효과는 아직 미미해서, 보릿고개는 말할 것도 없고 풋보리가 나기 시작하는 여름에도 점심을 건너뛰는 집이 허다했다. 하룻밤 신세를 지지 않으면 안 되는 경우 나는 으레 개울가 같은 데서 시간을 보내다가 밤이 이슥해서 잠자리를 구하고는 했다.

국도고 지방도로고 거의 비포장이어서 버스에서 내려서 보면 늘상 머리엔 뽀얗게 먼지가 앉아 있었다. 길가 구멍가게에서 내주는 배배 말라비틀어진 오징어도 먼지를 뽀얗게 뒤집어쓰고 있었다. 아직 라면이 시골 사람들의 손에 들어오기 전이었다. 돌아다니는 동안 내가 가장 많이 먹은 것은 구멍가게에서 삶아 주는 막국수였던 것 같다. 그것보다 더 싼 먹거리는 없었기 때문이다. 잔으로 파는 막소주 한 잔을 들이

키고 젓갈을 들라치면 벌겋게 고추장에 비빈 막국수에도 차가 지나가면서 일으킨 먼지가 내려앉았다. 그래도 인심은 아직 살아있어, 하룻밤 신세를 진 집에서는 마다하는데도 꼭 아침밥이 나왔다. 대개 불면 날아갈 것 같은 보리밥이었지만, 수북하게 담아주기를 서슴지 않았다. 아침 저녁으로 옥수수로 때운다는 변명과 함께 아침밥으로 옥수수를 몇 개 쪄 내오는 집도 있었다.

내가 충주에서 우연히 만난 김관식 시인을 따라 서울로 올라온 것은 1960년대 중엽을 넘어선 초겨울이었다. 이미 이때 나는 결혼을 해서 딸린 식구가 있었는데, 문화촌 종점에서 내려 장골목을 지나고, 게딱지 같은 움막집들이 다닥다닥 붙은 언덕길을 기어올라가, 채석장처럼 돌들이 널브러진 공터 한켠에 서 있는 김관식 시인의 집문을 밀고 들어섰을 때 아내가 내쉬던 한숨을 나는 아직도 기억한다. 규모는 꽤 컸으나 전기도 수도도 없는 집이었다. 한밤중이어서 몰랐는데 아침에 일어나 보니 집이 있는 자리는 작은 벽돌집이며 움막들이 강정에 깨알 붙듯 다닥다닥 붙은 동네가 발 아래로 내려다보이는 높은 산중턱이었다. 이윽고 사람들이 양손에 양동이를 들고 삼삼오오 올라오는 것이 보였다. 그들은 마당을 가로질러 집 뒤 산으로 올라갔다. 뒤에 안 사실이지만 공동수도가 있는 시장께까지는 너무 멀어, 윗동네 사람들은 산에서 내려오는 개울물을 길어다 먹는 것이었다. 김관식 시인이 나를 위해 비워준 집에서 그가 두고 간 연탄을 때고 쌀로 아침밥을 지으면서 내 서울살이는 시작되었는데, 내가 서울 와

서 제일 먼저 한 일은 양동이를 들고 뒷산으로 올라가 거의
한 시간이나 기다려 밥을 짓고 세수할 물을 길어온 일이었다.
  이 산동네는 모두 사유지를 멋대로 차지하고 지은 무허가
집들뿐이었다. 전기고 수도고 있을 턱이 없었다. 번지도 없는
것을 김관식 시인이 산 1번지라 명명해서 그것이 진짜 번지로
통용되는 구역은 천여 호나 되었다. 대개가 방 하나 둘에 부엌
이 딸린 토담집들로, 방이 둘만 되면 하나는 세를 주었다. 어
떤 집은 아예 부엌도 없어 길에 풍로를 내다놓고 밥을 지었
다. 뜰이니 마당이니 하는 개념은 당초부터 없어, 길이 바로
문간이고 방문이어서, 골목을 내려가다가 가지런히 벗어놓은
남의 신발이나 씻어놓은 요강을 차기가 예사였다. 잠깐만 부
주의해서 머리를 꼿꼿이 들고 다녔다가는 얼굴에 와 달라붙는
축축한 기저귀며 속옷과 이마받이를 하기도 했다.
  이곳 주민들은 거의 시골에서 먹고 살 길이 없어 벌이를 찾
아 올라온 농사꾼들이었다. 하나같이 딸린 식구가 많은 것도
특징이었다. 그들이 서울 와서 할 수 있는 일은 남정네는 지
게를 지고 시장에서 날품을 파는 일이요, 아낙네들은 식당이
나 술집에서 식모로 들어가는 일이었다. 아들, 딸들은 대개 막
여기저기 생기기 시작한 공장에 싼 임금을 받는 노동자로 나
갔으며, 간혹 다 늦게 짙은 화장으로 출근하는 처녀애는 틀림
없이 술집이 그 일터였다. 분위기는 시골 그대로여서, 아침이
면 여기저기서 아이 돌밥 또는 생일밥 먹으러 오라고 부르는
소리가 들려오고는 했다. 누구네 집 제사가 들었다 하면 늦도
록 대폿집에 죽치고 앉아 자지 않고 기다렸다. 반드시 밤늦게

제사 음식이 나오는 까닭이었다.

　나는 이 동네서 1970년대가 되기까지 꼬박 5년을 살았다.
시집 『농무農舞』 속의 시들은 대부분 이 산동네나 그 이전 시
골에서 쓰여진 것으로, 나는 이때 시란 결국 그 시대의 질문
이 되지 않아서는 안 된다는 생각을 강하게 가지고 있었다.

신경림 시인 약연보

- 1936년　4월 6일 충청북도 중원 출생.
- 1960년　동국대학교 영문과 졸업.
- 1955~1956년『문학예술』에 이한직의 추천으로「낮달」,「갈대」,「석상」등
　　　　　　발표로 등단.
- 1973년　시집『농무』의 발표, 우리 민족의 정서가 짙게 깔려 있는 농촌 현실
　　　　　을 바탕으로 민중들과 꾸준한 공감대를 이루려는 시도.
- **주요 작품**
　시집에『새재』(1979),『달넘세』(1985),『남한강』(1987),『우리들의 북』
　(1988),『길』(1990) 등, 평론에『농촌현실과 농민문학』(1972),『삶의 진실과
　시적 진실』(1982),『역사와 현실에 진지하게 대응하는 시』(1984),『민요기행』
　(1985),『우리 시의 이해』(1986) 등.
- **수상**
　제1회 만해문학상(1973).
　제8회 한국문학작가상(1981).

역사와 역사소설

극작가 **신 봉 승辛奉承**

　중학교의 4학년이었던 나는 새로운 제도에 따라 고등학교의 1학년이 되어야 하느냐, 불연이면 5년제 중학교를 그대로 다녀야 하느냐, 하는 양자택일의 기로에 서게 되었다.

　그런 화두를 안고 4월의 잔인한 달을 보내고, 계절의 여왕인 5월도 보냈다. 그리고 6월 25일에 천둥소리와 같은 포성을 들었다. 인민군이라고 불리는 북한군이 들이닥치면서 교정은 순식간에 잡초 밭으로 변했고, 학우들은 뿔뿔이 흩어질 수밖에 없었다.

　그렇게 1백일을 떠돌다가 10월이 되어서야 정든 학교로 돌아왔을 때, 전화를 겪은 교실은 군복의 물결이었다. 기약 없이 헤어졌던 학우들의 반수가 군인이 되어 교실로 돌아왔기 때문이다. 전선戰線에서 돌아온 급우들은 교실이나 운동장에서 양담배를 피면서 창녀와 동침한 무용담을 자랑삼았다. 또 그들과 함께 돌아온 선생님도 2등병 계급장을 달고 있는 경우도 있었다.

우리는 어느새 어른이 되어 있었으나, 정작 우리를 놀라게 한 것은 불과 1백일 전에 학교를 떠났던 급우 중에서 두 사람의 전사자가 있다는 사실이었다. 한 사람은 하얀 잿가루가 되어 마치 우편물처럼 집으로 돌아왔고, 또 한 사람은 급우가 지켜보는 바로 눈앞에서 적탄에 쓰러지면서 피를 토하더라고 들었다.

해가 바뀌어 1951년 1월…, 중공군의 개입으로 온 국민이 다시 남쪽으로 피난을 가던 1·4후퇴의 피난 행렬에 고등학교 1학년인 나도 끼어 있었다. 무릎에 채이는 눈길을 헤치며 강원도 강릉에서 지금의 울산직할시 남목리까지 천리 길을 걸어서 갔다.

남목리의 뒷산에는 자목련 나무가 많았다. 나는 자목련의 꽃봉오리가 터지는 광경을 하루 종일 지켜보면서 애매하지만 시인의 꿈을 키웠다. 피난에서 돌아온 나는 학교를 옮겼다. 그때 강릉사범학교에는 시인 황금찬 선생과 역시 시인 최인희(58년 작고) 선생이 계셨다. 그 분들에게 시를 배우기 위해 사범학교 2학년으로 편입을 강행했다. 부모님도 모르게 후닥닥 해치운 문자 그대로 전격적인 전학이었다.

두 선생님의 헌신적인 지도에 힘입어 1957년 12월에 청마 유치환 선생의 추천으로 시 「이슬」이 『현대문학』에 실리면서 시인의 꿈을 이루게 되지만, 다른 한쪽으로는 조연현 선생의 추천으로 문학평론이 다시 『현대문학』에 실리면서 잠시 문학평론가로 행세하기도 했다. 그러나 그때 이미 나는 시나리오 작가가 되기 위한 강도 높은 수련에 임해 있었다.

드디어 1960년 극영화의 시나리오 「두고 온 산하」가 국방부에서 모집하는 현상공모에 당선되어 당시로는 3백 만환이라는 어마어마한 상금을 받으면서 극작가의 길을 겸하게 되었다. 시인이자 문학평론가라는 간판 때문인지 오영수의 「갯마을」, 김유정의 「봄봄」, 김동리의 「무녀도」, 황순원의 「독짓는 늙은이」, 차범석의 「산불」, 이상의 「날개」 등 문학작품을 영화화하는 일에 매달렸다. 그러므로 내 시나리오 작업은 문학과 영상을 연결하는 가교나 다름이 없었다.

5·16 군사혁명이 이 땅에 영상의 시대를 앞당겨 주었다. TV 방송국이 개국하면서 영상작가의 부족현상이 드러나는 것은 당연하다. 극영화의 시나리오를 쓰던 내게도 영입의 손길이 왔다. 마다할 일이 아니었다. 영상이론가 맥루한이 쓴 『미디어의 신부』와 같은 매스미디어에 관한 책을 읽고 있었던 나는 그때 이미 영상의 시대가 올 것이라는 확신이 있었다. 문학이라는 형이상학적인 세계와 시나리오라는 현실적인 테크놀로지를 함께 이해하고 있었던 내게는 TV영상이라는 새로운 매체는 너무도 매혹적인 세계가 아닐 수 없었다.

역사드라마를 써야하는 기회는 뜻밖으로 빨리 왔다. 그때까지 내가 읽고 감동했던 역사소설은 단 세 권, 춘원 이광수의 『단종애사』, 월탄 박종화의 『금삼의 피』와 『다정불심』이

전부였다. 그런 상식정도의 역사지식으로는 좋은 역사드라마를 쓸 수가 없다. 처음에는 이긍익李肯翊의 『연려실기술燃藜室記述』에 의지하여 야사 위주의 드라마를 썼으나, 보다 본격적인 역사탐구가 없이는 뜻을 세울 수가 없다고 판단되어 정사사료正史史料인 『조선왕조실록朝鮮王朝實錄』에 도전하기로 마음먹고, 50세의 나이로 대학원에 진학하여 스스로 학구적인 분위기를 흩트리지 않기로 다짐하였다.

MBC TV에서 장장 8년 동안 방영된 바 있는 실록 대하드라마 「조선왕조 500년」은 내 나이 쉰한 살에 집필을 시작하였는데, 방영을 끝내놓고 보니 환갑 줄에 들어서 있었다. 나는 어느 신문사와의 인터뷰에서 대하드라마 「조선왕조 500년」에 대한 소회를 다음과 같이 말한 바 있다.

> 만일 이 드라마를 40대에 쓰게 되었다 해도 쓰긴 썼겠지만,
> 어찌 50대에 쓴 것만 하겠습니까. 그런 점에서 하늘의 보살핌
> 이 있었다고 확신을 합니다.

이 생각에는 지금도 아무 변함이 없다. 대하드라마 「조선왕조 5백년」을 쓰면서 가장 고통스럽고 힘들었던 일은 1,866권, 887책이나 되는 『조선왕조실록』을 정독하는 일이었다. 이때는 아직 국역國譯이 완결되지 않았던 때였으므로 한문으로 된 원전을 읽어야 하는 고통은 헤아릴 수가 없었다.

지금은 완역된 국역본이 있다. 모두 413권, 하루도 빠짐없이 1백 페이지씩을 읽는다면 완독하는 데 만 4년이 걸리는 그

야말로 방대한 분량이다. 소설가나 드라마 작가가 1차 사료와 씨름하는 것은 불행한 일이다. 나는 따라오는 후학들에게 이 불행을 넘겨주기가 싫었다. 그래서 『조선왕조실록』의 인덱스 판이라고 불리어도 좋을 대하소설 『조선왕조 5백년』을 모두 48권으로 매듭지었다.

한국의 역사소설에 오류가 많은 것은 작가들이 1차 사료의 탐구에 매달려야 하는 어려운 여건 때문이다. 춘원 이광수나 월탄 박종화의 경우도 예외일 수가 없어서 많은 오류를 남겼고, 따라서 역사소설의 애독자들이 '역사소설의 내용'을 역사적인 사실로 착각하는 경우가 허다했다. 그럴 수밖에 없었던 것이 우리 여건이 역사소설의 집필을 어렵게 했기 때문이다.

나는 대학원을 졸업하면서 「역사소설연구」라는 석사논문을 제출하였다. 논문의 주된 내용은 춘원 이광수의 『단종애사』와 금동 김동인의 『춘원연구』가 얼마나 많은 오류를 범하고 있는가를 소설과 실록과 야사의 기록을 비교 검토한 내용이어서 당시 논문을 지도했던 교수님들에게도 충격을 주었다.

내가 조선조 말의 선각자 이동인李東仁의 생애를 복원하게 된 경위와 그로 인한 여러 가지 체험을 진솔하게 적어서 역사소설이나 역사드라마를 쓰려는 젊은 지망생들에게 도움이 되게 하려는 것도 역시 1차 사료를 섭렵해야 하는 고통을 확실하게 전해 두고자 함이다.

서재필 박사의 「자서전」에 다음과 같은 내용이 있다.

"…이동인 선사가 일본서 가지고 온 역사, 지리, 서양사 등의
서적을 비밀리에 돌려 읽으면서 비로소 우리는 신문물에 눈뜨
게 되었고, …사람들은 그때부터 우리를 개화당이라고 불렀
다."

서재필 박사와 함께 일본서적을 돌려가면서 읽은 사람들이
김옥균, 박영효, 유길준, 홍영식 등이었다면, 조선의 개항은
이동인에 의해 불붙은 것이나 다름이 없다. 그렇다면 이동인
은 어떤 경로로 일본에 건너갈 수가 있었을까.
19세기 말 주일 영국공사관의 2등 서기관이었던 '어니스
트 사토'가 쓴 일기체의 외교문서 「SATO PAPER」가 공개되
면서 마침내 이동인의 활약상이 일부 드러나게 되었다.
어니스트 사토는 이동인에게 조선어를 배우면서 그와 함께
이야기하고 행동한 내용 등을 상세하게 기록함으로써 조선
근대화의 가장 빛나는 선각자 이동인의 모습을 되살아나게
하였다. 그렇더라도 이동인은 어떻게 일본 땅으로 건너갈 수
가 있었을까. 밀항이라면 고깃배를 탔다는 말인가. 바로 그
런 미비함을 완벽하게 보완할 수 있는 또 다른 사료를 입수
할 수 있었던 것은 큰 행운이었다.
일본인 승려 오쿠무라 엔신奧村圓心이 쓴 「조선국포교일기」
를 입수하게 된 것은 큰 기쁨이었다.
1875년, 일본국의 유신정부는 다섯 척의 군함을 거느리고
강화도를 포격하는 이른바 '운양호사건雲揚號事件'을 자행하
였다. 그때 조선왕조 최초의 불평등 조약인 '강화도조약'을

강제 체결한 일본정부는 서울에 조선공사관을 두는 것과 동시에 부산포에 히가시 혼간지(東本願寺: 교토에 본찰이 있다)의 부산별원을 개원하였다.

주지 오쿠무라 엔싱과 그의 여동생인 오쿠무라 이오코奧村五百子가 부산에 상주하면서 일본불교의 포교에 나섰다. 일본이 조선을 침략하면서 무슨 까닭으로 사찰寺刹부터 상륙하게 했을까. 그 진의는 아직도 밝혀지지 않았지만, 오쿠무라 이오코라는 미모의 여성은 관심의 대상이 아닐 수 없다. 그녀는 이때 이미 세 번의 이혼 경력이 있었고, '청일전쟁'과 '러일전쟁'에 일본국 최초의 여성 종군기자로 활약했으며, 후일 일본국 애국부인회를 창설하고 초대 총재로 취임할 만큼 진취적인 여성이었다.

특히 갑신정변이 실패한 후 일본에 망명하였던 금릉위 박영효의 통역이자 간호원으로, 혹은 수행비서를 자청하였다는 기록까지 있고 보면, 그녀와 조선 개화당의 주역들과의 밀접한 관계를 읽을 수 있는 중요한 단서가 되고도 남는다.

바로 이 「조선국포교일지」에 이동인이 일본으로 밀항하게 되는 과정과 교토에서 동본원사의 승려로 득도하는 경위, 또 도쿄로 진출하여 활약하게 되는 행적을 아주 세세히 적고 있기에 비로소 이동인의 생애를 복원하는 것이 가능하게 되었다.

열다섯 살 까까머리 소년 이동인은 '병인양요'를 체험하면서부터 바다 건너에 새로운 문명국이 있음에 눈뜨게 된다. 그는 프랑스군과 미국 해병대의 분탕질을 지켜보았다. 그러면서도 그 야만과도 같은 문명국으로의 밀항을 꿈꾸면서 '명치유신'에 성공한 일본국 유신정부의 눈부신 발전상을 알게 된다.

이동인은 부산에 상륙한 동본원사로 달려가 오쿠무라 엔싱의 협력을 얻어 일본으로 밀항하는 데 성공한다. 단 6개월만에 교토의 본찰에서 득도한 이동인은 동경으로 진출하여 아사쿠사 별원淺草別院에 머물면서 이노우에 가오루井上馨과 같은 명치유신의 주역들은 물론 후쿠자와 유기치(福澤諭吉: 경응대학의 설립자)와 같은 지식인 학자들과 교유하였고, 또 서양의 외교관들과도 접촉하면서 '어니스트 사토'의 조선어 교사가 되었다.

이동인에 의해 서양의 문물이 조선 땅에 알려지면서 개화파의 젊은이들이 개항의 깃발을 세운다. 조선 근대화의 조짐이 보이기 시작한 것이다. 고종과 명성왕후도 이동인의 명성을 확인하기 위해 그를 창덕궁으로 부른다. 배불숭유 하는 나라의 임금이 중인中人 신분의 승려를 대궐로 불러 조정대사를 논의하였다는 경천동지할 사실은 「고종실록」에서도 확인할 수 있었다.

이동인의 선견지명에 감동한 고종은 그에게 신임장을 써주면서 다시 동경으로 건너가 서양의 외교관들과 더불어 조선의 개항과 수교문제를 타진하게 한다. 벼슬을 할 수 없었던 일개 승려가 임금의 밀사가 되고, 국정을 논의하는 것은 당시의 지배계급인 양반들에게는 위협이 아닐 수가 없다.

'양반이 어찌 중 놈 따위에게 머리를 숙일 수 있는가!'

    조선의 개항이 신분제도가 무너지고 만민이 평등하다는 사상에서 시작되어야 한다면, 조선의 양반들은 모든 기득권을 포기해야 하는 용단을 내려야 한다. 불행하게도 그것을 받아드릴 조선의 양반은 존재하지 않았다.

    옹졸한 조선의 양반들은 이동인의 제거를 모의한다. 나라가 망하더라도 양반이라는 신분을 지키고자 했던 기득권 세력들의 조직적인 반발이 조선의 근대화를 물거품으로 만들어버리게 된다. 정말로 답답하고 안타까운 사건이 현실의 일로 터져 오른다.

    지금부터 꼭 120년 전인 임오년(1881)에 조선 근대화의 불꽃과도 같았던 이동인 선사는 서른한 살의 아까운 나이로 행방불명이 된다. 너무도 국제정세를 몰랐던 양반들에 의해 암살된 것이 분명하지만, 지금까지도 누구의 소행인지에 대해서는 아무 단서도 밝혀진 것이 없다.

    이동인의 생애를 복원하는 것은 불행했던 우리 근대사의 비어있는 부분을 보완하는 큰 작업이었고, 무엇보다도 중요한 것은 이 작품에 메시지를 담는 일이었다.

    이 땅의 지식인들에게, 이 땅의 청소년들에게 나라의 미래에 대한 꿈을 심어주는 것…, 그리고 그들 자신들의 비전을 살찌게 하는 것…, 호연지기에서만 찾아지는 도덕적 용기道德的勇氣를 북돋우는 일에 몰두하면서 장장 15년을 소비하고서야 비로소 소설 『이동인의 나라(전 3권)』를 완성할 수가 있었다.

대하드라마 「조선왕조 500년」이 방송을 시작한 것은 1983년 3월, 전두환 정권이 자리를 잡겠다고 안간힘을 쓰고 있을 때였다. 정부의 시책과 비슷한 대목이 나오면 기관에서도 갈채를 아끼지 않았지만, 비위에 거슬리는 내용이 방송되면 위협적인 협박과 견제가 도를 넘쳤다.

알다시피 조선왕조는 강상綱常과 윤기倫氣를 으뜸으로 하는 도덕정치를 치도의 이념으로 삼았고, 외척(外戚: 왕비의 친척)이 권부의 중심으로 등장하면 나라가 망한다는 이념을 구현하는 왕조가 아니던가.

"외척이 성하면 나라가 망하느니, 내 이를 몸소 실행해 보이리라!"

태종 이방원은 민무구, 민무질 등 네 사람의 처남에게 사약을 내렸으며, 사돈이자 국구인 심온(沈溫: 세종대왕의 장인)에게는 자진을 명하기까지 했다. 나는 조선조 초기의 정사사실正史史實을 바탕으로 드라마를 쓰고 있는 것이지만, 이른바 기관에서는 '무슨 연유로 역사를 빙자하여 청와대를 비방하느냐'고 따지고 들었다.

게다가 당시의 언론은 권부의 눈치를 살피는 벙어리나 다를 바가 없었는데, 유독 드라마 「조선왕조 500년」에서만, "전하, 백성들의 눈을 가리고 귀를 막고서는 선정이랄 수가 없사옵니다. 원컨대 언로言路를 여시고 민초들의 원성을 귀담아 들어주소서!"라고 외쳐대는 실정이었다.

기관에서는 방송국의 심의기구를 강화하고, 원고의 사전검열을 하면서 삭제를 거듭하더니, 마침내 완성된 드라마의 일부를 잘라내는 등의 혹독한 제재가 가해지기 시작하였다.

  그리고 몇 주일 후, '방송중단'이라는 어처구니없는 폭력이 감행되었지만, 그 주체가 끝내 모습을 들어 내지 않았다면 정보정치의 전형이 아니고 무엇인가.

  방송이 강제중단 되었던 1987년의 1년간은 정말로 답답하고 한심했던 시절이었다. 대하드라마 「조선왕조 500년」의 강제 중도하차가 실체를 드러내기를 꺼리는 권력집단의 과잉 충성이라는 사실을 누구보다도 잘 알고 있는 도하의 언론까지도 '작가의 재충전'을 위한 불가피한 조치였다고 연일 대서특필하면서 진실의 은폐에 앞장서고 있었음에랴.

  나는 권력의 하수인으로 전락하고 있는 언론에의 불신감을 증폭시키면서 1년 동안 실업자 노릇을 했다. 그러나 언론보다 더 무서운 게 진실이라는 사실을 나는 체험할 수가 있었다.

  원로 시인 김광균金光均 선생과 15세 난 중학교 3학년 학생 등이 내 참담해진 심정을 따뜻하게 위로하는 편지를 보내주었기 때문이다.

  찌들었던 5공이 물러나고 6공이 들어서면서 대하드라마 「조선왕조 500년」은 기사회생하였고, 나는 실업자의 신세를 면할 수가 있었지만, 원로시인 김광균 선생의 편지는 지금도 내 가슴에 큰 교훈으로 남아있다.

  역사를 탓하는 것은 인왕산의 모양이 못생겼다고 바위를 깎아내려 미장하는 것과 같은 어리석음입니다. 똑똑한 체 하는 문화인과 관리는 한 주먹이고, 몇 백만의 국민들은 월요일과 화요일 「조선왕조 5백년」 시간이 다가오면 먹던 술잔을 놓고 집으로 달려갑니다. 사극史劇에 대한 시비에 신 선생께서는 한 치의 양보도 하지 마시고 앞으로 3년 동안 더 고생과 수고를 아끼지 마시길 바랍니다. 반드시 신 선생이 그렇다는 것이 아니라, 사람의 마음에는 나약한 곳이 있어 뻔히 알면서도 고통이 심하면 적전하차敵前下車하는 수가 있습니다.

그렇다. 비도덕적이고 저질의 권력일수록 역사를 왜곡하고 훼손하려 들지만, 그 사실이 비밀에 부쳐진 채 영원히 숨겨진 일은 없다. 바로 그런 비행을 적어서 후대의 경계를 삼게 하는 것이 역사이고, 역사드라마가 아니겠는가.

나는 역사를 읽으면서, 역사드라마를 쓰면서 '역사를 관장하는 신'이 있음을 확신하게 되었다. 그 확신은 종교적인 신앙의 차원을 넘어서는 믿음이기에 언제나 그의 품안에 있기를 자청하였다. 그 믿음이 나로 하여금 '역사는 배울 것이 없으면 버릴 것을 배우라'는 크나 큰 깨달음을 안겨다 주었다. 그래서 역사는 지나간 과거만의 기록이 아니라 미래로 이어지는 맥락이 아니겠는가.

신봉승 극작가 약연보

- · 강릉사범, 경희대 대학원 졸업.
- · **1957년** 『현대문학』시 추천으로 데뷔.
- · 시나리오 작가협회 회장.
- · 공연윤리(위) 부위원장.
- · 대하소설 『조선왕조 500년(48권)』외 100여 권의 저서.
- · 추계영상문예 대학원 대우교수.
- · **현재** 대한민국 예술원 회원.
- · **수상**
  위암 장지연상, 대한민국 예술원상, 보관 문화훈장 수훈.

동심과 고구려 정신

아동문학가 **신 현 득申鉉得**

내 문학의 뿌리

아동문학은 주독자가 아동이므로 그 체계가 동심이다. 그 뿌리도 줄기도 가지도 잎도 열매도 모두 동심에서 형상화된 문학이요, 문학작품이다.

역사 초기부터 구비문학으로서의 설화가 있어 왔다. 이것은 성인과 어린이 공유의 것이었다. 이것이 어린이의 것으로 몫을 나눈 것은 세계 최초의 설화 이론가였던 독일의 그림 형제였다. 동심의 소유자였던 형제는 전래의 설화를 개작하여 3권의 개작동화집을 엮었는데 그 첫 권이 1812년에 출판된 『아동과 가정의 동화』였다. 세계의 현대 아동문학사는 그림의 개작동화집의 연대를 그 기점으로 삼기도 한다. 그렇게 보면 현대 아동문학의 역사는 200년이 되지 않는다.

그러나 세계의 아동문학사는 그림 이전에 동심의 시인이었던 프랑스의 페로에 의해 개작 동화집 『어미 거미의 동화』(1697)가 있었음을 제시한다. 이를 기점으로 본다면 현대 아동문학은 300년이 넘는 역사다.

창작동화는 그림형제로부터 문학을 이어받은 안데르센에서 시작되는 것으로 알려져 있다. 그러나 학자들의 연구 결과에서 안데르센보다 10년 전에 세계최초로 창작동화집을 낸 사람이 밝혀졌다. 그는 25세로 요절한 독일의 하우프였다. 하우프는 안데르센보다 10년 전에 창작 동화집 『캐러밴(Karawane)』(1825)을 출간하였다.

이렇게 하여 고대설화 개작에서 창작으로 발전하여 오늘의 동화문학을 이룬 것이다.

동시의 근원은 전래동요였다. 이 또한 인류의 역사와 함께 있어왔던 구비문학이다. 동요가 예언기능이 있다하여 역사서에 기록하기 시작한 것은 동양에서였다. 그 첫 기록이 중국 요堯시대의 「격양가擊壤歌」(BC 2, 3세기경)였다. 우리나라에서도 「서동요」를 비롯한 수많은 문헌동요文獻童謠가 전한다. 그러나 전래동요를 한 데 모아 동요집으로 엮은 것은 18세기 영국의 출판인 뉴베리가 그 시작이었다. 뉴베리는 시인의 도움을 받아 전래동요집 『마더 구스(Mother Goose)』(1760)를 내었다. 이어서 1789년 영국의 시인 블레이크에 의해 세계 최초의 동심의 시집 『순결한 노래(Song of Innocence)』가 출간되었고 동시라는 장르이름은 수필가로 알려진 램 남매가 공저한 동시집 『(Poetry for Children)』(1809)에서부터 정착이 된 것으로 알려져 있다.

한국에서는 1908년 육당 최남선에 의해 현대 아동문학이 시작되었다. 초기에는 창가唱歌라는 이름의 정형동시定型童詩가 창작되기 시작하였고 그것이 창작동요라는 시형이 되었다. 이것이 오늘의 자유시 형식인 동시로 발전해 왔다.

이렇게 하여 아동문학 창작은 많게는 300년, 적게는 약 200년의 역사를 흘러왔다.

고대에도 아동문학이 있었다. 그것은 성인과 아동 공유의 것이었다. 이는 우리 『심청전』이나 『흥부전』이 성인, 아동 공유의 것이었던 것과 같다.

그런데 왜 아동문학이 일반 문학에서 나뉘어져야 했던가. 문예사조사로 보아서는 낭만주의 시대까지는 그럴 필요가 없었다.

이후 동심을 지키기 위해 아동문학 분화가 시작되었다. 낭만주의를 이은 리얼리즘 시대에 와서 성인소설은 대체로 섹스문제를 주제로 하게 되었다. 『심청전』, 『흥부전』 등과는 달리 소설 속에서 동심을 읽을 수 없게 되었다.

시는 모더니즘을 내세우면서부터 난해의 예술이 되었다. 동심으로 읽을 수 없는 시문이 된 것이다. 여기서 일반 문학과 아동문학이 분화하지 않을 수 없는 운명적 갈림길이 생긴 것이다. 이에 시에서 동시, 소설에서 동화가 나뉘어지게 되었고, 희곡이 이를 따랐다. 이리하여 동시·동화·아동극을 아우른 아동문학 장르가 형성되었다. 동심을 지키기 위한 방편이었다.

내 문학의 뿌리라면 내 문학에 영향을 준 이 모든 아동문학 역사가 바로 뿌리인 것이다. 육당은 이 나라를 소년의 나라로 하라고 외쳤고 소파 방정환은 어린이 사랑을 외쳤다.

이는 아동문학인이 동심을 지키는 입장에 서라는 것이었다. 그것이 곧 어린이 사랑이다.

내 문학의 뿌리는 바로 이것이다.

나의 습작기

나는 어릴 때부터 괴딴(?) 생각을 하는 아이였고 글을 짓는 데는 소질이 있었던 것 같다.

안동이라는 시골에서 사범학교를 다녔는데, 6·25 전쟁으로 파괴된 학교터 가교사에서 공부를 했다. 학교 가까이에 책가게가 있었고 대여점이 있어서 서점에서 사거나 대여점에서 빌린 책을 닥치는 대로 읽었다.

당시는 교육의 체계가 없던 전쟁판이어서 사범학교의 문학 교육은 고전이 고작이었다. 창작은 가르쳐주지 않았다. 그래도 나는 문학지망 학생으로서 시와 소설을 습작하였다.

아동문학을 알게 된 것은 국민학교 교사로 부임하고부터였다. 내가 조선일보 신춘문예에 동시부문 윤석중 선으로 가작에 뽑힌 것은 1959년이었다.

이때 나는 경북 상주군 상주국민학교 교사로 있었다. 셋방살이여서 주소가 없었으므로 원고지에 학교주소를 써서 응모하였다. 그런데 이 때문에 손해를 본 것이다.

나중에 들은 얘기지만 심사위원 윤석중은 가볍고 기발한 이 짤막한 시를 놓고 꽤 고민을 했다 한다. 국민학교 주소가 적혔으니 어린이 작품일 수도 있다는 생각이었다.

그래서 만일 이것이 어린이의 것일 때 말을 피할 수 있는 방법을 연구하였다. 당선작이 아닌 가작으로 등위를 정하고 발표작품에 학교 이름을 넣기로 하였다. 그리고 조선일보 본지가 아닌 소년조선일보에 그것도 1월 1일자가 아닌 송년호에 발표하였다.

문구멍

상주국민학교 신현득

빠끔
빠끔

문구멍이
높아간다

아가
키가
큰다.

문제가 생길 때 이건 신춘문예로 뽑은 것이 아니다라고 하는 발뺌을 할 수 있게 한 것이다.

당시는 문을 창호지로 바르던 시대여서 열여덟 자밖에 안 되는 이 단시를 시골 어린이나 성인들이 공감해 주었다.

바깥 세상에 관심이 많은 아기들이 손가락으로 문구멍을 뚫는다. 문구멍 높이와 아기 키는 비례한다는 착안이었다.

이 짤막한 작품 때문에 신神으로만 여겨오던 윤석중 선생을 서울 조선일보 시상식장에서 만나게 되었다. 이어서 강소천, 박목월 선생 등을 만나게 되었다.

특히 「어린 음악대」의 작사, 작곡자이며 동화작가였던 대구의 김성도 선생은 나를 끔찍이 여기셨다.

김천의 홍성문 시인은 나를 그 고장의 '흑맥문학회' 멤버로 넣어 주었고 동화작가 윤사섭, 시조시인 배병창, 정완영 시인 등 문인들과도 손이 닿았다.

몇 달 후 이웃학교에서 근무하는 사범학교 동기 김종상이 『새벗』지에 동시가 뽑히었다. 우리는 의기상합해서 문학창작, 글짓기 운동에 같이 헌신했다.

나는 이듬해에 또 조선일보에 응모해서 동시부에 당선이 되고, 김종상은 서울에 동시가 당선되었다. 소년한국일보가 창간된 뒤, 소년한국 신인상에 도전, 송명호 씨와 같이 제1회 수상자가 됨으로써 등단의 기반이 굳어졌다. 김종상도 뒤이어 소년한국 신인상을 수상하였다. 이렇게 하여 두 사람은 경북 전체 문인들에게 손이 닿게 되었다.

고구려 찬양과 통일의 노래

1961년, 나는 첫 동시집을 내기로 하였다. 전 재산이 1만원이었는데 이것을 모두 털어서 출판비에 충당했다. 대구 김성도 선생 소개로 형설출판사에 원고를 넘기었다. 모든 중간일은 김 선생이 봐 주시기로 하였다.

교정지가 우송되었는데, 이것을 가지고 서울에 가서 나를 문단에 탄생시킨 새싹회 회장 윤석중 선생께 서문을 부탁하였다.

하루를 서울에서 머물러, 이튿날 조선일보 1층 새싹회로 갔더니 윤석중 선생이 서문 원고를 주신 다음 교정을 보아 주셨다.

돌아가서 이것을 대구로 우송했는데, 얼마 후 작품집이 소포로 배달되어 왔다. 사륙판 70페이지의 시집 1,000부였다. 그런데 윤석중 선생이 보아준 활자교정을 하나도 하지 않아 초교를 그대로 찍은 것이었다. 항의를 하고 싶었지만 김성도 선생의 실수였기 때문에 침묵할 수밖에 없었다.

그래도 첫 시집을 내었다며 김천의 흑맥문학회 회원 전원이 상주까지 와서 출판잔치를 차려주었다. 『아기눈』으로 이름 붙인 이 동시집에는 계명대 교수 정점식 선생이 삽화를 그렸다.

1962년에 대구시로 전근이 되었는데 여기서 제2 동시집 『고구려의 아이』(1964)를 출간하였다. 이것은 내 주장을 내세운 개성있는 작품집이었다. 주제시 「고구려의 아이」는 요동

성을 지키다가 전사한 아버지에게서 태어난 아이가 자라서
다시 요동성을 지키러 떠나기까지의 스토리를 내용으로 한
서사시였다. 여기에 「우리나라 첫 날」, 「알 속의 임금」, 「첨
성대」 등 역사 소재의 작품을 한 파트 두었다. 이것이 첫 시
도인 동시에 역사 참여이다. 특히 「고구려의 아이」가 인기를
얻음으로써 이 작품이 내 애칭이 되었다. 그 뒤, 나는 고구려
아이를 필명으로 사용하기도 했다.

고구려의 아이

고구려의 엄마는
아이가 말을 배울 때면
맨먼저
'고구려'라는 말을 가르쳤다.
다음으로
'송화강'이란 말을 가르쳤다.

아이가 꾀가 들어
이야기를 조르면
고구려의 엄마는
세상의 온갖 이야기 중에서
살수싸움 이야기를 들려주었다.
세상의 많은 장수 중에서
을지문덕 이야기를 들려주었다.
세상의 여러 임금 중에서

광개토왕 이야기를 들려주었다.

아이가 커서
골목을 뜀박질하게 되면
고구려의 엄마는
요동성 이야기를 들려주었다.
고구려 사람은
겁내지 않고
물러서지 않는다는 걸 가르쳐 주었다.
그리고 엄마는
요동성을 지키다 목숨을 잃은
아버지의 이야기를 들려주었다.

(중략)

"그래 가거라
내 아들아!"

고구려의 아이는
끝없는 벌판으로
말을 달리고 있었다.

그리고
하늘이 움직여라 고함을 쳤다.

「고구려의 아이」 전반부와 후반부

그러나 이런 작품들에 대해서 지나친 국수주의라는 비판도 있었다. 이것이 얼마나 어리석은 발언이던가. 지금 중국은 우리가 통일 후에 요동 회복운동을 내세울까 우려하여 고구려의 역사를 아주 자기들 역사에 편입시켜 놓고 있다. 이 시대에 와서 생각하면 이 작품은 예언성을 지닌 작품이라 할 수도 있다.

「고구려의 아이」 이후 나는 누가 무어라 하던 이 장르를 지켜가기로 하고 내 문학의 개성으로 고구려 정신을 내세우기로 했다.

고구려 정신은 이 민족을 생각하는 용기다. 이 정신은 우리의 모든 올바른 사유와 행위에 적용이 된다. 그래서 내 문학정신으로 삼기로 했다. 이것이 내 문학에 일관되는 민족정신 그것이다.

게으름 피고 싶은 생각이 있을 때마다 "고구려 후예로서 부끄럽지 않아?"하고 나를 나무라기도 하였다.

고구려 정신으로 바라볼 때 일제 침략에 분통이 터진다. 다음은 민족분단이다. 우리는 외세에 의해 나라를 둘로 나누어 놓고 있다. 당연히 분노해야 할 이 사실을 두고 분노하지 않

는 사람이 있다. 그래서 나는 시작품에서 이 분노를 터뜨리기
로 했다.

나는 조국통일을 주제로 한 많은 시작을 했다. 1집의 「여
덟시 반」, 2집의 「바람과 휴전선」, 3집의 「휴전선에 선 감나
무」, 6집의 「통일이 되는 날의 교실」, 10집의 「백두산 오르
기」, 11집 「나뉘어진 나라의 깃발」, 13집 「삼팔선 긋기」, 14
집 「통일이 되거든 우리」, 17집 「휴전선에 눈이 왔다」 등에
분노를 쏟았다.

18세기에 독일, 오스트리아, 러시아가 폴란드를 3차에 걸쳐
분할하여 마침내 그 주권을 삼켜버렸다. 이른바 '18세기의 죄
악'이라 한다.

미·소에 의한 우리나라 분할에 대해서는 이름 지은 역사
가가 없다. 그래서 이 변변치 못한 작가가 '20세기의 죄악'
이라 이름지었다.

삼팔선 긋기
– 45년 어느 날 이야기

힘센 놈은 그런 짓 해도 된다.
만세 소리 나는 땅에 삼팔선 긋기

들판이거나 학교 마당이거나
남의 안방 장롱 밑으로 경계선을 그어도
곧게만 그으면 돼.

역사가 눈을 흘기며
"20세기의 죄악이다!" 하고
외치거나 말거나
여기까진 네 차지
여기부턴 내 차지
곧게만 그으면 돼.

남의 나라야 나누어지거나 말거나
한 고을이 두 쪽 나거나 말거나
한 가족이 앉은 자리가 나누어 지거나 말거나
하나의 학교가 남북으로 쪼개져도
곧게만 그으면 돼.

마당 끝으로 경계선이 지나고
장독대 복판으로도
외양간에서 쉬던 송아지 등때기 위로도
경계선이 그어졌다.

전쟁이 되거나 말거나
몇 백만 쓰러져 죽거나 말거나
피로 강물이 되거나 말거나
전쟁고아 수십만이 생기거나 말거나나

「삼팔선 긋기」 전문

고구려 정신으로 사물을 보니 사물이 다르게 보였다. 고구려 정신으로 아동문학을 보니 스케일이 커지는 것이었다.

다음으로 나는 고구려 정신을 우주에 띄웠다. 종래의 동시 테마는 계절 감각이나 어린이 생활소개에만 치우쳐 있었다.

내 시에서도 물론 이것을 수용하고 있다. 그러나 내 문학의 특성은 역사참여, 통일의 노래, 더 크게는 우주에 대한 안목설정으로 나아간 것 같다.

나는 한국인의 한 사람이며, 지구라는 행성에 사는 별나라 사람이다. 더 넓혀서 생각하면 나는 태양계의 한 사람이다. 내 책상은 태양계 위에 놓여있고 우리집 대추나무는 한 포기 우주 식물이다. 어린이들은 미지의 우주에 대한 관심이 크다.

이런 관점에서 나는 『달나라에서 지구구경』(12집, 1996), 『내 별 찾기』(16집, 2000) 등의 시집을 엮었다. 제3집의 「별나라에서 새둥지까지」, 7집의 「뉴튼과 사과나무」, 12집의 「달나라에서 사과나무 가꾸기」, 「해님의 그림자 놀이」, 13집의 「달 끌어오기」 등은 성공작으로 평가를 받기도 했다.

달 끌어오기

달을 끌어오는 거다.
든든한 밧줄을 걸고.
우리 지구마을 모두가 힘을 모아서
"어영차!" 한 마디에
슬멋슬멋 끌리어 올걸.

지구에 끌어다 합쳐
하나의 대륙을 만드는 거지.
지구땅 좁다고 싸우지 말고
그렇게 해 보는 게 어때?

그러면 달밤이 없어지는걸.
보름달 초승달도 없어지는걸.
꿈같은 허공에다 달을 달아 두고, 오늘처럼
쳐다보고 즐기는 게 좋아

거기엔 좋은 수가 있지.
금성을 끌어와서
달 위치 쯤에
더 밝은 달로 달아 두는 거야.

「달 끌어오기」전문

　나는 아동문학 창작에서 작품에 쉽고 재미있는 표현으로 접근을 하되 그 내용에 무게와 이미지를 두는 방법을 써왔다. 이런 방법이 실효를 거둔 것으로 이야기되기도 한다. 이렇게 되면 동시의 시법이 어린이와 성인을 아우른 민족시로 발전할 수 있으며 서구문학 흉내에 치우친다는 문학 사대주의를 치료할 수 있지 않을까 하는 가설을 세워보기도 한다.

내가 보는 한국 아동문학의 내일

그런데 여기에 문제가 있다. 한국 현대문학이 분명한 아동문학을 한국 현대 문학사에서 제외시켜 온 것이다.

아동문학 작품을 쓰고도 그 나라 문학의 대부로 대우받는 미국의 마크 트웨인이나, 동화가 분명한 『정글북』을 써서 노벨상을 받은 영국의 키플링이나, 동화 『닐스의 모험』을 써서 여류 최초의 노벨상을 받은 스웨덴의 라게를뢰프 등의 예만 보더라도 우리의 현실은 오류임이 분명하다.

이런 푸대접 속에서도 한국 아동문학은 발전을 해왔고 '뜨는 문학'이라는 애칭을 받게 되었다.

특히 한국은 세계에서 유일하게 동시로 현대 아동문학을 시작하였고, 동시가 아동문학의 주류가 되어왔다.

시의 전통이 약한 서양의 아동문학에서는 동시 분야를 동양보다 먼저 시작했지만 현재 동화장르에만 치우치고 있다. 동시는 일반 시인들이 창작해서 시집에 곁들이거나, 동화작가가 그 여기로 한두 권의 동시집을 내는 정도다. 동시에 대한 장르 개념이 희박한 것이다.

이런 원인에서 서양에서 국제 안데르센상, 카네기상, 뉴베리상 등 이름난 아동문학상에 한번도 동시 시인의 작품이 입상한 예가 없다. 한 마디로 한국의 윤석중 같은 동시 시인이 서구문학에서는 나타나지 못한 것이다.

여기에 비해 한국 아동문학은 동시의 장르개념이 확립되어 있어 이 장르에만 전념하는 동시 시인의 수가 많고, 작품이

또한 우수하다. 그러다보니 동시는 한국문학으로 자리잡게
되었다.

특히 1960년대에 유능한 동시 시인들이 나타나 동시에 현
대시의 기법을 가능한한 수용함으로써 한국 동시가 이미지
의 시, 동심의 서정시로 발전하게 되었고, 어린이에서 성인에
이르는 독자를 가지게 되었다.

이리하여 세계 아동문학사는 한국의 동시시인이 세계에서
가장 열심히 동시를 쓴다는 평가를 하고 있다.

한국의 국력에 비해, 믿어지지 않는 일이지만 세계 아동문
학사가 정리되면서 드러난 사실이다.

이에 맞추어 한국의 현대문학사는 다시 정리되어야 한다.
한국 현대아동문학이 한국 현대문학의 부분인 이상 좋게든
좋지 않게든 언급이 있어야 하는 것이다.

그러나 역사에 언급이 없다 해서 한국 아동문학이 머물러
있는 것은 아니다. 한국 아동문학은 동시, 동화, 동극을 아울
러 하루하루 나아가고 있다.

내 이야기에 치우친 느낌이지만 내 작품과 시법도 많은 후
배들에게 영향을 준 것으로 안다.

이런 점에서 내 문학은 다소의 보람이 있다는 생각이다.

신현득 아동문학가 약연보

· 1933년 경북 의성 출생.
· 1955년 안동 사범학교 본과 졸업.
· 1955~1975년 경북 · 대구 초등학교 교사.
· 1959년 조선일보 신춘문예 동시부 입선.
· 1961년~**현재** 동시집『고구려의 아이』등 16권 간행.
· 1973년 대구 교육대 수학.
· 1975~1985년 한국일보 소년한국 취재부장.
· 1972년~**현재** 동화집『나무의 열두 달』.
· 1982년~**현재**『어린이 팔만대장경』등 불교 개작동화집 10권.
· 1985년~**현재** 강남대, 인하대, 서울예대, 한양여대(현), 단국대(현) 등 출강.
· 2002년 단국대 대학원 박사과정 졸업, 〈한국 동시사 연구〉 등 논문.
· **수상**
  세종아동문학상 수상(1971).
  대한민국 아동문학상 수상(1979).
  소천아동문학상 수상(1982) 등 .

그리움과 슬픔

아동문학가 어 효 선魚孝善

여섯 살에 근화槿花 유치원에 들어갔다가 중앙中央 유치원을 마쳤다고 한다. 중앙 유치원은 서울 종로 네 거리 뒷골목 안에 있는 중앙대학교 부속 유치원의 전신이란다. 중앙예배당에 딸린 것으로 인사동에 그 건물이 옛날 모습대로 남아 있다.

그때, 유치원에서는 한글을 가르치지 않았다. 할아버지한테서 천자문千字文을 배우다가 조부가 돌아간 뒤에 흐지부지하고 말았는데, 한글(그때는 언문)은 언제 어떻게 깨쳤는지 모른다.

그때 조선일보에 「아기네 차지」 난이 있어서, 동요 한 편씩이 실렸다. 그것에 재미를 붙여서 빼놓지 않고 읽었던 것 같다.

그때는 어린이용 한글책이 귀했다. 『조선동요집』이라는 손

바닥만한 책을 보기는 훨씬 뒤의 일이다.

학교에 드니까, 유치원에서 배운 「할미꽃」도 안 불렀다. 일본말을 모르니까 음악 교과서는 아예 없었던 것 같다. 언제부턴가 「ハルガキタ(봄이 왔다)」를 배웠다. '국어'는 일본어고, 우리말은 『조선어』라는 독본을 가지고 1주일에 한두 시간 들어 있었다. 우리말 노래는 숫제 안 가르쳤다.

이러구러 국민학교 교사가 되어, 일본말을 가르치고 일본말 노래를 같이 부르다가 해방을 만났다. 〈애국가〉를 처음 들었고, 「봉선화」를 불렀다.

윤석중의 동요집 『굴렁쇠』가 나오고 「새 나라의 어린이」를 감격으로 가르치면서 그 한 권을 다 외웠다. 그러면서, 동요를 짓고 싶은 생각을 굳혔다.

1949년 대한민국 문교부가 정부수립기념 "노래 현상모집"을 공고했다. 이 행사에 '어린이의 노래' 부문에 당선되었다.

나무는 봄비를 맞고 자라고
아기는 엄마 젖을 먹고 자란다.
나라를 사랑하는 어린이들이
씩씩하게 자라면 나라가 큰다.

우리는 무럭무럭 잘도 자라고,
나라는 우릴 따라 자꾸 커간다.
우리들 자라나는 무궁화 동산,
우리들의 힘으로 키워 나가자.

이어, 월간 『소년』에서 "소년시"를 현상 모집하여 「봄날」
이 뽑혔다.

　　　　폭삭 갈앉은 듯 노고온한 오후,
　　　　머얼리 기적 소리 들려오고,
　　　　이따금 스며드는 바람결에
　　　　향긋한 풀냄새가 코를 찌른다.

　　　　앞뜰엔 살구꽃이 떨어지는 낮,
　　　　못 견디게 졸리운 가느스름 눈을
　　　　비비며 바라보는 저 언덕 위엔,
　　　　흰 구름이 한 조각 걸리어 있다.

　이 사실을 안 당시의 학교장 윤재천尹在天은 당선을 축하하
고, 이어 「졸업축하의 노래」와 「스승의 은혜」를 작사해 보라
고 격려했다. 윤 교장은 민주주의적 교육(새교육)을 주창하고
실천하는 명교장이었다. 「졸업식 노래」는 윤석중 작사로 이
미 불리고 있었다. 이 두 편은 작곡가 박재훈(지금은 미국 거주)
에게 보내어, 그해 졸업식에서 불렸다.
　이듬해 「스승의 은혜」는 강소천의 작사로 보급되었고 「졸
업 축하의 노래」도 흐지부지되고 말아 첫 동요집에 수록하
지 않았다. 이 두 편은 당시 복간된 『어린이』에 싣게 해주
었다.
　그러자 어린이 월간지 『아동구락부』가 동시를 청하여, 「꽃

이 되거든」을 보냈던 바, 1950년 5월호 권두에 싣고 후한 원
고료를 준다고 주간 김철수(시인, 수필가)가 말했다. 그해 6월
에 6·25가 터지고, 김철수는 월북하고 말았다. 「꽃이 되거
든」은 이렇다.

뒷산에
개나리가 피었더라.

진달래
붉은 꽃도 피었더라.

진아,
좁은 우리 앞마당에
꽃밭 만들자.

돌멩이를 고르자.
사금파리도 골라내자.

뒤에는 나팔꽃,
앞에는 채송화.

누나가 좋아하는
봉숭아도 심자.

파아란 싹이 자라서
꽃이 피거든,

진아,

우리 꽃 보며 살자.

꽃처럼 살자

('진'은 첫 아들의 이름.)

처음에는 멋모르고 학교에 나가다가, 아이들 수가 날마다 줄어들었다. 직원실도 빈자리가 많아지고, 아이들도 없어서, 핑계하고 집에 숨어 있다가 1·4후퇴로 보따리를 지고 피난 길을 떠났다. 가족을 천안에 두고, 며칠을 걷고 군 트럭을 얻어 타고 해서 부산에 먼저 가 있는 동료를 찾아갔다. 산 위에 지은 거적 집이지만, 반겨 맞아 주어 이 집에 밥을 붙여 먹고, 잠은 역시 동료의 천막 속에서 자며 부산 토성 국민학교에 동원 교사로 있게 되었다.

밥 붙여 먹던 집에 벌벌 기어다니는 사내놈이 있었다. 이 아이의 이름이 마침 '진희'고, 헤어져 못 보는 첫 애 '진'아와 동갑이어서 그를 볼 때마다 집 생각이 절로 났다. '진희'는 텔런트가 되었다.

이런 생활을 하면서 써 낸 것이 동요 「꽃밭에서」다. 이것이 1952년 대구에서 창간된 잡지 『소년세계』(주간 이원수)에 실렸다.

아빠하고 나하고 만든 꽃밭에
채송화도 봉숭아도 한창입니다.
아빠가 매어 놓은 새끼줄 따라

나팔꽃도 어울리게 피었습니다.

애들하고 재밌게 뛰어 놀다가
아빠가 생각나서 꽃을 땁니다.
아빠는 꽃 보며 살자 그랬죠.
날더러 꽃처럼 살라 그랬죠.

　이 작품에 작곡가 권길상(이화여고 음악교사)이 작곡하자 음악교과서에 실려 좍 퍼졌다. 어른들도 불러줬다. 6 · 25를 겪은 쓰라린 감정에 들어맞아 위로를 받았기 때문이다. 가족이 흩어졌으니 생이별이요, 생사를 모르고 사는 그리움과 설운 마음을 달랠 수 있었던가 보다. 그러나 선배 강소천은 "아빠가 보고 싶은데 왜 꽃을 딸까? '꽃을 봅니다'로 고치면 어때요?"라고 만날 때마다 권했다.

　내 생각은 달랐다. 꽃을 모조리 따 버리는 게 아니고 너무도 그리우니까 꽃 하나를 똑 따서 손에 들고 보거나 볼에 비빌 수도 있다고 생각했기 때문이다. 결국 교과서에는 '꽃을 봅니다'로 고쳐 실렸으나 그냥 '땁니다'로 불리기도 한다.

　권길상이 수녀 강습회에서 「꽃밭에서」를 가르쳤는데, 처음에는 잘 따라 부르더니만, 훌쩍훌쩍 하는 소리가 나는 것 같더니, 그만 울음바다가 되어 버려 몹시 민망했었다는 이야기를 들려주었다.

　그때 어린이 중에는

　"그 아빠가 죽었나요?"

하고 묻기도 하고, 전화로 묻는 어른들도 있었다.
"그 아빠가 바로 나예요."
라고 대답했다.
지금은 '새끼줄'을 볼 수가 없다. 그렇다고 '나일론 줄'로 고칠 수도 없고 고치고 싶지도 않다. 다만, 세월의 변화를 느낄 뿐이다.
뒤이어 쓴 것이 「과꽃」이다.

올해도 과꽃이
피었습니다.
꽃밭 가득 예쁘게
피었습니다.

누나는 과꽃을
좋아했지요.
꽃이 피면 꽃밭에서
살았었지요.

과꽃 예쁜 꽃을
들여다보면,
꽃 속에 누나 얼굴
떠오릅니다.
시집간 지 온 삼 년
소식이 없는
누나가 가을이면

더 생각나요

　강소천은 "당신은 왜 슬픈 것만 쓰우, 슬프지 않은 것 좀 써 봐요."하고 권했다. 작곡은 역시 권길상이 했다. 아닌게 아니라 내가 들어도 슬프다. 하지만 인생은, 인간성은 워낙 슬픈 것이라고 생각하고 있었다. 슬픔을 벗어나려는 노력이 생활이 아닐까? 슬프려고 하는 사람은 아무도 없다. 즐거우려고 애쓴다. 하지만 즐거움에는 반드시 슬픔이 따르는 것 같다.
　어렸을 때, 밤이면 퉁소를 부는 젊은이가 이웃에 있었다. 단칸 셋방에서 부모와 누이와 살았다. 이 젊은이는 낮에는 막노동을 하고 돌아와 저녁을 먹은 뒤에는 방문턱 쪽마루에 앉아서 퉁소를 불었다. 밤이 깊어갈수록 그 소리가 처량하게 들렸다. 듣는 사람의 귀에는 슬프지만, 자신에게는 위안이 되었으리라는 것을 그때는 못 느꼈다. 슬픔은 더 슬픔으로만 달랠 수 있다. 즐거운 웃음소리나 즐거운 음악소리로는 위로가 안 된다는 것을 깨달았다. 강소천이 이 사실을 몰랐을 리 없다. 그리움과 슬픔이 바로 예술이 아닐까? 강소천의 지적은 어린이에게는 즐거움만 주자는 생각에서였을 것이다.

　　시집간 지 온 삼 년
　　소식이 없는

이 대목이 슬픔을 자아낸다. 퉁소를 불렀던 젊은이도 그 누이도 시집 장가를 갔다는 소식은 못 들었다. 아닌게 아니라, 그때는 그랬다. 교통이 불편하고, 전화도 보급이 안 되어, 멀리 간 사람의 소식을 모르고 지내는 이가 많았다. 편지도 제대로 쓸 수 있는 이가 드물었으니까. 나도 남의 편지를 대신 써 준 경험이 있다. 이것도 세월의 변화다.

지금은 신혼여행을 가서, 그날 안으로 전화를 걸어오지 않는가. 그렇다고 가사를 고친다면 노래가 되지 않는다. 「과꽃」도 그렇다. 도시에서는 거의 볼 수가 없고, 보아도 그것이 과꽃인지 모르는 젊은이가 많다.

슬프지 않은 노래를 쓴다고 쓴 것이 「파란 마음 하얀 마음」이다. 강소천은 자기가 주간하던 잡지 『새벗』 권두에 잘 실어 주었다. 곧 작곡가 한용희의 곡이 붙어 널리 퍼졌다. 그러나 '마음에 무슨 빛깔이 있느냐'는 타박을 들었다. 대선배의 말씀이라 아무 말도 못했다. 다만 '-다면'은 가정이지 단정이 아닌데 하고 넘겼다.

우리들 마음에 빛이 있다면
여름엔 여름엔 파랄 거여요.
산도 들도 나무도 파란 잎으로
파랗게 파랗게 덮인 속에서
파아란 하늘 보며 자라니까요.

우리들 마음에 빛이 있다면

겨울엔 겨울엔 하얄 거여요.
산도 들도 지붕도 하얀 눈으로
하얗게 하얗게 덮인 속에서
깨끗한 마음으로 자라니까요.

 강소천이 돌아간 뒤에 나온 『강소천 전집』에 붙인 글에 '소천 선생을 스승으로 여긴다'고 썼더니, 훌륭한 후배가 '나이 십 년 차이인데, 스승으로 여기느냐'고 대놓고 지적했다.

 당나라의 문장가 한퇴지가 쓴 사설師說에 보면, '비록 나이가 아래라도 그가 앎이 나보다 먼저면 또한 스승으로 여길 것이다'라고 했다.

 젊었을 적에 언론가 어느 분이 날더러 "윤석중의 아류야"라고 했다. 영향을 받은 이가 어찌 한두 분일까!

 나는 이날까지, 스스로 문학가라고 행세한 적이 없다. 잡지에 실린 글 끝에 그렇게 붙여주었을 뿐이다. 쓰고 싶거나 쓰라면 썼을 뿐이다.

 글을 쓰는 특별한 버릇도 없다. 피로하면 더러 누워서 연필로 쓸 때가 있다. 나중에 바로 앉아서 옮겨 쓴다.

 그 동안 쓴 글이 많은 것도 아니다. 미리 써 놓은 일도 별로 없다. 늘 생각만 하고 산다. 그보다도 글이, 생각이 여물지 않는다.

 더 생각하기 싫다. 우리 문학은 더 한국적이면서 세계성을 띠어야겠다.

어효선 아동문학가 약연보

- 1925년 11월 2일 출생.
- 1945년 서울 매동초등학교 교사.
- 1956년 새싹회 창립 동인.
- 1964년 월간 새소년 창간, 주간.
- 1986년 한국동요동인회 회장.
- 2000년 소천아동문학상 운영위원회 위원장.
- 2004년 5월 15일 심근경색으로 별세.
- **주요 작품**

  동시 「꽃밭에서」, 「과꽃」, 동시집 『파란마음 하얀마음』, 『그래서 장난꾸러기 너희들은』 등.

내 문학의 고향 – 책읽기와 글쓰기

문학평론가 유 종 호柳宗鎬

책을 읽고 읽은 책에 관해서 얘기하는 것이 직업이 되어 있다. 그래서 교실 밖에서 책 얘기를 하게 되면 얼마쯤 멋쩍게 느껴진다. 음악을 업으로 하는 사람에게 가장 좋아하는 음악을 들라면 난감해질 것이다. 클로드 레비스트로스의 말을 빌려 '인간의 수수께끼' 가운데서 무엇을 빼고 무엇을 적는단 말인가. 어떤 심리학자를 따르면 사람은 열살 이전에 친숙하던 풍경에 평생 끌린다고 한다. 유년기의 세계 상봉 혹은 자연 상봉은 이렇게 중요하다. 교양체험도 마찬가지일 것이다. 형성기의 우연은 필연의 겉모습에 지나지 않는다.

가난은 부끄러워할 것이 아니라고들 한다. 쓸만한 생각이다. 그러나 자랑할 것도 못된다. 우리 모두가 지금보다 말 못하게 구차하고 어렵던 시절에 유년기를 보냈기 때문에 도무지 책이 없었다. 어린이를 위한 책이 특히 그랬다. 따라서 천자문을 위시해서 내가 읽은 최초의 책은 교과서이다. 다달이 초사흘달을 향해 가시밭길을 걷게 해달라고 기원했고, 그 소원을 일찌감치 성취하여 젊어서 죽은 일본 무사의 얘기를 상급생 교과서에서 읽고 눈물을 흘렸다. 내 것 아닌 남의 불행을 위해 흘린 최초의 눈물이다(우리의 삶은 이렇게 속는 것으로 시작된다. 이데올로기에 속고 전쟁에 덧나고). 갑옷을 차려입고 초사흘달을 향해 서 있는 어린 무사의 조선 총독부 '국어' 교과서 삽화가 지금도 눈에 선하다.

8·15 이후 한글을 깨치고 나서 처음으로 읽은 것이 김동인의 「붉은 산」이었다. 또 요즘 부활한 김성칠의 「조선역사」도 그 무렵 읽었던 책의 하나다. 수업시간에 김동인의 「아기네」와 오기영의 「사슬이 풀린 뒤」를 읽어주던 담임교사의 권유에 따른 것이다. 그 밖에 이원수, 박영종의 동요집이나 방정환의 동화집도 읽었다. 번안동화인 「하멜린이 파리꾼」이 가장 재미있고 인상적이었다.

중학 1학년 때 정지용 시집을 읽게 되었다. 우리말의 '아름다움'에 황홀한 느낌이 들었으며 완전히 매료되었다. 누런 종이에 인쇄된 허술하기 짝이 없는 해방 뒤의 복간본이었지만 그 속에는 미지세계로의 통로가 숨어 있었다. 그 뒤 우리 근대시에 경도하게 되었다. '시는 내 삶의 첫 정열'이라고 곧잘 말하는데 그 계기가 되어준 것이 정지용이다. 생전에도 또 요즘에도 정지용은 기교파라는 폄훼를 받아왔다. 그러나 시란 말의 기교가 아니고 무엇인가? 예나 이제나 그를 비방하는 사람들이 우리에게 부족한 심미의식의 훼손에 부정적으로 기여했다는 것은 지적해 두어야 할 사항이다.

그의 시가 있음으로로써 윤동주도, 청록파도, 유치환, 김춘수도 있을 수 있었다. 요즘 기준으로 보면 범상하게 느껴질지도 모른다. 그러나 그것은 그의 무게를 역설적으로 증거해 준다. 뒷사람들이 그의 글결과 어휘구사를 본떴기 때문에 그것이 주류가 되어 상대적으로 그의 특색이 바래진 것이다. 이 시기에 읽은 것이 김동석의 『예술과 생활』, 『부르주아의 인간상』이다. 아주 재미있게 읽었다. 우리말로 된 지적 산문이 매우 희귀했던 터라 그의 명쾌하고 활달한 산문에 빠져들었다. 지금 읽어보면 피상적이고 경박한 필치이나 그때에는 그가 박식한 사상가로 생각되어 나 자신도 박식한 사람이 되고 싶었다. 뒷날 영문과를 선택한 것도 심층적으로는 그의 영향 때문이 아니었나 하는 생각이 들 때도 있다.

그렇다고 그가 하는 말이 다 옳다고 생각한 것은 아니다. 그가 기회 있을 때마다 모질게 비판했던 김동리의 『황토기』를 좋아했고 그가 추장해 마지않던 안회남의 『농민의 비애』 같은 것은 재미가 없어 중간에 팽개치고 말았다. 아도르노가 14살 연장인 크라카우어와 함께 칸트의 『순수이성비판』을 읽은 나이에 겨우 김동석을 읽었고 곧 전쟁에 휩쓸렸던 것을 생각할 때면 경제·문화 결정론의 유혹을 물리치기가 어렵다. 중학 4학년이 되자마자 6·25가 터졌다. 남들이 겪는 것을 다 겪고 51년 9월에 복학을 했다. 희망 없는 암울한 나날이었다. 책을 많이 읽자면 외국어를 공부해야 할 것이 아닌가 막연히 생각하고 영문과를 택하였다. 대학은 실망스러운 곳이었고 서투른 번역을 해주는 것이 고작이었다.

대학에 들어간 해 겨울방학에 콘스탄스 가네트의 영역본으로 『카라마조프의 형제』를 읽고 서양 근대소설의 세계로 빨려들어갔다는 것은 이미 여러 계제에 밝혔다. 기본도서도 구하기 힘들던 시절, 지금은 복개가 된 청계천변의 위태위태한 판잣집 고서점에서 쉽게 구할 수 있었던 것이 토마스 만의 『부덴부로크가의 사람들』 영역본이었고 서머셋 모엄의 소설이었다. 미군부대에서 흘러나온 싸구려 호주머니판이었다. 그때 이후 토마스 만은 내 평생 애독서가 되었다. 만의 작품은 읽기 쉽고 재미있어 거의 모두 구해 읽었다. 영어학습용으로도 안성맞춤인데 요즘 대학가에서 완전히 묵살당하고 있는 것이 안타깝다. 봉창도 주먹도 텅텅 비어있던 그 시절, 미군부대에서 흘러나온 이들 '정신의 꿀꿀이죽'마저 없었더라면 어떻게 되었을까? 역사의 가정은 금물이라니 생각하지 않기로 한다.

졸업 논문을 내야 했을 때 올더스 헉슬리를 택했다. 때마침 그의 책 열 권이 펭귄문고에 수록되어 한꺼번에 나와 일차자료 입수가 수월했기 때문이다. 수상한 어학력으로 제대로 이해했을 리 없다. 그러나 에세이의 요소가 많은 그의 작품을 통해서 이것저것 '문학 상식'을 입수할 수 있었던 것만은 사실이다. 상식만 갖고는 절대 안 되지만 상식마저 없으면 구제불능이라고 생각한다.

문학청년의 편향된 독서체험에 대해서 회의와 자기반성을 갖게 된 것은 학교를 나와서 한참만의 일이다. 4·19 와 5·

16은 정치현실과 역사의 진행에 대한 숱한 질문을 던져주었고 내 나름으로 그 대답을 모색하게 했다. 그러던 중에 마주친 것이 아르놀트 하우저의 『문학과 예술의 사회사』이다. 지금은 대학가의 필독서로 굳어 있지만 아는 이가 별로 없던 시절이었다. 구석기시대 동굴 벽화에서 영화에 이르기까지 일관된 관점으로 체계 있게 서술한 이 책에 관해서는 딴 자리에서도 언급한 바 있어 되풀이하지 않겠다. 새로운 오리엔테이션을 받고 그걸따라 그 책이 속해 있던 지적 계보를 더듬어도 보았다. 그러나 플로베르나 톨스토이에 관한 그 책의 분석과 같은 빛나는 부분이 의외로 우리 쪽에선 홀대받고 있다고 생각한다. 아울러 이 자리를 빌려 소중한 책을 빌려주었던 선배 홍사중 씨에게 죄송한 마음을 전해 드리고 싶다. 정중한 사례와 함께 돌려드린다 하면서 지금껏 돌려 드리지 못하고 있다. 문학청년기를 끝내고 나서는 직업적인 필요도 곁들여져 많은 책과 접하였다. 그러나 직업적인 필요에서 나온 책읽기는 '사랑의 노동'이기보다 직무수행의 하나다. 시와 음악과 산이 내 삶의 지속적인 정열이란 것을 덧붙이고 직업적 세목을 이쯤에서 덮어두기로 한다.

중학시절 정지용을 위시한 근대시에 매혹되어 시랍시고 끄적거린 시절이 있었다. 그러나 전쟁은 내게 문학소년의 허망한 꿈을 빼앗아 주었다. 돈이 궁하던 대학시절 이것저것 아르바이트로 번역 같은 것을 했다. 누군가가 하청을 맡아오면 동급생끼리 쪼개어서 나누어 하는 것이었으니 그 물건 됨은 보나마나이다. 그러다가 『문학예술』이라는 잡지에서 번역모집 광고를 보고 응모해서 이른바 추천을 받았다. 그러니까 번역이란 것으로 추천이란 것을 받았으니 내 원적지는 번역문학인 셈이다. 공부도 되고 용돈도 생길 것이라고 기대 했는데 두 가지 모두 별로였다.

그러다가 대학신문에 쓴 글이 연이 되어서 시평詩評이나 에세이를 쓰게 되었다. 학교를 나오기 전후의 일이다. 당시만 하더라도 환도 직후의 황무지 시절이라 그냥 읽히는 글만 되어도 여기저기서 글을 쓰라는 주문이 왔다. 구차하던 시절이라 주문이 오면 겁 없이 원고지 칸을 메워 납품을 하고는 하였다. 전쟁을 겪은 처지요, 현실의 가혹함을 경험했던 터라 문학인이 사회현실을 직시하고 문학 속에 반영해야한다고 생각하고 그런 취지의 글을 쓰기도 하였다. 그러는 한편 현실 반영 지향이기는 하되 문학적 성취가 미흡한 작품에 대해서는 거부감을 느끼고 있었다.

그 점에서 요즘에도 좋든 궂든 많은 화제를 제공하는 미당 같은 시인은 고민스러운 존재였다. 시 됨됨이로는 늘 매혹되었지만 당시의 그는 한참 신라 운운하면서 딴전을 피우는 것 같아 난감하였다. 소설은 김동리를 좋아하고 평론은 김동석을 좋아했던 중학 때의 자기분열적인 버릇이 계속되지 않았나 싶다. 뒷날 가령 에드먼드 윌슨의 『액셀의 성』 같은 데서 그런 태도가 보이는 것을 보고 사실은 그것이 정직한 것이 아닌가 하는 생각도 들었다. 그는 사회적으로 진보적 전향적인 관점의 중요성을 강조했지만 문학적으로 평가하면서 다룬 시인 작가는 이와 반대되는 성향이었기 때문이다.

1962년에 첫 평론집 『비순수의 선언』이 나왔다. 시인 신동 문 씨가 발설하여 주인의 호의로 신구문화사에서 나오게 된 것이다. 경의를 품고 있던 김수영, 정명환, 서기원 같은 분들 이 호의적인 서평을 써주어 얼마쯤 고무되었다. 그러나 이내 이립而立의 나이가 되었고 앞길을 곰곰이 생각해 보아야 할 처지가 되었다. 그때 그때의 주문에 응해 납품하면서 저널리 즘의 부평초로 표류한다는 것에 대한 회의감과 불안감이 생 기면서 무슨 전기를 마련해야겠다는 생각도 했다. 지적 자본 의 본원적 축적이 미흡하다는 자의식과 함께 문학 위주의 편 향된 독서에 대한 반성도 들었다. 필독서 구하기가 어려웠던 시절이어서 편향된 독서도 당사자의 태만 때문만은 아니었 다. 애써 역사와 사회과학 쪽의 책도 구해보았다. 때마침 직 장도 옮기게 되어 그것을 계기로 해서 한동안은 의도적으로 글을 쓰지 않았다.

젖 먹은 힘이 얼추 빠진다는 30대 후반에 장학금으로 미국 에서 공부할 기회를 가졌다.

눈이 유난히 많이 오는 북위 43도의 외국도시에서 가족과 떨어진 채 공부를 한다는 것도 쉬운 일은 아니었다. 요즘처 럼 방학에 일시 귀국한다는 것은 꿈도 못 꿀 일이었다. 그러 나 난생 처음으로 책읽기에 전념할 수 있었던 것은 행운이었 다. 그때의 만 2년이 말의 엄밀한 의미에서 내 평생의 유일 한 학생생활이 아니었나 생각된다. 벤야민, 곰브리치, 아우얼 바하, 피터 버거, 배링튼 무어, 이언 왓, 마르케스 등을 이때 접했다. 조금은 혼란스러운 지적 계보였다. 당시는 학생들

사이에 반전反戰무드가 고조되고 카운터 컬처가 대세를 이루던 시절이었다. 문과 대학생들 사이에서는 마르쿠제나 루카치가 필독서가 되어 있었다. 국내에서 볼 수 없었던 책을 읽는 것도 적지 않은 위안이 되었다.

마흔이 넘어 서울로 올라오게 되고 다시 글을 쓰게 되었다. 1982년 초에 나온 『동시대의 시와 진실』의 머리말에는 다음과 같은 대목이 보인다.

문학과 교화된 문명의 가치 사이의 연관이 의심스러워져 가는 추세를 부정할 수는 없다. 이성과 상상의 언어는 무력해만 보인다. 그러나 궁극적으로 문학이 사람의 위엄에 어울리는 인간화된 사회공간을 이룩하는데 기여할 수 있다고 나는 믿는다. 그것은 언어를 사실에 맞게 또 사실을 사람의 위엄에 맞게 마련함으로써 가능할 것이다. 사실을 사람의 위엄에 맞게 마련하는 일은 더욱 그렇지만 언어를 사실에 맞게 마련하는 일만 해도 아득하게 힘든 일이다. 그때 말과 사실의 터울은 사라지고 시와 진실은 분리할 수 없는 하나로 어우러질 것이다. 그것은 모든 글이 지향해야할 지복의 경지이기도 하다.

문학과 사회 현실의 관계에 대한 생각을 요약한 것인데 큰 테두리에서는 지금에도 변한 것은 없다. 다만 그릇 큰 문학과 왜소한 문학을 가르는 척도는 안 되지만 문학과 문학 아닌 것을 가르는 척도는 문학적인 것이라는 생각만은 확고하게 가지고 있다.

1987년 가을 대통령 선거로 사회가 들떠있던 시기에 『사회 역사적 상상력』이 나왔다. 대부분 80년대에 쓴 글이었다. 머리말에 이런 대목이 보인다.

> 그 어느 때보다 글쓰기에 곤혹스러운 시기였다. 종교를 가지고 있지 않는 처지에서 민족의 좌절과 인간에 대한 믿음의 흔들림은 계속적인 충격이었다. '캄캄한 밤에도 노래는 있는가? 아무렴, 캄캄한 밤에는 어둠의 노래가 있지 않은가'라고 스스로 번안한 시구로 겨우 노여운 무력감을 달래었다.

80년에 받은 충격을 적은 것이고 시구는 브레히트의 소품에서 딴 것이다. 글쓰기가 당당하고 의연한 실천과는 먼 거리에서 이루어지며 기껏 이차적 실천에 지나지 않는다는 생각을 하게 되었다. 문학이 감당할 수 있는 몫의 과도한 자임에는 유보감을 갖게 되었다. 미적 차원의 상대적 자율성을 인정하지 않는 관점에 대해서도 거리감을 느꼈다. 또 라이너 넬 트릴링이나 조지 슈타이너와 같은 자유주의적 인문주의자의 글에 공감을 하게 되었다. 그런 연장선상에서 쓰여진 것이 1995년에 나온 『문학의 즐거움』이다.

그보다 앞서 80년대 후반에 교육방송의 「문학이란 무엇인가」란 교양강좌를 맡은 적이 있다. 당시엔 교육방송이 독립해 있지 않고 KBS 제3방송으로 되어 있었다. 일주일에 30분씩 근 반년 가까이 계속되어 모두 24회인가를 출연하였다. 조금 쉽게 얘기해 달라는 선의의 압력을 많이 받았다. 이때의 강연 초안을 기초로 해서 씌어진 것이 『문학이란 무엇인가』이다. 당시 해금된 시인에 관한 언급 등은 조금 시사성 있게 해달라는 종용 때문에 끼여든 것이다. 종래의 문학개론 흐름과 달리 예를 많이 들면서 파격적으로 썼다는 것 때문에 호의적 반응을 얻어 여러분들이 교재로 채택도 하고 해서 뒷날 나온 『시란 무엇인가』와 함께 이른바 스테디셀러라는 것이 되었다.

『시란 무엇인가』는 1984년 현대문학사 주간이었던 최동호 교수의 제의로 『현대문학』에 1년 동안 연재한 것이다. 책이 되어 나온 후 독자의 격려와 편지를 제법 받아서 이런 재미로 시인 작가들이 어려운 가운데서 글을 쓰는구나하는 생각도 들었다. 두 권 모두 위에 적은 계기가 없었다면 쓸 엄두를 내지 못했을 것이다.

96년도에 연세대로 직장을 옮겼고 이때 처음으로 교실에서 학생들과 함께 우리 근대시를 읽는 경험을 갖게 되었다. 예상했던 바지만 예외적인 소수를 빼고서는 학생들의 시읽기는 기초가 안 되어 있었고 그것은 각급 학교의 시교육 부실의 결과라고 생각하게 되었다. 그러한 현장 경험을 첨가해서 쓴 것이 2001년에 나온 『서정적 진실을 찾아서』이다. 그리고 계간 『문학동네』에 「다시 읽는 한국시인」을 3년에 걸쳐 10회 연재하여 2002년 6월에 상재하였다. 월드컵이 한참 국민의 정신을 모으고 있을 때였으나 예상보다 많은 독자를 얻어서 다행스러웠다. 기초 독법讀法을 갖추지 못한 채 작품의 구체와 무관한 '큰 소리'를 생산하는 비평과 연구에 대한 반성으로 시작한 것이다. 그래서 개개 작품의 분석에 주력하고 있다. 시간 나는 대로 간결한 「20세기 한국시사」를 쓰고 싶다. 또 근대성이라던가 상호 텍스트성이라던가 하는 주제의 글을 쓰고자 한다. 거대담론을 하지 않은 것은 역사나 사회 등 잘 모르는 분야에 대한 주제넘은 발언을 스스로 억제했기 때문이다. 뚜렷한 경륜 없이 대통령을 하겠다는 풍조나 지적 역량에 대한 명료한 자각 없이 남의 시각에 기대어 거대담론을 일삼는 것이나 문제라고 생각한다.

고전연구는 별개지만 문학연구가 과연 학문인가 하는 점에 대해 여전히 회의적이다. 문체 없는 소설이나 무슨 소리인지 분명치 않은 산문은 읽지 않는다. 내 삶을 정당화하는 책을 쓰지 못했다는 자괴감에 때로 속이 쓰리기도 하지만 열받게 마련인 난세에 책을 읽고 음악을 들으며 젊은 학생들과 살수 있었던 것에 감사한다. 늙어가는 징조다. 모차르트도 상전에게 뒷발질을 당했다는 고사를 상기하며 삶이 안겨주는 강제를 견디며 살아왔고 앞으로도 살아갈 것이다.

유종호 문학 평론가 약연보

· 1935년 충북 충주 출생.

· 서울대 문리대 영문과 졸업.

· 미국 뉴욕 주립대(Suny at Buffalo) 석사.

· 서강대학교 박사.

· 1957년 『문학예술』로 등단, 비평활동 시작.

· 공주사대, 이화여대 거쳐 현재 연세대학교 특임교수.

· **현재** 연세대 특임교수, 예술원 회원.

· **주요 작품**

　『유종호 전집』 전 5권(1995), 『시란 무엇인가』(1995), 『서정적 진실을 찾아서』
　(2001), 『다시 읽는 한국시인』(2002).

고된, 그러나 기쁨을 주는 극작劇作의 길

극작가 이 근 삼李根三

나는 나이 30이 가까워져서야 겨우 창작이라는 것을 시작했다. 그것도 한국에서가 아니라 옛날 미국에서 공부할 때의 일이니 창작 분야에서는 확실히 지각생이다. 그렇다고 해서 문학 자체를 늦게 시작했다는 말은 아니다. 문학 공부가 좋아 단신 월남해서 고생을 하면서도, 군대 생활 중에서도 나는 숱한 작품을 읽었고 대학에서는 영문학을 전공했다.

부친이 글을 쓴 분이고 형은 독서광이라 그런 영향을 받아서인지는 몰라도 어려서부터 책은 많이 읽은 셈이다. 비교적 젊은 나이에 대학에서 교편을 잡았을 때에도 나는 학생들에게 영미 소설을 주로 강의했다. 그러던 중에 소설보다는 희곡 문학에 마음이 쏠리기 시작했다. 내가 옛날 미국에 간 것도 희곡 문학을 좀더 체계적으로 공부하고 싶었던 때문이다.

미국에서 공부하던 중에 미국 교수의 간곡한 충고로 단막 희곡을 한 편 써보았다. 영어로 쓰는 희곡이라 죽을 고생을 했지만 이럭저럭 인정을 받았고, 그후 또 한 편을 써서 이것도 현지에서 공연이 되었다. 희곡 문학이란 소설과 시와는 달리 공연을 전제로 하기 때문에 그 미국 교수는 희곡을 철저히 알기 위해서는 연출, 연기, 그리고 정치 공부는 물론 직접 희곡도 써보아야 한다는 것이었다.

한국의 문인들은 거의 다 한국 신문사의 신춘문예 응모나 문학지 또는 문학 단체에서 만든 등용문을 통과해 비로소 작가로서 인정을 받은 사람들이지만 나는 어찌 보면 정문을 피해 뒷문을 거친 꼴이 되었다 물론 의도적은 아니지만 문인들이 서로 몇 년도 무슨 신문 또는 어떤 문학지 출신이라고 말하는 것을 들으면 괜히 기가 죽는다. 특히 내 경우는 대학교수가 본직이라 일생을 창작에 걸고 고생하는 문인들을 보면 어쩐지 미안한 생각이 든다.

그러나 출발이야 어떻든 간에 30여 년 동안 꾸준히 희곡 창작을 붙들고 살아왔더니 이제는 문인들도 나를 희곡 작가로 알아주니 다행한 일이다. 그러면서도 또 한편으로는 작품 자체가 중요하고 그것이 인정되면 그만이지 꼭 공적인 등용문을 통과해야만 작가인가 하는 궤변도 해본다.

내 제자 중에는 희곡을 쓰면서 무척 고생한 사람들이 많다. 물론 이들은 등용문을 통과하는 것이 최대의 목표여서 두 번 세 번 현상 모집에 응모한 사람들도 있다. 그러나 한국에서 신춘문예 심사에 통과된다는 것은 고등고시 이상으

로 힘든 일이다. 창작에 그처럼 열성을 다하던 젊은이들 중
에는 한두 번 낙방하면 실망 끝에 창작을 철저히 외면해 버
리는 경우가 많다.

　창작이란 등용문을 통과하기 위한 수단은 아닌 것이다. 창
작 그 자체에 흥미가 있고 창작을 않고서는 못 배기는 사람
들만이 창작을 할 자격이 있는 것이다. 창작이란 창조인 동
시에 도전이다. 식칼로 두부 모를 베는 행동을 도전이라고
하는 사람은 없을 것이다. 고통과 인내를 각오해서 하는 일
이 도전이다. 한두 번 실패했다고 해서 창작을 영원히 포기
한 사람들이 주위에 너무나 많은 것 같다. 이런 의미에서 젊
은 사람들이 현상 모집만을 위해 글을 쓰는 버릇은 지양되어
야 하겠다.

　가끔 사람들이 나한테 묻는다. 소설이나 시를 쓰지 않고
왜 그 귀찮은 희곡을 쓰는가 하고. 희곡은 공연이 안 되면
무의미하다. 소설이나 시는 작가가 써서 출판사에서 책으로
만들어 내면 그만이다.

　그러나 희곡은 활자화되어 출판되어도 그것이 공연이 안
되면 별 가치가 없는 것이다. 그런데 이 공연이라는 것이 쉬
운 일이 아니다. 연출가와 배우들의 동의를 받아야 하고 극
장 조건의 제한도 받아야 하며 설사 작품이 채택되었다 하더
라도 연출가나 무대 예술가의 주문을 감수해야 한다. 뿐인
가, 공연에 가동되는 예산 규모에도 영향을 받는다. 그래서
극작가들은 쓰고 난 뒤의 절차가 더 골치 아프다는 말을 한

다. 여기에 연극이 갖는 성격상, 심의 기관의 심의도 거쳐야
하는 것이다.

이런 복잡한 절차가 귀찮아 희곡을 포기하고 소설을 쓰기
시작하는 사람도 있는 것이다. 버나드 쇼나 안톤 체홉이 '소
설이 정숙한 아내라면 희곡은 말썽 많은 정부情婦와 같은 존
재'라고 한 말이 실감난다. 그럼에도 불구하고 우리가 희곡
을 쓰는 이유는 간단하다. 내가 만든 인물과 사건이 직접 무
대에 재현되어 관객의 직각적인 반응을 받기 때문이다. 많은
예술 중 연극처럼 직각적이며 관객과의 상호 교류가 공연 현
장에서 시시각각으로 이루어지는 예술은 없는 것이다. 연출
가와 배우들의 노력의 결과겠지만 극작가는 희곡이 이런 현
상의 모체가 된다고 믿는 것이다.

세상에는 글을 못 쓰는 사람은 더러 있어도 벙어리가 아닌
이상 말 못하는 사람은 없다. 말은 아무나 할 수 있는 것이
다. 희곡은 소설이나 시와는 달리 말로만 되어 있다. 희곡에
서 대사라고 하는 것을 일반 사람들은 말이라고 생각한다.
입에서 술술 나오는 말을 활자화 또는 문자화하는 것이 희곡
이라고 생각하는 사람이 많다. 글자 하나, 점 하나를 가지고
고민하는 시인이나, 인물이나 사물을 치밀하게 묘사하는 소
설가의 고생에 비하면 극작가란 말만 나열하면 되니 다행이
라고 생각하는 사람도 있을 것이다.

그러나 실은 주로 말만 가지고 인물을 창조하고 사건을 이
어가야 하기 때문에 희곡은 쓰기에 힘이 드는 것이다. 뿐만

이 아니라 희곡은 공연 시간을 의식해야 하기 때문에 그 길이가 터무니없이 짧을 수도 없고 무작정 길 수도 없는 것이다. 특히 문제가 되는 것은 공간 개념이다. 모든 사건이 주어진 무대에서 전개되고 마무리가 되어야 한다. 소설에서처럼 한 인물 또는 분위기를 자세히 글로 기술할 수도 없는 것이다. 시처럼 문학적인 용어를 마음대로 선택할 수도 없다. 발음이 잘되고 듣기에 용이한 말을 골라 써야 하는 것도 희곡이다. 관객은 글을 자세히 되풀이해서 읽는 사람들이 아니고 순간적으로 지나가는 행동과 말을 보고 듣는 사람들이기 때문이다.

이런 귀찮은 희곡을 쓰느라 나는 고생도 많이 했다. 검열에 걸려 속상했고, 공연에 대한 평론가들의 무자비한 욕도 얻어먹었고, 무성의한 극단 때문에 화를 내기도 했다. 그런가 하면 시종 관객들의 적극적인 호응을 받아 흥분하기도 했다. 소설이나 시는 출판 뒤 한참 있다 반응이 나타나는 간접적 평가를 받지만 연극은 공연되는 바로 그 장소에서 관객들의 직각적인 반응을 받는다. 좋고 나쁘고 재미있고 재미없다의 판단이 그 자리에서 나타나는 것이다. 한판 씨름에서 승부가 가려지는 씨름판 같은 분위기와도 흡사한 것이 연극이다.

나는 희곡을 쓰고 싶다는 젊은이들에게 연극을 많이 보라고 권한다. 연극뿐만이 아니라 극장에 모인 관객들의 거동도 살피라고 권한다. 희곡이란 연극과는 뗄 수 없는 관계에 있기 때문에, 연극의 본질과 그 특수한 분위기를 파악 못하면 희곡은 하나의 단순한 문학 형태로서 읽을거리만 줄 뿐, 무

대에 새 인물을 창조하고 행동케 하는 모체가 될 수 없기 때
문이다.

무릇 창작은 고통스러운 작업이다. 어떤 교수가 나에게 이
런 말을 했다. '학자들의 논문이나 저서는 그것이 논리적이
고 조직적이어야 하며 수많은 참고 서적을 참고해 주석도 달
아야 하니 힘든 작업이다. 이에 비해 창작이란 상상하고 생
각나는 것을 그대로 종이에 옮기면 되니 학문에 비해 쉽지
않은가' 라고, 나는 양쪽을 다 해봤으니 어떻게 생각하는가
하고 그는 나에게 물었다. 그 자리에서는 글을 쓴다는 자체
가 힘드니 무슨 차이가 있겠는가 하고 말했지만 그 교수는
창작이라는 의미를 모르고 있었다.

흔히 문학은 한 시대와 사회, 그리고 그 속에 사는 인간의
표현이라는 말을 한다. 옳은 말같이 들린다. 그러나 문학 행
위란 바깥 사물과 인간을 반영하는 단순한 거울이 아니라,
작가가 관찰과 경험, 그리고 상상을 통해 한 시대와 사회, 그
리고 인간을 재평가하고 새로 만들어 내는 정신적 창조 행위
인 것이다. 창작을 통해 미래 지향적인 적극적이 인간과 사
회상을 제시하며 인간의 존엄성을 강조하는 것이 예술가의
사명인 것이다. 따라서 작가는 자기가 하는 일이 제아무리
고통스럽고 초라해 보이더라도 인류의 미래를 위해 일하는
역군임을 자각, 긍지와 책임을 느껴야 하는 것이다.

많지 않은 경험을 통해 느끼는 일이지만 작가에게 필요한
것은 재간과 회전이 빠른 두뇌보다는, 고통을 이겨내는 인내

심과 성실성일 것이다. 한 작품이 우여곡절 끝에 완성되었을 때의 기쁨이란 작가가 아니고서는 느낄 수 없을 것이다. 그만큼 삶의 보람도 느낄 수 있다. 그러나 어떤 작가도 자기가 완성한 작품에 대해 완전한 만족은 할 수 없는 모양이다. 그래서 작가들은 좀더 좋은 작품을 위해 오늘, 이 순간에도 여전히 글을 쓰고 있는 것이다.

이근삼 극작가 약연보

- 1929년 평남 평양 출생.
- 평양사범학교 졸업.
- 동국대학교 영문과, 미국 노스 캐롤라이나 대학원 졸업.
- 뉴욕대학 대학원 수학.
- 동국대학, 중앙대학 교수.
- 1959년 『사상계』에 희곡 「원고지」를 발표하여 등단.
- 1968년부터 서강대 교수, 학생처장, 사회과학대학장 역임.
- 1963년 〈민중극장〉 창단대표.
- 국제펜클럽 한국본부 사무국장, 상무이사, 부회장 역임.
- 예술원 회원.
- 서강대학교 명예교수.
- 2003년 작고함.
- **주요 작품**
  희곡집으로 『제 18공화국』, 『국물 있사옵니다』 등이 있고, 평론집으로 『연극개론』, 『서양연극사』 등.

섬으로 가는 나그네

시인 **이 생 진**李生珍

1

방금 돌아왔습니다. 여수 돌산섬 끝에 있는 사도沙島에서 돌아왔습니다. 그 섬은 공룡 발자국이 많은 섬입니다. 그 섬에 공룡 발자국이 있어서 간 것은 아닙니다. 공룡발자국이 있다는 것은 그곳에 가서 알았습니다. 그리고 돌아와서 열두 살 먹은 손자의 책꽂이에서 공룡에 관한 책을 꺼내 읽었습니다. 나의 섬 나들이는 그런 식입니다.

바다에서 십 리쯤 떨어진 읍내에서 태어나 30년을 살았으며 그 마을을 떠나 45년을 도시에서 살고 있는데도 여전히 바다가 그리워 바다로 가고 있습니다. 그것이 시가 되리라고는 기대하지 않았습니다. 그런데 그것이 시가 되었다는 것은

신기한 일입니다. 지금도 섬에 가는 것은 그런 어린 마음에
서입니다. 그런 경험을 굳이 시의 이력에 넣는다면 「저 산너
머」와 어울릴 것 같습니다.

> 저 산너머 멀리 헤매어 가면
> 행복이 산다고들 말하지만
> 아, 남들과 얼려 찾아 갔다간
> 울고 남은 눈을 하고 되돌아왔네
> 저 산너머 멀리 저 멀리에는
> 행복이 산다고들 말하건만…
>
> 칼 붓세의 「저 산 너머」 전문

2

　살아가며 쌓이는 것이 정입니다. 쓸쓸한 무인도에 갔다 왔
는데도 그 섬에 다시 가고 싶은 것은 막연한 정 때문입니다.
정은 사람과 사람 사이에서만 오고 가는 것이 아니라 식물과
곤충, 바람과 구름, 별과 어둠 사이에서도 오고 갑니다. 시는
정을 잊지 못해서 토해낸 글입니다. 헌 신발도 버리기 아까
운데 하물며 평생 살아온 세상에 대한 그리움이야 오죽하겠
습니까. 그걸 버리기 아까워 시에 담아두는 것이지요.

　소월은 「가는 길」에서 '그립다 말을 할까 하니 그리워 그
냥 갈까 그래도 다시 더 한 번'이라 했으며, 한용운은 「님의

침묵」에서 '나는 향기로운 님의 말소리에 귀먹고, 꽃다운 님의 얼굴에 눈멀었습니다'라고 했습니다.

한하운은 「봄」이라는 시에서 '그래도 살고 싶은 것은 살고 싶은 것은 한번밖에 없는 자살을 아끼는 것이요'라고 했습니다

그런가 하면 이상은 「거울」 앞에서 '거울 때문에 나는 거울 속의 나를 만져보지를 못하는구료마는 거울 아니었던들 내가 어찌 거울 속의 나를 만나보기만이라도 했겠소'라고 했습니다.

시는 정 때문에 쓰는 것이고, 그릇은 용도 때문에 만들어지는 것인데 그 그릇도 쓰다 보면 정이 들지요. 이 정을 잘 가꾸고 다스리면 삶은 더 한층 아름다워지고 윤택해지는 것이 아닙니까. 시는 정을 나누자는 메시지입니다.

3

나의 시는 섬으로 떠돌며 얻은 고독의 기록입니다. 『그리운 바다 성산포』, 『섬에 오는 이유』, 『섬마다 그리움이』, 『동백꽃 피거든 홍도로 오라』, 『먼 섬에 가고 싶다』, 『하늘에 있는 섬』, 『거문도』, 『그리운 섬 우도에 가면』 등 모두 섬에 관한 시집입니다. 그 중에 가장 독자가 많다고 여기는 것이 『그리운 바다 성산포』인데 그 시집 속에서 「무명도」를 좋아하는 독자가 많았습니다.

저 섬에서
한 달만 살자
저 섬에서 한 달만
뜬 눈으로 살자
저 섬에서
한 달만
그리운 것이
없어질 때까지
뜬 눈으로 살자

「무명도」 전문

　이 시를 좋아하는 독자 중에는 그 섬이 어느 섬이냐고 물어온 독자도 있었습니다. 그 섬이 우도라고 했더니 그 섬에 가서 살아보겠다고 어린아이를 데리고 가서 살아봤다는 것입니다. 얼마나 정이 들었는지 그 섬을 잊지 못한다고 감격했습니다. 그리고 술을 좋아하는 독자들 중에는 「술에 취한 바다」를 좋아한다며 이 시 때문에 술이 잘 팔릴 거라고 해서 웃었습니다.

성산포에서는
남자가 여자보다
여자가 남자보다
바다에 가깝다
나는 내 말만 하고

바다는 제 말만 하며
술은 내가 마시는데
취하긴 바다가 취하고
성산포에서는
바다가 술에
더 약하다

「술에 취한 바다」 전문

이 시를 외우며 내 앞에 나타난 독자를 만났을 때 시 쓰는 일이 돈 버는 일 이상으로 보람이 있다는 것을 느꼈습니다. 결국 시는 서로의 정을 나눠 갖는 기쁨의 다리라고 생각합니다.

4

섬을 알면서 고독을 알았고 고독을 알면서 시를 더 깊게 읽을 수 있었습니다. 초기에는 조병화 시인의 「인간고도」에서 소시민적인 고독에 심취했다가 한하운의 「전라도 길」에서 고독의 아픔을 만나고부터는 그쪽으로 발길 옮겨놓은 곳이 섬입니다. 나는 많은 섬을 걸어다녔습니다. 울릉도도 걸어다녔고 흑산도도 걸어다녔으며 가거도도 심지어 넓은 제주도도 걸어서 일주했습니다. 그 느낌은 정말 달랐습니다. 내가 좋아하는 바다를 끼고 하루종일 걸어간다는 것은 천혜

의 고독을 행복으로 옮겨놓는 고행 같았습니다. 그때마다 생
각나는 것이 한하운의 「전라도 길」이었습니다.

가도 가도 붉은 황톳길
숨막히는 더위뿐이더라
낯선 친구 만나면
우리들 문둥이끼리 반갑다.

천안(天安) 삼거리를 지나도
쑤세미 같은 해는 서산(西山)에 남는데

가도 가도 붉은 황톳길
숨막히는 더위 속으로 쩔룸거리며
가는 길…

신을 벗으면
버드나무 밑에서 지까다비를 벗으면
발가락이 또 한 개 없다.

앞으로 남은 두 개의 발가락이 잘릴 때까지
가도 가도 천리(千里) 먼 전라도 길

한하운의 「전라도 길」 전문

5

나는 걸어다니면서 기록합니다. 항상 수첩과 화첩이 동반되고 떠오르는 것은 그 즉시 메모합니다. 시로 떠오르면 시를, 산문으로 떠오르면 산문을 떠오르는 대로 기록합니다. 걸으면서 기록하는 것은 현실감이 있어서 좋습니다. 그런 버릇 때문인지 나는 걸어다니며 기록했던 사람들을 좋아합니다.

추사 김정희보다 고산자 김정호를 좋아하고, 고산 윤선도보다 방랑시인 김병연을 좋아합니다. 그와 마찬가지로 『변신』을 쓴 카프카보다 『곤충기』를 쓴 파브르를 더 좋아합니다.

나의 작품세계에 변화가 있다고 하면 최근 황진이에 관한 연작시 「그 사람 내게로 오네」인데 그것은 나의 방랑벽과 무관하지 않습니다. 시인은 방랑기가 있어야 시의 맛을 낼 수 있다고 여기는 쪽이니까요. 그런 의미에서 요즘은 「김삿갓」을 연작으로 쓰고 있습니다. 섬으로 섬으로 떠도는 일, 한하운의 「전라도 길」을 생각하고 김삿갓의 짚신을 생각하며 떠도는 일은 시를 구워내는 뜨거운 가마 역할을 하기 위한 수행이기도 합니다. 지금도 나의 그리움은 먼 섬 파도소리에 살아 숨쉬고 있습니다.

시의 세계를 내 인생의 종점까지 끌고 온 것은 정말 장한 일이라고 자찬합니다. 더욱이 저를 이해하고 좋아하는 독자가 있다는 것은 글쓰는 보람 중 가장 큰 보람이 아닐 수 없습니다. 이런 자리를 빌려 시가 그렇게 행복을 보장해줄 줄 몰랐다는 고백을 하고 싶습니다. 인간이 삶의 맛을 이해하려면 시와 함께 해야 한다는 것도 시를 통해서 알았습니다. 그런 이후로는 '나에게 시가 없었던들…' 하고 묻기조차 싫어졌습니다.

내가 찾아가는 섬은 번화한 섬이 아닙니다. 번화하고 화려한 섬이라 하더라도 나는 섬의 번화가를 찾아가는 성질이 아닙니다. 울릉도하면 도동이나 저동보다는 통구미나 태하 쪽으로 갑니다. 그쪽 파도소리가 더 선명하니까요. 나처럼 시도 좋아하고 섬도 좋아하는 사람을 위해서라면 이런 섬을 소개하고 싶습니다.

만재도, 상태도, 중태도, 하태도, 청산도, 여서도, 대모도, 맹골도, 말도, 횡간도 소매물도 이런 섬들 말입니다.

삼면이 바다요, 3,000여 개의 섬을 거느리고 있는 나라에서 사는 시인이라면 외딴 섬의 고독에 묻혀 사는 사람들의 애환도 남의 일이 아니려니 하고 머리를 돌려볼 만하다고 생각합니다. 방에 앉아 '섬'과 '등대'를 상상하기보다 직접 찾아가서 섬사람들의 목소리와 등대 밑에서 파도소리를 듣는 것도 문학을 위한 아름다운 섭렵일 수 있습니다. 고기는 낚시꾼이 잡는다 치더라도 섬의 고독은 시인이 잡아야 합니다.

두 무덤이 쑥을 수북하게 쓰고 있다
죽어서도 둘이 있으면 외롭지 않다
'우리 죽어서도 함께 묻힐까'

누구보고 하는 소리인가
옆엔 아무도 없는데
그저 막연하게 한 소리
여기서는 막연한 소리가 더 가깝게 들린다

자작시 「동행하는 두 무덤—여서도 6」 전문

이생진 시인 약연보

· 1929년 충남 서산 출생.
· 국제대학 영문과 졸업.
· 1965년 『현대문학』으로 등단.
· 〈분수〉, 〈우이시〉 동인으로 활동.
· 서울 보성중학 등 교직생활
· 윤동주문학상, 상화시인상 등 수상.
· 시집 『그리운 바다 성산포』, 『섬에 오는 이유』, 『하늘에 있는 섬』, 『거문도』 등
  이 있음.

나의 문학적 자서전

문학평론가 **이 어 령 李御寧**

두 개의 생일

나는 한해의 마지막 달인 12월 생이다. 그것도 예수님 생일이라는 그 크리스마스보다도 늦은 29일에 태어났다. 그러나 내 호적에는 그것이 1월 15일로 되어 있고 태어난 해도 한 해가 늦은 1934년으로 등록되어 있다. 그러므로 모든 문서는 물론이고 죽을 때까지 내 그림자처럼 따라다니게 될 나의 주민등록번호도 340115로 시작된다.

물론 이 거짓 생일날은 당사자인 내가 책임질 일은 못 된다. 일생에서 가장 중요한 순간이면서도 사람들은 자신의 탄생에 대해서 아무런 발언권이나 선택권도 가지고 있지 않다는 것을 잘 알고 있을 것이다. 오로지 그것은 태어나자마자 두 살을 한꺼번에 먹고 늙어버려야만 될 나의 운명을 딱하게 생각한 아버지의 부성애 때문이다.

나이만은 아니었다. 이름도 달라진다. 학교에서는 집에서 어머니가 부르시던 그 이름이 아니라 창씨개명을 한 일본 이름으로 호명되었다. 출석부는 호적부와 마찬가지로 나를 다른 이름으로 등록하였고 나는 그 등록된 이름으로 다시 학적부에 오르게 된다. 그러니까 나를 태어나게 한 탯줄의 언어는 자꾸 말라비틀어지고 내 탄생을 등록시킨 호적의 언어는 자꾸 확산되어 집채처럼 커져간다. 말도 세 살 때 배운 조선말이 아니라 일본말로 바뀐다. 내 진짜 생년월일이 공식적으로 인정받지 못한 것처럼 어머니에게서 배운 조선말은 위조지폐나 다름없는 무허가 언어가 된다. 내가 살고 있는 마을이나 외가가 있는 마을 이름도 학교에서는 다르게 불리어진다. '새말'은 '좌부리'로 '쇠일'은 '신흥리'라고 해야된다. 아니다. 호적이 지배하는 그 학교에 가면 피까지 달라진다.

족보에 의하면 나는 분명 시조 이공정李公靖 26대손으로 되어 있는 토종土種 한국인인데도 나는 매일 아침조회 때마다 동녘을 향해 궁성요배宮城搖拜를 해야만 하는 일본의 황국신민皇國臣民으로 되어 있었던 것이다. 내 족보 속의 할아버지들은 북쪽을 향해 국궁재배를 하셨다는데 학교에 들어간 그 손자들은 동방을 향해 큰절을 하는 것이다. 서로 호적이 달랐기 때문이다. 옛날 할아버지네들의 호적은 북쪽 임금님이 살고 계신 대궐 아래 있었고 우리가 태어났던 때의 호적은 천황폐하가 살고 있다는 동쪽 일본 땅에 있었다.

그러나 내 잘못된 호적의 나이, 호적의 언어에 그냥 모자를 벗고 경례를 하지는 않았다. 호적이 지배하고 있는 언어 옆에서 근지러운 배꼽의 언어, 태를 가르던 그때의 아픔을 간직하고 있는 갓난아이의 울음소리가 있었다. 그 언어는 호 적과 학적부와 통지표, 그리고 교과서와 국민선서의 말들과 싸우고 있었다.

배꼽의 언어들은 철봉대가 있는 교정을 가로질러 닭벼슬처 럼 붉게 타오르는 촉계화蜀葵花의 꽃잎 속에 있었고 수양버들 을 흔드는 바람 사이에 있었다. 내 말은 일본말도 한국말도 아닌 참새소리 속에서 지저귀고 있었고 몇 번이고 얼었다가 는 풀리고 얼었다가는 풀리던 그 파란 강물 속에 멱을 감고 있었다.

호적의 언어가 나를 삼켜 버리려고 할 때 나는 이 배꼽의 언어, 태를 가를 때 울던 최초의 모음母音으로 내 말을 버텨갔 다. 호적부의 언어들과 싸운 배꼽의 언어, 그것이 나에게 있 어서는 바로 문학이었던 셈이다.

문학의 언어는 호적 나이로부터 내 진짜 나이를 지켜주었 다. 공문서의 철인鐵印들이 내 정수리에 와 찍힐 때 재빨리 그것은 나를 바람이 되게 하였다.

그렇다. 내 문학은 이렇게 내 실제 나이가 호적과 다르다 는 데서 시작된다. 내 위조된 출생월일을 상석에 모셔놓은 면사무소와 학교, 은행과 병영 그리고 높은 담으로 둘러쳐져 있는 법원이나 입법자들이 모이는 회의장 여기에서 살아남 은 작은 무허가 움막집이 내 문학이다. 이 공공건물에 낙서 를 하는 것이 내 문학이다. 공문서를 소각하는 범법행위—그래서 나와 내 친구들이 결코 출석부 같은 것으로 호명되지 않는 책상에 앉기 위해서 진정한 이름을 하나씩 지어주는 모험이 바로 내 문학인 것이다.

모든 서류에 잘못 찍힌 내 탄생을 바로잡기 위해서 나에게는 탯줄의 언어가 필요했던 것이다. 내 존재의 탯줄을 지키기 위한 전력 ─ 그것이 바로 크리스테바가 말한 '어머니 몸으로서의 언어'였는지 모른다. 말하자면 가부장적인 호적의 언어와 역행하는 신생아의 울음, 그리고 그 다음에 오는 갓난아이의 미소들.

그 언어로 매일 아침마다 황국신민이라고 외우던 국민선서 속에서 시들어 죽어가던 내 촉계화의 붉은 닭벼슬을 가꾸어 간다. 그리고 창씨개명으로 내 이름을 훔쳐간 출석부의 검은 음모를 몰아내기 위해 굿을 벌인다.

항상 명쾌한 결론을 좋아하는 사람을 위하여 다시 되풀이하자면 호적의 나이와 실제 나이가 일치하지 않는 이 상징적인 조건이 내 문학적 출발점이 되었다는 점이다. 욕이든 칭찬이든 잘못 위조되어 가는 나에 대해서 무엇인가 정당방위를 하는 방법은 문학뿐이었던 것이다. 인간의 존재를 왜곡하는 모든 것과 싸우기 위해서는 내가 태어나 아직 호적에 오르지 않았던 열여드레 동안의 순수한 생의 성채가 있어야만 했던 것이다.

이같은 유아체험이 존재론적인 것으로 탐색된 것이 어렸을 때의 이미지를 탐색한 글들이고, 그것을 사회·집단적인 면에서 탐구한 것이 한국인론들이다.

내 어떤 글 속에도 이 두 가지 것이 핵을 이루고 있다. 그러므로 내 문학론이라는 것도, 내 자서전이라는 것도 국민학교 문턱에도 가지 않았던 그때 이야기 속에서 맴돌고 있다 해도 그것은 지극히 당연한 일일 것이다.

등불을 끄고 난 다음

나는 잠이 없는 아이였다. 어렸을 때 내가 제일 싫어했던 말은 이를 닦으라는 말도 공부하라는 말도 아니었다. 그것은 불 끄고 그만 자라는 어른들의 말이었다. 초저녁에 짖던 개소리도 들려오지 않으면 숨막히는 끈끈한 어둠의 방문마다 빗장을 잠근다. 내가 밤마다 의지해 왔던 것은 그 어둠을 필사적으로 밀어내고 있는 등불이었다. 정확하게 말하면 남폿불(램프)이었다. 바람도 없는데 남폿불은 언제나 곧 꺼질 듯이 너울거렸고 그럴 때마다 방안에 숨어 있던 그림자들이 거대한 나비가 되어 천장을 덮었다.

식구들이 하나씩 하나씩 잠들어 갈 때마다 나는 마음을 졸였고 급기야는 나 혼자 남겨두고 마지막에 잠들어 버리는 사람이 이제 그만 불 끄고 자라는 말을 하게 되면 무슨 선고를 받는 거였다.

남폿불이 꺼지고 나면 완전히 나 혼자 어둠 속에 남아 석유의 그을음 냄새를 맡는다. 그것은 어둠의 가장 깊은 밑바닥에 풀려나오는 냄새이고 외로움이 제대로 다 타지 못한 냄새이다.

나에게 있어 밤은 늘 불완전 연소의 그 검은 그을음이었다. 그것도 그냥 그을음이 아니라 유난히도 질이 나쁜 석유가 내뿜는 그을음이었다.

밤과 타협을 하고 이 새까만 그을음 속에서 코를 고는 사람들이 밉고 섭섭하였다. 나를 꼭 허허벌판에 던지고 자기네들끼리 집으로 돌아간 것 같은 서운함이었다.

나는 매일 밤 등불을 끄고 그을음을 맡고 자는 사람들을 섭섭해하고—이런 일을 하나의 의식儀式처럼 되풀이했다.

그러나 지금 생각해보면 그때의 무섭고 외로웠던 밤들이 내 문학의 깊은 우물물이 되었다는 것을 깨닫게 된다. 내가 무엇인가를 보고 듣고 냄새 맡을 수 있었던 것은 남폿불을 끄고 난 뒤의 일이었고 "그만 불 끄고 자라!"는 선고 뒤에 오는 정적의 언어들이었다.

만약 내가 잠이 많은 아이였다면, 마지막 등불을 끄는 아이가 아니었다면 아마 지금쯤 나는 어느 당인가 전국구 의원 후보가 되어 내 차례가 되기를 고대하고 있거나 혹은 어느 수출 회사 판매사원이 되어 노스웨스트를 타고 태평양의 일부 변경선을 건너고 있을는지도 모른다.

그러나 잠 못 드는 아이에게도 더러는 깊고 편한 잠을 자는 밤이 있다. 밤을 새워 무슨 잔치를 하거나 제사 같은 것을 치르게 되는 밤이 그랬다. 누구도 일찍 자란 말도 하지 않고 어서 등불을 끄라고도 하지 않는다. 마당에는 파란 간드레 불이 켜지고, 부엌에서는 밤새도록 도마를 두드리는 소리와 여자들의 웃음소리가 들려온다. 얼마나 편한 잠을 잘 수 있었던가. 남들이 깨어 있었으므로 밤은 감히 나를 침범하지 못한다. 잔치가 있는 밤이면 일식처럼 조금씩 어둠에 먹혀 들어가다가 그을음 냄새를 남기고 죽어가던 그 남폿불도 오래도록 꺼지지 않는다. 아침해가 그 불을 지워버릴 때까지 행복하게 타오른다.

내 문학은 밤이었다. 혼자 깨어있는 밤이었다. 내 문학은 남폿불이었고, "어서 불 끄고 자라!"는 말끝에 묻어오는 그을음 냄새였고 어디에선가 밤새도록 새어 나오는 물소리였다. 배신자들처럼 나보다 먼저 잠드는 식구들에 대한 원망이었지만 더러는 행복한 밤 잔치이기도 했다. 내 문학의 어느 갈피에선가는 도마를 두드리다가 갑자기 웃음소리가 터져나오는 여인의 목소리가 있다.

지금도 그 밤들이 유리를 깨어 조각을 만든다. 석유 등잔에다 까맣게 그을린 그 유리조각을 들고 나는 지금도 이따금 그을음 냄새가 나는 빨간 일식을 구경한다.

땅파기

어른들의 말을 들어보면 나는 언제나 장난이 심한 아이였다고 한다. 또 어떤 사람은 내가 심술을 잘 부리는 아이였고 싸움을 많이 해 얼굴에 손톱으로 할퀸 생채기가 아물 날이 없었다고 한다. 어른들의 말이었으니까 그것은 거짓이 아니었을 것이다.

　그러나 내 기억으로는 누구와 장난을 하며 즐거워했거나 싸움을 하며 노여워했던 기억보다는 언제나 심심해서, 미칠 것처럼 심심해서 혼자 쇠꼬챙이를 들고 뒷마당을 후비고 다녔던 생각밖에는 잘 나지 않는다.

　어른들은 마당을 파고 다니던 나를 누구도 눈여겨 보지 않았고 이상하게 생각한 적이 없었나 보다. 나는 내 얼굴에 생채기를 내면서까지 싸워야 했던 것이 대체 무엇이었던가 궁금해 한 적은 없다. 하지만 그때 뒷마당에 무엇을 파내고 그렇게 좋아했는지 알고 싶어지는 때가 많다.

　사실은 알 것도 없이 뻔한 일이다. 뒷마당에서, 그것도 한 뼘의 쇠꼬챙이로 파낸 것이면 묻지 않아도 알 일이다. 사금파리가 아니면 무슨 곱돌 같은 돌멩이였을 것이다. 그러나 나는 그때 내가 파낸 것이 단순한 사금파리였다고는 생각하지 않는다. 고분을 발굴해 낸 사람과도 같은 흥분 그리고 깊은 땅속에서 보석을 캔 사람과도 같은 희열이 있었으니까 그것은 분명 땅 위에서는 찾아볼 수 없는 값진 물건이었을 것이다.

　눈에 보이는 세계에 대해서 무엇인가 싫증이나 불만을 느낄 때 사람들은 땅속을 들여다 보려고 한다. 땅을 판다는 것은 곧 땅 속을 바라보는 행위이다. 호미나 삽 그리고 곡괭이는 지하를 꿰뚫어 보는 작은 눈들인 것이다. 나무와 지붕 또 지붕 위에 있는 산, 언제 보아도 같은 방향으로 뻗어있는 길, 언제나 같은 나뭇가지에 와서 앉은 새 이런 것들만을 바라보고 지내는 사람들은 땅을 파 보려고 하지는 않을 것이다.

눈에 보이는 것들을 이미 소유해 버린 것이다. 밖으로 노출되어 있는 것은 보지 않으려고 해도 습관처럼 저절로 보인다. 그래서 인간이 진정으로 무엇을 보려고 할 때에는 누구나 그 손엔 곡괭이를 들지 않으면 안 된다.

그러므로 '본다'는 말은 '캔다'는 말이다. '본다'는 말은 곧 '판다掘'는 말과 동의어인 것이다. 땅을 판다는 것은 가시적인 것에서 불가시적不可視的인 것으로 고개를 돌리려는 의지이다. 그것은 한 세계의 차원을 바꾸는 운명의 결단이다.

쇠꼬챙이를 들고 흙 속에 묻혀 있던 것을 뒤지던 그날이야말로 내 마음속에 처음으로 '정신精神의 지질학地質學'이 눈을 뜨던 순간이었을 것이다.

글을 읽기 시작하면서부터, 이 정신의 지질학은 『보물섬』, 『황금충』 같은 소설을 탐독하는 독서행위로 나타난다. 왜냐하면 그 보물들을 예외 없이 땅속이나 동굴 깊숙한 곳에 묻혀있기 때문이다. 스티븐슨이나 포우가 가르쳐 준 것은 좀더 복잡한 땅파기였다. 여섯 살 때 내 손에 들려있던 그 꼬챙이는 비밀지도나 암호를 풀어내는 신비한 지혜와 상상력의 요술지팡이로 바뀌어 가고 있었던 것이다.

나에게 있어서 책읽기는 어렸을 때의 땅파기와 동일한 것이었다. 그것은 다같이 생의 표층이 아니라 심층을 보려는 의지였다.

이 정신의 지질학은 읽기만이 아니라 쓰기에도 똑같은 양상으로 나타난다.

내가 이 세상에서 최초로 쓴 작품은 「연鳶」이라는 동화였다. 겨우 쓰기를 배우고 얼마 안 되었을 때이니까 국민학교 2, 3학년이라고 기억된다. 종이가 귀할 때여서 누이의 헌 습자책 뒷장 여백에 삽화까지 그려가면서 몽당연필로 쓴 그 동화는 유치하기 짝이 없는 것이었다. 하지만 꼬챙이가 연필로 바뀐 땅파기였다는 점에서 그것은 내 운명에 동그라미를 달아놓은 처녀작이었다고 할 수 있다.

"아이는 연을 날리고 싶어한다. 그러나 가난한 홀어머니 밑에서 가난하게 살아가는 그 아이에게는 종이도 실도 대나무도 없다. 어머니는 불쌍한 아이를 위해 영창 문을 뜯어서 연을 만들고 자기 양말을 풀어 연실을 만들어 준다. 그래서 아이는 신나게 연을 날리게 되었지만 회오리바람이 불어 그만 연실이 끊기고 만다. 아이는 영창도 없는 방에서 양말도 신지 않고 떨고 있을 어머니를 생각하면서 연을 놓쳐서는 안 된다고 다짐을 한다. 날아가는 연을 뒤쫓아 달려간다. 강을 건너고 산을 넘어간다. 눈 속을 헤치면서 한 번도 가 본 적이 없는 이상한 산골짜기로 들어가자 연이 떨어진다. 아이는 연이 떨어진 자리를 찾으려고 눈구덩을 파헤친다. 그런데 연이 떨어진 자리에는 구멍이 뚫려 있었고 그 안을 들여다보니 황금이 가득 들어 있었다."

효도를 하는 착한 아이가 행운을 차지했다는 흔해빠진 주제였지만 이 창작 동화를 아직도 기억하는 것은 그 유치한 이야기에도 땅파기의 주제가 숨어있기 때문이다. 황금은 빛

이 있는 것이지만 그 빛은 언제나 눈에 보이지 않는 어느 심
층 땅 속이거나 궤짝 속에 묻혀 있어야 하는 빛이다. 만약에
황금이 나뭇가지에 열리는 열매였다면 아무리 같은 원소, 같
은 빛을 하고 있어도 이미 황금이라고는 할 수 없을 것이다.
황금은 캐내었을 때만이 황금이 된다.

대학에 들어가고 비평에 눈을 뜨는 순간에도 나는 여전히
여섯 살 난 아이 그대로 사람들이 잘 오지 않는 뒤꼍 마당을
파고 다녔다. 그 호젓한 뒤꼍 마당은 대학강의실이 아니라
도서관이었다. 나는 거기에서 프로이트를 배우고 프루스트를
읽었다. 그들은 새의 표층이 아니라 저 땅속의 심층, 무의식
을 뒤지는 갱부들이었다.

그렇다. 예술의 진정한 가치는 땅 속에 묻혀있다. 비평의
위대함은 바로 그 불가시적인 그리고 숨겨진 구조를 파내는
곡괭이를 가지고 있기 때문이다.

내가 은유의 문장을 좋아하는 것도 그것의 의미가 항상 문
장의 심층 속에 묻혀 있기 때문이다. 그것들은 지층과도 같
은 여러 층의 의미를 가지고 있으며 그 켜마다 각기 다른 비
밀스러운 화석을 숨겨두고 있다.

땅파기—그것이 내 모든 문학적 동기가 된다. 그것이 바로
내 창작적 형식이고 수사학修辭學이다. 그리고 그것이 내 비
평방법이 된다. 표층적 의미보다는 항상 심층적인 곳의 의
미, 매몰되고 숨겨지고 이유 없이 나에게 암호를 던지는 것
들, 이런 불가의 세계가 있기 때문에 나는 비평작업을 계속
할 수가 있다.

소모될 대로 소모된 외계의 풍경과는 달리 그것들은 어둠 속에서 갑자기 나를 습격한다. 예상치 않던 견고한 광맥의 한 덩어리가 폭력처럼 내 사고의 곡괭이와 부딪쳐 섬광을 일으킬 때 나는 여섯 살 난 아이처럼 볼을 붉힌다.

그래서 미치게 심심하던 날의 그 땅파기를 멈추지 않고 되풀이한다.

외갓집 여행

여행에 대해서 이야기하자. 왜냐하면 김삿갓이 아니더라도 시인은 근본적으로 나그네와 구별될 수가 없다. 만약에 나에게 무슨 시인적인 기질이나 감성이 눈곱만큼이라도 있었다면 그것 역시 내 여행으로부터 비롯된 것이라고 말할 수 있다. 이렇게 말하면 사람들은 벌써부터 스위스의 그림엽서와 같은 이야기를 기대할는지 모른다. 그러나 내 문학에 깊은 영향을 끼쳐준 여행이란 바로 어렸을 때 어머니를 따라 다닌 외갓집 나들이인 것이다.

외갓집이라야 자동차나 기차를 타고 갈 만큼 먼 곳에 있는 것도 아니었다.

들판으로 난 신작로를 따라 산골로 한 십리쯤 더 들어가면 거기에 내 외갓집이 있다. 그러나 이렇게 가까워도 나에게 있어 장승이 서있는 성황당 고개를 넘어야 하고 또 어쩌다 장마라도 지면 발을 벗고 작은 개울을 건너야하는 그 외갓집

길은 이역異域으로 가는 멀고 후미진 길이었다.

그것은 아무리 애써도 결코 기하학적으로는 설명될 수 없는 거리이다.

거기에 가면 우리집에 없는 것들만 보게 된다. 내가 처음으로 탱자열매를 본 것도 외갓집에 가서였다. 내 상상에 의할 것 같으면 그 노란 탱자는 외갓집 채마밭 울타리에서만 열리는 열매들이었다. 외할머니가 이 세상에 딱 한 분이듯이 탱나자무 열매도 외갓집에만 있는 열매다.

그렇다. 어머니가 돌아가시고 이따금씩 외갓집이 그리워질 때 눈을 감으면 노랗고 동그란 탱자들이 보였다.

탱자라면 그래도 또 모르겠다. 그 흔한 감나무도 나에게는 외갓집 나무로 생각되었던 것이다. 빨갛게 익은 연시감을 보면 틀림없이 외갓집 돌담이 나타나고 할머니의 기침소리가 들려온다.

외갓집에 있는 것은 모두가 병풍의 그림처럼 조금씩 사그러져 가고 낡아지고 예스러워 보였다. 뒤꼍에 잡초들이 많아서만 아니었다. 대청마루도 밟으면 삐거덕거리는 소리가 났고 언제 가봐도 누각분합문樓閣分閤門은 굳게 닫혀 있는 채였다. 외가 식구들은 모두 살림을 나고 외할머니가 이 시골집을 혼자 지키다시피 하고 있었다는 그런 산문적인 이유에서가 아니었다.

심지어 벽에 걸린 괘종시계까지도 외갓집 것은 이상해 보였다. 자판에는 용, 닭, 호랑이, 뱀과 같이 12간지干支의 짐승들이 동그란 둘레로 그려져 있고 이따금 깊은 우물물에서 두

레박을 들어올리는 것 같은 텅 빈 종소리가 들려왔다.

어떻게 다 그것을 말로 설명을 하랴. 옛날에 높은 벼슬을 지내셨다는 외가의 어느 할아버지 무덤에 놓은 것이라든가, 뒤꼍에 빈터를 지나면 화강석 묘석들이 있었다. 그 석물石物에는 양모양을 하고 있는 것도 있어서 나는 그 잔등 위에 올라타고 놀기도 했다. 그것은 이 세상 것들이라고는 믿어지지 않는 것들이다.

아! 이 부질없는 묘사를 그만두자. 그것들은 외가에 가야만 있는 것이 아니라 그와 똑같은 느낌을 주는 것들이 어머니의 깊은 반닫이 속에서도 있었으니까. 색실로 수놓은 조바위라든가 장도칼이라든가, 이 세상에서는 잘 안 쓰는 것들, 외가의 긴 돌담이나 일각대문一角大門처럼 조금씩 무너져 가는 엄숙하고도 슬픈 것들이 어머니의 비녀 속에서도 있었다.

외갓집에서 본 것들—탱자며 감이며 이상한 시계소리며 묘석들이 뒹굴고 있는 그 빈터는 내 어머니의 공간들이다. 어쩌면 그것들은 내가 이 세상에 태어나기 전에 저켠 세상에서 본 광경들이었을는지 모른다.

외갓집으로 가는 여행. 그것은 가부장적家父長的인 사회로부터 곧장 수천년을 건너뛰어 모계사회母系社會의 옛날로 들어가는 피의 여행이라고나 할까. 분명히 그것은 현실 속에서 내가 갖고 있지 않는 것이거나 혹은 잃어버린 것을 들여다보는 공간이었다. 낙원보다도 이상하게 생긴 곳으로 향하는 길이다. 그렇다. 그것은 이방의 어느 나라보다도 멀고 먼 공간이다. 그 여행으로 얻은 공간체험이 있었기 때문에 내 문학

은 어머니의 땅에서 탱자처럼 자랄 수 있었던 것이다. 노랗
게 노랗게 그리고 동글게 동글게 내 언어들이 울타리를 만들
어 간다.

이어령 문학 평론가 약연보

· 1933년 충남 온양 출생.
· 서울대 문리대 졸업.
· 1956년 『문학예술』로 등단.
· 1960년 단국대, 이화여대 교수. 서울신문 논설위원.
· 1970년 『문학사상』 주간.
· 1980년 일본 동경대학 객원 연구원.
· 1988년 올림픽 개폐회 식전행사 주도.
· 1989년 일본 국제문화연구센터 객원교수.
· 1990년 문화부 장관.
· 이화여자대학 명예교수, 중앙일보 상임고문(현).
· 주요 작품
  『흙 속에 저 바람 속에』, 『축소지향의 일본인』, 『한국과 한국인』 등 다수.
· 수 상
  대한민국 문화예술상(1978), 일본 문화디자인상 대상(1992), 일본 국제문화교재
  단 대상(1996), 서울시문화상(2001) 등.

나는 왜, 어떻게 소설을 써 왔나

소설가 이 청 준李淸俊

어렸을 적 내 주변에는 유난히 가족의 죽음이 많았다. 내가 태어날 무렵에는 얼굴을 모르는 바로 위 형이 죽었(다했)고, 여섯 살 때에는 네 살배기 아랫동생이 홍역으로, 일곱 살 때는 스물여섯 살 맏형이 지병으로, 그리고 그 이듬해에는 아들을 잃은 화병과 돌림병으로 아버지가 차례로 세상을 떠났다. 그런데 특히 그 맏형님의 죽음 뒤에는 이런저런 고인의 유물이 많았다. 노래를 좋아한 탓에 기타나 바이올린, 축음기 같은 악기나 악보책들 하며 노트며 펜, 잉크 따위의 쓰다 남은 문구류와 소설책, 잡지, 신문, 생전에 지인들과 주고받은 편지, 엽서들이 책장이나 다락 속 집안 곳곳에 무더기로 쌓여 있었다. 그리고 그 중에서도 그 형님의 소설책과 독서록 수신 편지 같은 기록물들이 사단이었다.

형님의 소설책들에는 문장 곳곳에 줄이 그어져 있었고, 더러는 줄 곁에 간단한 감상을 적어 놓은 것도 있었다. 몇 권의 독서록은 소설 전반에 걸쳐 보다 길고 본격적인 감상문을 적어 놓은 것이었다. 나는 차츰 그 소설책과 독서록들을 읽으면서 그 줄들과 감상문구들에서 형님의 생전의 생각과 숨결을 느꼈다. 그리고 형님과 함께 형님의 생각을 좇아 그 책들을 읽어 나갔다. 이를테면 나는 그 책과 형님의 감상 기록에서 생전의 형님을 다시 만난 셈이었고, 그것이 몹시도 신기하게 느껴졌다. 형님이 주고받은 편지들을 읽을 때면 그런 형님의 느낌이 더욱 생생했다.

형님은 그렇게 죽어 사라진 것이 아니라 내 곁에 여전히 함께 하고 있었다. 아니 죽음은 삶의 종말이 아니라 그렇듯 보이지 않는 어떤 모습으로 여전히 우리 삶 속에 함께 하고 있는 것이었다. 그리고 그 형님이나 죽음에 대한 내 느낌은 다른 가족들의 죽음에 대해서도 비슷한 생각을 갖게 했고, 그것이 내게 차츰 죽음과 추상―혹은 표현의 세계―에 관심을 갖게 하고, 거기 이끌리다 종국엔 그를 통로로 내 소설과 문학의 길에까지 이르게 하지 않았는가 여겨진다.

하지만 이 역시 내 소설 동기의 전부로 삼을 수는 물론 없다. 그리고 그런 동기로 일관한 소설의 길이 바람직스러울 수도 없는 일이다. 소설의 힘과 생명은 무엇보다 쉼 없이 살아 움직이는 눈앞의 생생한 삶의 현실 가운데서 얻어지는 게 일반적 상식이다. 현실부정과 관념지향의 측면이 강한 추상적 본질세계에의 탐구는 그 나름의 덕목을 부인해서도 안 되지만, 그것은 어디까지나 철학적 영역의 소설 이전 단계이지

총체성과 구체성을 함께 요구하는 소설미학의 표현단계에는
이르기 어려운 때문이다.

　그러니 생각을 다시 해볼 수밖에 없다. 내게 소설을 쓰게
한 보다 크고 결정적인 동인은 무엇이었을까. 그리고 생각을
더듬어 찾아낸 것이 내가 어린 시절을 농촌 마을에서 보낸
시골내기라는 점이었다.

　6·25전쟁 휴전 이듬해인 1954년 봄 4월 초순 어느 날, 나
는 중학교 진학을 위해 처음으로 고향 마을을 떠나 광주의
한 친척 누님 댁으로 더부살이 길을 나섰다. 더부살이 신세
를 지러 가는 처지에 변변한 선물거리를 마련할 수 없어 그
전날 한나절 마을 앞에 개펄에서 어머니와 함께 잡은 바닷게
자루를 짊어지고서였다. 그런데 열 시간 가까운 먼 버스길에
그 게자루는 흔들리고 부스러져 광주의 친척집까지 도착하
고 보니 자루 속의 게들은 이미 고약한 냄새를 풍기며 심하
게 상해 있었다. 그러니 누님은 코를 막으며 두말없이 그 게
자루를 대문 밖 쓰레기통으로 내다 던져 버렸다. 그때 그 부
끄럽고 무참스런 심사라니! 나는 바로 나 자신이 그 쓰레기
통으로 내던져진 느낌이었다.

　그러니 그때 그 쓰레기통 속으로 내던져진 것은 그 썩은
게자루만이 아니었다. 나 자신은 물론 내 척박한 고향시절과
거기서 품어온 남루하기 그지없는 꿈까지도 가차없이 함께
내던져진 격이었다. 두고 봐라. 나도 이제부턴 이 누추한 시
골내기 티를 깡그리 벗으리라. 이를 악물고 너희와 함께 할
수 있는 부끄러움 없는 삶의 길을 열심히 배우고 익히리라.

너희 속으로 함께 섞여들어 그 유족하고 자랑스런 도회인의 삶의 길을 떳떳하게 살아가리라. 그리고 그런 다짐 속에 거의 혼자 자력으로 중학교와 고등학교를 졸업하고 나중엔 서울로 대학 진학까지 해 올라갔다.

하지만 이렇게 해서 과연 그 자랑스런 도회인이 될 수 있었던가. 그 도회인으로 거리낌없이 함께 섞여 살 수 있었던가. 아니었다. 나는 언제까지나 별 도회인다운 익힘이나 거둠, 이룸이 없는 얼치기 도회인 시늉뿐이었다. 그리고 늘 어정쩡한 자신의 처지만을 되풀이 할 뿐이었다. 도회의 그 정연한 풍속 질서, 유족함 같은 것이 나를 도대체 받아들여 주려하질 않았다. 그것들은 언제까지나 내게 낯이 설었고, 두려움과 부끄러움으로 주눅이 들게 했다. 시골 면장님이나 면직원, 초등학교 선생님들을 자주 하찮은 사람에 비유하는 친구들의 말버릇은 나를 늘 어리둥절하게 하였고, 계란부침이 곁들인 옆자리 친구녀석의 도시락은 내 눈길을 괜히 당황스럽게 하였으며, 심지어는 깨끗하게 잘 정돈된 친척 여학생의 공부방이나 정갈스런 옷차림들까지도 나를 터무니없이 초라하고 부끄럽게 만들었다.

그러고 보면 내가 그 도회살이에 섞여들지 못한 것은 그 도회가 나를 끼어 주지 않아서보다 그 원죄와도 같은 내 시골내기로서의 초라한 열등감의 허물이 더 컸는지도 모른다. 그래 그 고질병 때문에 지레 그 도회인으로 끼어 섞이기를 단념한 채, 자신이 끼어들 수 없는 그 도회살이에 대한 복수심과 자기보상의 방책(현실적 힘없음에 대한 자기 회복과 확인, 확보의 이상주의적 기제)으로 이 소설이라는 것을 쓰고 싶어졌는지 모른다. 어떤 사물은 거기 젖어 익숙해 있는 자보다 낯선 자에게 그 특성이 더 잘 드러나 보이고, 고향은 떠나 있을 때 의미가 더 확연해지듯이, 그런 과정 속에 나는 다행히 도회와 시골, 도회살이와 시골살이의 대비를 느끼고 생각하는 일이 많았고, 고향의 삶 혹은 시골의 삶의 참뜻에 새롭게 눈뜨기 시작했으며 이후 고향과 서울을 되풀이 오고 간 내 소설의 이야기는 '떠남과 되돌아옴'이라는 고유의 의미축을 이루어 온 때문이다.

부연하자면 시골의 삶은 도회의 삶에 비해 보다 자연적이고 감정적(정의적)이며, 개인적, 정적, 자족적, 근원적 생존질서의 측면이 승해 보이는가 하면, 도회적 삶은 시골의 삶에 비해 보다 인위적, 이성적(합리적, 공리적)이며, 사회적, 동적, 의존적, 현상적 제도의 측면이 앞서 보이는 편이다. 그리고이 두 세계의 가장 두드러진 차이는 우리가 그 세계와 만나는 방법에서 가장 잘 드러난다. 농촌이나 시골살이에선 우리가 어떤 사물을 접할 때 거의 아무 정보가 없이 그저 부딪침이나 마주침에서부터 시작된다. 그리고 그것과의 화해나 친화 혹은 융화나 귀의, 귀일을 지향한다. 산이나 바다, 하늘이나 일월성신, 구름이나 천둥이나 비바람 홍수, 낯선 풍물이나 풍속, 심지어는 사람과 사람 사이의 일들에서도 거의 그렇다. 그리고 그런 점에서—일종의 끝없는 입사. 통과의례 과정에 흡사한 면이 있는—시골살이는 일원적 근원적 가치관의 세계에 가깝고 순 인문적 상상력의 세계와 밀접하며, 삶

의 자유를 무엇보다 귀한 덕목으로 여기는 자유주의적 경향
이 짙다.

그에 비해 도회살이는 모든 사물과의 만남이 그에 대한 기
존 정보지식의 전수와 학습을 통해 습득하고 소유해 가는 과
정을 거친다. 길게 부연하지 않아도 우리의 교육과정이나 사
회제도 모든 것이 그렇지 않은가(김동인의 소설에는 음악 이야기가
나오지만 김동리의 소설에는 그림이야기만 있고, 양악 이야기가 없는 점은
두 사람의 시대나 서로 다른 성장기와 관련하여 그래서 퍽 흥미롭다). 그
리고 도회살이에는 그 구성원간에 균형이 잡히지 않는 일방
적 정보지식과 과도한 소유욕에 의한 부당한 힘(폭력)이 형성
되기 쉬운 탓에 사람들이 관계를 상호 조화롭게 조절해 나갈
현실적 질서가 필수적이다. 또한 그런 점에서 도회살이는 이
원적 현실적 가치 세계에 가깝고, 사회학적 상상력의 세계와
밀접하며, 우리 삶의 공평성을 무엇보다 없지 못할 덕목으로
지켜 나가려는 노력과 평등 지향성이 강한 삶의 길이다.

어쨌거나 그것이 옳았든 글렀든 내 시골살이 체질과 실패
한 도회살이 체험에 대해 이쯤 대비적 이해라도 가능했다면,
그런 세계인식의 방법이 내 문학과 소설의 길에 적지 아니
유용한 자양과 방편을 제공해 줄 수 있었음을 오히려 다행으
로 여겨야 할 일인지도 모른다.

그렇다면 나는 내 삶과 문학의 그런 저런 동기 위에 실제
로 어떤 소설을 어떻게 쓰려고 했던가.

여기에서 내 모든 동기의 소설적 발전과정을 한꺼번에 다

말할 수 없으니 다만 마지막 세 번째 태생적 동기와의 관련성
에 한정해 말해보고자 한다. 앞서도 말했듯이 시골살이와 도회
살이의 체험적 동기는 내 삶과 소설의 중요한 두 축을 이루어
왔을 뿐 아니라, 앞서의 두 동기도 종국엔 모두 그 두 축의 좌
표 안으로 함께 수렴될 수 있는 성질의 요인들이기 때문이다.

　한 마디로 그것은 이미 다 짐작하고 있듯이 양자(자유, 평등
성) 통합과 융화의 총체적 삶의 이해의 길을 찾는 과정이라
할 수 있을 듯싶다. 시골살이나 도회살이의 특성은 사실 우
리 삶이 온전히 갖추어야 할 양면의 한 쪽 면일 뿐이다. 그
어느 한쪽의 삶도 오로지 그 한 곬만으로는 온전할 수 없음
이 자명하고, 그래 그 양자 속에도 자세히 살펴보면 피아간
의 특성이 일정비율 공존하며 상호조화와 습합과정에 있음
을 알 수 있다. 그런 점에서 아마 시골살이와 도회살이의 차
별성은 그 특성의 상호침투와 조화로운 융화 정도에 달려 있
을 듯싶기도 하다.

　하여 내 소설은 그 양자의 특성을 꼼꼼히 살피고 반성(소설
언어는 반영과 표현과정의 특성상 숙명적인 반성언어다)하여, 그 상호
간의 조화로운 융화와 변혁 가능성의 이해 속에 우리 삶을
창조적으로 확대, 고양―총체적 이해와 승화―시켜 나가는
것을 중요한 숙제로 삼아온 셈이다. 그리고 그런 소망과 모
색의 소설적 산물이, 도회적 삶을 중심으로 모든 사물과 인
간사회의 현상들을 우리말의 질서로 포착해 보려 한 『언어
사회학 서설』 연작 5편과 「소문의 벽」, 「예언자」, 「빈방」,
「제3의 현장」, 「가해자의 얼굴」 등의 작품군이 한편에 위치

하고, 다른 한편으론 시골과 농어촌의 자연과 삶을 중심으로 자기 존재의 근원(정체성)과 현실적 삶의 실현장(도회문명) 사이를 수없이 떠나가고 다시 돌아오는 과정을 그린 『남도 사람』 연작 5편(『남도 사람』 5번과 『언어학 서설』 5번은 두 시리즈의 주인공이 함께 만난 「다시 태어난 말」 한 편으로 양쪽의 결편을 겸한다)과 『귀향 연습』, 『눈길』, 『해변 아리랑』, 『살아 있는 늪』, 『이어도』, 『노송』 같은 작품군이 위치한다. 이밖에 데뷔작 『퇴원』에서부터 『당신들의 천국』, 『흰옷』, 『자유의 문』, 『가위밑 그림의 음화와 양화』, 연작물 『비화밀교』, 최근의 『축제』와 『날개의 집』, 『목수의 집』 등에 이르기까지 거의 모든 소설들이 자기 근원의 탐색과 정체성 회복, 그리고 두 세계의 융화를 꿈꾸며 오고간 그 끝없는 왕복의 직접적 산물이거나 혹은 그 반복적 도정과 매우 깊은 관계가 있을 것으로 생각된다.

 그러면 그 결과는 과연 흡족스런 것일 수 있었던가. 대답은 물론 부정적일 수밖에 없다. 우리 삶이 완성 없는 모종의 과정에 불과하듯 소설 또한 완성태가 있을 수 없는 것이고 보면 그것은 오히려 당연한 노릇인지도 모른다. 내 삶이나 소설에 어떤 절정이나 완성이 있었다면 그것으로 소설쓰기는 그치고 말았으려니와, 지금까지 계속 이 일에 매달리고 있음이 그 증거 아닌가. '이곳'과 '저곳'을 아무리 되풀이 오고 가도 내 옳은 정처, 내 삶과 소설이 온전히 이루어질 곳은 언제나 다시 '저곳'에 있었고, '지금 이곳'은 미구에 다시 '저곳'을 향해 떠나야 할 임시 기항지에 불과해 보이곤 한 때문이었다.

이청준 소설가 약연보

- 1939년 전라남도 장흥군에서 출생.
- 서울대학교 문리대 독어독문과 졸업.
- 1965년 『사상계』 신인상에 『퇴원』이 당선되어 등단.
- **주요 작품**

  『병신과 머저리』(1966), 『굴레』(1966), 『석화촌』(1968), 『매잡이』(1968), 『소문의 벽』(1971), 『조율사』(1972), 『들어보면 아시겠지만』(1972), 『떠도는 말들』(1973), 『이어도』(1974), 『낮은 목소리로』(1974), 『자서전들 쓰십시다』(1976), 『서편제』(1976), 『불을 머금은 항아리』(1977), 『잔인한 도시』(1978), 『살아가는 늪』(1979), 『시간의 문』(1982), 『비화밀교』(1985), 『자유의 문』(1988), 『별을 보여 드립니다』(1971), 『가면의 꿈』(1975), 『당신들의 천국』(1976), 『예언자』(1977), 『남도 사람』(1978), 『춤추는 사제』(1979), 『흐르지 않는 강』(1979), 『낮은 데로 임하소서』(1981), 『따뜻한 강』(1986), 『아리아리 강강』(1988), 『자유의 문』(1989) 등 여러 편의 소설집과 수필집 『작가의 작은 손』을 비롯해, 희곡 『제3의 신』(1982) 등이 있다.
- **수상**
- 1967년 『병신과 머저리』로 제13회 동인문학상 수상.
- 1978년 『잔인한 도시』로 제2회 이상문학상수상.
- 1986년 『비화밀교』로 대한민국문화상 수상.
- 1990년 『자유의 문』으로 이산문학상을 수상.

문학에 있어서의 자유와 평화

소설가 이 호 철李浩哲

문학은 그 근원에 있어 자유와 평화이며, 그 구경究竟에 있어서도 자유와 평화임은 다시 말할 나위도 없습니다. 유구한 인류역사 속에서 문학은 바로 자유와 평화의 표정으로 우뚝 솟아 존재해왔으며, 문학은 만물의 영장으로서의 인간의 인간다움을 표상하고 있습니다. 문학은 인간의 자유와 평화, 그 자체의 존립양식이라 해도 과언은 아닙니다.

문학창조의 현장은 생명의 기가 한껏 뻗치는 가장 활달한 자유의 현장이며, 동시에 평화의 현장입니다. 한자 한자, 말을 메워가는 그 창작현장은, 각고의 현장이면서도 끝내는 활기찬 보람으로 열매를 맺습니다.

한편, 각고 끝에 태어난 문학작품은 어느 누군가가 읽을 때, 그것을 은밀하고도 따뜻한 자유의 만끽이며, 동시에 그지없는 평화입니다. 5월의 창가에 앉아 싱그러운 신록과 산들

바람, 영롱한 새소리를 음악삼아 문학작품을 탐독할 때 그것은 그 자체로서 풍요이자 자유이며, 그리고 평화입니다. 그것은 어느 누구도 침범할 수 없는 그의 삶의 향연입니다.

그렇게 작가와 독자는 만납니다. 그렇게 은밀하고도 깊은 만남이야말로 인간의 인간다움의 표상입니다. 그리고 거기엔 시간의 제약도, 공간의 제약도 없습니다. 인간은 문학을 통해서만 시간과 공간을 뛰어넘어, 비약합니다.

그리하여, 가령 중화인민공화국의 진건덕 씨라는 분이 어쩌다가 지상紙上에다가 쓴 어떤 글 속에서, 고려시대의 우리나라 시인 이제현의 시를 다음과 같이 인용했을 때, 우리가 짜릿하게 맛보는 그 감동의 정체는 과연 무엇이겠습니까.

"털옷은 가볍고 말도 빠른데, 장관은 펼쳐지네. 산과 바다를 달리는 이 기분, 다른 사람에게도 반드시 권할 것이리"

「뜰에 봄이 스며드는 날 성도로 가면서」라는 시의 일절입니다.

진건덕 씨의 그 글에 의하면 이제현은 1314년 중국의 대도(지금의 북경시)에 왔는데, 그는 중국어에 능통했고 뛰어난 시인이어서 원元나라 때 저명한 문학가 요수, 조맹경, 오집 같은 사람들과 깊이 사귀었으며, 저명한 산곡散曲의 대가 종사상과도 깊은 우의를 나누었다고 합니다. 1316년에 이제현은 고려 국왕의 명을 받고 성도의 사신으로 임명되어, 장안을 경유, 성도로 가는데, 앞의 것은 그 길을 가는 동안 읊은 시구입니다.

어떻습니까. 우리는, 홀연 이 시구와 더불어 근 7백 년의 시간을 거슬러 중국땅의 어느 현장과 구체적으로 만나게 됩니다. 털옷은 거볍고, 질풍처럼 달리는 말 위와 그는 주위 장관에 마음이 들떠 있습니다. 하여 근 7백 년 전 중국땅 성도 근처에서의 이제현의 정감은 고스란히 오늘을 살아가는 우리에게로 전해져옵니다. 바로 그것은 7백 년 전의 이제현의 자유이자, 또한 오늘에 되살아오는 이제현의 자유이며, 동시에 이 시구를 접하는 만큼으로 오늘의 우리 자신의 자유이기도 합니다. 어찌 그뿐이겠습니까. 시간을 거스르고 공간을 주름잡으며 만나는 우리의 따뜻한 해후는 바로 사람살이의 풍요이며, 보람이며, 평화이고, 끝내는 영원입니다.

그것은 또한, 진건덕 씨를 통해 드러난 중화인민공화국과 우리나라, 바로 이웃해 있는 두 나라 국민간의 가장 구체적인 평화의 현장이자 증거입니다.

진건덕 씨가 우리나라 애국시인으로서의 이제현을 평가하며, "그는 많은 시인들이 조선의 그림 같은 산과 수를 놓은 듯한 강에 대해, 무한한 정과 시의詩意를 느끼게 만들었다."라고 하면서, 이제현의 「북산연우北山煙雨」라는 시의 일절로,

"무지개 스러지듯 남은 햇살마저 있는 듯 마는 듯한데, 새 한 마리 먼 하늘로, 사라지네."

라고 읊었을 때 그 고요하고도 장중한 어느 날 저녁은 오늘을 사는 우리 가슴 속에도 극명하게 와 닿습니다. 그것은 한국의 저녁이어도 좋고, 중국의 저녁이어도 좋습니다. 그런 유현하고도 장중한 저녁에, 우주 그 자체의 떨림마냥 새 한 마리 먼 하늘로 날아 사라지는 정경은 사람살이의 절대 고독

이라고나 할 짙은 정감을 자아내게 합니다.

그것은 17세기에 구라파의 파스칼이,

"인간은 가녀린 갈대 하나에 지나지 않는다. 자연 속에서 가장 약한 것의 하나다. 그런데 그것은 생각하는 갈대이다. 그를 짓부수기 위해, 우주 전체가 무장할 필요는 없다. 증기 나 한 방울의 물이라도 그를 죽이기엔 충분하다. 한데, 설령 우주가 그를 짓부수더라도 인간은 그것보다 존귀할 것이다. 왜냐하면 인간은 자기가 죽는다는 것과 우주가 자기보다 우 세하다는 것을 알고 있기 때문이다. 우주는 아무것도 모른 다. 따라서, 우리들 존엄의 오로지 근거는, 생각하는 일에 있 다."

"공간으로는 우주가 나를 완전히 휩싸, 하나의 티끌마냥 삼기로 만다. 생각함으로써 내가 우주를 휩싼다."

라고 그 유명한 저서 『팡세』에서 무섭게 갈파한 명제를, 앞에 든 이제현의 짧은 시 일절은, 가장 깊은 동양적인 정감 으로 우리들 마음속에 스며들도록 해주고 그 정경을 우리 눈 앞에 선연한 모습으로 펼쳐 보여주고 있습니다.

그렇습니다. 참으로 문학은 시간과 공간을 거스르고 주름 잡아, 우리의 무한한 비약을 가능케 해주며, 우리 삶을 이토 록 풍요하고 기름지게 해줍니다.

그것은 바로 자유이며 평화입니다.

조금 얘기를 돌려 이건 제 개인적인 경험입니다. 지금부터 30년 전, 감옥에 갇혀 있을 때 저는 중국의 당나라 시인 유몽득의 『금릉오제』 시 속의 첫 시를 무척 좋아하였는데, 특히 그 중의 둘째 연인 "潮打空城寂寞回"를 수없이 애송 했었습니다. 바로 이제현이 편한 『역옹패설』 속에 이 시는 들어 있었지요.

그 시는 이렇습니다.

　山圍故國周遭在(산은 고국을 에워싸, 거기 그렇게 있고)
　潮打空城寂寞回(조수는 빈 성을 치며 쓸쓸히 돌아가네)
　淮水東邊舊時月(회수 동쪽에 옛 달이 떠서)
　夜深還過女墻來(밤이 깊어 성곽을 넘어오누나)

그때, 어떤 연유로 이 싯구가 그토록이나 좋았었는지 지금 스스로도 분명히는 모릅니다. 그러나 나는 이 시구가 그렇게도 좋아서, 줄곧 혼자 가만가만 읊곤 했었습니다. 이 시에서 느껴지는 무언가 황막한 정감이, 그때의 내 마음을 사로잡았었는지 모릅니다. 시 분위기도 어딘지 늦가을이나 추운 겨울을 느끼게 해줍니다.

거무칙칙하게 둘러싸여 있는 산들, 빈 성의 가장자리를 철썩거리며 돌아나가는 시커먼 바닷물 소리, 유현한 달빛이며 소조蕭條한 바람, 참으로 우수와 절망, 그리고 적요寂寥가 짙게 감돕니다.

그러니까 그때, 나는 우리 고려시대 옛시인 이제현의 『역옹패설』을 통해 중국, 당나라 때 시인 유몽득의 그 시와 처음으로 접하여 하루에도 수십 번씩 그렇게도 애송했었는데,

그로부터 다시 세월이 지난 금년 5월, 오늘의 중화인민공화국 문학인 진건덕 씨를 통해, 맑디맑은 이제현의 시구와 만났던 것입니다. 이 어찌 현기증이 날 만큼 보람있고, 즐겁고, 그리고 인연이 아닐는지요.

실은 나는 1974년 그때, 영어囹圄의 몸으로 독방에 갇혀 있었습니다. 당나라 시인 유몽득의 그 시도, 그 안으로 차입해 들여온 책으로 만났던 것이지요.

몽득 유우석(772~842)은 당나라 사람으로 순종이 즉위하자, 왕숙문을 중심으로 한 정치개혁운동에 유원종과 함께 참여하였다가 실패, 좌천당하여, 20여 년을 변방, 외지에서 보냅니다. 훨씬 뒤, 말년에 중앙으로 돌아와 하찮은 자리에 있다가 70세에 세상을 떠납니다. 그가 정치적으로 실패하여 추방을 당한 때가 23세의 젊을 때였습니다. 그는 당대에 있어 가장 진보적인 사상과 견해를 가졌었으며, 따라서 그의 시들은 하나같이 그 좌절에서 말미암은 마음의 아픔과 울분을 담고 있으며, 당대의 썩은 권력에 대해 풍자하고 있습니다. 그는 당대의 어느 누구보다도 애국주의에 철저한 시인이었으나 불우했습니다. 그의 회고시는 주로 역사의 흥망을 노래하였는데, 황량한 고국의 자취를 더듬어 애도하는 정서로 충만해 있으며, 그 격조가 침울창량沈郁蒼凉한 것으로 알려져 있습니다. 특히, 그의 『금릉오제시』는 당시 왕조의 쇠약을 마음 아파하는 감개가 짙게 서려있어, 그의 시 중에서도 특색을 이룹니다.

워낙 천년 이상의 세월이 가로놓여 있어, 오늘의 우리와 곧이곧대로 비교할 수는 없겠으나, 1970년대의 우리나라도 정치적 사회적으로 격동기였습니다. 그 정치적 사회적 요구에 부응, 동시대의 문학인으로서 끝내 나도 영어의 몸으로 갇혔었으며, 바로 그때 그런 처지로 더욱 그 시는 깊이 내 심금에 와닿았던 것입니다. 천이백 년의 세월을 거슬러, 홀연, 그이와 나는 시로 만나서 하나로 겹쳐졌었습니다.

　이것이 어찌 비단 그이뿐이고, 나뿐이겠습니까. 그이와 비슷한 시대를 살았던 두보가 그러했고, 오늘 이 시대를 같이 살아가는 우리의 애국시인 김지하가 그러했고, 소설가 남정현이 그러했고, 그밖에도 우리의 많은 문학인이 고초를 당했습니다. 사형을 선고받기도 한 김지하는, 그리하여 피어린 목소리로 읊습니다.

> 신새벽 뒷골목에
> 네 이름을 쓴다 민주주의여
> ……
> 아직 동트지 않은 뒷골목의 어딘가
> 발자국소리 호르락소리 문 두드리는 소리
> 외마디 길고 긴 누군가의 비명소리
> 신음소리 통곡소리 탄식소리 그 속에 네 가슴팍 속에
> 깊이깊이 새겨지는 네 이름 위에
> 네 이름의 외로운 눈부심 위에
> 살아오는 삶의 아픔,
> 살아오는 저 푸르른 자유의 추억
> 되살아오는 끌려가던 벗들의 피묻은 얼굴,

떨리는 손 떨리는 가슴
떨리는 치떨리는 노여움으로 나무판자에 백묵으로 서툰 솜씨로
쓴다.
숨죽여 흐느끼며
네 이름을 남몰래 쓴다.

타는 목마름으로
타는 목마름으로
민주주의여 만세

그렇습니다. 당나라 때 애국시인 유몽득이, 당대 조국의 비리를 암울하게 감당해내며 외롭게 싸웠듯이 저 1970년대에서 1980년대에 걸친 우리 문학인들은 집권자의 비민주적 횡포와 40여 년 동안 분단 상태로 있는 조국의 현실에 맞서, 민주화를 당겨오기 위해, 나아가, 조국통일에 한발짝이라도 다가서기 위해, 이 나라 민주세력과 연대하여 피나게 싸워왔던 것입니다. 그리하여 그것은, 천 이백년 전, 당나라의 시인 유몽득의 자유였듯이, 또한 이것은, 오늘 우리 문학의 자유입니다.

끝내, 1987년의 활기찬 6월 항쟁을 통해, 우리는 최소한의 민주화를 빼앗아냈습니다. 그 뒤 우리의 정치적 사회적 활기는 바로 그 증거입니다.

돌아보면, 그동안 근 20년, 우리 시대의 양심적인 문학인들의 수난은 실에 꿰인 구슬처럼 연면하게 이어졌었으며, 그

자취는 영롱하게 빛나고 있습니다. 1987년의 6월항쟁에도 우리 젊은 문학인들은 최루탄 속을 어깨를 겨루고 행진했으며, 그 괴로웠던 기억은, 지금 제 감각으로도 새삼 어제 일처럼 선연하게 돌아보입니다. 그날 나는 고조된 싸움의 현장, 서울역 앞에서 문득, 28년 전인 4·19항쟁의 현장을 떠올렸습니다. 28년 전, 그때 나는 28세의 청년으로 중앙청 옆에 단지, 한 시민의 관망자로 서 있었을 뿐입니다. 그러나 1987년 그때 나는, 귀밑머리 허연 55세의 장년으로, 아니, 이미 노경에 접어드는 몸으로 싸움의 한가운데 자리해 있었습니다. 치열을 극한 그 싸움의 현장에서, 나는 28년 전의 그 4·19날을 떠올리며 전율 했었습니다. 실로 그것은, 온몸이 뿌듯하게 뜨거워 오는 보람이었으며, 또한 역사에의 확신이었으며, 동시에 문학에의 확신이었습니다.

실로 오랜 간고한 싸움이었습니다. 오늘 이 시대에 있어 우리 애국적인 문학인들이 싸워온 자취는 그 하나하나가 우리 민주역사 속에 뚜렷하게 영롱하게 아로새겨져 있으며, 주옥마냥 빛나고 있습니다. 우리는 우리 몫을 해냈습니다. 이것은 바로 우리 영광이자, 승리이며, 또한 여러분의 영광이자, 승리입니다. 또한 바로 문학의 자유이자 끝내는 평화입니다.

그러나 우리 시대의 우리 문학의 싸움은 이것으로 끝낸 것은 아니었으며, 끝날 수도 없습니다. 우리는 바야흐로 민주화의 첫길을 들어섰을 뿐입니다. 그 길은 앞으로도 험난하고 요원할 것입니다. 40여 년 동안 남북으로 분단된 조국이 하나로 얼싸안으며 통일될 때까지, 우리 문학은 싸움입니다.

싸움일밖에 없습니다.

　그렇습니다. 이것은 오늘 우리 조국이 처해있는 냉혹한 조건이고, 바로 우리 문학이 당면해 있는 냉혹한 현실입니다. 우리가 5월의 창가에 앉아, 싱그러운 신록과 산들바람, 영롱한 새소리를 음악삼아 작품을 탐독할 수만 없는 이유가 바로 이 점에 있습니다.

　오늘 우리 조국이 처해 있는 냉혹한 현실을 외면하고서, 오늘 우리 문학은 윤리적으로는 물론, 실제적으로도 설 자리가 없습니다.

　앞에 인용한 진건덕 씨의 그 글에도 시종 그 무언지 불편한 여운이 감돌고 있었습니다. 그것은 바로 몇천 년 동안 오랜 교류의 역사를 지닌 우리나라가 분단되어 남북이 서로 적대하고 있는 데서 말미암은, 바로 이웃나라로서의 불편이었습니다. 이 글에서 그이는 그이의 조국인 중화인민공화국과 우리나라 북쪽 인민공화국과의 공식적 관계를 시종 조심스럽게 밑자락에 깔고 있었습니다.

　그렇습니다.

　오늘 우리 조국의 분단은 이렇게 우리 민족 6천만은 물론이고, 이웃 나라에게도 매우 불편을 끼치고 있습니다.

　오늘 우리 문학은 바로 통일을 뚫어내는 작업이어야 합니다. 오늘 우리 민족에게 통일 이상의 명제가 없듯이 오늘 우리 문학에 있어서의 자유와 평화도, 그것은 통일을 이룩해내는 싸움, 그것이어야 합니다.

　그렇습니다. 문학에 있어서의 자유와 평화는 그냥 선험적으로 주어지는 것은 아닙니다. 그것은 싸워서 빼앗아낼 때 진정으로 빛이 나고, 보람있고, 값진 것입니다.

아니, 차라리 평화는, 그 자체로서만은 나태와 해이와 타락의 온상이고, 본말이 제대로 서지 않은 평화의 죄악입니다.

그리고 이때 진정한 자유는 바로 영어의 몸이고, 심지어는 처형입니다.

우리 시대의 '우리 문학의 자유와 평화'는 이러해야 했고 이러할밖에 없었습니다.

이호철 작가의 약연보

· 1932년 함경남도 원산 출생.
· 1950년 인민군으로 동원, 포로됨.
· 1955년 『문학예술』에 단편 「탈향」과 「나상(裸像)」으로 데뷔.
· 1961년 현대문학상 「판문점」.
· 1967년 조민자 씨와 결혼.
· 1962년 동인문학상 「닳아지는 살들」.
· 1964년 「서울은 만원이다」 발표.
· 1985년 자유실천문인협의회 대표 취임.
· **현재** 예술원 회원.

매력있는 인문창조, 소설쓰기

소설가 전 상 국全商國

나를 떠난 문학 다시 끌어안기

대학 재학 중이던 1963년 등단한 뒤 단 두 편의 단편을 발표한 것을 끝으로 곧바로 귀향, 강원도에서 중고등학교 교사 생활을 하는 만 10년 동안 단 한편의 작품도 쓰지 못했다. 이유는 간단하다. 문학이 나를 떠났기 때문이다. 소설 쓰는 일보다 더 즐거운 일이 있다고 우쭐대는 나를 비웃으면서.

물론 내가 살아가는 또 다른 길이 있었다. 학생들을 가르치는 교과서적인 삶이 그것이었다. 학생들을 가르치는 일에 보람을 느낀 만큼 높은 사람들로부터 인정도 받았으며 그 일이 그런 대로 즐거웠다. 동료 선생들과 격의 없이 어울렸고 잡기놀이에도 빠지지 않고 끼었다. 그 동안 결혼도 했고 착실한 남편으로, 아이들의 좋은 아버지로 집안에서 희희낙락

뒹구는 휴일을 기다리곤 했다.

한껏 속스럽고 자유분방하게 살고 싶었다. 그렇게 살고 싶은, 온갖 욕심을 거세한 그 생활에 자족할 수 있었다면 나는 얼마나 행복했을 것인가.

그러나 나는 결코 마음이 편치 못했다. 항상 정서불안 상태로 서성거리는 나를 발견할 때가 많았다. 성냥개비만 손에 쥐면 조각조각 분질러대는 욕구불만의 상태였다.

속수무책이었다. 문학을 버리려고 안간힘을 썼을 뿐이지 나는 결코 단 한번도 내 속에서 문학을 내몰지 못하고 있었던 것이다. 문학은 그것을 벗어나려고 발버둥치면 칠수록 물먹은 가죽처럼 내 영혼을 옥죄어들었다. 그것은 내 속의 또 하나의 내가 교과서적인 나를 배반하기 위해 음모를 꾸미고 있었기 때문이다.

글과 담을 쌓고 산 그 10년은 그야말로 형벌의 세월이었다. 그것은 나 자신을 기만한 거짓 삶이었다. 이때까지 남들한테 보이기 위해 내걸고 다닌 교과서적인 내 안쪽의 나는 그처럼 부단히 방황하고 있었던 것이다. 그리하여 혼자 있는 시간이면, 나는 왜 아직도 그처럼 글쓰기에 연연하고 있는가, 그렇다고 왜 다시 시작하지 못하는가. 그렇게 나를 고문하곤 했다.

그러던 중 1972년, 은사 조병화 선생님의 주선으로 직장을 옮겼고 그 동안 애써 피해왔던 문학동네 사람들과도 만나는 일이 잦아졌다.

가뜩이나 서울생활에 적응하지 못해 괴로운 판에 만나는

사람마다 왜 소설을 쓰지 않느냔 질책 앞에 나는 한없이 왜소해지고 있었다.

　서울 생활을 시작하면서 곧바로 신경성 소화불량증에 걸렸다. 체중이 형편없이 가벼워지면서 수업 중에도 끄억끄억 트림을 해대며 답답한 가슴을 고향 쪽으로 향한 채 귀향만을 꿈꾸었다.

　그러나 서울에 올라온 지 1년 반쯤 지나 다시 소화불량증은 씻은 듯 가셨다. 실로 어둡고 긴 터널을 10년 만에 빠져나와 햇빛 속에 선 기분이었다.

　솔직히 말하자. 소설 쓰는 일이 나를 구원했다. 다른 어떤 일보다 소설 쓰는 일이 나를 즐겁게 했다는 얘기다. 소설을 쓰지 못하던 10년 세월을 통해 나는 문학을 여기도 객기도, 그렇다고 먹고사는 방편은 더욱 될 수 없다는 것을 터득한 것이다. 문학은 스스로 택한 고행의 길이며 거짓 삶으로부터 나를 건져 올리는 유일한 출구라는 지금까지 나를 기만했던 허상과의 치열한 싸움에서 얻어낸 늦은 깨우침을 통해 나는 문학을 내 삶의 가장 중심부에 놓는 일에 모든 열정을 쏟았다.

　가끔 당신은 무엇을 위해 소설을 쓰느냔 질문을 받는다. 대답은 쉽지 않다. 나는 어떤 목적을 위해 소설 쓰기를 선택한 것이 아니기 때문이다. 소설쓰기, 그것은 내가 숨 쉬고 말 하는 것과 하나도 다르지 않은 하나의 생명현상 그 자체일 뿐이다. 내가 소설을 쓰는 일은 어떤 무엇을 위해서가 아니라 쓰는 일 그 자체에 비중을 두는, 문학을 통한 신명 찾기라고 할 수 있다.

소설 쓰는 일이 그저 즐겁다. 이 즐거움보다 더 즐거운 일이 있다면 기꺼이 나는 그쪽을 선택할 것이다. 중학교 때 어렵게 얻은 낡은 하모니카를 밤낮없이 입에 물고 누가 듣건 말건 입술이 부르트도록 그것에 도취했던 적이 있다. 나는 그런 열정으로 소설 쓰는 일에 미쳐왔다. 하모니카의 음색 고르는 그 묘미에 빠지듯 쓰는 즐거움에 빠진 것이다. 좋은 작품을 쓰고 싶다는 강박감, 작품을 구상하는 과정의 그 괴로운 시간들, 그리고 체력과의 싸움인 그 지겨운 집필의 노동까지도 쓰는 즐거움으로 용해되었다.

그 쓰는 즐거움이 바로 내 삶의 과정이며 목적인 셈이다. 물론 이 쓰는 즐거움은 자기 드러내기, 혹은 자기반성으로서의 책임, 더 나아가 나 개인의 문제와 내가 살고 있는 사회 문제와의 균형 속에서 이루어져야 한다는 어떤 소명 의식과도 무관하지 않았다. 그것은 교과서적인 내가 이 세상을 살아가는 데 가장 적합한 보호색으로 교직을 선택했듯 소설 쓰기는 외설 잡지의 난삽한 기사처럼 내 내면 욕구의 분출에 적합한 것으로 선택된 것이기에 그것 나름의 거름장치가 바로 글쓰기의 책임, 혹은 반성에 따른 현실 인식의 필요성이었던 것이다.

어떻든 교직의 길과 소설 쓰기, 그것은 남들에게 보여지는 내가 보여지지 않는 나와 손을 잡고 내 인생을 엮어가고 있는 씨줄과 날줄이라고 생각해도 좋을 것이다.

그러나 나는 이 두 개의 길을 걷는 과정의 수없는 회의, 갈등 해소의 방법으로 하나의 완충지대를 필요로 했다. 어느 한

쪽의 패배도 없이 원만한 공존 혹은 서로 보완관계로서의 발전을 생각할 수 있는 그런 시간과 공간이 필요했던 것이다.

1985년 봄, 서울 탈출이 그 일을 더욱 구체화시켰다. 거기 자연이라는 오솔길이 있었던 것이다. 때로 그것은 글쓰기의 즐거움에 비견할 수 없는 즐거움으로 내 영혼을 사로잡았다. 자연은 그냥 바라보기만 해도 위안이었다. 주기적으로 찾아오는 그 지랄 같은 글쓰기에 대한 회의가 찾아올 때도 자연은 나를 반겼고 교단생활에 대한 염증이 생길 때도 나는 자연 속에서 충전받을 수 있었던 것이다.

자연과의 만남은 확실히 사람들과의 그것과 달리 항상 덧셈이었다. 나 아닌 나와 내가 되고 싶은 내가 완전한 화해를 하는 곳도 바로 자연이었다. 나는 자연 속에서만 두 개의 내가 아닌 온전한 하나의 나로 설 수 있었다.

이제 소설을 쓰고 싶은 열정을 버리기도 또는 그 열정을 되찾는 일도 오직 자연만이 주관할 수 있다고 믿는 단계에까지 와 있다고 하겠다.

존재 근원으로서의 자연, 세계 생성과 그 인식 구조로서의 자연은 이제 내 문학과 삶을 주관하는 유일한 길이며 내가 찾아가는 그 집인 것이다.

내 소설의 뿌리찾기

초기 내 소설의 관심은 한마디로 오늘의 삶을 어둡게 만들고 있는 원인 찾기라고 할 수 있다. 6·25라는 민족수난으로 만들어진 껍질에 대한 관심일 것이다. 그 껍질을 뒤집어쓰고 있는 아버지 찾기, 우리 뿌리 혹은 힘의 근원이라고 생각한 아버지와의 화해나 그 반대 현상을 통해 제대로 인식하자는 것이 작품을 만드는 과정에 형성되는 작품의도라고 할 수 있다. 단편 「맥」의 최만배와 그의 아들 진호의 귀향, 중편 『하늘 아래 그 자리』의 마필구 노인과 화자 '나', 중편 『아베의 가족』의 진호의 귀향 등이 모두 귀소의지를 모티브로 하고 있다. 이들의 귀향은 지금까지 잊고 있었던 자기 찾기이며 현실인식 그 자체라고 할 수 있다. 어쩌면 그것은 힘의 근원으로서의 아버지 찾기, 뿌리 확인이며 분단으로 인해 파괴된 민족의 동질성 찾기로 확대해석해도 좋을 것이다. 일그러지고 부도덕하게 오염된 현실을 실지라고 인식함으로써 작품의 주인공들은 어느 날 문득 이제까지 망각하고 살아온 자신의 과거 내지는 어떤 상흔의 진원에 접근하게 된다.

자아와 현실이 비로소 만나는 그 자리에 아버지가 있다. 오늘의 삶을 부도덕하게 오염시킨 주범으로서의 아버지가 극복해야 할 대상으로 등장하는 것이다. 그네들은 고향에 돌아감으로써 비로소 화해하거나 아니면 더 심한 반목의 갈등으로 치닫게 되는 것이다.

내 소설을 고향상실시대의 부계문학으로 보는 견해에 동의하게 되는 것도 힘의 근원으로서의 아버지를 떠올리는 그러한 인식의 중요성에 있다고 하겠다. 아버지의 권위 추락 및 그 힘의 생성 가능성 확인 등이 바로 분단상황에 대한 인식으로 이어지기 때문이다. 그리하여 아버지는 세계인식의 귀중한 잣대라고 보아도 좋을 것이다.

6·25적 소재를 다룬 내 소설의 가시적 주제접근은 피상적 이데올로기에 의한 위해의 희생자들에 대한 깊은 연민에서부터 시작한다. 실상 내 작품의 대부분은 이념적 가치관이나 판단을 가지지 못한 무지렁이들이 벌이는 시대착오적인 가해와 피해의 악순환이 그 자식들에게까지 넘겨져 치뤄내야 하는 유형무형의 고통과 그 아픔이 자아인식이란 통과제의에 의해 어떻게 승화된 힘으로 나타나는가 하는 것에 대한 관심갖기와 그것의 형상화에 바쳐졌다.

내 역사인식은 그들 고통받는 삶 자체가 역사라는 생각에서 비롯된다. 어제의 상흔이 아직 치유되지 못한 사람들의 삶을 추적하는 과정에서 나는 항상 우리의 숨쉬는 역사를 진맥할 수 있었다. 나는 전쟁이나 어떤 수난기에 태어나는 무수한 영웅이나 지사들에 대해 심한 거부감을 가졌다. 그것은 큰 명분을 위해 작은 것의 희생을 강요하는 힘의 비인간적 권위와 폭력, 그리고 정치쟁이들의 파렴치함에 대한 혐오라고 할 수 있었다.

위선과 교활한 지혜는 더욱 질 나쁜 폭력이다. 권위주의 또한 내가 싫어하는 폭력이었다. 어린 시절 나는 어른들의 눈에서 살기와 탐욕의 빛을 볼 때마다 치를 떨었다. 단편 「침묵의 눈」 속의 ‘형’의 광기를 유발한 어른들의 위선과 권위주의는 평소 내가 심판하고 싶었던 세계 중 하나였다.

그것은 은폐되는 진실에 대한 분노라고 할 수 있었다. 평소 가졌던 이러한 생각들이 6·25적 소재로부터 다른 소재에 대한 관심을 유발시켰던 것이다. 「돼지새끼들의 울음」, 「우상의 눈물」, 「왜」, 「술법의 손」, 중편 「음지의 눈」 등이 교활한 지혜에 대한 내 나름의 분노를 형상화한 것들이라고 할 수 있다.

나는 정치가나 그와 비슷한 일을 하는 사람들을 좀 심할 정도로 싫어한다. 목소리가 높고 신념이 넘쳐보이는 그런 제스처에 숙달한 사람일수록 그 껍질을 벗겨 실체를 드러내 보이고 싶은 충동을 받았다. 특히 일사분란한 힘과 '우리'를 위한 내 희생을 강요하는 악랄한 선과 권위에 대한 내 생각은 주로 교단을 배경으로 전개된다.

다시 작가로서의 내 관심은 광기를 지닌, 별난 인생들로 옮겨진다. 중편 「외딴길」의 아버지, 「썩지 아니할 씨」의 큰형, 그리고 「사이코 시대」 등 사이코 시리즈에 나오는 인물들이 바로 이 시대 소시민들이 쌓아올린 이기적 벽 앞에서 어쩔 수 없는 광기로 날뛰지 않을 수 없는 별난 인생들이다.

내가 즐겨 다룬 광기는 성공하지 못한 악의 한 유형이라는 발상에서 출발한다. 때로 필요악이란 말로 그 광기를 미화하기도 했다. 부패와 권태보다는 광기가 한결 창조적이요 인간적이라는 생각에서였다. 어쩌면 그 광기는 한때 내 작품의 주요 모티브가 되었다 6·25적 악령이 좀더 구체적인 모습으로 현현된 것이라 봐도 좋을 것이다.

글쓰기에 대한 부정의 정신도 이 연작의 형상화에 이바지했다고 할 수 있다. 사이코 연작을 쓰는 동안 세상을 보는 뒤틀린 심사만큼이나 나는 글쓰는 행위에 대해서도 냉소적이었다. 글쓰기야말로 가장 야비하고 던적스러운 광기의 소산이라는 생각에서 벗어나기 어려웠기 때문이다.

최근 나는 그 동안 내가 가볍게 보았던 글거리들을 즐겨 다룬다. 「플라나리아」, 「소양강 처녀」, 「온 생애의 한 순간」, 「이미지로 간다」 등의 작품을 통해 나는 내 두꺼운 껍질 벗기를 시도하고 있다. 이러한 지각변동은 당분간 계속될 전망이다.

어떻게 쓸 것인가에 대한 관심

내 소설을 두고 엄숙주의라는 표현을 쓴 이가 있었다. 주제 접근 방식이 필요 이상 엄숙하다는 것일 수도 있고 그 서술구조의 답답함을 말하는 것일 수도 있다. 그러나 그 엄숙주의라는 말이 마음에 들었다. 작품을 만들기 위한 내 고민이 인정을 받았다는 뜻으로 해석하고 싶었던 것이다.

우리는 흔히 작품을 읽으면서 그 작품 만들기에 바쳐진 작가의 고민 정도를 짚어 작품의 가벼움과 무거움을 이야기하곤 한다. 고민하지 않은 작품에 대한 내 나름의 생각은 다소 편향적이다. 어쩌면 그것은 그 사회현실이 전혀 잡히지 않는 상태에서의 지나친 개인의 일상사 노출 취향, 혹은 흥미본위의 상업성 획득을 위한 약삭빠른 발걸음에 대한 거부감일 수도 있다. 그것은 그러한 소설들이 이 시대를 위에서 끌고 간다기보다 대중 속으로 너무 깊이 침잠해 버림으로써 내가 신봉하는 소설의 수명연장에 전혀 도움이 되지 못한다는 우려가 있기 때문이다. 그러나 소설의 가벼움과 무거움이란 이러한 이분법적 인식의 관행으로부터 해방되고 싶은 것도 앞으로 내가 쓸 소설에서 주요한 과제로 작용하게 될 것이란 예감도 없지 않다.

내가 신봉하는 소설의 힘은 우선 긴장감 조성이다. 상상을 통한 미적 구조 갖추기에 긴장이야말로 작가와 독자를 함께 비끄러매는 힘줄 같은 것이라고 생각한다. 작가가 파놓은 함정 살펴보기, 혹은 계속 던져지는 질문에 독자가 개연성이라는 더듬이로 헤쳐나가게끔 유도해 나가는 장치가 바로 긴장감 조성이기 때문이다.

긴장을 생명으로 하는 소설일수록 그 갈피 속에 단 한 가닥의 허술한 줄이 눈에 띄어도 그 효과는 반감되게 마련이다. 나는 작품의 구성단계에서 되도록 여러 유형의 복선을 장치함으로써 그것이 사건전개에 유효 적절한 개연성으로 활용할 수 있도록 추리적 구도를 잡는다.

매력 있는 인물창조, 그것이 작가로서의 내가 바라는 최선의 소설미학이다. 새삼스레 소설이 인간탐구라는 말을 떠올릴 필요도 없이 나는 독자로부터 관심을 끌어들일 수 있는 매력 있는 인물 만들기에 부심한다.

매력 있는 인물들의 긴장된 움직임을 되도록 실감나게 펼쳐내기 위한 언어의 선택과 그 문체, 이제 그 표현의 단계에 이르러 작가로서 나는 늘 절망한다. 그러나 바로 이 절망으로부터 내 소설 쓰기의 즐거움은 시작된다고 말하고 싶다.
소설도 예술이라고 믿게 되는 바로 이 시점의 장인의식이 글
쓰기의 신명으로 확대된다는 것을 알기 때문이다.

나는 종이를 씹는다

나는 담배를 피우지 않기 때문에 쓰는 중간중간 생각의 줄
이 끊어질 때마다 버려진 원고지에다 괴발개발 낙서를 한다.
같은 글자를 수십 번 거듭 쓰던가 하면 갖가지 도형의 추상
화의 숲을 이룬다.

집중의 정도가 심해지기 시작하면서 정말 고약한 버릇이
나타난다. 책상 위에 있는 종이를 아무것이나 찢어 이빨로
잘근잘근 씹어서는 뱉는 일이다. 어떤 때는 씹던 종이를 그
대로 삼켜버리기도 한다. 버려진 원고지는 물론이고 국어사
전 등 찢어서는 안 될 책장들이 무의식중에 찢어나간다. 그
버릇을 고치려고 오징어나 쥐포 등을 책상 위에 놓기도 하는
데 그런 것은 단 몇 분 사이에 흔적도 없이 사라지기 때문에
별 효과가 없다.

무의식중에 하는 그런 종이 씹기는 때로는 다 써놓은 원고
지를 씹기도 하고 러닝이나 셔츠의 팔소매를 구멍내놓기도
한다.

그 버릇이 어디 가랴. 컴퓨터를 이용해 글을 쓰기 시작하
면서도 종이를 뜯어 씹는 버릇은 고쳐지지 않았다. 오히려

원고지를 쓸 때보다 책상 주변의 종이를 뜯어 입에 무는 일이 더 잦아졌다. 눈이 모니터에 가 있는 동안 손은 제멋대로 종이를 찾아나서는 것이다.

문제는 내가 종이를 씹고 있는 사실이 불현듯 느껴지는 순간의 불쾌감이다. 매우 역한 종이냄새가 느껴지면서 내가 왜 이 버릇을 못 고치는가 하는 자괴심으로 씹고 있는 종이를 얼른 뱉어버린다. 그리고 나도 모르게 종이를 뜯어 입에 무는 순간, 그 사실을 알 때도 있는데 그럴 때도 여지없이 그것을 버리며 내가 다시 이 짓을 하면 사람도 아니라는 생각을 굳히는 것이다.

그러나 그 어떤 결심도 굳어진 버릇 앞에서는 속수무책이다.

어떻든 나는 담배를 피는 대신 종이를 씹어대는 버릇을 가진 덕에 누구보다 종이 맛을 안다고 하겠다. 그 빛깔이 희고 질이 좋아 보이는 종이일수록 맛이 고약하다는 것도 알게 되었다. 가장 맛이 괜찮은 종이는 석유냄새가 적당히 나는 신문지로서 씹을수록 단맛이 난다.

남들이 맛보지 못하는 종이 씹는 맛까지 알게된, 글 쓸 때의 종이 씹는 이 버릇은 내가 글 쓰기를 그만두지 않는 한 영원히 버리지 못할 내 삶의 한 부분이라는 것을 언제부터인가 서서히 받아들이기 시작했다. 이제는 글을 쓰기 위해 책상 앞에 앉을 때는 맛이 괜찮은 종이부터 준비한다.

전상국 소설가 약연보

- 1940년 강원도 홍천에서 태어났으며 경희대학교 국문학과와 경희대학교 대학원을 졸업.
- 1963년 조선일보 신춘문예에 소설「동행」이 당선되어 등단한 뒤 지금까지 단편소설 50여 편과 중편소설 20여 편, 장편소설 4편 등을 발표. 그의 주된 작품세계는 한국전쟁의 비극(분단문제)과 그 상처의 진단을 통한 민족의 동질성 회복을 다룬 작품들과 잘못 쓰이는 힘(권력)에 대한 구조적 모순을 파헤친, 악의 문제를 다룬 것들로 구분할 수 있다.
- **현 재** 강원대학교 인문대학 국문학과 교수. 김유정문학촌 촌장일을 맡고 있다.
- **주요 작품**

  『아베의 가족』,『눈물의 우상』,『하늘 아래 그 자리』,『우리들의 날개』,『형벌의 집』,『외등』,『지빠귀 둥지 속에 뻐꾸기』,『사이코』 등이 있다. 장편소설로서는『길』,『불타는 산』,『늪에서는 바람이』,『유정의 사랑』 등이 있다.
- **연구저서**

  『김유정』(작가연구서),『당신도 소설을 쓸 수 있다』(창작강좌).
- **수필집**

  『우리가 보는 마지막 풍경』.
- **수상**

  현대문학상(1977).

내가 걸어 온 민족시 반세기의 길

시조시인 **정 완 영鄭椀永**

나는 어떻게 문학을 하게 되었는가

　나는 1919년 음력 11월 11일, 할아버지 廉(子) 基(子), 할머니 星山 呂씨의 둘째 아드님 和(子) 鎔(子), 둘째 며느님 延安 田씨 사이의 二男으로 경상북도 금릉군 봉산면 예지동 65번지 추풍령 남록南麓, 延日 鄭氏 집안에서 태어났다. 그러니까 입김산 조 교리공入金山 祖 敎理公 以(子) 僑(子)의 16대손, 한대代도 가난이 가시어 본 적이 없는 대대문반代代文班의 집안의 육남매 중 次男으로 세상에 태어났던 것이다.

　가난이야 청빈淸貧을 넘어서 가시고 부신 듯했지만 그래도 포은圃隱은 내 방조傍祖, 거슬러 올라가서 신사임당申師任堂의 외손(玉山公의)이었다. 저자바닥이 아닌 마을로서는 남대문 밖에서 제일 크다는 자연부락 4백여 호의 반촌, 나는 할아버님의 높은 학덕學德과 두터운 자애의 그늘아래 하나 거리낌없는 유년 시절을 보냈었다.

나 죽거든 봉분 높이 쓰지 말아라 하시던 우리 할아버님, 살아 생전에 몸소 궁행躬行이라도 하시듯 '낮은 집에 높은 선비가 앉아 글을 읽어야 하늘의 별자리가 용마루에 모여든다'고 하시면서 조그만 사랑채의 수축修築도 마다하신 우리 할아버님, 길 떠나신 지가 어언 70성상이 지났는데도 내 가슴 속 밤하늘에는, 할아버님 사랑채 용마루 위에 별자리는 예나같이 빛나고 꺼질 줄을 모르는 것이다. 하여 내 할아버님은 내 인생의 스승이시고, 내 생애의 길잡이이시며, 또한 내 문학의 모토母土이시기도 한 어른이시다.

또 한 번의 계기

옛날 우리 할아버님은/한세상을 가는 법으로//손주를 어루만지며/국화 한 포길 가꾸시며//기러기 달하늘 건너듯/팔십 평생을 건너셨다

그렇게 손주를 사랑하면서도 또한 초달하는 데도 엄하시던 우리 할아버님이었지만 시속의 물줄기를 어찌 할 수는 없었던가. 내가 열 살이 되던 해에 학당(학교) 가는 것을 허락하셨다. 흑광목 두루마기에 사포(교모)를 눌러쓰고 보통학교(초등학

교)에 입학을 했다.

그 무렵은 초등학생이라지만 나는 어린 나이의 애송이였고, 나이가 열여덟, 스무 살에 턱수염이 거무죽죽하게 자란 아이 아버지도 있었으니 도시에서 사범학교를 갓 졸업한 책상물림 신출내기 초임 선생님은 누가 선생인지? 누가 제자인지? 분간이 안 가는 그런 처지였다. 그 무렵 청주 사범학교를 갓 나온 초임 선생 한 분이 부임해 오셨는데 이 분이 바로 홍성린洪性麟 선생이셨다.

홍 선생님은 산술(수학)도 잘 하셨고, 운동(체육)도 잘 하셨지만 무엇보다 음악을 좋아하셨다. 말을 약간 더듬거리던 선생님은 노래를 가르칠 때만은 조금도 더듬지를 않으셨다. 다감했던 내 소년의 새하얀 가슴속을 선홍으로 물들여놓고 가신 선생님의 노래 한 소절, 칠십오 년의 세월이 흐른 오늘에도 봉숭아 꽃 빛깔로 흘러내려 지워지지 않고 있다.

누나야 보슬보슬 봄비 내린다//앞 담 밑에 꽃밭으로 봄비 내린다//해바라기 민들레(맨드라미) 봉사꽃(봉숭아꽃) 씨를/참새 눈을 감겨두고 몰래 심자//

다감한 어린이의 가슴속에 심어주고 간 노래의 씨앗, 백년이 가도 천년이 흘러가도 철을 따라 새싹이 돋는다. 이보다 더 찬란한 생명의 씨앗이 어디에 또 있는가?

꽃 녹음 단풍이 꿈결에 지나고/가장 느낌만은 올해도 또 저

물었구나//핑핑 도는 때 바퀴 또 한 번 돌 때에/따뜻한 저 기
쁨의 봄이 날 오라 부르네

'세모의 감感'이라는 이 노래도 홍 선생님이 가르쳐 주고
간 노래인데 필시 다시 올 봄(회천 광복)을 알게 모르게 우리
들 후생에게 넌지시 타일러주고 간 선생님의 간곡한 노래일
시 분명하다.

어느 시절 어디로 가 계시는가? 마치 모를 선생님, 지금
살아 계시다해도 망백望百의 연세에 이르렀으리니 알뜰하고
살뜰하시던 선생님의 안후安候가 궁금하다.

또 한 분의 선생님, 거의 전후해서 우리학교로 오신 안동
출신 이위응李渭應 선생님, 퇴계退溪 후예이신 이 선생님은 홍
성린 선생님과는 달리 우리에게 노래거나 정서로 우리들을
일깨워 주는 것이 아니라, 첨부터 아예 우리가 나라 잃은 민
족임을 가르쳐 주시고, 장차 할 독립운동의 지사志士를 기르
는 데 뜻을 두셨던 어른이셨다.

일 주일에 한 번 있었던 조선어 시간(나중에 이 시간조차 지워
버렸지만)이면 교단에 오르자마자 '동창이 밝았느냐 노고지리
우지진다' 남구만(숙종 때 영의정)으로부터, '이 몸이 죽고 죽어
일백 번 고쳐 죽어'의 정포은, 이순신 장군의 '한산섬 달 밝
은 밤', 황진이의 노래에 이르기까지 온통 이것은 빼앗긴 나
라의 울분을 선혈로 토해 놓은 듯 낭자한 시조교실은 그 울분
의 도가니 속이었다. 그러던 선생님이 어느 날 행방이 묘연해
졌다.

광복 후에 부산대학교 교수로 계시던 선생님이 태평양전쟁 막바지에 109인 사건(한글학회사건)으로 함흥 감옥에서 옥고를 치르셨다는 사실도 나중에야 알았었다. 얼마 안 계셔서 세상을 뜨셨는데 아마 그날 그 옥고의 여독이 아니셨는지? 송구한 마음 금할 길이 없다.

아무튼 나는 이 두 분 선생님으로 하여 시조時調라는 민족시를 쓰게되었고, 그 동기를 부여받았다 할 것이다. 이래 60년 세월 오로지 시조時調 한 길만을 걸어 왔고, 앞으로 남은 세월도 이 길에만 바칠 것이니 내게 있어서 시조時調는 나의 실크로드요, 구도자가 가야할 길, 바로 그 길임에 다름없는 길이다. 내가 시조를 쓰기 시작한 것은 1941년, 문단이라는 곳을 나온 것은 자의 반 타의 반하여 1960년이다.

그렇다면 이제 내가 걸어가야 할 마지막 길, 이 천애天涯의 길은 어느 하늘에까지 이어질 것인가? 이 글의 독자와 더불어 한 번 길동무 삼아 신들메를 고쳐 매고 나서보자.

민족시란 무엇인가?

민족시란 문자 그대로 그 민족만이 가지고 있는 가락, 그 민족 고유의 시를 말한다. 이를테면 중국에 한시(五言, 七言)가 있고, 일본에 하이쿠(모두 17자)라는 세계에서 가장 짧은 단시가 있는가하면, 우리나라에는 아시다시피 초장初章, 중장中章, 종장終章 삼 장으로 된 45자 안팎의 시조時調가 있다.

그런데 이 제가끔의 민족시들이 우연히 그런 자수로 이루어진 것이 아니라, 필연적으로 이루어졌다는 이야기다. 한시는 중국의 유구한 역사와 방대한 국토와, 끈질긴 민족성이 그런 광택이 나는 형태를 만들어냈다는 것이며, 하이쿠는 하이쿠대로 사시미에 초장 찍어 먹는 감기는 맛, 무엇 그런 삽상한 맛이 있는가하면, 우리 시조時調는 하늘도 감아 돌리는 열두 발 상모, 할머니의 물레 잣는 모습, 열두 마당 풍물놀이, 어머니의 다듬이소리, 도리깨타작마당, 승무, 가야금 산조, 휘몰이, 잦은몰이, 우리 생활 전반의 정서가 안 담긴 것이라고는 없는 까닭에 시조는 곧 우리 생활의 총화이자 그 내재율인 것이다. 하여 시조를 모르고서는 우리 생활의 멋도, 맛도 풍류도 안다 할 수 없을 것이다.

시의 본질과 그 역능

시의 본질은 부드러움이다. 이렇게 과학이 발달하고 분초를 다투는 정보 산업시대에 시가 설 자리가 어디 있느냐? 한다면 그는 무식을 지난 무지의 소치이다. 과학이 발달하면 발달할수록 사회가 서로 맞물려 돌아가는 정밀하고 거대한 조립체가 되는 것이다. 이 거대한 조립체에 윤활유를 쳐주지 않는다면 어떻게 될 것인가? 당장 이 기계는 불이 일어나고 사회는 망가지고 말 것이다. 그 말고도 시는 '타이름'이고, 시는 '여유'이고, 시는 세상살이 만반의 병폐를 고쳐주는

'치유'의 역능을 담당하는 것일진대 시 없는 세상을 생각하기만 해도 끔찍하다.

만약에 시가 존재하지 않는다면 그 사람의 가슴은 건조하고, 그 가정은 삭막할 것이며, 그 사회는 경직되고, 그 연대는 문화를 창출하지 못할 것이며, 문화를 창출하지 못하면 역사는 정체되고, 민족은 쇠망할 것이다. 중국 역사의 성세盛世를 당唐, 송宋시대로 친다면 그 성세를 불러 온 이를 당송 팔대가 한유韓愈, 유종원柳宗元, 양수陽修, 왕안석王安石, 증공增恐, 삼소三蘇와 이백李白, 두보杜甫, 왕유王維, 맹호연孟浩然의 시인이라 하는 것은 상식이다. 그만하면 시가 역사에 미치는(기여하는) 역능을 가히 짐작하고도 남을 일이다.

주周나라가 비록 묵은 나라라 할지라도 그 문물과 제도가 날로 새로워진다周須舊邦 其命維新고 유신維新이라 했다 한다. 일본은 유신을 해서 일어난 나라이고, 우리는 실패한 나라이다. 이제는 정치에만 정신이 팔릴 것이 아니라 문예부흥에 더 힘써 볼 일이 아니겠는가.

나의 시, 나의 역정歷程

쓰르라미 매운 울음이 다 흘러간 극락산 위
내 고향 하늘빛은 열무김치 서러운 맛
지금도 등뒤에 걸려 사윌 줄을 모르네.

동구 밖 키 큰 장승 십리 벌을 다스리고
푸수풀 깊은 골에 시절 잊은 물레방아
추풍령 드리운 낙조에 한 폭 그림이던 곳.

소년은 풀빛을 끌고 세월 속을 갔건마는
버들피리 언덕 뒤에 두고 온 마음 하나
올해도 차마 못 잊어 봄을 울고 갔더란다.

「고향생각」 7수 중 첫 3수

추풍령을 등에 지고, 황악산黃岳山을 가슴에 안고 오백 년을 살아온 연일 정씨 집성촌, 나는 이 세상 제일 가는 사랑과 눈물과 탄식으로까지 받들려 소년시절을 자라났었다. 이제 그 시절도 가고, 그 세월도 가고 없지만 내 가슴 은선銀線 위에 얹혀있는 고향마을, '고향은 산 사람과 죽은 조상이 같이 사는 마을'이라던가.

초가집 까만 지붕 우 까마귀 서리를 날리고
한 톨 감 외로이 타는 한국 천년의 시장기여
세월도 팔짱을 끼고 정으로나 가는 거다.

「감」

그런 풍정風情도, 정취情趣도 이제는 사라지고 없는 고향마을,

고향에 내려가면 고향은 거기 없고
고향에서 돌아오면 고향은 거기 있고

296

흑염소 울음소리만 내가 몰고 왔네요.

「고향은 없고」

입동 철 어머님은 흰옷만도 추웠는데/윗 냇물 냇물에 앉아 씻어 올린 그 배추 잎/흡사 그 배추 잎 같은 손이 시린 고향하늘/고향 하늘은 언제나 '손이 시린' 하늘로 그 마을 위에 걸려있다

그래도 내 가슴속에는 사려思慮 깊은 마을로 고향은 거기 남아 있고,

에필로그

행여나 다칠세라 너를 안고 줄 고르면
떨리는 열 손가락 마디마디 애인 사랑
손닿자 애절히 우는 서러운 내 가얏고여.
둥기둥 줄이 울면 초가삼간 달이 뜨고
흐느껴 목 메이면 꽃잎도 떨리는데
푸른 물 흐르는 정에 눈물 비친 흰 옷자락.

통곡도 다 못하여 하늘은 멍들어도
피맺힌 열두 줄은 굽이굽이 애정인데
청산아 왜 말이 없이 학처럼만 여위느냐.

「조국」

　　대구 10·1 사건, 여순 사건, 미소 공동위원회, 얽히고설킨
사건들을 보고 내 조국 가는 길이 서글프고 애달파서 1948년
에 써 둔 작품인데, 62년 조선일보 신춘문예에 내밀었다.

　　　　사흘 와 계시다가 말없이 돌아가시는
　　　　아버님 모시두루막 빛 바랜 흰 자락이
　　　　웬일로 제 가슴속에 눈물로만 스밉니까.

　　　　어스름 짙어오는 아버님 여일餘日 위에
　　　　꽃으로 비쳐드릴 제 마음 없아옴에
　　　　생각은 무지개 되어 고향 길을 덮습니다.

　　　　손 내밀면 잡혀질 듯한 어린 제 시절이 온대
　　　　할아버님 닮아 가는 아버님의 모습 뒤에
　　　　저 또한 그 날 그때의 아버님을 닮습니다.

　　　　　　　　　　　　　　　　　　　　　「부자상」

　　　　마을에서 젤 작은 집 분이네 오막살이
　　　　마을에서 젤 큰 나무 분이네 살구나무
　　　　밤사이 활짝 펴올라 대궐보다 덩그렇다

　　　　　　　　　　　　　　　　　「분이네 살구나무」

　　모두 국정교과서에 실렸었거나, 실려 있는 작품이다. 끝으
로, 온 국민이 시조를 써서 우리 얼, 우리 정신을 되찾는 것
이 소망이라면 소망이다.

정완영 시조시인 약연보

· **1919년** 경북 금릉(金陵) 출생.
· **1946년** 향리에서 동인지 『오동(梧桐)』 간행, 국제신보, 서울신문, 조선일보 신
        춘문예 당선 『현대문학』 추천으로 등단.
· **이 후**   한국문협 시조분과회장, 한 · 중 시조시인 협회장 등 역임.
· **주요작품**
  『채춘보(採春譜)』, 『묵로도(墨鷺圖)』, 『산이 나를 따라와서』, 『난보다 푸른 돌』,
  『이승의 등불』 등.
· **수 상**
  한국문학상, 가람문학상, 중앙일보 시조대상, 육당문학상, 만해시문학상 등.

시간은 다리 아래로만 흘러간다

소설가 정 을 병鄭乙炳

내가 언제 문단에 데뷔했던가.

하고 생각해보면 나에게는 별다른 상념도 오지 않지만, 남들에게는 상당한 혼란이 오는 모양이다. 50년대나 60년대 어쩌구 하면 과거에 그런 시대도 있었나, 하고 어리둥절하기 일쑤다.

벌써 몇 십 년 전의 일인 모양이니까.

세월이라는 것이 도대체 무엇하는 것일까.

왜 그런 엄청난 세월이 그때와 지금의 나 사이에 흘러가 버린 것일까.

그리고 그것은 나에게, 우리 인간에게 무슨 뜻을 지니고 있는 것일까.

시간이라는 것은 흐르는 것으로 따지면 아무 뜻도 없는 것이다. 흘러 그리고 그걸 계산해서 무얼 어쩌자는 것일까.

그럴 필요가 없다.

따라서 시간은 흐르는 것이 아니라 순간순간 존재하는 것으로 치부해 버리면 그만이다.

그런 뜻에서 내가 데뷔하던 때를 가지고 따진다는 것은 별로 뜻이 없다.

나는 50년대에 대학을 다녔고, 문학공부를 했다.

50년대란 바로 6·25 전쟁이 끝난 무렵이어서 대단히 가난하고 험악한 시절이었다.

그래서 우리에게는 뭔가 정신적으로 모색하는 행위가 필요했다.

그 당시 유일하게 그런 일을 대변하는 것이 문학을 하는 것이었다. 오늘날처럼 대중문화로 뒤죽박죽이 되어있지를 않아서, 문학에 대한 숭고함이라든가, 기대감이 대단히 높았었다. 문학 하나만 붙잡는다면 다른 어떤 희생이 온다고 하더라도 비웃으며 살아갈 수 있다고 생각하던 때이다.

그때 훌륭한 작가들이 많이 나왔다.

지금 살아있다면 모두 대가가 되어 있는 작가, 시인들이었다.

나는 신학교(지금의 한신대학교)에 다니고 있었기 때문에 특별히 문학을 지도 받을 수 있는 기회를 갖지 못했다.

그래서 나는 김동리 선생을 개인적으로 사사해서 그분을 통해서 『현대문학』지의 추천을 받게 되었던 것이다.

61년도와 63년도다.

그 이전에도 약간의 사건은 있었다.

자유당 국회의원으로 날리던 박만원이라는 사람이 있었는데, 이분이 『자유공론』이라는 잡지를 하고 있었고, 이것이 창간 1주년을 기념한다는 뜻에서 소설현상모집을 했다.

그때 그 잡지의 주간으로는 작가 이종환 씨가 있었고, 심사위원으로는 김동리, 백철, 최정희 선생이었는데, 나도 응모를 해서 당선된 일이 있었다.

지금은 없어졌지만, 지금의 롯데호텔 자리에서 아서원이라는 굉장한 중국집이 있었는데, 여기서 시상식이 있었다.

나는 상 타러 오라는 통지를 받고 갔는데, 내가 식장에 들어가자마자 최정희 선생이 내게로 다가와서 한다는 말씀이 '당신이 노벨다방에서 깡패노릇을 하면 됐지, 여기까지 와서 행패를 부릴 일이 있느냐'는 것이다.

당시 노벨다방은 문총 바로 앞에 있어서 문인들을 비롯한 예술인들이 많이 들락거렸는데, 가끔 나는 거기서 건달노릇을 하느라고 심심하면 의자를 집어던지곤 했었다.

나는 할 말이 없었다.

시상식이 시작되었고, 나는 불려나가서 돈을 받았다.

그랬더니 최 선생이 다시 달려와서 '당신이 소설공부를 하는 사람인 줄은 몰랐다'면서 아주 미안해했다.

'그런 뜻에서 내가 영화구경 시켜주면 어떨까?'

그래서 따라갔더니 중앙극장이었고, 영화는 '카사블랑카'라는 것이었다.

문단에 나가자마자 5·16혁명이 일어났고, 나는 병역기피

자로 국토건설단에 끌려갔다.

거기서는 새벽마다 혁명공약을 외웠다.

외우면서도 속으로 '엿먹어라'라는 생각밖에 들지 않았다.

혁명공약은 그럴듯하게 만들어 놓았지만, 건설단이 하는 짓거리는 부정 투성이었다. 무슨 혁명이 제대로 되겠느냐.

거기에다 교과서에서 배운 민주주의라는 개념이 머리에서 항상 뱅뱅 돌고 있어서 혁명세력에 대한 반발심이 좀처럼 사그라들지를 않는 것이다.

그래서 나오자마자 나는 『개새끼들』이라는 장편을 현대문학에다 실으면서 그들과 군사독재라는 마귀집단을 사정없이 후려갈겼다.

당시의 주간은 조연현 선생이었는데, 어째서 그런 작품을 겁도 없이 실어 주었는지 알 수가 없다.

그 작품이 발표되자마자 나는 쫓기는 신세가 되었다. 사방에서 잡으러 다니는 것이다. 경찰이다, 정보원이다….

당시 나는 집도 절도 없이, 동가숙 서가식하면서 떠돌아다닐 때니까 일부러 피한 것도 아니었지만, 나를 도저히 잡을 수가 없었다.

나중에 이야기를 들으니까 내게 대한 체포령은 곧 취소되었다는 것이다. 나에게 그 당시 병역 때문에 사면령이 내려져 있었기 때문에 체포할 수가 없다는 것이다. 결핵이라는 병을 본인도 모르게 앓다가 본인도 모르게 나아버리는 일이 있는 것같이.

어쨌든 나는 군사독재하고는 숙명적으로 대결을 했다.

물론 작품으로.

많은 작품을 통해서 독재정권을 비판하고 자유를 내세웠다. 목숨을 내어놓고 하는 기분이었다.

이게 한 20년 가까이 계속되었고, 그 와중에 나는 반공법으로 서대문에 들어가 있기도 했다.

독재정권이 허물어지자 '닭 쫓던 개 지붕 쳐다보는 격'이 되었다. 지극히 시원하기는 했지만, 어쩐지 좀 서운한 느낌이 들기도 했다.

나는 바쁘게 문학의 방향을 다른 곳으로 바꾸었다.

그때사 많은 시인이나 작가들이 자유를 외치며 벌떼처럼 솟아났다.

자유란 자유가 없을 때 외쳐야 가치가 있는 거지, 자유가 주어진 때 외쳐서 무슨 가치가 있나.

이런 사건 이래로 나는 직장을 잃어버렸고, 재주는 글쓰는 재주밖에 없으니까 글을 써서 밥을 먹으려면 글쓰는 데다 목숨을 걸 수밖에 없었다. 나뿐만 아니라 불쌍한 처자식들도 먹여살려야 하지 않은가.

더러운 이 세상에 태어났으니….

그래서 열심히 썼다.

처음에는 펜대로 썼는데, 도저히 힘이 들어서 만년필로 바꾸었다.

나중에는 그것도 힘이 들어서 다시 볼펜으로 바꾸었다.

볼펜 가지고도 제대로 되나. 더 쉬운 방법은 없는가….

그래서 찾아낸 것이 타자기였다.

내 아는 사람이 양철로 만든 공병우 세벌식 타자기를 월부로 사라고 우리집을 찾아왔다.

바로 이거구나.

나는 냉큼 한 대를 샀다.

탁탁 찍어보니까 문장에 필요한 글자나 부호가 너무나 모자라는 것이다.

그래서 공병우 박사를 찾아가서 '타자는 타이피스트만 치라고 있는 게 아닐 텐데, 타자기 활자가 이래 가지고서야 어떻게 글쓰는 사람이 쓸 수 있겠느냐? 글쓰는 사람이 쓰지 못하는 타자기는 타자기가 아니다'라고 말했더니 공 박사가 깜짝 놀라 '그 말이 맞소. 그럼 나랑 글쓰는 데 필요한 자판을 하나 만들어 봅시다' 하는 것이었다.

그래서 만들어진 것이 '문장용 타자기'라는 것이고, 그 제자는 박종화 선생이 써 주셔서 타자기의 로고로 쓰였다. 굉장히 속도가 빠른 자판이어서 지금도 컴퓨터에서 일부 쓰여지고 있다.

이런 일이 한글학회에 알려졌는지, 날 보고 감사장인가, 상장인가 하는 것을 받으러 오라고 해서 그 총회에 한 번 찾아간 일이 있었다.

이래저래, 해서 사람들은 손가락으로 도저히 셀 수 없는 세월이 흘러갔다는 것이다.

나 보고도 늙었다고 말한다.

모두 미친 놈들이 하는 소리다.

나는 강물 위에 배를 띄워서 강물을 따라 흘러가는 사람이 아니고, 강물 위에 다리 난간에 걸터 앉아있는 사람이다. 세월은 다리 밑으로 흘러가는 것이지 내가 흘러가는 것이 아니란 뜻이다.

세월하고는 아무 관계도 없다.

나는 글만 쓴다.

타자기가 부서져라고 두들긴다.

밤중이 되면 우리집 주변은 내 타자기 소리로 숙연해진다.

술주정꾼 남편이 들어오면 아내는 '정 선생 타자기 치는 소리를 들어보시오. 아직도 당신은 깨달음이 없소?' 하고 남편을 교육했다는 말도 가끔 듣는다. 무얼 깨달으라는 소린지 나도 모르지만.

나는 두들겨서 모두 70권의 소설을 썼다. 장편과 중단편을 합해서.

서울대학 권영민 교수의 조사에 의하면 내가 지난 100년 동안에 가장 소설을 많이 쓴 사람이라는 것이다. 아마 지난 100년이 아니라, 단군이 이 나라를 세우고 난 이후에 가장 많은 책을 쓴 사람일 게다.

그리고 그만이다.

여기에 평가도 변호도 필요 없다.

그저 그만이다.

정을병 소설가 약연보

- 1934년 경남 남해 출생.
  한국신학대학 및 하와이대학 동서문화센타에서 커뮤니케이션 과정 수학
- 1959년 『자유공론』 제1회 신인문학상에 당선되었다.
- 1961년 『현대문학』에 추천되어 등단하였다.
- 1966년 「개새끼들」 출간.
- 1967년 제13회 현대문학상을 수상하며 본격적으로 창작활동 시작.
- 1974년 문인간첩단 사건으로 체포, 무죄석방.
- 1975년 한국소설가협회 상임이사.
- 1981년 한국자생난 보존회 창설, 회장.
- 1982년 「마지막 날의 한강」 문장용 타자기 제작 보급.
- 1985년 국제 PEN 한국본부 부회장.
- 1988년 국제 PEN 서울대회 준비위원장.
- 1990년 기업문화협회 회장.
- 1999년 한국소설가협회 회장.
- 2003년 민주화 운동가로 인정.
- **주요 작품**

  「개새끼들」, 「유의촌」, 「아테나이의 비명」, 「피임사회」, 「분단기」, 「종가에서 난절름발이」, 「인동덩굴」, 「나르키소스의 피안」, 「그래서 아름다운 선택」, 「꽃과 그늘」, 「독서와 이노베이션」 등 장편 40권, 중·단편집 17권, 콩트집, 2권, 에세이집 11권 총 70권의 작품집을 출간.
- **수상**

  한국일보 문학상(1974), 한국소설문학상(1976), 한글학회 공로상(1982).
  서울시 문화상 (1985), 대한민국 문화상 (1987), 한무숙 문학상.

시에 대한 몇 가지 생각

시인 정 현 종鄭玄宗

1

덥고 가문 데다가 짙은 유독 매연이 하늘과 가슴을 뒤덮어 지옥이로구나 하는 느낌이 전혀 과장이 아닌 나날, 그리하여 살아간다기보다 죽어간다는 느낌이 저절로 드는 요즈음, 오랜만에 비가 흡족하게 내리고, 공기까지 실로 오랜만에 맑으니 아, 살 것 같은데 또 이 무슨 정복淨福이요 은총인가. 시골에서나 들을 수 있는 개구리 우는 소리가 내 일터의 창밖 가까운 데서 계속 들려온다!

나는 그 동안 새소리(뻐꾸기, 꾀꼬리, 산비둘기 등) 속에 내 말하자면 존재의 둥지를 틀어오면서 그런 얘기를 작품으로 쓰기도 했지만. 오늘은 개구리 소리가 내 삶의 둥지가 되어주고 있다.

　—참으로 유복하여 다행증多幸症이 우주에 넘치게 하는 저 개구리 소리가!

　개구리 소리는 왜 그다지 복된지. 그것은 필경 자연과 어린 시절과 온갖 생명의 신호가 그 소리 속에 수렴되어 있기 때문일 것이다.

　개구리 소리가 들리자마자 나는 어린 시절로 돌아가고 눈앞에는 시골의 산천이 펼쳐진다. 그리고 그 산천은 어른이 된 뒤나 도시인에게 그렇듯이, 떨어져서 바라보는 단순한 풍경이 아니라, 어린 아이들인 우리가 그냥 그 자연의 일부요 생물의 한 종으로서 몸을 섞어 살았던 삶의 터전이었다.

　1950년 한국 동란이 일어나기 전까지의 그 시골은 온갖 생물이 붐비는 공간이었고 자연적 환상으로 시간이 익어, 지금의 몽상이 더 그렇게 만드는 것이겠지만, 시간이 현란하고 깊이 흐르던 시절이었다.

　그때 내가 만져보고 손에 쥐어보고 잡아먹은 생물이나 식물이 한두 가지가 아닌데. 메뚜기, 가재, 방게, 방아깨비 등과 붕어, 가물치, 메기, 쏘가리, 미꾸라지, 모래무지 등의 물고기, 민물 게와 민물 조개류, 딸기, 까마중, 버찌, 오디, 칡, 메 등의 열매와 식물들, 그렇게들 정다운 것인 줄도 모르고 그 위에서 뒹굴었던 풀들과 꽃들, 어린 땅꾼으로서 잡았던 뱀들, 밤새도록 잡으러 다니다가 마침내 산채로 잡은 참새의 할딱거리는 가슴과 따뜻한 온기(그게 다름 아닌 우주였다는 걸 나중에 알게 되었지만), 밤늦게까지 잡으러 다닌 그 휘황한 날아다니는 발광체 개똥벌레와 손가락에 여기저기 옮겨 붙어 발광을 하던 꼬리의 형광물질, 잡은 반딧불을 호박꽃에 넣어 끝을 오므려 들고 다닌 호박꽃 등…

지금의 몽상 속에서는 어떤 게 반딧불이고 어떤 게 아이들의 눈인지 어떤 게 호박꽃등이고 어떤 게 아이들의 얼굴인지 전혀 구별이 되지 않는 그야말로 환상적인 밤 광경인데, 그 밤낮없는 자연의 풍부함은 그 시절의 가난을 아예 없는 것으로 만들면서 계속 넘쳐흐르는 풍요의 샘과도 같다.

어떻든 위와 같은 자연 체험. 살아 있는 것들과의 살섞음이 말하자면 내 촉감의 지층地層이요 감각의 고고학적 생물학적 깊이라고 할 수 있지 않을까 한다. 다시 말해서 감각이라는 표면은 시인이라는 감각의 고고학자에게는 이제 표면이 아니라 오감五感의 빨대가 빨아들인 것들로 이루어진 지층이라는 얘기이다—미생물도 있고 화석도 있으며 석탄이나 석유, 물과 불 그리고 여러 다른 원소들과 보석들이 들어 있는 지층….

그리고 말할 것도 없이 거기가 작품의 원천이 아니겠는가.

인류는 그 동안 도원경桃源境이라든지 유토피아에 대해서 얘기해왔는데. 서양 이론가들이 제도적 구상이나 이념적 주장을 통해 얘기했다면 동양의 시인들은 자연의 비경에서 그러한 공간을 발견하고 있다.

인간 사회를 어떻게든 살 만한 곳으로 만들려면 여러 가지 구상과 주장이 필요한 것이겠으나 내 느낌으로는 아무리 그럴싸한 제도적 구상이나 이념적 주장도 그것이 필경 그 속에 갈등과 싸움의 소지를 갖고 있을 터인즉 유토피아의 실현을 기약할 수 없고 그리하여 결국 각자의 어린 시절이라는 것이다.

우리 속에 평등하게 깃들여 있는 어린 시절은, 시달림과 싸움에 찌들며 어른이 된 뒤 흔적도 없어진 듯하고 다만 과거일 따름이라고 생각될는지 모르지만, 그러나 그건 그렇지 않다. 어린 시절은 땅속에 들어 있는 무슨 연료처럼 가연성可燃性이어서 어떤 촉매나 자극으로 항상 점화될 수 있는 것인데, 시적 발화(시)는 그런 촉매 중의 하나이다.

다시 말해서 시는 우리 모두 속에 깃들여 있는 자연과 어린 시절을 되살려내는 언어이며 우리들 자신인 원소들의 꿈의 언어적 실현이다. 또 좀 달리 말해보자면 시간적·공간적 원초를 우리 속에 다시, 처음인 듯이 가동시키는 말—그게 시라고 할 수 있다.

그리고 시적 이미지의 보편성이나 가치에 대한 얘기가 설득력을 얻는 것도 바로 위와 같은 연유에서인데, 나는 시의 그러한 면을 나타내느라고 '인공 자연'이라는 말을 하기도 하였다.

또한 시적 언어가 왜 제일 살아 있는 언어인지, 왜 그중 젊은 언어이고 언어 자신의 어린 시절을 회복시키는 언어인지 왜 생물에 가깝고 자연에 가까운 언어인지를 말해주는 것이기도 하다.

2

　새벽숲을 걷는 것이 몸과 마음에도 새벽을 동트게 한다는 사실을 나는 여러 해 전 내 일터의 새벽숲을 걸으면서 실감한 적이 있다.

　아직 앞이 잘 보이지 않을 만큼 어두운 새벽, 숲길을 걸어 들어가 길을 더듬어 가는데, 동쪽 하늘이 푸르스름하게 동트면서 오솔길이 하얗게 떠오르고 나무들의 초록빛도 보이기 시작했다. 그 순간의 내 감격을 위와 같은 미지근한 산문적 서술은 전혀 담아내지 못하고 있지만 그때 이 세상이 매일같이 새로 창조되고 있음을 두 눈으로 똑똑히 보았던 것이다.

　숲이든 뭐든 간에 우리는 보통 날이 다 밝은 뒤에 보게 되지 마악 동트는 순간에 목격하기란 그렇게 흔한 일이 아니다. 날이 밝으면서, 마악 빛이 생겨나면서 동시에 어둠 속에서 떠오르는 나무들과 숲길을 목격하는 순간 나는 온몸으로 태초를 느끼고 천지창조를 감지했던 것인데. 그 하얗게 떠오른 숲길을 계속 걸어가다가 나는 또 한번 놀라운 일을 겪었다.

　다름 아니라 후투티라는 새가 저 앞 오솔길 위에 앉아 있다가 나를 보자 목털을 곤두세우면서 날아올랐는데, 그 순간 내 속에는 그 새가 이 지구를 두 발로 거머쥐고 가볍게 날아올랐다는 느낌이 지나갔다. 그 새는 말하자면 저 신화적인 새였던 것이다.

　그리고 그 새벽의 빛과 새를 나는 지금 은유로 읽으려고 한다. 시의 언어는 말하자면 그 빛이나 새와 같은 것이다. 시

는 바로 빛—언어이며 날개—언어이다. 되풀이할 것도 없겠
지만, 사물을 새벽의 여명처럼 창조하는 말, 끊임없는 시작으
로서의 말, 빛 속에 떠오른 하얀 숲길 위에서 날아오른 그
새처럼 무겁고 무거운 걸 가볍게 들어올리는 말—시는 그러
한 말이며, 그렇지 않을 때 그것은 예술 작품으로서의 가치
를 지니기 어렵다.

　또 조금은 달리 말해보자면 시라는 것은 땅 위에 떨어져
땅을 덮고 있는 꽃잎(가령 5월이면 흩날려 정신을 아득하게 하는, 내
려 쌓인 길을 걷는 사람을 그야말로 둥둥 떠오르게 하는, 다시 말해 땅을
그 중력에서 완전히 해방하는 가령 벗꽃잎)과 같다. 그 꽃잎들이 떨
어져 쌓인 길을 걸으며 나는 중력에서 벗어나 둥둥 떠오른다
고 느낀다.

　또 하늘의 거주자인 꽃잎이 떨어져 내릴 때 그 떨어져 내
리는 꽃잎을 타고(!) 땅이 떠오르는 걸 나는 느끼곤 한다.

> 벗꽃잎 내려 덮인 길을
> 걸어간다 - 이건 걸어가는 게 아니다
> 이건 떠가는 것이다
> 나는 든다, 아득한 정신.
> 이런, 나는 뜬다.
> 뜨고 또 뜬다
> 꽃잎들,
> 땅 위에 깔린 하늘,
> 벌써 땅은 떠 있다.

(땅을 띄우는, 오 꽃잎들!)
꿈결인가
꽃잎은 지고
땅은 떠오른다
지는 꽃잎마다
하늘거리며 떠오르는 땅
꿈결인가
꽃잎들…

시는 하늘하늘 내려오는 꽃잎, 내려오면서 거꾸로 땅을 떠오르게 하는 꽃잎이며, 땅을 덮어 그 위를 걷는 우리가 일거에, 기적과도 같이 중력(무거움)에서 해방되게 하는 꽃잎이다.

정현종 시인 약연보

· 1939년 서울 출생.
· 1965년 연세대 철학과 졸업. 『현대문학』을 통해 등단(「지음(知音)」, 「독무(獨舞)」, 「여름과 겨울의 노래」)
· 서울신문, 중앙일보 기자로 언론계 종사.
· **현 재** 연세대 국어국문학과 교수.
· **주요 작품**
  『사물의 꿈』, 『고통의 축제(祝祭)』, 『나는 별 아저씨』, 『세상의 나무들』 등 다수.
· **수 상**
  제3회 연암문학상, 이산문학상, 대산문학상 등.

고독과 허무를 넘어서

시인 **조 병 화**趙炳華

갑충에서 소라의 길로

아홉 살 되던 해, 그것도 봄, 서울로 어머니를 따라 이사를 오면서 나는 처음으로 기차를 보았다. 오산역, 멀리서 기차가 보이기 시작했다. 실로 무서운 쇳덩어리가 굴러 들어오고 있었다. 허연 연기를 내뿜으며, 기적을 울리면서. 처음 보는 광경, 실로 장관이었다. 그때 처음 본 기관사는 무슨 영웅, 장사 같아 보였다. 그 이후 서울 아현동에 살면서 나는 매일같이 서울역 쪽으로 갔다. 처음 본 기관사에게 매혹되어, 이다음 나는 커서 기차 기관사가 되어야지, 하는 어린 꿈을 가졌었다.

요시가와吉川라는 담임 선생님이 있었다. 참으로 잘 가르쳐 주었다. 나는 이 선생 아래서 급장을 했다. 때문에 밤늦게까지 남아서 채점도 해 드리고, 출석부 정리도 해 드리고, 여러 가지 잔심부름을 해 드렸다. 선생은 이야기도 잘 들려주었다. 하루는 별, 하늘에 떠도는 무수한 별의 성좌에 관해서 이야길 해 주었다. 나는 특히 카시오페아 성좌 이야기에 홀딱 반했다. 희랍 신화에 나오는 이야기라면서 그 미인 카시오페아에 관한 재미있는 이야길 들려주었다. 나는 그 이야기를 듣고, 흥분해서 후끈후끈한 얼굴을 가리고 운동장 끝머리, 아이들이 별로 없는 곳으로 갔다. 그리고 '별'이라는 글씨를 땅에 새기곤 흙으로 덮어버렸다. 그후 시간이 나는 대로 그곳으로 가서 다시 파보고 덮곤 했다. 이것으로 기관사가 되겠다는 꿈을 버리고, 다시 천문학자가 되겠다는 새로운 꿈에 부풀었던 것이다.

경성사범학교 3학년 때, 나는 『퀴리부인전』을 읽었다. 그걸 읽으면서 일본 식민정치에 시달리고 있던 우리 한국의 처지와 소련에게 시달리고 있던 폴란드의 처지가 같게 생각되어서 깊이 동정이 가는 마음을 어쩔 수 없었다. 그곳에서 다음과 같은 구절을 발견했다.

"자연과학자의 길은 쓸쓸한 갑충의 길이다."

나는 웬일인지 이 말에 심히 끌려들었다. 그리곤 나도 이 다음에 이러한 마담 퀴리 같은 자연과학자의 연구자 생활을 해야겠다는 생각을 했다. 이때부터 나는 수학 공부에 힘을 쓰면서, 물리과학책을 들여다보곤 했다. 이리하여 나는 동경 고등사범학교 이과로 가기 위한 길을 닦아갔다. 이것으로 기관사의 꿈도 천문학자의 꿈도 정지되어 버렸던 것이다.

그러면서 나는 참으로 많은 시집을 읽었다. '내가 시인이 된다, 문학을 한다.' 이런 생각은 하나도 없이 그저 나에게 힘이 되는 말을 찾아내기 위해서 그 많은 시집들을 덮어놓고 읽었던 것이다. 수필이나 수상이나 소설 같은 것은 길고 시간이 걸려서 학교 공부를 열심히 하는 데에 방해가 된다고 생각을 하고, 그 짧은 맛에 시집을 항상 손에 들었던 것이다. 나는 도움이 되는 말, 성장하는 데 도움이 되는 말, 위안이 되는 말, 자극이 되는 말, 그러한 좋은 말을 찾아서 토막난 시간을 이용해서 읽었던 것이다. 참으로 나에게 힘이 되고 자극이 되는 말들이 많이 있었다.

'먼길을 가다가 해가 저물면 등불을 켜서 간다'(구니끼다 독보)라든지 '인간은 노력하면 할수록 방황하는 것이다', '노력하는 인간은 구원을 받을 수 있다', '영원한 여성은 우리들을 항상 끄집어 올려 준다'(괴테) 등 지금도 머리 속에 남아 있는 좋은 말들을 나는 그때 얻었다.

또 선우휘와 나는 조윤제 선생이 지도하시던 조선어연구반에 입회를 했다. 이 조선어연구반에서는 전국의 방언 조사를 하면서 문예창작 실습도 했다. 『반딧불』이라는 회지를 일년에 한번 국판 300페이지 크기로 등사해 냈다. 선우휘는 「에티오피아 소년에게 주는 시」를, 나는 「봄」이라는 시를 이곳에 처음 썼다. 나는 이것으로 국민학교 때 「가을」이라는 수필을 『전국아동문집』에 낸 후 두 번째로 작품을 썼던 것이다.

일본 동경고등사범학교 유학 시절, 나는 학비를 벌기 위해 가정교사 생활을 했다. 도쓰가 삼정록 우야마 시게꼬宇山繁子

여사의 세 아이를 가르쳤는데 우야마 시게꼬 여사에게 정말 제2의 어머니 같은 사랑을 받았다. 나는 이 어머니, 우야마 시게꼬의 사랑과 은혜가 한 덩어리가 되어서 시가 나오는 것을 어찌할 수 없었다. 나오는 대로 그 진실을 일어로 시를 써서 시집을 원고 용지로 만들었다. 지금 다 어찌 되어 있는지 모르게 되었지만 시집 이름을 『아사구모시슈朝雲詩集』라고 했다. 시게꼬님에게 드렸던 것이다.

동경고등사범학교 3학년 여름방학에 귀국을 했다가 8·15 해방을 맞았다. 학업은 계속할 수 없었고, 경성사범학교 신기범 선생의 도움으로 물리화학 교육생활을 시작했다. 물리를 가르치면서 나는 내 꿈의 좌절을 느끼고 있었다. 그 절망스러운 꿈의 좌절, 그것을 심한 소외와 고독 속에서 혼자 앓고 있었다. 물리를 가르치면서, 이미 다른 천재들이 만들어 낸 이론이나 실험의 결과를 가르치는 것으로 끝난다는 것을 알기 시작했다. 말하자면 그들의 보따리 장사에 지나지 않는다는 걸 알기 시작했다. 알파가 없는, 그저 죽음으로 끝나는 인생 같은 조바심을 느꼈던 것이다. 더구나 실험기구도 없이 칠판에 백묵으로 물리화학을 가르쳐야 하는 현실은 내 좌절감을 더욱 깊게 만들었다. 이러한 꿈의 좌절과 절망, 그 쓸쓸함에서 시가 나오기 시작했다. 다음의 시 「소라」처럼.

소라

바다엔 소라

저만이 외롭답니다

허무한 희망에
몹시도 쓸쓸해지면
소라는 슬며시
물 속이 그립답니다
해와 달이 지나갈수록
소라의 꿈도
바닷물에 굳어간답니다

큰 바다 기슭엔
온종일
소라
저만이 외롭답니다

시집 『버리고 싶은 유산』에서

인천 바닷가, 월미도, 바다에서 파도가 물결쳐 들어오고 있었다. 그곳에 소라 새끼들이 꿈틀거리고 있었다. 만지면 죽은 체하면서. 바다라는 험난한 현실 속에서 그저 살려고, 비실비실 살고 있는 꿈도 없는 나의 존재 소라, 그걸 느꼈던 것이다. 흐리고 험산한 바닷가에 연한 생명을 하나 딱딱한 껍질 속에 담아서 이리로 저리로 꿈틀거리고 있는 소라 새끼를, 1946년경에.

그렇게 작품이 모여가면서 나는 내 인생의 길을 바꾸게 한 김기림 교수를 만나게 되었다. 김기림 시인은 내가 물리를 가르치면서 시를 쓰고 있으니까 호기심이 간 모양이었다. 이렇게 서로서로 접근해서 결국 내 첫시집 『버리고 싶은 유산』을 출판하는데 그 산파역이 되었던 것이다. 참으로 해방 후 좌익·우익 바람에 어수선한 세상, 그 살벌한 가운데를 나는 시를 씀으로써 하루하루를 위안으로 이어갈 수밖에 없었고, 그래서 갑충의 꿈은 「소라」라는 시를 쓰는 시인의 길로 바뀌고 있었다. 운명처럼.

시는 개성이며 인생이다

한 유망한 신인을 시단에 배출시켰다. 지금까지 그런 일은 해 오지 않았지만, 이제 나도 늙은 모양이다. 내가 잡지에 추천해 준 그 시인이 찾아왔다. 저녁때가 되어서 그 시인에게 축하주를 사면서 다음과 같은 나의 시론의 일단을 선배의 충고로 말해 주었다.

"시는 유행도 아니고 인기도 아니다.
시는 이즘도 아니고, 유파도 아니다.
시는 비교도 아니고, 경쟁도 아니다.
시는 명예도 아니고, 출세도 아니다.
다만 개성이며, 그 시인의 인격이며,
그 시인의 인생이다."

　이걸 명심하라고 했다. 특히 한국에선 이걸 명심하라고 했다. 그리고 성실, 정직하라고 했다. 부지런히 하라고 했다. 정직 명확한 관찰을 하라고 했다. 사물이든, 사회이든, 역사이든, 그 사실로부터 출발하라고 했다.

　어느 존재

넌, 저 세상에서 무얼 보았는가
네, 터무니없이 거대한, 실로 거대한
꿈의 나무를 기어오르던 한 마리의 개밀 보았습니다

아래 뿌리도 보이지 않는
윗가지 끝도 보이지 않는
좌우 넓이도 폭도 보이지 않는

거대한, 실로 거대한 안개의 기둥 같은
꿈의 나무를 기어오르던
한 마리의 개밀 보았습니다
위로, 아래로 옆으로
더듬더듬 더듬거리며, 그 중천을 기어오르던
한 마리 개밀 보았습니다

그걸 바라다보면서, 멀리
나는 당신이 계실 듯한 이 방향을
위로, 아래로, 옆으로
더듬더듬. 더듬거리며

이 절벽, 이 중천을 기어올랐습니다

오로지 그뿐, 실로 거대한 곧은 꿈의 나무
그 중천을
묵묵히, 그저 묵묵히
홀로 스스로를 기어오르던

한 마리의 개밀 보았습니다.

시집 『안개로 가는 길』에서

때문에 나에게 있어서 시는 유일한 위안이며, 도피이며, 증언이며, 호흡이며, 그 강한 혼자를 사는 종교이다. 인간이란 유한한 생명, 언젠가는 지상의 삶을 접고 영혼의 고향으로 되돌아가는 존재이다. 피할 수 없는 이 죽음, 이것을 나는 순수허무라고 생각했다. 인간 존재를 규정하는 숙명성, 근원적 허무라는 뜻에서 사용한 말이다. 또한 그 죽음에 이르기까지 인간은 '한 마리 개미'처럼 혼자서 그렇게 꿈을 향해 기어가야 한다. 이 혼자라는 숙명성, 그것을 정서적 외로움과는 구별하기 위하여 순수고독이라고 생각했다. 한마디로 줄이면 나의 시의 주제는 바로 이 인간 존재가 지니고 있는 순수고독과 순수허무였다. 그것을 뛰어넘기 위한 꿈이었고, 그것에 위안을 주기 위한 사랑이었다.

죽음은 실로 우리 인간에게 큰 교훈을 주며 철학을 준다. 죽음이 내포되어 있지 않은 문학이 어디 있는가. 죽음이 내

포되어 있지 않은 철학이 어디 있는가. 그렇게 생각을 하기 때문에 나는 지금 이 위대한 사실인 죽음, 그 마지막을 이야기하는 거다. 보다 더 강한 실존을 위해서, 보다 더 강한 리얼리티를 위해서, 보다 더 강한 공감을 위해서.

이렇게 나는 거자去者의 철학이라고나 할까, 그러한 곳에서 오는 거자의 지혜로 빚어지는 다정한 언어들을 탐색했다. 항거의 언어들보다는 순응의 언어를, 고발의 언어보다는 순화의 언어를, 참여의 언어보다는 독백의 언어를, 단독자의 도그마의 언어보다는 시정인市井人의 생존의 언어를, 논리의 언어보다는 자연의 언어를, 이즘의 언어보다는 개방의 언어를, 그 누구의 언어보다는 나의 언어를 찾아서 그걸 살며 그걸 시로 써왔다.

그러니까 나의 시는 바로 나다. 그 나는 나와 같은 정신적, 자연적, 사회적, 역사적 환경 속에서 인간을 지키려는 우리와 통하고 있는 나이다. 나인 동시에 우리, 우리인 동시에 나, 그러한 나의 시를 써 왔던 거다. 지금까지 한결 같은 생존의 식을 가지고. 이러한 나의 시가 독자들에게 얼마나 참고가 될는지는 모르지만, 진실을 진실로 살아가는 한 인간의 모습을 보는 예로서는 좋은 표본이 되지나 않을까 하는 생각이 드는 거다.

이렇게 나는 나의 시론을 이론으로 전개하지 않고 나의 시적 경험을 통해서 전개해 왔다. 체계적인 학문을 통해서 시를 전개해 오지 않고 구체적인 언어를 통해서, 작품을 통해서 전개해 왔다. 논리로서가 아니라 정서로서, 지식으로서가

아니라 감동, 감격, 그 공감으로서, 에콜이나 이즘으로서가
아니라 필연적인 개성으로서, 역사나 전통으로서가 아니라
위대한 개인으로서 시를 다루어 왔다. 나로선 나 아니면 들
을 수 없는 이야기들이란 생각으로, 조심조심, 부끄러움을 항
상 지니며.

살은 죽으면 썩는다

부지런히 산다, 이웃을 생각하며 산다, 인생은 잠깐이다,
이러한 나의 생활 신조는 모두 어머님에게서 영향받은 거다.
어머님이 늘 하시던 말씀이 있었다. '살은 죽으면 썩는 거
다'라는 말이다. 나의 어머님은 교육을 받으신 분도 아니다.
스스로 언문을 깨친 정도였다. 그러나 어머님의 생활철학은
항상 나에게 큰 영향을 주었다.
나에게 종교를 묻는 사람이 있다. 그럴 때마다 나는 서슴
지 않고 '어머니'라고 하면서 보충을 한다. '어머니라는 종
교'라고 하면 '그것이 무슨 종교냐, 세상에 아무리 어머니라
는 종교가 있을까.' 이렇게 반문한다. 그렇다면 나는, 나의
학식이나, 나의 지식이나, 나의 지혜나, 나의 경험이나, 나의
상식에서 종교가 무엇인지를 모르겠는가, 나는 '어머니'라는
'나의 종교'를 믿고 있는 거라고 설명을 한다.
종교라는 것은 안심입명安心立命, 믿는 곳에서 얻어내는 마
음의 안심이 아닌가. 내세로 가는 길목에서, 그리고 그 내세

에서. 나의 어머님은 독실한 불교신자이셨다. 절에 늘 다니시곤 하셨다. 그런데 나는 절에도 가지 않고, 불전도 읽지 않고, 그저 '어머님이 가신 길', 이렇게 믿으면서 '나도 죽어서 어머님이 가신 길로 가면 어머님을 다시 만나겠지' 하는 막연한 믿음을 확신하면서 어머님을 나의 신앙으로 삼고 있는 것이다.

　지금 나는 '이승 밖을 도는' 한 영혼에게 구원을 받고 있다. 그것에 의지하며 살아간다. 먼 거리에 있으면서 때론 그 목소리를 들으며, 그 존재를 확인하면서 약하디 약한 내 영혼을 한가닥 구원과 위안과 안식, 그 신앙으로 살아간다.

눈에 보이옵는 이 세상에서
눈에 보이지 아니하옵는 저 세상으로
훅, 떠나신 지 어언 수삼년
당신의 말씀 그 목소리

애, 너 뭐 그리 생각하니
사는 거다
그냥 사는 거다
슬픈 거, 기쁜 거
네 대로, 다 그냥 사는 거다
잠깐이다

시집 『어머니』 중에서

인간은 두 고향을 갖고 있다. 자연의 고향과 영혼의 고향. 나의 영혼의 고향은 어머님이고 내가 죽으면 반드시 어머님 곁으로 갈 것으로 믿고 있다.

나는 지금까지 이 변하는 인간세계에서 변해가는 그 아픔을 깨닫곤 누구도 그 인간을 믿지 않으려 해왔다. 그리곤 '변하는 건 믿지 말자' 하는 고독한 심정으로 살아왔다. 변하는 건 변하는 거, 이렇게 생각하면서 그 원초적인 체념을 체념으로 살아온 거다. 쓸쓸한 거, 고독한 거, 그것이 절대적인 인생이라는 신념을 굳혀 가면서 삶은 절대고독이며, 죽음은 그 절대허무라는 투철한 인생관을 등불로 삼아오면서 기쁜 일도, 슬픈 일도, 그저 하나의 현상이라고 생각하면서 초연하게 살려 했다.

이러한 사상과 같은 절대고독과 절대허무를 동시에 살아오면서 나는 언제나 죽음을 생각하면서, 그것을 응시해 온 것이 사실이다. 그렇기 때문에 혼자를 지킬 수 있었고, 그 혼자를 살아올 수 있었던 것이다. 그런데 지금 먼 약속이었던지, 먼 해후이었던지, '그 이승 밖을 도는' 한 영혼에게 구원을 받아, 이 인생, 그 마지막을 정리하려 하고 있는 것이다.

황홀할 정도로 그 훤한 그 고독, 그 허무, 그 위안, 그 사실, 그 영원, 나는 나의 존재를 확인하기 위하여, 그리고 사라져 가는 그 생존을 실감하기 위하여, 그 목소리를 듣고 있는 것이다. 깊은 내 영혼의 우물 속에서 상처난 나의 언어를 건져 올리면서.

(원고 작성: 김삼주 시인)

· 1921년 경기도 안성 출생.
· 동경고등사범학교 수학.
· 1949년 시집『버리고 싶은 유산』을 발간하여 등단.
· 인하대 명예교수.
· 2003년 3월 8일 별세.
· **주요 작품**
  시집으로『하루만의 위안』,『인간고도』,『구름으로 바람으로』,『지나가는 길에』
  등 50여 권.
· **수 상**
  아시아자유문학상, 한국시인협회상, 서울시문화상, 대한민국문학상, 예술원상.

내 문학의 뿌리는 나의 고향이다

극작가 차 범 석車凡錫

1

젊은 작가 지망생으로부터 곧잘 이런 질문을 받을 때가 있다.
"어떻게 하면 훌륭한 작품을 쓸 수 있을까요?"
라고. 그럴 때마다 나는 창작에는 방법이란 없다. 굳이 그
방법을 인정한다면 그것은 그 작가만이 지니고 있을 뿐 그
누구에게 함부로 나누어줄 수도 가르쳐줄 수도 없다. 한 작
가가 작품을 쓰는 길이나 좋은 작품을 쓰는 데 어떤 공식이
나 방식에 따라 이뤄질 수 없다는 뜻이다. 만약에 그런 논리
가 성립된다면 시창작법, 소설작법, 희곡작법에 관한 책을 샅
샅이 읽고 외우기만 한다면 누구나 훌륭한 문학작품을 창작
할 수 있다는 이치와 다를 바가 없다. 그러므로 문학작품을
창작하는 방법이란 그 작가 자신만이 지니고 있는 특권이자

328

개성이다. 독자성을 띤 고도의 정신 세계이다. 그러므로 좋은 작품을 쓸 수 있는 방법이란 스스로 깨닫고 체득하되 그것은 누구나 넘나볼 수 없는 독자성, 독창성을 지녔을 때만이 유효한 말이다.

그러나 언제부터인가 나는 이와 같은 진부하고도 세속적인 잔꾀가 늘어만 가는 문단 주변의 잘못된 변화에 나름대로 걱정이 생긴 것도 사실이다. 그것은 다름 아닌 재치에 넘치는 글재주가 문학이요, 그런 재주를 가진 사람이 곧 작가인 양 널리 아려지는 경향에서 나는 다른 생각을 가지게 되었다. 그것은 과거나 현재나 지속적으로 훌륭한 작품을 써 나온 작가들에게서 얻어낸 또 하나의 교훈일진대 다름 아닌 "내 자신이 가장 투철하게 알고 있다고 자신할 수 있는 내용을 소재로 하는 일이다."라고.

모든 작가가 저마다 흥미롭고 이색적이고 그래서 다른 사람과 차별화된 작품을 쓰고 싶어하는 건 공통된 상식이다. 그러나 그것은 아무나 하려고 해서 되는 일이 아니다. 자기가 쓰고자 하는 작품의 내용에 관해서 풍부한 자료를 모았거나, 무한한 상상력을 동원시킨다고 해서 곧 좋은 작품이 된다는 보장은 없다. 그것은 자칫 잘못하면 하나의 소재주의로 전락할 뿐 문학으로서 성공을 얻기가 힘들 수도 있다. 왜 그럴까? 대답은 간단하다. 뿌리가 없기 때문이다.

자신의 문학세계가 어디서 왔으며 어디로 뻗어나갈 것인가에 대한 구체적이고도 확고한 자아의식과 탄탄한 구도 없이는 되어질 수 없다. 특히 소설이나 희곡의 경우는 그 어려움이 가중되고 복잡성을 이루어 자칫 잘못하다간 공중분해 해버리거나 한낱 이야깃거리로 끝나버리기 십상이다. 소설이나 희곡에 필수적인 조건의 하나가 이야깃거리이다. 그것을 스토리라고 해도 좋고 작품의 내용이라 해도 무방할 것이다. 모든 작품이 지어낸 허구의 세계에서 태어났으면서도 독자가 감동과 공감대를 얻는 것은 그 작가가 어디에나 뿌리를 두고 작품을 썼는가에 따라 차별되기 마련이다. 그것은 단순히 문학적인 기교나 손끝 재주나 말장난을 넘어선 보다 깊고 근원적이고 확실한 뿌리를 지니고 있었을 때만 생명을 얻는다. 문학적인 감동과 인생에 대한 절망이나 희열 말이다. 그래서 그 느낌이 자라 그 작가의 사유와 사상을 보다 질기게 형성해 나가는 데 커다란 영향력을 주게 마련이다.

세계적인 대문호의 작품이건 현대 한국문학에서건 예외가 아니다. 이를테면 많은 독자의 관심과 호응을 받고 있는 박경리, 황순원, 이호철, 이청준, 조정래, 박완서, 이문열 등 수많은 현대작가의 작품세계 속에는 바로 그 뿌리가 곳곳에 용트림하고 있음을 알 수가 있다. 그것은 작품을 잉태시키기 이전부터 작가가 품고 있는 사회적, 역사의식에서부터 개인적인 가족관에 이르기까지 오랫동안 몸에 배어왔던 크고 작은 것들이 어떤 작품에서 보다 구체적으로 형상화되어 독자의 기대감을 충족시켜준 결과이다. 그것은 바로 문학이란 작가의 정신적 소신이지 얄팍한 감각이나 피상적인 재치만이 아니다. 하물며 일시적 시류에 편승하려는 유행성 심리로 되어질 일은 아니다. 그것은 간고를 거듭해 나온 수도승이 걸쳐 입고 있는 승복의 인상에다 비유해도 무방할 것이다.

따라서 작가란 나름대로의 법복을 입은 셈이다. 때에 절고 냄새나는 뿌리가 있게 마련이다. 그것이 어느 날 하나의 작품으로 구체화되었을 뿐이지 며칠 사이에 이루어질 일은 아니다. 그 뿌리가 하루아침에 형성될 수 없다는 것은 삼척동자도 알 수 있는 상식이다.

2

그런 뜻에서 누가 나더러 네 문학세계에 있어서의 뿌리는 무엇인가라고 물었을 때 나는 주저 없이 대답할 것이다. 그 뿌리는 고향이다. 내가 태어나 성장한 고향에 관한 한 나는 자신 있게 상세하게 알고 있기 때문이다. '목포시 북교동 184번지'는 나의 출생지이자 지금도 남아있는 집이다. 그 집에 관한 한 나는 병적일 만큼 사소한 것까지도 깡그리 기억을 한다. 집구조, 가족, 주위환경은 물론 그곳에 수없이 드나들었던 수많은 인간군상들이며 그들이 쏟아놓고 간 투박한 남도사투리며 인간관계가 그렇다.

종가집이라 일년에 제사만도 십여 차례는 모셔야 했고 그 제사 파제날에는 어김없이 소동이 일어났다. 평소의 감정의 갈등과 이해관계가 충돌하면서 표면화된 것이다. 구질구질하고 역겨운 인간문양을 지켜보면서 자란 나에게 있어서 그것은 때로는 비극으로, 때로는 희극이었다. 그러다가도 때로는 두 번 다시는 돌이킬 수 없을 것처럼 막을 내렸다가도 다음 해 다시 파제날 씻은 듯이 사라지곤 했던 그 인간희극에 나는 익숙해지기도 했다. 그것은 바로 작은 인생극장이자 현실의 축도였다.

고부간의 갈등, 동서간의 질투, 부부관계 등 사사로운 여인 애사에서부터 가진 자와 못 가진 자의 갈등에 이르기까지 수십년은 되풀이되며 그 사이에 죽어가고 사라져버린 인간들의 아슬한 추억담은 먼 훗날 내가 썼던 수많은 희곡의 밑그림이기도 했었다.

그러기에 지금까지 발표된 약 80여 편의 희곡 구석구석에는 내가 알고 있는 인간들의 잔영이 사금파리처럼 번득거리고 있음을 나는 고백할 수밖에 없다. 가족관계의 갈등도 예외는 아니다.

그러나 더 근원적인 문제가 있다. 지역성이 바로 그것이다. 고향인 목포는 말할 것도 없고 내 희곡 작품의 무대로 설정된 곳은 거의 예외 없이 목포를 중심으로 한 주변이 망라되어 있다. 해남, 진도, 흑산도, 장흥, 영암, 지리산, 월출산, 제주도까지 폭을 넓히고 있는 한 가지 사실만으로도 내 문학의 뿌리는 바로 고향이라는 나의 주장에는 단 한치의 거리감도 없다. 내 대표작 「산불」은 영암 월출산이요, 「학이여 사랑일래라」 「옥단玉丹이!」는 목포를, 「학살의 숲」은 장흥 유치有治이고, 초기 작품 「밀주」는 흑산도가 그 무대이고 보면 나의 문학산실은 내 고향이며 그 고향에서 이끼처럼 작게 돋아나던 얘기가 먼 훗날 한 작품으로 성장했다는 사실에서 나는 새삼 내 문학의 뿌리는 나의 고향이란 점을 힘주어 말하지 않을 수가 없다.

전라도의 언어, 생활, 풍속, 풍경은 말할 것도 없거니와 그 인정과 서정적 세계에서 이뤄졌던 인간 드라마는 때로는 온갖 학정과 억압 아래서도 쭉정이처럼 죽지 않고 살아남았던 저항의 드라마이기도 했다. 그런가 하면 고향의 돌멩이 하나까지도 곧 나의 문학세계를 형성해 내는 데 때로는 귀중한 바늘이요, 실 구실을 해왔음을 지금도 자랑스럽게 여긴다.

그러나 한 가지 걱정스러운 점은 초창기의 순박한 향토성이나 서정성이 차츰 퇴색해 간다는 점이다. 평자의 말을 들었을 때 나는 본의 아니게 움츠러드는 측에 서 있었다. 그동안 내 고향은 정치적으로 구박받고 경제적으로 피폐해지다가 마침내 1980년대에 학살의 장으로 전락했던 어둠의 세월이 바로 그것이다. 그 옛날의 풍류도 신명도 사라지고 단순히 피해의식으로만 인식되었던 내 고향의 처참한 모습에 나는 또 하나의 모습을 찾을 수가 있었다.

우리 현대역사 가운데서 가장 가혹했던 1980년대의 민주항쟁의 소용돌이 속에서 무엇을 했던가. 사실은 소설보다 더 처절할 수도 있겠지만 한편으로는 사실 이상으로 과장되고 냉철한 객관주의가 숨을 죽였던 시절의 나는 무엇을 했던가. 원한, 잔혹, 폭력, 살육, 멸시 등으로만 묘사되었던 작품 앞에서 나는 언제나 고개를 들 수가 없었다. 왜냐면 내 자신이 그 역사적 소용돌이 속에 직접 뛰어들었거나 투쟁의 앞장에 서서 태극기를 휘날린 무용담을 체험하지 못했기 때문이다.

　그것은 우리 고향땅에서 이루어진 일이었음에도 불구하고 내가 가지고 있는 항쟁에 관한 상식은 무기력했기에 나로서는 작품을 쓰기에 엄두도 못 냈던 어두운 시절도 있었다. 내 문학의 뿌리가 고향이라고 말하면서도 그 고향의 아픔을 제대로 쓴 작품이 없었다면 나는 분명 위선자이거나 아니면 기회주의자임에 틀림이 없었을 것이다.

　그러나 결코 기회주의자가 아니었음은 분명했다. 극히 소극적인 방법을 취할 수밖에 없었던 겁쟁이였다. 나는 하나의 우회적인 방법을 생각했다. 고향의 아픔과 서로 통할 수 있는 민족적인 통한을 다른 역사적 사실을 빌려다가 희곡을 쓰기로 했으니 「새야, 새야, 파랑새야」와 「꿈하늘」, 「손탁호텔」 등은 바로 그 증거로서 내세울 수도 있다. 녹두장군 전봉준의 처절한 삶이나 언론이자 사학가였던 단재丹齋 신채호申采浩, 그리고 구한말의 비운의 자객 홍종우洪鍾宇를 등장시킨 것도 사실은 나의 겁 많은 인생살이에서 빚어진 슬픈 사연이라 해도 무방하다.

　　　3

　그러나 나에게 있어서 결론은 변함이 없다. 누가 뭐라 해도 내 문학을 키워준 것은 곧 고향이라는 사실이다. 아니다. 그 고향이란 단순한 항구도시 목포가 아니라 전라도 땅이다. 아니다. 전라도 땅에서 벗어난 한반도 전체가 내 문학적 고

향이라고 해서 비웃을 사람이 있을까? 그렇다고 나는 민족
주의도, 보수주의도, 수구적 혁신주의도 아니다. 나는 어디까
지나 극작가의 눈으로 내 고향을 보았고 내 고향의 참모습을
사실 그대로 지키려고 애썼다.

　나는 결코 국수주의적 광신도가 아니었다. 광적으로 "대한
제일만세!"를 절규할 만큼 옹졸한 사람은 아니다. 아니, 어쩌
면 그렇게 허울 좋은 애국이라는 미명의 "대한제일주의"의
구호남발을 일삼았던 군사독재자들 때문에 오늘의 한국을 이
지경으로까지 약화시켰던 역사적 실체를 진실로 알고 있다면
이제 두 번 다시는 그 허위와 주술적 애국주의를 말해서는
안 된다. 태극기가 나부끼면 곧 독립이요, 민주주의의 승리라
고 착각해서는 안 된다. 겹겹이 뒤덮인 태극기의 그늘 아래
가려진 허위의 민주주의를 우리는 잊어서는 안 된다. 더구나
문학은 정치와 무관하다며 순수만을 외쳤던 그 사람들이 얼
마나 정치판을 악용했던가를 이제는 확인해야 한다. 아니 지
금도 여전히 정권의 그늘에 들어서야 문학이 존재한다고 날
뛰는 꼭두들을 눈앞에 보면서 역사는 되풀이된다는 경구를
실감하는 현실이다.

　지난 반세기 동안 우리 정치와 정치인, 기업과 기업인, 군
인과 군벌이 합작하여 창조해낸 한국 현대사의 누더기가 하
나 둘 벗겨져 나가는 이 시점에서 나는 다시 한번 외친다.

　"작가의 뿌리는 고향이다. 그 고향을 위해 글을 쓴다. 그러
나 그 글은 우리 고향을 그리는 글이라야지 남의 나라의 잣
대로 우리를 재고 남의 나라 눈치보면서 그 저 옆에 끼어들

기를 선진화로 착각하지 말아야 한다. 남의 나라의 미인을
본떠서 성형수술을 간청하는 철없는 허영심 앞에서 이제 진
정 우리의 고향을 물어야 한다."

　　　4

　문학예술은 유행이 아니다. 그 누군가가 먼저 탄 차 칸에
잽싸게 뛰어오르며 손수건을 흔드는 쇼맨이 아니다. 저만치
먼저 가는 자동차가 어떤 사람들이 타는 차인가를 한번쯤 눈
여겨보는 여유와 조심성이 아쉽다. 고향이 목포니까 모든 사
람이 목포를 고향으로 삼을 순 없지 않은가. 저마다 고향은
다르지만 그 밑바닥에 흐르고, 우리들의 공유의 핏줄이 있기
에 우리는 어디서나 하나가 되기도 하고 더 커지기도 하는
사람들이다. 그 사람들에게 문학이 필요하다는 이유는 바로
그 공유의 핏줄을 연결시키는 길이다.
　각각 따로 노는 것이 서로 피부나, 말도, 풍속은 달라도 밑
으로 흘러내리는 따뜻하고 생생한 핏줄을 살리는 문학! 그
것이 곧 우리가 바라는 문학일진대 오늘날 우리가 대하는 문
학에서는 좀체 공감대를 만나보기가 힘들다. 서로 갈라서서
끼리끼리 벌이는 잔치판에서 끼리끼리 승리의 축배를 올리
는 데 이성마저 잃어가고 있다.
　시인은 시대의 선지자요, 옹호인이요, 감시하는 사람이다.
그러나 실제는 다르다. 감각적인 단어의 줄맞추기를 일삼는

퍼즐로 착각하되 삶의 본질이나 이 시대를 살아가는 대다수 인간의 아픔하고는 아랑곳없다고 혼자서 뽐내는 꼴이다.

염색머리 아가씨의 도톰한 입술에서 색정을 느낀다는 감각파의 범람만이 있다. 아니다. 그것은 문학이 아니다. 신문에 실린 대학의 신입생공모 광고를 보았는가. 국적도 없다. 사람은 분명 한국사람인데도 한국이 아니다. 파안대소하는 그들의 표정을 누가 개성적이라 했는가. 총장도, 교수도, 학생들도 다 잘생겼는데도 사랑스럽지가 않다. 화사하다못해 요염하게 웃는 얼굴들. 호객呼客행위를 하는 창녀나 배우를 연상케 하는 얼굴들. 어디에 대학의 바람이 불고 지성의 신선함을 느낄 수 있는가. 우리 대학에 오면 무엇이든 드리겠다고 손짓하는 그 얼굴에서 이제 대학은 장삿속으로 병들고 있는 우리의 현실이다.

왜냐면 그들의 고향은 대학이지 흥행장이나 장터가 아니기 때문이다. 손님을 끌기 위하여 온갖 수단을 마다하지 않는 그것이 곧 한국교육의 현주소이다. 안간힘이라고 한다면 할 말이 없다. 그러나 대학은 늘어나도 질 좋은 대학생은 해마다 줄어든다면 그 책임은 누가 진단 말인가. 부실한 업체에서 해고 정리당하고 거리를 헤매이는 실직자와 일할 자리를 달라고 절규하는 젊은이들은 과연 어디로 가야 옳은가.

문학이 문학으로 살아남아야 한다는 대전제에 반대할 사람은 없을 것이다. 그러나 내 고향이 문학의 뿌리라는 말에 반대하는 사람은 있을 것이다. 그것이 나는 두려운 게 아니다. 다만 자기 고향에 관한 자상하고 정답고 인간미 넘치는 풍부

한 지식과 이해가 바로 문학의 밑거름이 되어주기를 바라는
내 소망은 21세기가 저물고 22세기가 다가온다해도 매한가
지일 것이다. 왜냐면 문학은 영원하니까.

차범석 극작가 약연보

- · 1924년 11월 15일 목포에서 출생.
- · 연세대학교 영문과를 졸업.
- · 조선일보 신춘문예 희곡에 「귀향」이 당선.
- · 청주대학교 예술대학장을 역임.
- · 한국문화예술진흥원 원장, 중앙국립극장 운영위원 등 역임
- · **현재** 대한민국예술원 회장, 극단 산하 대표.
- · **주요 작품**

  『근대 1막 극선』, 『떠도는 산하』, 『산불』 외 다수.
- · **수상**

  三 · 一 문화상.

나는 어떻게 문학을 하게 되었는가

시인 **최 재 형崔載亨**

내가 중학(구제 5년제)을 다닐 때(1935~1940년)는 일제시대였는데 우리말(조선어 독본) 시간을 4학년까지만 계속하다가 없어지고 우리말 신문도 지금의 조선일보와 동아일보 및 매일신보(서울신문이었다가 현재는 대한매일) 뿐이었다. 그런데도 몇 가지 문학잡지가 있었는데 지금도 기억나는 건 『신인문학』, 『풍림楓林』 등이다. 이태준李泰俊 선생이 주관해서 시작한 월간 순문예지 『문장文章』은 1939년 3월에 창간호를 냈다. 그런 상황 속에서 1938년 조선일보가(그 당시는 4면만 발행) 매주 토요일 「학생페지」를 신설하고 전국 남녀 중학생과 전문 대학생에게서 문학작품을 모아 발표해주는 행사를 했는데 나도 우연한 기회에 시작품을 그 신문에 발표함으로써 작품활동을 시작하게 됐다.

그 「학생페지」에 함께 작품을 발표하면서 서로 알게 된 문인

중에는 작고한 조연현趙演鉉과 곽종원郭鐘元 등이 있다.

그 당시는 그 「학생페지」가 학생들이 문학작품을 발표할 수 있는 유일한 지면이었다. 그 「학생페지」는 그 당시 학생들한테 문학에 대한 의욕을 고취시키는 데 큰 역할을 한 것이다. 그때 내가 쓴 시가 내 시집 『세월歲月의 문門』에 몇 편 수록돼 있다. 「밤차」, 「다방茶房에서」, 「야항선夜航船」, 「정원庭園의 가을」, 「가로수街路樹」 등이다. 나는 이 시들을 대할 때마다 내 청소년 시절의 풋풋한 향기를 강하게 느끼곤 한다. 그러던 중 나는 1939년 조선일보 신춘문예에 시 「여름산」이 당선됨으로써 문단에서 시인으로 정식 대접을 받게 됐으며 그해 2월 조선일보사에서 발행하는 『조광朝光』 잡지에 시 「밤길」을 발표하고 그후 「무가霧街」 등을 게재했다. 그 당시는 일본이 중국과 전쟁 중이어서 시국이 몹시 불안했다. 그러다가 마침내 나는 1944년 학도병으로 끌려가 중국전선 여기저기(徐州, 南京, 上海 등)를 전전하던 중 1945년 8월 15일 중국 연운항連雲港에서 해방을 맞이했다.

현지(중국)에서 일본군을 제대하여 1946년 상해에서 귀국선을 타고 부산항에 상륙, 분단된 조국에 돌아왔는데, 그때의 나는 내가 언제 시를 썼었던가 하는 생각이 들어 내 마음은 그 당시의 나라 형편보다 더 어수선해 갈피를 잡지 못한 채 아주 어렵게 3·8선을 넘어서 내 고향 북한 안주에 살고있는 내 노부모와 결혼 3일 만에 헤어진 아내를 만나게 됐다.

고향에 새로 생긴 중학교에 나가게 되고 공산주의를 열심히 공부해서 학생들에게 가르치느라고 언제 시 같은 건 쓸

새도 없고 또 써봤자 김일성 장군 만세, 스탈린 대원수 만세 같은 이데올로기 구호 시는 아예 쓰고싶지 않았다. 그냥 세월만 보내던 중 6·25 전쟁이 터지고 1·4 후퇴 때 어쩌다가 가족 등은 모두 북한에 남겨둔 채 나만 홀로 남하 했다. 옛날 문우들을 만나니 다시 시를 쓰고 싶은 생각이 들어 그 당시 문예文藝지 등에 시를 써서 발표했다. 피난지 부산에서 참담한 기아飢餓와 유랑流浪과 노역勞役 속에서도 절규絕叫처럼 쓰여진 작품들을 모아 박기원(작고) 시인과 함께 합동으로 『한화집寒火集』을 발간했다. 「무녀巫女」, 「지도地圖」, 「밤」, 「묵상默像」, 「한翰」, 「북소리」, 「여망餘望」, 「군가軍歌」, 「불」 등이 그 시집에 수록돼 있다.

이렇게 1938년 조선일보 「학생페지」로 시작해서 신춘문예 당선을 거쳐 바야흐로 직장생활을 활발하게 하다가 중단 10여 년 만에 내 시작생활이 재개된 셈이다.

나는 어렸을 때(보통학교—지금의 초등학교 다닐 때)부터 상여 나가는 소리를 유난히 좋아했다. 지금도 좋아한다. 꽃상여도 좋고.

내가 시를 쓰게된 운명적 까닭이 그와 같은 감성感性에 연유된 건 아닐는지. 나는 내가 살아온 인생의 역정을 더듬어 보아도 그렇듯이, 어렸을 때는 중학교 진학을 못할 정도로 가난했다. 그러나 사비寺費로 중학과 대학을 다녔으나 그토록 어렵게 공부한 끝에 고작 일제학도병으로 끌려나갔고 6·25 동란으로 나는 지금 50여 년을 한 많은 이산가족이 되어있다. 비통한 인생을 이제 곧 마감할 것을 생각하면, 그러나 나는 그 동안 문학하기를 잘했다고 생각한다. 내 인생의 한恨과

허무虛無와 고독은 문학이 아니고는 풀 길이 없었던 것을….

나의 작품세계와 문학관

   나의 작품세계는 인생의 허무와 한恨과 고독이다. 우리 인생의 허무나 한이나 고독은 행복한 것이 아니다. 하지만 우리가 이 세상을 살아가는 데 허무나 한이나 고독을 겪지 않고는 살 수 없는 것이다. 인생을 말하자면 필연코 이 세 가지 경우를 이야기해야만 한다. 다만 이 세 가지의 경우를 시로 쓰는 것이 여간 어려운 게 아니다. 어쩌면 나는 허무의 바람으로 감기에 걸려 평생을 앓고 한恨으로 일생을 울고 고독에 빠져서 그 상태를 벗어나지 못하는 불행한 시인일는지도 모른다. 누구나 나처럼 한번 그 속에 빠지면 여간해서 벗어날 수 없는 것을 어쩔 것인가.

양지陽地

양지쪽에 앉으면
인생이 행결 따뜻해 온다
어렸을 땐 헐벗고 배고파도
항상 즐겁던 양지

나는 혼자

오랫동안 그늘도 쫓기어 왔다

여수旅愁는 절로
녹아내리고

차라리 울 수도 없는
이 막다른 골목에서

눈부신 햇빛만이
옛날의 인정人情이었다.

외로운 이여 오라
……

와서 잠깐 해바라기하며
쉬어서 가자

이렇게 양지쪽에 앉으면
세상이 행결 정다워진다.

　이처럼 허무나 한이나 고독은 우리 인생의 그늘이다. 우리
는 이런 그늘 속에서 늘 햇빛을 그리워하며 살고 있다. 이렇
게 나의 문학은 인생의 그늘 속에서 눈부신 햇빛을 찾아가는
험난하고도 고된 길이었다.

어느 가을날

또 한 해의
낙엽이 진다, 함께
내 세월도 한 꺼풀
떨어져나가고

이젠 남은 세월이
없을 텐데
그래도 아직은 끝이 보이지 않아
또 한 해를 보내면서
행여나 내게 다시
봄이 있을까 기다리는 이
간절한 마음

저 언덕의 나무들이 한 데에서
추운 겨울을 견디고
봄을 맞이하듯이
나는 그 모진 세월을
착하게 산 덕으로
따뜻한 다음 세상을 기다리고 있다

낙엽처럼 날려보낸
그 많은 세월들이여
그때마다 아프게 벗어버린
내 껍데기들이여

이제 나는
늙은 번데기
다음 탄생을 기다리는
한 마리 곤충이거늘

또 낙엽이 지는
어느 가을날에
나는 이 세상의
마지막 허물을 벗고
내 봄을 찾아 날아가리라.

　차라리 우리 인간도 곤충처럼 자기 생生을 몇 번이고 되풀
이해 살 수 있으면 오죽 좋으랴. 사실 우리 인생은 어디로부
터 왔다가 어디로 가는지 아무도 모른다. 그래서 우리 인생
은 한이 많고 외롭고 허무하기 이를 데 없다.

　내가 영향받은 시인

　나는 대학시절 영문학을 공부했으나 시인으로서 워즈워드,
호이트맨, 그밖에 소설가로 토마스 하디 정도가 기억에 떠오
르고 보들레르(프랑스), 릴케(독일) 등의 작품을 일역日譯으로
열심히 읽었다.
　내가 시를 쓰기 시작한 것은 일제 때라서 그때는 우리 시

단에 정지용鄭芝溶, 김기림金起林 정도가 널리 알려진 시인이
었다. 나는 우연히 정지용 시를 가까이 하게 되면서 많은 영
향을 받았다고 생각한다. 일상의 우리말에서는 접할 수 없고
그 시인만이 독특하게 사용하는 시어詩語들을 대하면서 우리
말 언어감각이 보통 뛰어난 사람이 아닌 점에서 나는 놀랐
다. 말에도 색깔이 있고 맛이 있다는 걸 새삼스럽게 느끼고
그 시인이 말을 골라서 쓰는 재주에 크게 감탄했다. 정말 그
는 말의 연금사鍊金師였다.

여기서 그의 시 한 편을 소개한다.

바다 9

바다는 뿔뿔이
달어 날랴고 했다.

푸른 도마뱀 떼 같이
재재발랐다.
꼬리가 이루
잡히지 않았다.

흰 발톱에 찢긴
산호珊瑚보다 붉고 슬픈 생채기!

가까스로 몰아다 부치고
변죽을 둘러 손질하여 물기를 시쳤다.

이 애쓴 해도海圖에
손을 씻고 떼었다.

찰찰 넘치도록
돌돌 굴르도록

회동그란히 받쳐 들었다!
지구地球는 연蓮닢인양 오므라들고⋯ 펴고⋯

　바닷가 암석에 와 부딪히고 이내 다시 밀려나가고를 되풀
이하는 바닷물의 움직임을 이처럼 영상적으로 잘 그려 낼 수
있다니⋯ 바다에 가서 이런 장면을 볼 때마다 나는 정지용의
이 시 「바다 9」를 중얼거리곤 한다.
　나는 우리나라에 그것도 일제시대에 우리말을 이토록 능란
하게 구사해서 시를 쓴 선배가 있었던 걸 자랑으로 생각하고
늘 흠모하고 있다.

나는 시를 이런 생각으로 썼다

　시를 쓰는 사람이 자꾸 는다는 것은 반가운 일이다. 옛날
내가 시를 처음 쓸 때는 일제시대라서 선배시인은 손가락으
로 헤아릴 정도로 그 수가 적었고 우리말이 일제한테서 탄압
을 받고 있는 때라, 시를 쓰고자 하는 사람이 많지 않았다.

여러 가지 대중문화가 때를 만나 극도로 성행盛行하고 있는 요즘 굳이 시인이 되려고 하는 사람이 많다는 것은 좋은 현상이다.

그런데 뛰어난 시인이 없어 좀 허전하다. 감동을 주는 시, 오래도록 독자들 마음속에 남고 많은 사람들한테 읽히는 시가 나오지 않는다. 이것은 시를 쓰는 게 그토록 힘들다는 증거다. 시는 잘 써야만 한다. 좋은 시는 읽으면 이내 감동을 받는다. 감동을 준다는 말은 시가 맛이 난다는 말이다. 읽어도 아무런 감동이 없고 무슨 말을 하고 있는지 알 수 없는 시는 좋은 시가 아니기 때문에 그렇다.

우리가 일상으로 먹는 음식도 조리하는 사람의 정성과 솜씨가 어우러져야 제 맛이 나는 것과 같이 시는 더욱이 사건이나 사물을 말로 그리기만 해서는 맛이 나지 않는다. 뜻을 담아야만 한다. 우리가 살아가는 이 세상 모든 일에는 크던 작던 무엇인가 다 뜻을 가지고 있는데 이미 가지고 있는 뜻을 찾아내기도 하려니와 또 나만이 주장하고 싶은 뜻을 모두가 공감共感하도록 참조해서 시작품 속에 담아야 시 맛이 나고 또 산 시가 되는 것이다. 다른 예술도 그렇지만 문학은 그 소질을 어느 정도는 타고나야만 한다. 노력만 가지고는 어렵다.

요즘 우리 시단에는 맛이 나지 않는 시가 너무 많이 쏟아져 나오고 있는 것 같다. 물론 시 맛도 볼 줄 모르는 사람은 시인이 될 생각을 말아야 한다. 시인으로 등용할 수 있는 길이 너무 많아서 탈이다. 음식(요리)은 학원에 가서 일정한 기

술을 전수하면 요리사가 될는지 모르지만 시는 그렇게 쉬운
게 아니고 나면서부터 그 방향으로 어느 정도 준비가 돼 있
어야 한다.

시 애호가愛好家가 곧 시인은 아닌데 시작품을 제대로 감상
할 능력도 없으면서 그냥 쉽게 시인행세를 하는 사람이 너무
많아서 걱정이다. 더구나 요즘은 이런 사람들을 장삿속으로
적당히 이용까지 하는 세상이니 시인을 너무 양산量産한다는
소리가 높아 듣기에 민망하다.

단 한 편이라도 시단에 남을 수 있는 시를 쓰도록 하자. 남
한테 자랑스럽게 내놓을 수 있는 시집 한 권이면 된다. 그러
자면 남들이 좋다고 하는 시를 골라서 읽고 연구하는 말재주
만 늘리지 말고 인생을 철학적으로 깊이 있게 볼 수 있는 통
찰력洞察力을 길러야 한다. 그래야만 맛이 나는 시를 쓸 수
있다. 시는 이론理論으로 쓰는 게 아니다. 시론詩論이 시의 맛
을 내주는 게 아니다. 논리가 앞서면 시를 잘 꾸밀는지 몰라
도 감동적인 뜻을 담지는 못할는지도 모른다.

어쨌거나 시는 맛이 있어야 하며 읽으면 감동을 주어야 좋
은 시라고 할 수 있다. 그런 면에서는 나도 시작생활 60여
년 동안 여러 번 반성하고 낙망하고 좌절까지 했다. 그리하
여 타의他意 또는 자의自意로 두 번이나 시작생활을 중단했었
다. 1944～1950의 한 10년간은 학도병과 북한재주在住 등으
로, 1962～1982년의 20년은 자의로 시를 쓰지 않았다.

자기발전이 너무 없어 깊이 반성 끝에 시를 안 쓰기로 하
고 일상생활에만 몰두했다. 그러나 직장을 정년퇴임하고 나

니 갑자기 인생황혼에 적막감이 앞을 가려 여생을 도모할 길
이 없어, 심사深思 끝에 내 시작활동을 무슨 예술활동이라 생
각지 않고 내 인생을 마무리하는 뜻으로 시를 다시 열심히
쓰기로 했다.

최재형 시인 약연보

- 1917년 평남 안주 출생.
- 1939년 조선일보 신춘문예 시 당선.
- 1944년 일제 학도병으로 중국 전전.
- 1953년 시집 『한화집(寒火集)』을 박기원 시인과 공동 편찬.
- 1986년 제1시집 『세월의 문』.
- 1989년 시집 『당신에게 가는 길』 간행.
- 1993년 시집 『내 인생의 계절』.
- 1996년 시집 『내가 살아온 이야기 詩』.
- 1997년 시집 『허무의 새가 되어』.
- **수상**
  상화(尙火) 시인상(1987).

숙명적인 반려자伴侶者

수필가 피 천 득皮千得

대부분의 작가들이 문학을 자기 평생의 반려자라고 말하는데에 주저하지 않을 것이다. 나도 문학은 내 평생의 반려자라고 말하고싶다. 그러나 나의 경우는 이 말만으로는 어쩐지 부족하다 싶어 '숙명적인'이라는 수식어를 그 앞에 붙이기로 한다. 문학을 하는 사람의 입장에서 문학이 '숙명적인 반려자'라고 한다면 은연중에 자기를 추켜세우는 듯한 느낌이 들지만, 내 경우는 좀 다른 듯싶다. 아무려나 나는 이제부터 그 연유를 소상히 밝히겠다.

나는 어린 나이에 큰 불운을 겪고 정신적인 방황 끝에 문학을 반려자로 삼고 한평생 같이 지내왔다. 문학은 내 생애에서 유년기와 소년기를 제외하고 적어도 80년간 내 반려자인 셈이다. 그것은 돌이켜 생각해보면 내 숙명과 같은 것이었다.

　나는 서울 청진동의 비교적 유복하고 단란한 가정에서 태어났다. 아버지는 종로에서 자영업을 크게 하셨고, 어머니는 내가 「엄마」라는 수필에서 서술한 대로 '우아하고 청초한 여성이었다. 그는 서화에 능하고 거문고는 도에 가까웠다고 한다. 내 기억으로는 그는 나에게나 남에게 거짓말한 일이 없고, 거만하거나 비겁하거나 몰인정한 적이 없었다.'

　그런데 내가 일곱 살이 되던 해에 아버지가 세상을 떠나셨다. 그것은 행복하던 우리 가정에 갑자기 들이닥친 첫 번째의 큰 재난이었다. 소복을 입고 슬픔에 잠겨있는 어머니를 쳐다보던 나는 그 해 서울 제1 고보(후에 경기중고가 됨)의 부속 국민학교에 입학하였다. 같은 수필에서 나는 그때의 어머니를 이렇게 묘사하고 있다.

　'엄마는 아빠가 세상을 떠난 후 비단이나 고운 색깔을 몸에 대신 일이 없었다. 분을 바르신 일도 없었다. 사람들이 자기보고 아름답다고 하면 엄마는 죽은 아빠에게 미안한 생각이 들었을 것이다. 여름이면 모시, 겨울이면 옥양목, 그의 생활은 모시 같이 섬세하고 깔끔하고 옥양목같이 깨끗하고 차가웠다. 황진이처럼 멋있던 그는 죽은 남편을 위하여 기도와 고행으로 살아가려고 했다. 폭포 같은 마음을 지닌 채 호수같이 살려고 애를 쓰다가….'

　그런데 불과 몇 년 후에 어머니마저 나를 두고 세상을 떠나가셨다. 그때 나는 하늘이 무너져 내리고 땅이 꺼지는 절망과 비통에 몸부림쳤다.

「그 날」이란 수필에서 나는 그때를 이렇게 서술하고 있다.

> …나는 '엄마' 하고 소리를 지르며 뛰어들어갔다. 엄마는 눈을 감고 반듯이 누워 있었다. 내가 왔는데도 모른 체하고 누워 있었다. 나는 울면서 엄마 팔을 막 흔들었다. 나는 엄마를 꼬집었다. 넓적다리를, 팔을, 힘껏 꼬집고 또 꼬집었다. 엄마는 꼼짝도 하지 않았다. 나는 엄마 얼굴에 엎어져 흐느껴 울었다. 엄마의 뺨은 차갑지 않았다.

내가 유년시절에 겪은 비극들은 한동안 나를 걷잡을 수 없는 방황으로 내몰았으나 세월이 흐른 뒤에는 차츰 문학의 길로 이끌어갔다. 이것이 내가 문학을 하게된 간접적인, 그러나 숙명적인, 동기라고 할 수 있다.

부모님을 여읜 후 나는 고아가 되어 친척 집을 전전하며 자라났고, 고마운 친지나 독지가의 집에 유숙하기도 하였다. 국민학교 시절 나는 남다른 고초와 시련을 겪었으나 학교 공부가 좋아 열심히 한 탓에 4학년을 마친 후 곧바로 검정고시를 치르고 서울 제1 고보에 입학할 수 있었다. 2학년을 월반하여 고보에 진학하였던 것이다.

춘원 이광수 선생이 이 소식을 전해 듣고 나를 불러 그 댁에 유숙하도록 하셨다. 그후 나는 문학을 더 가까이 하게 되었다. 나는 춘원 선생의 글과 작품을 읽고 문학에 심취하게 되었다. 춘원 선생은 나에게 문학을 지도하여 주셨을 뿐 아니라 영어도 가르치고 영시도 가르쳐 주셨다. 그 분 덕에 나는 결국 문학을 업으로 하게 되었다. 그러니 그 분은 내가 문학을 하게된 직접적인 동기를 베풀어준 분이시다.

　그후 나는 우리나라의 여러 훌륭한 작가들의 작품을 읽고 적지 않은 감명과 영향을 받았다고 여겨진다. 이를테면, 만해 한용운과 소월 김정식의 시에서 나는 큰 감명과 영향을 받았음에 틀림이 없다. 그리고 나는 일본의 저명한 작가의 작품도 선별하여 읽었다. 그들 중에서 나는 특히 아리시마 타케오와 츠보우치 쇼요를 지금도 기억하고 있다. 아리시마는 동경제국대학의 영문학 교수로 있다가 창작에 전념하기 위하여 교수직을 버린 사람이고, 츠보우치는 영문학자로 셰익스피어 번역과 주해를 펴낸 사람이다. 내가 후에 영문학을 전공하여, 서울대학교 교수로 30년 가까이 영문학을 강의하게 된 것도 이런 분들의 영향이라고 여겨진다.
　그리고 내가 젊어서 중국 상해로 유학을 가게된 것은 첫 번째가 춘원 이광수 선생 때문이고, 두 번째가 내 선배들인 주요한과 주요섭이 상해의 호강대학에 다니고 있었기 때문이다. 춘원 선생은 우리 민족의 선각자이며 위대한 지도자이신 도산 안창호 선생을 나에게 소개하고 상해에 가서 꼭 그 분을 만나라고 당부하셨다. 나는 춘원 선생의 분부대로 상해에 가서 그 당시 그곳에 와 계시던 도산 안창호 선생을 뵈었다. 그리고 결국 나는 상해의 호강대학에서 영문학을 전공하게 되었다.

내가 상해에서 직접 만나 뵌 도산 선생은 참으로 훌륭하신 어른이셨다. 내 수필에는 도산 선생을 서술한 수필이 두 편 있다. 하나는 「도산」이고 또 하나는 「도산 선생께」이다. 「도산」에서 나는 그분을 이렇게 소개하고 있다.

> 내가 상해로 유학을 간 동기의 하나는 그 분을 뵐 수 있으리라는 기대였었다.
> 가졌던 큰 기대에 대하여 환멸을 느끼지 않은 경험이 내게 두 번 있다. 한 번은 금강산을 처음 바라보았을 때고, 또 한 번은 도산을 처음 만나 뵌 순간이었다. 용모, 풍채, 음성이 고아하였다.

호강대학 재학시절 나는 상해사변 때문에 일시 귀국하여 춘원 선생 댁에 얼마동안 다시 유숙하였다. 춘원 선생은 톨스토이를 높이 평가하고 숭배하는 분이었다. 그의 서재에는 미국에서 간행한 하버드 클래식 총서가 있었다. 총서 중에는 영어로 번역된 톨스토이의 대표작들이 들어 있었다. 춘원 선생의 댁에 머무는 동안 나는 톨스토이의 『부활』과 『안나카레니나』를 애써 읽었다. 영어로 번역된 그 방대한 소설들을 읽느라고 많은 노력을 경주하였다. 고생은 하였지만 그 덕에 내 영어 실력이 많이 향상된 사실을 나는 후에 알게 되었다.

도산 안창호 선생이 나에게 뿐 아니라 우리 모두에게 주신 가르침 중에서 가장 으뜸가는 것은 절대적인 정직이다. 거짓말은 절대로 용납되지 않는다. 죽어도 거짓말을 해서는 안

된다. 그러나 바른말이 동지들의 목숨을 위태롭게 하는 경우
에만은 거짓말이 허용된다. 그러나 이때에도 거짓말을 하기
보다는 묵비默秘하는 것이 더 좋다는 것이었다.

 이것은 문학에 있어서도 마찬가지이다. 문학은 특별한 것
이 아니라 우리 생활의 일부이다. 문학의 영원성은 작가가
자기에게 충실하고 거짓말을 않는 데서 비롯된다. 이것이 후
에 내 문학의 뿌리가 되었고, 근본정신이 되었다.

 내가 만 20세가 되던 해인 1930년에 쓴 짤막한 시 「서정소
곡」이 당시의 문예지 『신동아』에 발표되었다. 그 후 나는 몇
년 동안 시를 계속 써서 신문이나 잡지에 발표를 해 오다가
중단하였다. 그것은 솔직히 말해서 일본제국주의에 대한 내
나름의 소극적인 저항이었다. 그때의 내 심정은, 나라를 일
제에게 빼앗겼는데 시는 써서 무얼 하느냐는 것이었다. 이때
부터 해방이 되던 때까지 나는 절필絶筆을 하였고, 금강산 등
지에 은거하면서 불자佛子가 되려고도 하였다.

 1945년 8월 15일의 감격은 말이나 글로 표현하기 어려웠다.
하지만 나는 그때의 감격을 다음과 같은 산문시에 담아 보았다.

 그때 그 얼굴들. 그 얼굴들은 기쁨이요 흥분이었다. 그 순간
살아 있다는 것은 축복이요 보람이었다. 가슴에는 희망이요,
천한 욕심은 없었다. 누구나 정답고 믿음직스러웠다. 누구의
손이나 잡고 싶었다. 얼었던 심장이 녹고 막혔던 혈관이 뚫리
는 것 같았다. 같은 피가 흐르고 있었다. 모두 다 ‘나’가 아니
고 ‘우리’였다.

내가 보기에 문학의 가장 중요한 요소는 정情이며, 그 중에서도 연정戀情이 으뜸이라고 생각한다. 지금 우리는 문학에서 감성感性이나 서정抒情보다는 이성理性이나 지성知性을 우선하는 시대에 살고 있다. 하지만 이러한 풍조는 한 시대가 지나면 곧 바뀌게 마련이다. 문학의 긴 역사를 통하여 서정은 지성의 우위를 견지해 왔다.

나는 우리나라의 가장 훌륭한 서정抒情시인으로 소월 김정식을 꼽고 싶다. 그리고 연정戀情을 제일 잘 표현한 시로 황진이의 「동짓달 기나긴 밤」을 꼽고 싶다. 이들의 작품은 셰익스피어의 작품처럼 시간을 타지 않으며, 독자들에게 언제나 새로운 감명과 좋은 영향을 끼친다. 이것이 문학의 영원한 가치이다.

훌륭한 문학작품은 쉽게 얻어지는 것이 아니라, 노력한 만큼의 결과로 생겨나는 것이다. 물론 여기에는 작가들 사이에 개인적인 차이가 있고, 같은 시간에 얼마만큼 집중적으로 노력하여 소기의 목적을 달성하느냐가 관건이다. 그리고 이에 더하여 자연과 인생에 대한 작가의 날카로운 관찰과 깊은 성찰과 명상이 뒷받침되어야 한다.

훌륭한 작가는 자연과 인생의 아름다움을 깊이 있고 정묘精妙하게 묘사하여 독자들에게 늘 새로운 감명을 준다. 늘 새로운 아름다움을 찾아낸다는 뜻이 아니라, 평상적인 아름다움에서도 새로운 의미와 감동을 찾아낸다는 뜻이다.

작가는 자연과 인생의 아름다운 면만이 아니라 추한 면도 함께 다루어야 한다는 견해가 있는 줄로 안다. 그러나 나는

문학의 내용이 주로 아름다움으로 채워지기를 바란다. 슬픔
이나 고통도 얼마든지 문학의 내용이 될 수 있지만 비운悲運
에 좌절하지 않는 인간 본연의 의지意志와 온정溫情이 반드시
그 밑바탕이 되어야 한다.

(원고작성: 심명보 영문학자)

피천득 수필가 약연보

· 호는 금아琴兒.
· 1910년 5월 29일 서울 출생.
· 1937년 호강대학교 영문과를 졸업.
· 일제강점기 경성중앙산업학원 교사로 근무.
· 1945년 8 · 15광복 직후 경성제국대학 예과교수.
· 1946~1974년 서울대학교 사범대학 교수로 재직.
· 1954년 미국 국무성 초청으로 하버드대학교에서 1년간 영문학을 연구.
· 1966년 서울대 대학원 학생과장을 역임.
· 1930년 『신동아』에 「서정소곡(抒情小曲)」을 처음으로 발표.
· 1932년 『동광』에 시 「소곡(小曲」(1932), 수필 「눈보라 치는 밤의 추억」(1933)
          등을 발표하여 호평.
· **주요 작품**
  첫 시집 『서정시집』(1947), 수필 「눈보라 치는 밤의 추억」, 「기다리는 편지」, 「여성
  의 미」, 「플루우트 플레이어」, 「가든 파아티」, 「구원의 여인상」 등, 소설 『은전 한
  닢』(1932), 시집 『금아시문선』(1959), 『산호와 진주』(1969), 번역서 『소네트의 시
  집』(1976), 평론 『노산시조집을 읽고』(1932), 『춘원선생』(1961) 등.

나는 쓴다, 그러므로 존재한다

소설가 한 승 원韓勝源

왜 문학을 하게 되었는가

어린 시절 내성적이어서 말로서 내 의지를 상대에게 표현할 수 없었다. 연필 한 자루, 참고서 한 권을 빌리기 위해서 쪽지에 내 뜻을 기록하여 상대에게 보여 주곤 했다. 물론 어머니 아버지에게, 누님에게 선배에게 친구에게 편지를 자주 쓰곤 했다.

그것이 소설을 쓰게 한 듯싶다.

지네 때문에 수탉을 키워보았다.

수탉은 자기가 늘 노래하지 않으면 안 된다는 이념과 사상의 강박 속에 갇혀 사는 듯싶었다. 목청껏 노래하지 않으면 수탉일 수 없다는 의식이 속에 깊이 숨어 있었다.

그것이 사업이다. 사업을 하지 않으면 신명이 나지 않고 신명나지 않는 삶은 죽음 한 가지이다. 존재하는 것들은 모두 신명(사업)을 위해 살아간다. 신명 속에 갇혀 사는 신명의 노예이다.

그 사업은 무엇인데 어디에서 왔는가. 그것은 꽃이 왜 피는데 어디에서 왔는가 하는 질문, 나는 왜 소설을 쓰는데 그 소설은 어디에서 왔는가 하는 질문하고 같을 터이다.

내 삶은 내 본래 모습(원형)으로 회귀하려 한다.

나는 어머니와 아버지로부터 왔고, 어머니와 아버지는 그들의 어머니 아버지에게서 왔다. 그 뿌리는 우주 생성의 첫 순간으로 뻗어 있다. 태초에 불과 물만 있었고, 그것이 땅을 만들고 땅이 푸나무와 짐승을 만들었다. 푸나무를 짐승이 먹고, 사람이 푸나무와 짐승을 먹고 살아간다. 먹이사슬의 꼭지점에 서 있는 사람은 텅빈 하늘로 날아갈 꿈을 꾸고 산다. 하늘은 신의 또 다른 이름이다. 신은 완성된 존재이다. 그것은 우주를 만든 불과 물의 영혼일 터이다. 우주의 원형이 그것이다. 소라고동의 나선처럼 한사코 오른쪽으로 돌려고 하는 무늬가 내 속에 있다.

소설을 쓰는 것은 독자에게 우리 삶의 진실에 대하여 질문하기에 다름 아니다. 소설가는 살아 있는 한 끝없는 우주의 율동에 대한 의문 속에 잠겨 있고, 그는 늘 그 의문을 수탉처럼 스스로에게 그리고 독자에게 질문한다. 자기 살아 있음을 증명하기, 독자로부터 증명받기이다.

나의 문학세계와 문학에 대한 생각

소설은 권총이나 장총이나 대포나 칼이나 원자탄이나 장갑차나 미사일이 아니다. 소설은 자기의 적에게 복수를 하기 위한 도구로 사용되지도 않고, 사회나 역사 속에서 목청을 높이는 플래카드로 사용되지도 않아야 하고, 어떠한 종교의 포교를 위해서 사용되지도 않아야 한다.

소설은 가난한 자의 식빵 한 개나 추위 떠는 자의 양말 한 켤레도 될 수 없지만, 그것은 그 모든 것의 훨씬 위에 자리하고 있는 어떤 것이다.

소설은 소설이다.

나의 장편소설 『포구浦口』는 한 마디로 말하여 '자유인의 넋, 혹은 슬픈 꿈꾸기'라고 할 수 있을 터이다.

이 소설은 백수광부白首狂夫의 넋에 대한 이해가 없이 읽는다면 제 맛을 못 느낄 수도 있을 것이다.

술병을 허리에 차고 비틀거리고 다니는 머리털 허연 남자가 백수광부이다. 그는 자기의 아픈 삶에 적응하지 못하고 붙잡으려 하는 아내를 뿌리치고 강 건너로 도망을 가다가 물에 빠져 죽었다.

우리는 이리저리 얽히고설킨 성가신 일을 당하면 모든 것을 뿌리치고 어디론가 휙 달아나버리고 싶은 충동에 사로잡히게 된다. 그 충동이 백수광부의 넋인데, 이 세대를 사는 사람들치고, 그 슬픈 자유의 넋에 씌어 있지 않는 사람은 한 사람도 없다. 백수광부의 넋에 대한 이야기는 『고금주』라는 고전에 적혀 있다.

소설은 한 마디로 말한다면 우주의 운행 원리(순리)대로 살기의 한 은유법이다.

『포구』는 세 편의 독립된 중편소설을 한데 이어놓은 일종의 연작 장편소설이다. 처음부터 주도면밀하게 의도된 것이었다. 제목에서부터 연결 고리(연쇄)를 달았다. 「포구」, 「포구의 달」, 「달의 회유」.

세 편의 중편은 모두가 반드시 어디론가 떠나가 떠돌던 주인공 성진이 돌아오고 있는 상황에서 시작되고 성진이가 고향 포구에서 견뎌내지 못하고 뛰쳐 달아나는 것으로 끝나게 했다. 그것은 회유성 물고기인 연어나 은어나 새우의 삶의 지도하고 똑같다.

데카메론식 구성과 진행 방법을 썼다. 가령 세 인물이 마주 앉아 있다면, 한 인물의 역정에 대하여 이러이러하여 이렇게 저렇게 되었다고 진술하고, 다음 인물, 또 그 다음 인물의 역정과 현재 상황과 전망을 진술하여 가는 방법.

백수광부의 넋이 씌어 있는 성진은 달이고, 그 달을 포구로 돌아오게 만드는 것은 혜숙이라는 여주인공인데 또 하나의 포구이다.

실 끝에 돌을 달아서 휘돌려보면 돌은 원심력으로 달아나려 하고 손에 집힌 실머리는 구심력으로 끌어당긴다. 달과 지구의 관계, 지구와 태양의 관계도 똑같다. 생명력 왕성한 혜숙(포구)은 실 끝에 성진(달)을 달아 돌리고 있는 모양새이다.

나는 이 소설을 통해 독자에게 묻고 싶었다.

'우리들 삶의 진실은 우주 운행, 혹은 만다라의 원리대로 사는 데에 있는 것 아닙니까.'

내 모든 소설은 단순 구조가 아니고 중층구조로 되어 있다. 겉으로 드러나 있는 주제가 있고 속에 감추어져 있는 주제가 따로 있다. 내 소설의 주제 찾기는 숨은 그림 찾기 같은 것일지도 모른다. 그것은 우연이 아니고, 내 작업이 그러한 결과를 가져올 터이다.

소설로 쓰기에 알맞은 어떤 사건을 만났을 때 나는 금방 집필하지 못한다. 다음의 여러 조건이 갖추어지지 않는 한.

전체적인 분위기가 숲 그늘 속에 숨어 있는 듯한 진실이나 아름다움이나 순리와 맞닿지 않을 때, 늘 볼 수 있는 그것이되 보이지 않는 그 어떤 것과 맞물려 있지 않을 때, 근원적인 심저의 어떤 힘과 아픔과 사랑과 맞닿지 않을 때, 왜 사는가 하는 물음이나 어떻게 살 것인가 하는 물음이 담기지 않을 때, 보다 나은 삶으로 나아가려는 의지와 생명력과 맞물리지 않을 때.

나는 그런 것들이 다 충족될 때까지 기다린다.

인간의 진실은 순리에서 찾아야 한다. 나는 모든 소설에서 '바로 이것이 우리 삶의 진실 아닙니까?' 하고 독자에게 묻곤 한다. 우주의 순리, 그것은 그 어디에도 걸림 없이 사는 사람에게만 획득되는 것이고, 그것은 자유인의 넋이다.

그럼 내 소설쓰기는 무엇일까.

허위로 가득 차 있는 내 몸과 마음으로써는 도달할 수 없는 고귀한 삶을 나는 늘 희망하면서 살고 있다. 내가 그렇게 살지 못하므로 순리대로 살아가는 사람들을 우러러보고 존경하고 따른다. 그들의 삶을 그리워하면서 동경하면서 그들로 하여금 내 대신 그러한 삶을 살게 한다. 한 아웃사이더가 바위 뒤에 몸을 숨긴 채 부러워하면서 바라보기이고, 비굴하고 연약하고 게으른 자가 꿈꾸기이다.

소설은 가장 바람직한 총체성의 예술형태이다. 소설 한 편은 그것이 태어난 곳의 인간들의 삶을 총체적으로 드러내주지 않으면 안 된다. 그것을 쓴 개인의 삶은 말할 것도 없고, 그 사회 역사 종교 철학 민속 자연 문화 정치 경제까지. 하나의 소우주이다.

왜 사느냐(존재 문제)와 어떻게 살 것인가(방법 문제)의 균형이 맞아야 한다. 모든 강물은 바다로 흘러간다. 바다는 조화의 극치이다. 우리 삶도 그래야 한다. 소설 또한 그러한 조화의 극치여야 한다.

영향받은 작가와 작품에 대하여

모든 선배 작가의 작품, 모든 고전 소설들이 다 나에게 영향을 주었다. 나는 가령 『죄와 벌』이나 『법왕청의 지하도』를 읽었다고 말하지 않고 도스토예프스키와 지드를 읽었다고 말하고 싶어한다.

초기에는 김동리의 모든 소설 그의 작가정신이 거울이 되

었다. 그리고 로렌스의 모든 소설과 그 생명력과 문명비평적
인 시각이 오늘의 나를 있게 했을 터이다.

그보다 더욱 많은 영향을 받은 작품은 우주라는 작품이다.
나는 열심히 끊임없이 우주라는 작품을 통해 공부한다. 우주
표절하기, 모사하기 그것이 내 시이고 소설이다.

나의 집필벽

밤 10시에 자고 12시 반쯤 일어나 한 시간쯤 서재와 응접실
에서 헤매이다가 다시 잠을 자고는 새벽 5시쯤에 일어나 서
재에서 글을 쓴다. 7시쯤에 뒷산 정상까지 올라갔다가 와서
(40분쯤) 간단한 물목욕을 한 다음 생선 매운탕과 푸성귀 곁들
인 아침밥을 먹고, 화장실 행사 뒤에 차를 마시고, 한사코 젊
고 싱싱한 음악을 크게 틀어놓고 9시 반이나 10시쯤 서재에
들어가 두 시간쯤 글을 쓴다. 응접실 바닥에 늘어놓은 꽹과
리, 징, 북, 장고 따위를 고루고루 한동안 귀가 잉잉거리도록
두들겨보고, 12시부터 아침밥과 똑같은 점심밥 먹고(포도주 두
잔을 곁들여), 차 마신다. 책 읽고 바닷가 산책하고는 「동물의
왕국」과 「6시 내 고향」을 보면서 점심밥과 똑같은 저녁밥을
먹고 차 마시고 아내가 보는 연속극을 훔쳐보고 나서 9시 뉴
스와 스포츠 뉴스를 보다가 까무룩 잠이 든다(혹시 누군가가 불
러내면 외식을 하면서 술을 욕심껏 마시고 취해서 노래방엘 가 목이 쉬도
록 노래를 부르다가 12시쯤에 들어와 자기도 한다). 그렇지만 내 일상

은 특별할 것이라고는 아무것도 없다.

요즘 나는 한복 아닌 한복을 입고 산다. 아내가 지어준 그걸 입고 여행도 하고, 강연도 하러 다니고, 예식장에도 간다. 전통 한복에 현대감각을 가미하고 고구려벽화에 그려진 고구려 사람들의 옷을 흉내낸 듯한 옷. 품이 풍성하므로 편안하여, 한번 입기 시작한 다음에는 싫증내지 않고 계속 입고 산다. 사계절 내내.

나의 세계는 앞으로 어떻게 변모될 것인가

산업사회에서 정보화사회로 현기증 나게 세상은 흘러간다. 하루 눈감고 있다가 떠보면 굴뚝 속에 들어 있었던 듯 보이는 것이 모두 깜깜하게 느껴진다.

이 빠른 흐름의 세상 속에서 변해야 할 것은 무엇이고 절대로 변하지 않아야 할 것은 무엇인가.

파도(현상)는 변하지만 물(실체)은 변하지 않는다. 존재하는 모든 것들은 신화적이고 철학적이고 경제적이고 정치적이다. 말도 그러하다. 우리는 우주의 시간 속에서 산다. 내가 우주이고 우주가 나이다. 오래 전부터의 내 과제는 경계 허물기이다.

내 집 앞 바다의 파도 하나가 출렁거리면 시모노세키나 걸프만이나 아일랜드의 바다 태평양과 대서양이 출렁거린다. 꽃 한 송이 피어나니 세계가 일어난다. 이제 저승과 이승을 넘나드는 삶을 살아야 하지 않을까.

366

우리 문학의 앞날은 있는가

소설가인 나에게는 시간이 있는가. 우리 문학에는 시간이 있는가. 과거 현재 미래가 완벽하게 갖추어진 존재는 우주의 잔인한 시간 앞에서 소멸되지 않는다.

흔히 영상과 사이버의 횡행으로 말미암아 위기에 처한 소설문학에 대하여 이야기하지만 나는 그렇기 때문에 오히려 희망을 생각하곤 한다. 그것들이 횡행할수록 우리 소설문학은 더욱 값비싸질 것이다.

"수탉과 꽃은 자기 존재를 증명하기 위해 소리쳐 노래하고 울긋불긋한 색깔로 자기 몸을 치장하고, 또한 귀 가진 모든 것들로부터 자기 노래의 아름답고 고귀함을 증명받고 싶어하고 눈 가지고 코 가진 것들로부터 고혹적인 교태와 향기를 증명받고 싶어한다. 어니스트 헤밍웨이와 가와바다 야스나리와 미시마 유키오와 로맹가리가 왜 자살을 했는가를 잘 알고 있다. 나는 살아 있는 한 소설을 쓸 것이고 소설을 쓰는 한 살아 있을 것이다."

한승원 작가 약연보

- **1939년** 전남 장흥 출생.
- 장흥 중고등학교 및 서라벌예대 문창과 졸업.
- **1968년** 대한일보 신춘문예 소설 「목선(木船)」 당선.
- **이후 작품** 「불의 딸」, 「아제 아제 바라아제」, 「나무는 스스로 가지치기를 한다」,
  「해일」 등이 있음.
- **작품집** 『한승원 창작집』, 『앞산도 첩첩하고』, 『안개바다』 등.
- **시집** 『열애일기』, 『노을 아래서 파도를 줍다』 등.
- **수필집** 『바닷가 학교』 등.
- **수상**
  대한민국문학상, 한국소설문학상, 한국문학작가상, 이상문학상 등.

나의 삶과 문학적 회고懷古

극작가 홍 승 주洪承疇

나의 문학과의 해후

나는 불행하게도 초등학교에서부터 중학교 과정에까지 가장 소중했던 사춘기의 소년시절을 일제하日帝下에서 일본어 교육을 받았다.

왜놈에게 나라를 뺏겼으나 일본어가 조선사람의 나랏글로 둔갑되고 학교에선 국어상용國語常用이라는 이름 밑에 조선말의 사용은 일절 금기가 되고 학생들간의 상호 감시와 고발로 적발이 되면 벌을 받거나 애꿎은 부모님까지 불리어 혼쭐이 나곤 했다.

그러자 모국어는 무슨 외국어처럼 겨우 주당 한 시간 배당의 '조선어' 시간으로 가뭄에 콩나듯 기다리며 『조선어 독본』을 숨기듯 끼고 다니던 기억이 난다.

이것이 한글과 나와의 첫 만남이요, 여기서 나는 내 인생의 문학에 대한 기틀을 잡고 뿌리를 내렸다.

고작 1년 만에 조선어 시간이 강제로 폐쇄되었지만 그때 조선어를 피말리듯 열강하시던 흰 두루마기 입은 선생님의 모습을 잊을 수가 없다.

조선어 선생의 교육방법은 특출했다.

첫째가 읽기고 둘째가 짓기다.

선생님은 늘 조선어 책을 자꾸 읽고 외우라고 했고 조선어로 작품을 지어오라는 숙제를 자주 냈었다.

조선어 시간만 되면 선생은 언제나 나만을 지명, 범독을 시켰고 신나게 조선어로 작문을 지어가면 쓰다듬으며 낭송을 시켰다.

그 시절, 우리들의 이름은 모두 일본 발음으로 불리었는데 선생님은 꼭꼭 우리말 발음으로 호명했고, 아이들이 선생님을 일본식 발음으로 부르면 크게 꾸짖으며 '난 킨기코오 센세이가 아니라 김기홍 선생이야' 하고 크게 소리질렀다.

내 고향 강계에는 관서팔경의 하나인 인풍루仁風樓라는 명소가 있었는데 선생님은 학교를 쫓겨나시는 날, 나를 그리로 데리고 가서 옛적 강계로 유배와서 지었다는 송강 정철의 현판을 보여 주시어 나는 어려서 일찍이 조선시대의 시인 송강을 알았다.

선생님은 초등학교 5학년짜리 소년을 붙들고 너는 글재주가 뛰어나니 장차 문장가가 되어 '조선의 혼'을 살리라고 하셨다.

나는 그때 '조선의 혼'이 무엇인지 몰랐지만 차차 커가면서 그것이 나더러 '조선의 시인'이 되라는 암시였다고 믿게 되었다.

열일곱 살에 해방이 되었다. 해방이 된 중학교에 첫 교장으로 부임해 온 분이 사상가요, 소설가였다.

신의주에서 발행되는 압강일보鴨江日報에 연재소설을 쓰고 있었는데 공교롭게도 이태준의 「농토」와 제목이 같아서 내가 철없이 교장실에 뛰어들어가 '혼이 없는 모방소설은 쓰지 마세요'라고 소리쳤다.

그후부터 나는 학교에서 '혼 있는 괴짜 시인'이라고 일약 유명해졌다.

처음으로 이은상의 시집을 봤는데 여태 일본시日本詩만 보아오던 나는 시조를 몰라 '웬 시가 왜 이렇게 기성복처럼 딱딱하냐구' 연전延專 문과文科를 나왔다는 국어 선생의 애를 먹였다.

선생은 웃으면서 시인, 소설가가 되려면 서울, 연전 문과에 가서 문학을 전공해야 한다고 나를 부추겼다.

문학을 한다는 아이들을 모아 『창조』, 『백조』를 본뜬 동인 그룹을 묶어 『거여정巨餘亭』이라는 동인지를 냈다.

이것이 내 문학의 시초이다.

그때 이북소년以北少年들의 꿈은 온통 이남以南 가는 것으로 들끓었다.

나는 '조선의 혼'을 살리는 시인이 되어야 한다며 배낭 하나를 달랑 메고 혈혈단신 삼팔선을 넘었다.

월남한 대개의 청소년들이 남한에 와서 육군사관학교에 들어가 장교가 되는 데 비해 나는 끝내 초지일관 대학의 국문과에 들어갔다. 대망하던 연전 문과는 이미 대학으로 변신해서 별 효력을 발휘하지 못했다.

나는 마침내 소설가 주요섭, 황순원 교수, 시인 김광섭, 조병화 교수, 극작가 김진수 교수, 국보적 학자라고 호칭하던 평론가 양주동 교수 등 기라성 같은 교수가 있는 경희대학 국문과를 택했다.

대학 다니면서 소설가 황순원 교수로부터 소설을 배워 소설가가 될까 했고 시인 조병화 교수로부터 시를 배워 시인이 될까 하다가 무대 위에 인생이 재연되고 적나라하게 생동하는 희곡 빼고는 진정한 문학이 없다는 극작가 김진수 교수의 희곡지상주의戱曲至上主義에 낙점되어 끝내 화려한 문학 장르의 획을 외로운 희곡작가로 그었다.

나는 여기서 인생이나 문학에서 좋은 스승을 만나야 한다고 말하고 싶다.

기실 선생은 많아도 참스승은 드물다. 다행히 나는 문학에 있어서 시의 아름다움과 순수성을 조병화 스승에게서 배웠고, 굽히지 않는 위대한 작가정신을 황순원 스승에게서 익혔고 문학의 완강함과 절대성을 김진수 스승에게서 전수받았다.

하지만 극작가로 대성해 가면서 항상 문학적 고독으로부터의 탈출을 위해 시인으로 시집을 내고, 소설가로 장편집을 내고, 수필가로 수필집을 내고, 더러는 평론의 영역에까지 손을 내밀었지만 늘 극작가가 쓴 시, 소설, 수필, 평론이라는 어설픈 꼬리표가 여기餘技처럼 붙어다녔다.

전천후 작가라고 하겠지만 한 장르에만 깊이 집착하지 못해 어느 쪽으로나 베스트셀러가 되지 못해 늘 문학이란 창공에 뜬 한 마리의 새, 또는 뜬구름처럼 문단을 서걱거렸다.

나는 누구이고 무엇인가, 시인, 소설가, 수필가, 평론가이기도 했지만 결국 나의 원색原色과 본토本土는 엄연한 조선의 혼을 담는 한국의 극작가이다.

나의 작품세계와 문학관

1959년 나는 자유문학을 통해 극작가 김진수, 연출가 박진 선생의 추천을 거쳐 「잃어버린 궤도」, 「흔들리는 나상裸像」, 「네가 나냐」의 세 작품을 가지고 대망의 극작가로 문단에 데뷔했다.

하늘의 별을 딴 듯했다.

1964년도엔가 원각사圓覺寺에서 나의 데뷔작인 「네가 나냐」가 첫 공연되었을 때의 흥분과 기쁨은 이루 필설로 다 표현할 수가 없었다.

온통 세상이 나를 위해 존재하는 것 같은 환각에 사로잡혀 종로 네 거리를 미친 듯이 활보했다.

단테의 『신곡神曲』처럼 천국과 지옥 사이를 구상해 본 작품으로 인간의 부재와 상실, 그리고 부정과 부패에 대한 비판 및 위선과 허위를 가려내는 고발로 꽉 차 있었다.

사실주의와 상징주의에 의존한 실험극이었다.

천국과 지옥으로 갈라지는 건널목 사자死者들이 잠시 대기하는「영혼의 다방」이 있다.

누구나 여기서 인간죄의 미결수로서 적나라한 심판을 받고 양심의 소리에 따라 천국과 지옥으로 갈라선다. 천국에서 심판관으로 내려온 검찰관 앞에 놓인 X레이에 비쳐지면 인간의 과실과 업보가 하나하나 낱낱이 투영된다.

입으로는 전지전능의 여호와를 찾고 사랑과 자선을 부르짖으면서도 때묻은 연보 주머니에 손을 대고 전쟁고아를 위한 구호물자를 뒤로 빼돌려 암시장에 내다 판 전직 목사, 러브호텔에서 유부녀와 유부남이 동침하는 불륜의 장면을 야광촬영기로 찍어 확대하여 양가兩家에 공갈 협박장을 낸 소녀, 부정으로 축재한 돈을 트럭에다 싣고 다니면서 길거리에 마구 뿌려 한때 교통이 마비되고 인명 피해가 막심했던 전직 재벌, 은행에서 돈을 훔쳐 한짐 지고 나오던 강도가 세말 헐벗고 굶주려 오갈 데 없이 쓰러진 모녀에게 돈보따리를 몽땅 던지고 가다 불의의 교통사고로 죽은 악독무도한 전직 강도. 이런 자들에게 검찰관의 준엄한 논고가 한창일 때 한 무명의 청년이 들어온다.

이는 이승에서 실의와 절망 끝에 자의로 영혼의 다방에 찾아온 손님이다. 18층 빌딩에서 투신하여 자기를 포기한 것이다.

검찰관은 X레이에서 이 청년의 순백성을 발견하고 그에게 다시 세상에 돌아갈 것을 선포한다. 그러나 그는 만신창이가 된 자기의 육체를 알고 이를 거부하면서 지옥에 떨어질 것을 자청하면서 말한다.

"온전한 정신과 건강한 육체를 가지고도 살기 힘든 저 세상인데 다리가 부러지고 머리가 깨어져 피골이 낭자한 이 꼬락서니를 해 가지고 어떻게 살아가란 말입니까…."

그러나 검찰관에 의해 강제 철거당하면서 그는 세상으로 통하는 사파의 문고리를 잡고 또 자탄한다.

"네가 나냐, 내가 너냐? 이 못난 놈아! 저 창창하고 요원한 미래를 병신인 너와 더불어 어떻게 지낼 수 있단 말인가… 너는 누구냐, 진정 나란 말이냐? 내가 너란 말이냐?"

나는 나를 철저하게 투영하면서 문학을 했다.

작가는 자기의 영역에서 크게 이탈하지 못한다.

그러므로 내 문학은 나 스스로 소재가 되고, 나 스스로가 주제가 되고, 내 스스로의 갈등에서 위기를 맞고 절정을 조성造成한다.

나 스스로를 만지며 나 스스로를 확인하며 스스로의 존재, 생존을 인식하고 구현한다.

이러한 스스로를 찾는 방황과 자학에서부터 내 문학은 출발되고 스스로 돌아가는 회귀점回歸点에 이른다. 그러므로 내 문학은 곧 영원한 나로 귀착된다.

문학 없이 나는 존재하지 않는다.

문학은 내 전부요, 생명이다.

물론 문학이 없는 사람도 살지만 문학은 곧 내 삶의 원천이요, 동력動力이다. 나는 결코 내 문학을 타와 비교하거나 우열을 가리지 않는다.

다만 진실한 내 소리, 절실한 내 이야기, 남북으로 분단된
이산離散의 비극, 한恨과 원願을 담을 뿐이다.
　초등학교 시절 주신 은사의 말씀, '조선의 혼을 살리라'는
교훈이 상금도 내 삶의 지표와 문학의 주조主調를 이루어 내
뇌리를 강타한다.

내게 영향을 준 작가와 작품

　감수성이 예민한 문학소년은 먼저 시詩에서부터 눈을 뜬다.
문학 장르 중에서　시인'이란 타이틀처럼 매력적이고 신
비한 것은 없다. 시인은 소년의 무지개 같은 꿈이다.
　내가 어려서 문학에 막 눈이 떴을 때 한용운의 「님의 침묵」
은 종교가정에서 자라난 내게 있어서 '바이블' 이상이었다.
　「님의 침묵」을 줄줄 외면서 미친 아이처럼 고향 산천을 배
회했다.
　무릇 예술은 미치지 않고서는 못 하는 일이다.
　일본문학日本文學에서 깨어난 나는 서서히 닥치는 대로 우
리 글로 된 조선문학을 섭렵했다.
　이광수의 『유정』, 『사랑』, 『흙』, 『마의 태자』에 심취했다.
　나는 만해로부터 자유와 조국애를 배웠다면 춘원으로부터
사랑과 희생, 그리고 휴머니즘을 익혔다.
　그러자 문학적 반기反旗와 저항의 불꽃을 들고 예술지상주
의와 탐미주의를 부르짖고 나선 김동인에게서　작가로서의

광대한 상상력과 낭만성, 그리고 야생적野生的인 작가정신을 터득했다.

춘원의 『단종애사』에 대한 김동인의 '대수양'을 대비對比하면서 역사의식과 작가의 주체성主體性에 대한 많은 감화와 영향을 받았다.

희곡의 원형은 뭐니 해도 셰익스피어다.

서울 와서 「햄릿」의 작품과 공연을 보면서 연극에 대한 매력과 충동을 느꼈다. 햄릿을 통해서 돈키호테형과 햄릿형의 두 유형類型의 인간을 본다. 이 강렬한 대비가 언제나 내 희곡을 쓰는 등장인물의 모형模型이 되었다.

희곡은 무엇보다 대립과 갈등으로 진행된다. 갈등과 위기가 반전反轉을 거듭하면서 절정絕頂으로 몰아가는 것이 연극의 본질이다. 셰익스피어의 모든 작품에는 현란한 인생이 있다. 그 속에서 내가 얻을 수 없는 숱한 체험과 산 대사를 배웠다. 셰익스피어는 내 문학의 강렬한 이슈와 감화를 준 문학적 스승이요, 교본敎本이다.

나의 집필벽

나는 무능하기도 하지만 고집이 센 편이다. 그렇게 배우라는 컴퓨터는 배우지 않고 아직도 만년필로 또박또박 원고지에 종서로 원고를 내리쓰는 21세기 초의 마지막 둔한 순수작가로 남는다.

한무더기로 원고를 다 써놓고 송곳을 대고 쾅쾅 구멍을 뚫고 비비꼰 종이끈—고요리—으로 묶는 짜릿한 맛을 쉽게 저버리지 못한다. 그것은 차라리 통쾌감에 가깝다. 해 보지 않은 사람은 모른다.

젊어서부터 원고를 쓸 때 많이 엎드려서 베개를 가슴에 대고 썼다. 언제나 나는 대번에 거미줄 뿜어내듯 슬슬 글을 써내려가지 못 한다.

몇 번이고 초고를 쓰고 그리고 원고지에 정서하다 보면 참으로 속도가 느리고 지루한 편이다.

원고가 잘 나가지 않으면 뒷부분을 쓰기도 하고 가운데 토막을 써 놨다가 맞추기도 한다.

원고지에 글을 쓰다가 한 자라도 틀리면 푹푹 찢어버리고 다시 쓴다.

담배를 피우지 않으니 곁에 눈깔사탕을 놓고 한 개씩 빨아먹으면서 쓴다. 급하다 보면 껍데기 채 입에 넣어 빨다가 퉤퉤 튕겨내기도 한다.

문을 꼭꼭 잠그고 누구도 얼씬 못 하게 하니 아이들에겐 지옥 같은 날이다.

어쩌다 아내가 들어와 보고 기절초풍 한다. 알사탕 껍데기에 꿀벌처럼 좁쌀 만한 개미들이 들끓었기 때문이다.

원고를 다 쓰고 나선 절대로 그날은 퇴고를 하지 않는다.

머리맡에 그냥 놔뒀다가 첫 새벽에 일어나서 맑은 정신으로 본다.

밤과 아침 사이의 시각視角이 달라서 더덕더덕 누더기처럼

땜질하다 보니 마음에 안 들어 애꿎은 원고지만 찢고 다시
정서해서 삽입한다. 그리곤 더 보지 않고 넘기거나 우송한다.
또 보면 자꾸 손질하게 되니까 내 손을 벗어나면 남이라는
편한 생각을 하게 되고 활자가 되어서야 한번 읽고 심사가
틀어진다. 교정 미스가 눈에 띄어서 나온 책을 집어던진다.

그러나 이건 다 악과다.

한참 신나게 글을 써내려 가다가 글샘이 마르고 글줄기가
막히면 머리카락을 한 움큼씩 뽑아내어 책상 위에 수북이 쌓
아놓고 완상하는 기막힌 버릇이 있다.

나의 작가적 변화와 문학적 비전

나는 사무엘 베케트가 쓴 희곡 「고도를 기다리며」의 '고
도'를 기다리고 있다.

나의 '고도'는 무엇인가, 누구인가? 사람인가, 물체인가?
정신인가, 작품인가 아니면 구세주인가…?

올지도 모르고 안 올지도 모른다.

써질지도 모르고 안 써질지도 모른다.

기다리다 지치고 허탕칠지도 모른다.

신기루 같고 사막의 오아시스 같은 막연한 건지도 모르지
만 나는 나의 마지막 갈망을 이 '고도'에 담는다.

나의 마지막 남은 작가적 정열, 에너지, 소명, 사명 등이 온
통 '고도' 출현에 달렸다.

‘고도’는 나의 마지막 과제요, 숙원인 동시에 우리 문학의 형이상학적인 목표요, 작가들의 최고 주제며 함께 갈구하는 비전이다.

작가마다 기다리고 생각하는 ‘고도’가 다를 수 있지만 ‘고도’는 각자의 구원이요, 삶과 문학의 지침일 수밖에 없다.

나는 지금 나의 ‘고드’ 출연을 위해 장막 희곡「춤추는 허수아비」를 준비하고 있다.

사람은 누구나 공허한 벌판에서 양팔을 벌리고 공허하게 춤추는 허수아비다.

한 쪽밖에 못 보는 두매한 색맹자요, 청맹과니다.

우리의 비극은—예술적 미美의 본질은 비극에 있다고 하지만—사랑이 없는 데서 비롯되고 한 쪽 모서리에 서서 인생을 관조하는 데서 시작된다.

시각視角이 곧 분규와 분쟁의 씨앗이 된다.

바닷가에 사는 소년은 해가 바닷속에서 떠서 바닷속으로 들어간다고 우겼고, 산골에 사는 소년은 해는 산속에서 떠올라 산속으로 들어간다고 믿었고, 도회지에 있는 소년은 두 소년을 깔보며 태양은 고층 빌딩 안에서부터 떠서 서쪽 빌딩으로 떨어진다고 의기양양하게 말했다.

다 맞고 다 틀린 말르 백 년 얘기해 봐도 시각視角은 좁혀지지 않는다.

우물 안 개구리는 우물 안에서 내쫓길까 봐 두려워 개굴개굴 운다고 했다.

근래에 와서 나의 인생관 내지 문학관이 차츰 체관적諦觀的

양상으로 변신해 가고 문학에 대한 새로운 비전이 약동하기 시작한다.

매사를 수렴한다는 것은 매사를 이해하고 타협하고 고통을 껴안는다는 이야기다.

작가로서 사물을 보는 데 예전처럼 예리한 모나 각으로 보지 않고 원으로 보고 직선을 피해 곡선으로 회유한다.

루소의 『참회록』에서처럼 회고하는 앵글과 조리개를 갖는다.

해방이 되면서 어린 나이에 북한에서 김일성 노래를 부르고 찬양하는 것을 보았고, 남한에 와서 그 김일성을 매도하고 중공 오랑캐와 적구赤狗 소련을 타도하는 교단에 섰고, 다시 그들과 화해하는 교육의 제스처, 이어지는 4·19와 군사문화에 휩쓸리다 문민정부의 민주화 교육에 떠내려가고 국민정부의 햇볕정책에 밀려가고 오늘은 참여정부의 또 무엇일까…?

입은 하나인데 우리는 열 가지 일을 지조 없이 해냈다.

도대체 나의 작가로서의, 교육자로서의 주체主體는 무엇인가?

반세기 동안 슬프게도 '나'라는 개체는 하나도 없었다.

「춤추는 허수아비」, 그것이 쓰고 싶은 것이다.

삶의 대서사시, 대로망, 살아있는 대드라마의 비극悲劇을 춤추는 허수아비처럼 대희극大喜劇으로 승화시키고 싶은 것이다.

홍승주 극작가 약연보

- 1928년 평북 강계 출생.
- 1959년 경희대학교 국문과 졸업,『자유문학』을 통해 등단.
- 1972년 제1희곡집『목마른 태양』.
- 1978년 소설집『역부』.
- 1980년 제2희곡집『두 시대의 죽음』.
- 1981년 경희여자 중고교 교장.
- 1984년 제3희곡집『배반의 땅』.
- 1985년 제4희곡집『노을은 어떻게 지는가』.
- 1987년 제5희곡집『본능이라는 이름의 미로』.
- 1988년 한국희곡작가협회 회장.
- 1989년 제6희곡집『카인의 비극』.
- **이후** 한국문인협회 희곡분과 회장 및 부이사장 역임.

  국제 펜클럽 한국본부 인권옹호위원장.

  예술극단 파워 상임고문.

  서울 동대문 문인협회 회장.

  경희대학교 강사.

- **주요작품**

  시집『바람꽃』.

  수필집『소녀와 기관사』외 다수.

- **수상**

  대한민국문학상, 한국문학상, 현대문학상, 펜문학상 등 수상.

문학에 있어서의 고통의 의미와 그 수용

시인 홍 윤 숙洪允淑

태어나서 철들고 사춘기를 맞으면서부터 나의 삶은 알 수 없는 고통의 연속이었다. 10대에 있었던 가정적 불화와 부모의 별거, 우울하고 병약했던 어둠과 그늘 속에 나는 생의 긍정적 측면보다 부정적 면을 더 많이 보고 체험하며 성장했다. 그리고 10대 후반에 치러낸 2차대전의 공포와 궁핍과 수탈 속에 나이 스무살의 가장으로서의 자립, 그리고 골수에 박힌 치욕적 민족차별, 해방의 소용돌이와 혼란, 여전한 불안과 궁핍, 세 번의 대수술, 마침내 6·25동란, 생사를 건 90일간, 전출이란 명목으로 북으로 끌려가던 밤 버스, 구사일생으로 다시 돌아온 서울, 정치보위부에서의 14일간의 공포와 대상도 없는 기도, 1·4후퇴시 바다에서의 조난, 피난지 대구에서 부산 연합대학을 바라보며 깨진 꿈의 유리조각으로 가슴을 문지르던 나날, 생각하면 나의 10대와 20대는 알 수 없는 시

대적 격랑 속에 번롱당한 폭풍의 시기였다. 그리고 그 이후
도….

고통의 의미

생을 고통 또는 고(苦)라고 말한 것은 불교의 교리다. 실존
주의 철학자들이 '인간은 이유 없이 태어나 까닭도 모르는
불행에 던져져 절망할 용기도 없이 목숨을 이어간다'고 한
말도 역시 생을 고통으로 보고 있다. 이른바 은총과 구원의
종교인 기독교의 입장에서 보아도 인간은 탄생(출발)에서부
터 고통을(원죄라는) 숙명처럼 짊어지고 있다. 도시 은총이니
구원이니 하는 말부터가 인간의 비참 고통을 전제로 한 말
이다.

기독교적 교리에 의하면 인간의 불행, 즉 고통은 신을 배
반하고 신으로부터 분리 이탈하여 나옴으로써 시작된 것으
로 되어 있다. 인간이 금단의 열매를 먹고 지혜에 눈뜬다 함
은 곧 인간존재, 자아에 눈뜸을 뜻하는 것이고, 자아에 눈뜸
은 바로 고통과 직면하는 것임을 뜻하는 일일 것이다. 즉 안
다는 것은 인간이 자신들이 벌거벗은 맨몸이고 가난하고 결
함 투성이임을 깨달아 아는 일이고 이마에 땀 흘려 먹이를
얻어야 하고 산고의 진통을 겪어야하는 것임을 아는 일이다.
구약의 욥기를 보면 '여자로부터 태어난 자 그 생명은 짧고
고통에 차 있다'고 말하고 있다. 어떻든 인간의 역사란 고통

의 역사라고 해도 과언이 아닐 것이다.

인류고통의 역사를 돌아볼 때 대체로 크게 대별해서 두 경우로 수용되어 오지 않았는가 생각된다. 그 하나는 인간의 불행, 고통은 신에게 작죄하여(배신하여) 신으로부터 분리됨으로써 고통이 시작되었으니 결국 인간은 신의 용서를 받고 다시 에덴으로 돌아가 신과 화해하고 일치함으로써 구원될 수 있다고 생각하는 신본주의적(종교적) 수용의 경우와 다른 하나는 니체 등에 의한 신의 침묵 내지는 죽음이라는 반신의 선고에 이어 신의 부재, 처음부터 신은 존재하지 않았다는 전제하에 인간의 고독과 고통을 자신들의 사상의 출발점으로 삼은 사르트르 등의 실존주의적 수용의 경우로 대별해서 볼 수 있다.

생각하면 누구도 제 스스로 태어나기 원해서 세상에 온 사람은 아무도 없다. 자기 스스로 선택한 삶이 아니라서 마음대로 되는 일은 아무것도 없다. 우선 태어나는 아기는 부모도 나라도 선택하지 못한다. 용모도 특기도 제 맘대로 택할 수 없다. 부모 역시 자식을 임의로 선택하지 못한다. 남녀의 구별도 뜻대로 안 되고 장래의 희망이나 바람은 더더욱 미지수이며 싫어도 나이를 먹고 늙으며 끝내 죽어야 한다. 그러한 삶을 비관적으로 보느냐 낙관적으로 보느냐는 견해의 차이란 단순히 사람이 살아가는 데 있어 하나의 방법일 뿐 인간의 생명체나 생의 본질 자체와는 상관이 없다. 비관이니 낙관이니 하는 말 자체가 인간실존의 부조리함을 뒷받침하는 말이 아닐 수 없다.

인간이 짊어진 이 같은 숙명적 고통을 신에 의지하여 신의 사랑을 회복하는 길이 불행을 이기고 구원되는 길이라고 믿는 사람들에게 있어선 고통은 그대로 신의 은총이고 사랑의 또 다른 얼굴이며 절대자의 숨은 계획이라고 믿는 것이다. 그 대표적인 인물이 구약의 욥이다. 혹자는 고통을 '신의 사랑의 실험실'이라고도 말하고 있다. 종교적 고통의 수용은 그것이 시련이고 신의 숨은 계획이라고 보기 때문에 그 계획에 진실하게 협력하고 견딤으로써 반드시 구원받게 된다는 믿음이 있다. 하여 성서에서도 주께선 고통받는 이를 고통으로 치유하며 아픔으로 그 귀 열어준다고 하였다. 말하자면 고통은 마치 몇 천 도의 불길이 타오르는 도가니 같아 인간은 그 고열의 불길 속에 자신을 태움으로써 불순물을 제거하고 순수한 광석으로 계련해냄으로써 구원에 이르게 된다고 보는 것이다.

또한 고통엔 그것이 우연한 불행이라고 생각하건 신의 섭리라고 생각하건 간에 보이지 않는 어떤 힘과 교육적 의미가 숨어있다고 생각하는 것이다. 가령 시편 66장에 보면 고통은 풀무불에 시험하듯이 인간을 시련한다고 하였으며 고통은 그 자체 안에 광석에서 불순물을 제거하는 고열의 불같은 정화작용을 한다고 말하면서 고통을 낫게하는 약은 고통이고 불행을 치료하는 약도 바로 불행이라고 말한다 하여 속담에도 '젊어서 고생은 금을 주고도 못 산다'든가 '귀한 자식에겐 매를 들고, 먼길을 떠나 보내라'든가 하는 말들이 모두 고통이 성숙의 시금석이 된다는 교육적 의미를 시사하고 있는 바이다. 그러나 어떤 의미가 있다손치더라도 고통은 괴롭고 견디기 어려운 것이다. 가능하면 피하고 싶고 면하고 싶은 것이 인지상정이다. 오죽하면 그리스도조차 십자가 위에서 "주여 나를 버리시나이까. 이 잔을 내게서 거두어 주소서."했던 게 아닌가.

고통의 해체, 상실

키에르 케고르는 '인간 최대의 절망은 절망하지 않는 절망'이라고 했다. 사실로 살려고 애쓰는 자일수록 그 중에도 열심히 살려고 애쓰는 자일수록 절망에 직면한다. 그리고 그 절망이 우리를 다시 일으켜 세우는 토양이 되고 구원의 길을 여는 단초가 된다. 기독교적 교리로 볼 때 인류역사상 가장 큰 절망은 그리스도의 십자가 위에서의 고통, 즉 절망이었고 그 절망은 바로 죽음이었다. 그러나 그것은 신이 인간에게 계획한 최대의 은총으로 그 죽음으로부터 인류의 희망과 구원이 시작된 것으로 되어 있다.
　이러한 기독교적 발상이 아니라도 고통이란 앞서 말했듯이 그 자체가 지닌 연단과 정화의 힘으로 인하여 인간을 단련시키고 성숙과 성장으로 이끌어가는 불이 됨은 상식적으로 알고 있는 바다. 어떤 경우에서나 고통은 바로 그 자체가 사랑의 얼굴이라고 말한 시몬느 베이유의 말은 결코 과장이 아닌 진실이라 생각한다. 그런데 우리는 언제부턴가 고통의 의미,

고통의 가치를 상실해가고 있다. 급속한 물질문명과 기계문명이 인간을 최소한의 고통에도 견딜 수 없을 만큼 약화시키고 외면하게 만들고 있다. 10리, 20리를 걸어다니고 얼어붙은 우물물을 길어 쓰며 장작을 패 쓰던 고달픔이나 괴로움은 이제 신화적인 이야기가 된 지 오래다. 인간이 자기에게만 주어진 일을 가졌던 농경시대에 있어서의 이마에 땀흘리는 고통을 통해 얻던 기쁨도 이젠 극히 지엽적으로 남아있을 뿐이고 오토메이션의 출현으로 오히려 땀흘리지 말라(일하지 말라)는 역현상을 빚어내고 있다.

인간은 기술에 의해 조작되는 인간 기술자적 중성물이 되거나 신성한 고통의 상실과 함께 인격의 존엄성은 사라지고 물질사회에서 필요에 따라 가감승제되는 숫자로 변질되어가고 있다. 팽창하는 인구로 하여 가장 기본적이며 존엄해야할 산고의 고통까지도 억제되고 제한되어야 한다. 이같이 괄목할 현실의 패배적 현상 속에 결국 인간은 자신들이 쌓아올린 문명의 어두운 그늘에 갇혀 마음이 공허와 회의를 키우며 기존의 가치나 관계가 망가진 데서 오는 불안과 무력증으로 하여 고독에 빠지게 되고 그 고독을 잊기 위해 일시적 위안을 찾아 성적 유희나 감각적 오락 등으로 자기상실을 초래하며 다시는 고통과 마주설 용기도 기력도 없어진다. 되도록 고통을 피하고 외면하며 밤이면 TV나 보다가 불안한 잠에 떨어져 자기를 잊어버린다.

문학적 의지 및 정신

이 같은 현대적 무력증과 자기상실 속에서도 기어이 잠을 털고 일어나 고통을 정시하고 대결하면서 그것의 정체를 밝혀내고자 하는 의지가 있다면 나는 그것이 바로 문학적 의지이며 정신이라고 생각한다. 문학적 정신은 바로 현실의 어떤 상황에서나 생존의 괴롭히고 위협하는 불행이나 고통을 외면할 수 없어 자신들의 목소리, 자신들의 언어로 증언하고 고발하며 추적해 가는 것이다. 설사 아무런 문제 해결의 효과가 없다해도 또한 외부로부터 그 어떤 제재를 받는다 해도 굴하지 않고 자기의 목소리를 다하여 외친다. 적어도 문학은 자신들의 고통을, 나아가서는 세계의 고통을 밝혀내고 증언함으로써 인간의 흐려진 시력, 어두운 청각을 깨우치고 고통에 마주서게 함으로써 상실한 자아의 회복과 자기성취의 길을 제시하고자 한다.

가령 어떤 실존주의 계열의 참담한 작품을 읽었을 때 나는 짙은 회의와 암담한 허무감으로 불쾌해진다. 오래 전 일이지만 카프카의 소설 『변신』을 읽고 충격을 받은 적이 있다. 왜 그레고르 잠자는 까닭도 없이 하룻밤 사이에 흉악한 벌레가 되었는가. 그리고 징그러운 벌레가 되어버린 혈육의 비극을 대하는 노부부와 누이동생은 어찌 그리도 냉혹하고 무자비한가. 결국 앓던 이 빠지듯이 지겹고 지겹던 아들의 죽은 시체를 치운 다음날 그들은 홀가분하게 소풍 갈 이야기를 한다. 그 참담하고 비정한 인간의 상황에 구원받을 길 없는 절망 같은 것이 한동안 엄습해오던 것을 기억한다. 혹자는 이런 소설이 필요한가라고 묻는다. 인간생활의 질서를 파괴하고 미풍양속을 해치며 모든 기존의 가치를 전도시키고 아무런 문제해결도 제시하지 않는 그런 소설이 왜 필요한가라고…. 그러나 나는 그런 소설도 필요하다고 생각한다. 그것은 그러한 실존적 문학이 지닌 문학성이나 가치 때문이 아니라 지극히 단순하며 스박한 이유에서이다. 즉, 그러한 가차 없는 인간성의 증언이나 해부 또는 제시가 그나마 잠든 자의 깨닫지 못한 눈을 뜨게 하고 작은 충격으로나마 미처 몰랐던 인간의 불행, 고통, 부즈리에 마주서서 진지하게 생각하고 각성하는 계기가 될 수 있으리란 기대 때문이다.

지드는 작가의 성실성 문제에서 이같이 말하고 있다. '작가의 진실은 밝히고 끌어내는 데 있다. 그렇지 못한 모든 저작은 무의미하며 악惡이다.' 사실 참다운 문학은 그러한 인간의 불행, 고통을 밝힐 뿐 아니라 그 해답까지 제시되어야 할 것이다. 다시 말하여 고통을 통해 구원에까지 닿기를 원하며 독자로 하여금 삶의 하나의 길을 발견하게 해 줄 수 있기를 바라는 것이다.

문학은 고통의 산물

문학이 단순한 고통의 제시나 증언이건 더 나아가 구원의 식에 닿아있건 간에 상관없이 문학은 본질적으로 고통의 산

물이다. 모든 우수한 문학이 지닌 문제성이란 결국은 풀어야
할 삶의 과제를 다루고 있고 그 과제란 다름 아닌 인간의 불행
고통의 문제인 것이다. 하여 독자가 어떤 문학작품 속에서 만
나는 감동은 바로 인간이 어떻게 고통을 이겨내고 희망에 닿
았는가 하는 고통의 드라마를 통한 삶의 빛 또는 지혜를 만나
고 얻게되는 것을 볼 수 있기 때문이다. 사실 문학은 인간의
고통의 역사라고 말해도 과언이 아니다. 만약 이 세상에 고통
이 없어질 때, 인간의 불행이나 갈등이 사라질 때 그때도 문학
적 창작이 계속될 수 있을까. 에덴동산의 아담과 하와처럼 먹
을 것, 입을 것, 미움, 사랑, 싸움, 질투, 욕망 따위 고통이 없어
질 때, 필요나 갈망의 고통이 없어질 때 그래도 창작의 욕구는
남아있을까.

　50여 년 시를 써 왔으나 나 역시 삶이 완전무결하게 행복하
고 충만되어 있었다면 시를 쓰지 않았을 것이라고 생각한다.
끊임없이 내부에 일어나는 갈등, 비탄, 결핍, 욕망들이 붓을 들
게 하였고 그런 의미에서 나의 시는 마음의 역사, 자아 내면의
고통의 역사라고 할 수 있다. 한마디로 ‘내 문학의 뿌리는 고
통이다’라고 말할 수 있다. 한 성직자는 이렇게 말한다. ‘악(고
통)이 존재하지 않는 우주를 원하는 사람은 자기가 무엇을 원
하고 있는지를 알지 못한다’고. 고통이 없고 고통을 알지 못한
다면 무엇을 원할 일도 없는 것이다.

　결국 고통은 생의 알맹이, 핵심이며 인간을 존재케 하는
생명의 불이다. 따라서 문학의 중심 주제는 고통이며 그것을
밝히고 증언하면서 그 고통에서 희망 또는 해답을 끌어내는

고통의 미학이라고 말할 수 있다.

문학이 고통을 수용하는 두 길

문학(인간)이 고통을 수용하는 데 있어서 두 가지 경우를 볼 수 있다. 그 하나는 인간 환난의 고통을 절대자의 섭리나 시련 또는 숨은 계획으로 볼 때 인간은 그 부르심에 "예"하는 응답으로, 즉 긍정으로 고통을 수용하게 된다. 가령 『죄와 벌』에 나오는 소냐의 세계가 바로 그 같은 긍정적 수용의 전형일 것이다. 소냐는 가난의 궁지에서 자신에게 지워진 가족 부양이라는 고통을 받아들여 밤거리에서 몸을 판다. 그러면서 노파를 살해한 라스코리니코프의 고통까지도 함께 짊어지고 마리아적 사랑으로 그를 회심시키고 구원하기 위해 시베리아 유형의 길을 함께 떠난다. 이렇게 고통을 신의 섭리 또는 시련으로 받아들이는 길이 있다.

그와 반대로 신의 존재를 부인할 때 고통은 구원을 위한 신의 소명이 아니고 단순한 악이 되며 인간은 그 악인 고통에 대하여 "아니다"라는 부정으로 반항하게 된다. 반항은 또 다른 고통을 자아내고 끝없는 반항은 끝내 절망과 죽음으로 끝나게 되거나 아니면 도피와 타협으로 전락하게 되고 만다.

인간이 고통에서 자유로워질 수 있는 길은 전자인 그리스 도적 긍정의 자유와 후자인 사르트르적 부정, 반항의 자유 두 길이 있다고 생각한다. 오래 전에 읽는 것이라 기억이 희미하지만 사르트르의 희곡작품 『파리』의 주인공 오레스토는 완전한 자유의 행위자로서 아버지를 죽인 암살자에게 복수하기 위해 어머니와 그 정부를 살해한다. 그리고 신들의 왕인 제우스의 명령에 도전한다. 제우스가 노하여 "도대체 누가 너를 만들었느냐?"고 묻는다. 오레스토는 "당신이 만들지 않았느냐. 그러나 당신은 나를 자유로운 인간으로 만든 것이 애초의 잘못이었다"고 대답한다. 제우스는 "나는 너를 나에게 봉사시키기 위해 자유를 준 것이다"라고 하자 오레스토는 "그럴지도 모르지. 그러나 그 자유가 당신에게 반항도 하게 하는 것이다"라고 대답한다. 말하자면 사르트르에게 있어선 인간의 자유는 반항할 때 완성된다고 인식하는 것이다. 즉 사르트르가 이상理想으로 생각하는 완성된 인간은 신 앞에서도 "아니오"하고 부정할 수 있는 인간이다.

이같이 사르트르적 신의 부재론에서 볼 때 신이 존재하지 않는 인간에겐 세계 안에서 허락되지 않는 일은 아무것도 없다는 위험한 사상이 지배하게 된다.

라스코리니코프 역시 신이 존재하지 않기 때문에 인간의 한계상황을 인정하지 않았던 것이다. 그래서 노파를 살해하는 것은 당연한 일로 사회악을, 사회의 기생충을 제거하는 일로 생각했으며 그 일은 자신처럼 모든 능력이 갖추어진 젊은이가 의당 할 수 있고 해야할 일이라고 생각했던 것이다. 그러나 노파를 살해한 뒤 그는 곧 인간의 한계상황에 부딪히고 그로부터 마음의 고통을 무수히 치르게 되지만 그 역시 살해동기는 신의 부재에서 오는 인간의 절대권을 행사한 것이다.

문학적 진실 또는 그 정신

　고통을 수용하는 데 있어 우리는 이같이 각기 다른 두 얼굴을 볼 수 있다. 즉 그리스도적으로 고통을 긍정적으로 수용하는 경우와 사르트르적으로 부정하며 반항하는 경우로… 그리고 작가나 시인이 그 어느 경우를 택하느냐 하는 것은 바로 그들이 인생이나 세계에 대해 어떻게 체험하고 인식하느냐에 따라 결정될 것이다. 하여 문학인이 자신의 삶이나 사회 또는 세계의 불행, 고통과 얼마만큼 깊이 대결하고 싸워나감으로써 다시 말하여 수용해냄으로써 그 고통으로부터 희망이나 해답을 끌어내고 그럼으로써 자유로워질 수 있느냐 하는 것이 바로 문학정신이며 문학적 진실이라 생각한다.
　전에 어디선가도 언급한 바 있지만 미국에 귀화한 영국의 금세기 최고의 시인 중 한 사람인 W. H. 오든은 '죽지 않기 위해선 우리는 서로 사랑해야 한다'고 말한 성공적인 시의 한 구절을 출판된 시집 속에선 삭제해 버렸다고 한다. 이유를 묻는 동료 친지들에게 오든은 이같이 대답했다고 전한다. '어차피 우리는 죽어간다'고 죽음이 기정사실이며 운명임을 알고 있는데 서로 사랑하라는 말은 불가능한 말이며 불가능한 말로 호언하는 것은 시적 허위며 오만이라고 생각했던 것 같다. 세계 안에 해결할 길 없는 흑백의 문제, 좌우 이념의 문제, 빈부의 격차, 동서간·세대간의 격차 등 풀수 없는 현실문제를 깨달을 수밖에 없었을 것 같다.
　그것은 현실세계에 대한 시인의 내적 인식이 그만큼 가열

하고 진지했기 때문이라고 생각한다. 하여 자신의 성공적인 한 구절이 그토록 온세계 사람들에게 즐겨 인용되고 사랑받았던, 맥 밀란 대통령의 정치 연설에까지 자주 인용되었던 그 한 구절을 잘라내기에 이른 것이다(너무도 유명한 이야기라 모르는 사람이 없지만 글의 내용상 사족으로 붙인 것이다). 말하자면 이같이 문학은 자신의 내적 인식의 고통을 통해 자신의 문학을 창출해 내는 것이다. 그것이 바로 문학적 진실이며 그 진실은 바로 다름 아닌 고통에 대한 인식의 진실성이라 하겠다.

'모든 위대한 걸작은 고통 속에서 나왔다'고 프랑스의 소설가이며 극작가인 로망 롤랑은 말하고 있다. 사실 인간은 세상을 살아가는 데 있어서 누구나 저마다 자기인생의 예언적 책임을 지고 있다고 말할 수 있다. 다시 말하여 인간의 삶에서 크건 작건 또는 의식하건 의식하지 않건 간에 고통은 삶에서 빼놓을 수 없는 부분이고 사는 이상 그 고통과 날마다 동행하면서 어떻게든 희망과 행복에 닿기 위해 스스로 구원의 길을 찾아가는 인간은 누구나 자신의 삶과 세상에 대해 구원을 위한 예언적 사명을 지고 있다고 보는 것이다.

그러한 예언적 사명을 띠고 있는 인간의 미학인 문학은 말할 것도 없이 생의 예언서라 할 수 있다. 예언이란, 단순히 미래를 점치고 내다본다는 뜻이 아니라 자신의 믿는 바를 실현하기 위해 죽음을 무릅쓰고 나가는 선구적 의인, 선구적 의지를 뜻한다. 한 시대나 삶의 고통을 수용하는 문학이 그같은 예언적 사명을 지고 있다함은 바로 삶이나 사회 또는 시대가 안고 있는 고통을 규명하고 그 시대가 범하는 갖가지

악과 불행을 밝혀냄으로써 보다 밝은 내일, 미래의 행복과
선으로 이끌어가야 할 이른바 구원의 사상에까지 닿아있지
않으면 안 된다는 뜻이다. 하여 이 시대야말로 문학은 적어
도 인간의 악과 고통이 밝혀지고 구원으로 이어지지 않으면
안 되며 그 밖의 어떠한 화려한 수식이나 아름다운 요설 등
은 무미하지 않는가 생각한다.

이 시대의 문학의 현주소

날마다 일간신문 광고란을 메우는 각종 출판물들이 단순히
활자공해를 넘어 사람의 정신을 소모하고 약화시키며 고통
에 잠깨어 있어야 할 이들을 오히려 달콤한 마취제로 유혹하
여 잠들게 하고 있지는 않은지. 누군가 말하기를 가장 두려
운 것은 무지가 아니라 잘못된 지식이라고 말한 것도 바로
이런 뜻이며 우리 앞에 숱하게 쌓인 잘못된 유해성 광고들로
부터 얼마만큼 참된 문학을 가려내야 하는가도 오늘을 사는
깨어있는 사람들의 중요한 일이라 생각한다.
이렇듯 문학이 지닌 의미와 가치를 아무리 역설한다해도
결국 한편의 시나 소설이 그래도 생활의 구체적인 지침이 되
거나 약이 되는 것은 아니다. 가령 누가 천 편의 애국시를 쓴
다 한들 그 나라 헌법의 단 한 줄도 고쳐지는 것은 아니지만
그렇더라도 우리가 살아간다는 것은 날마다 작은 돌 하나를
쌓아올리는 일을 통해 자신도 세계를 완성하는 일에 협력하

는 일이라고 말한 생떽쥐베리의 말처럼 우리는 자신이 날마다 쌓아올리는 작은 돌 하나라도 결코 잘못 놓여져서는 안된다는 자각과 책임을 가져야 하며, 그러기 위해선 문학은 보다 한시대의 고통이나 희망에 민감해야 한다고 생각하며, 공동의 희망을 찾기 위해 공통분모를 찾아가는 데 최선을 다하고 앞장서 가야한다고 생각한다.

　결국 작품과 독자를 묶어주는 것은 결코 화려한 미사여구나 현학적인 능변이 아니다. 오직 서로가 하나로 공감할 수 있는 고통의 진실한 탯줄이며 그 고통을 통해 어떤 해답이나 희망을 얻어 위안을 받는 일이다. 말하자면 이 세상을 나 혼자가 아니라 누군가와 함께 살아가고 있다는 믿음, 운명공동체적 믿음과 위안을 받았을 때이다. 그것이 바로 이 시대의 참다운 문학의 현주소라고 믿는다.

홍윤숙 시인 약연보

- 1925년 평북 정주 출생.
- 1928년 서울로 이주.
- 1943년 동덕여고 졸업.
- 1944년 경성여자사범 수료, 인천 소화초등학교 부임.
- 1945년 서울대 사범대 수학.
- 1947년~1948년 『문예신보』에 「가을」, 『신천지』에 「낙엽의 노래」 발표, 『예술평론』에 「가마귀」 등 발표로 등단.
- 1949년 한성여상 국어교사 부임, 태양신문 문화부 기자.
- 1958년 조선일보 신춘문예에 희곡 『원정(園丁)』 당선.
- 1962년 제1시집 『여사시집(麗史詩集)』 간행.
- 1964년 제2시집 『풍차』 간행.
- 1970년 상명여사대 출강.
- 1974년 제5시집 『타관의 햇살』 간행.
- 1983년 시집 『사는 법』 간행.
- 1984년 한국여성문학인회의 회장.
- **현재** 예술원 회원.
- **이후 시집** 『낙범놀이』, 『조선의 꽃』, 『마지막 공부』, 『내 안의 광야』 등 14권 출간.
- **수필집** 『하루 한순간을』, 『해질녘 한 시간』(시극) 등 9권 상재.
- **수 상**

  한국시인협회상, 대한민국 문화예술상, 3 · 1문화상, 예술원상 등.

시작과 만남, 그리고 시詩

시인 **황 금 찬**黃錦燦

　내가 소년 시절 처음 만난 잡지는 『아이생활』이었다. 「기독교 서회」에서 발간하는 월간 소년 소녀 잡지인데 잡지 값이 10전이었다. 이 잡지는 내게 친구가 됐고 스승이 되었으며 또한 학교가 된 것이다. 지금 내 나이의 근방에 있는 사람이면 그 『아이생활』의 독자 아닌 사람이 별로 없을 것이다.

　나는 이 잡지를 통해 문학의 꿈을 키웠고, 음악을 사랑하게 되었으며 그림 이야기를 좋아하게 되었다.

　그 잡지를 통해 세계 명작의 이야기를 들을 수 있었고, 그 명작들의 줄임 번역을 읽을 수가 있었다. 가령 『죄와 벌』이니 『부활』이며 『장발장』, 『주홍글씨』 비록 단편적인 소개이지만 그래도 들을 수 있었고 호메로스의 『오디세이』며 또 『사랑의 학교』등 다시 『이녹아든』이며 『에반젤린』 그러한 명작들의 이야기를 우리는 소년시절에 그 『아이생활』을 통해 짧게나마 듣고 알 수 있었다.

어린 시절 나의 시인의 꿈은 그렇게 자라가고 이었다.

그때 일본 사람들이 자기 청소년을 위해 발간하던 잡지 중에 『킹그』라는 잡지가 있었는데 나는 그 잡지의 영향은 별로 받은 일이 없다고 본다.

1929년 문학잡지 『삼천리』가 창간되었다. 하나 우리들에게 참 힘든 잡지였다. 그러나 『아이생활』에서 한 걸음 발전하고 있는 것은 사실이었다.

1931년 『신동아』란 종합잡지가 발간되었는데 그 잡지는 우리들에겐 수준이 높은 잡지였다. 그래도 우리들은 그 『신동아』를 사들고 다녔다.

그 무렵이다. 1932년인가 내 친구의 형님이 나를 부른다고 했다. 그 분은 최규용이라고 했는데 소설 공부를 하는 사람이었다. 나보다는 나이도 많고 공부도 많이 한 사람이다.

내가 찾아갔더니 그 분의 말이 '오늘 아주 유명한 사람을 찾아가는데 같이 가자'는 것이었다.

그 분이 누구냐고 했더니 '최서해'라고 한다. 그 분의 이름을 들은 바 있지만 작품은 읽은 것이 없었다.

최규용이 그 분을 소개한다. '성진' 사람인데 하도 가난하여 부두에서 막노동도 했고 하지만 좋은 소설을 써서 유명한 작가라고 했다.

그 분을 찾아간다는 것이다. 그 유명한 사람을 만난다는 것이 한없이 기쁘고 또 두려웠다. 친구의 형님을 따라간 곳이 어느 허름한 여관방이었다.

무엇인가를 쓰고 있다가 우리를 맞아주었다. 나는 아무 말도 못하고 앉아 있었고 최규용이 열심히 묻곤 했다.

한참 후에 최서해 선생이 "저 소년은 왜 왔는가?"하고 묻는다.

"시를 공부하고 있는 아인데 선생님을 뵙고 싶다고 해서 같이 왔우애라." 최규용의 말이다.

최서해 선생님이 나를 바라보면서 "시 공부 열심히 하나?" "시인되기가 쉽지 않아 시를 열심히 읽고 또 지어보고 해야돼. 결국 얼마나 시 공부를 했느냐가 문제가 되는 것이지." 하신다.

내가 문학가를 처음 만난 기억이다.

나는 그 날의 일을 영원한 기억 속에 두고 있다. 내 시업의 뿌리는 그 날부터 더 깊게 자리했는지 모른다.

1935년에 『조광』이란 교양 종합지가 발간되었다. 조선일보에서 발간하는 잡지다. 정확하진 않지만 그『조광』의 값이 70전이 아니었던가 생각한다.

내가 친구로 스승님으로 학교로 여기는 잡지는 『아이생활』, 『삼천리』, 『신동아』, 『조광』 등이다. 『중앙』이란 교양지가 한두 번 출간되었다가 곧 폐간되고 말았다. 앞에 이야기한 잡지들은 내게 참으로 스승과 사전의 은혜를 베풀고 있었다. 하지만 『신동아』나 『조광』은 한자가 많이 섞여 있어서 나와 같이 한자를 배우지 못한 사람에겐 여간 큰 고통이 아니었다. 모르는 글자가 수도 없이 많았는데 그 글자 한자 한

자를 자전이나 아니면 옥편을 찾아야 했으니 그 고생이 얼마나 컸을까. 그러면서도 밤을 새워가며 글자를 찾고 작품을 읽곤 했다.

『조광』 36년 어느 달호라고 생각된다. 많은 사람들이 쓴 글 중에서 큰 제목으로 '그때 그 못 잊을 항구' 이런 제목 안에 알려진 사람들이 자기 기억 속에 두고 잊지 못하는 항구를 기행문체로 쓴 글이다. 그 글을 읽고 나는 수도 없이 마음을 열곤 했다.

나도 시인이 되면 이런 항구를 찾아가 사랑의 그물을 던지리라 생각했다. 작품이 아닌 어떤 기사를 읽고 잊지 못하는 독자가 있다면 그것은 선하고 아름다운 일이 아닐 수 없다. 지금도 잊지 않고 마음에 간직하고 있는 것은 여러 가지 잡지들에서 읽고 얻은 기사들이다.

내가 좋아하고 사랑했던 여러 잡지들은 나의 종합대학이 틀림이 없었다.

지금은 기억이 잘 나지 않는다. 아마도 1935년 아니면 1936년이었을 것이다. 작가 김동인 선생이 나라 안 몇 도시를 돌며 야담(역사이야기)을 하는데 내가 사는 곳 함경북도 '성진'에도 온다는 소식을 들었다.

그 분은 성진 극장에서 입장료를 받고 강연을 했는데 그날은 돈이 없어 그곳에 가지 못하고 소식만 들었다.

그 다음날인가 고동제가 와서 김동인 선생이 들어 있는 여관을 알고 왔으니 저녁때 거기 찾아가서 김동인 선생님을 만나 보자고 했다.

그날 밤 지금으로 말하자면 8시나 되었을까. 우리는 무작정 찾아갔다.

그때 우리들의 나이 18이나 19세였을 것이다. 여관 문을 열고 들어서자 우리에겐 낯선 사람들이 앉아 있다가 일어서며 "저희들은 가겠습니다."하며 더러는 가고 또 두 명인가는 도로 앉으며 우리들에게 앉으라고 권한다.

"나를 왜 만나려고 하는가?"

김동인 선생의 말이다. 고동제가 "선생님 저희들도 문학을 하려고 마음 가지고 있습니다. 하지만 촌이 되어서 문학이야기 한 번 들을 때가 없습니다. 그래서 높으신 선생님을 찾아 왔습니다."했다.

"문학은 꼭 스승이 있어야 되는 것은 아니지. 스승 없이 혼자도 할 수 있는 것이 역시 문학이지. 그래 소설가가 되기를 원하는가, 시인이 되기를 원하는가?"

내가 대답했다.

"저희들은 시인이 되려고 노력하고 있습니다."

"그렇지 문학은 역시 시지. 시가 좋은 문학이야. 공부하는 젊은이들 시는 많은 노력과 긴 시간을 원하고 있지. 물론 알고들 있겠지만, 그리고 자기가 읽은 책은 자기 나이와 정비례한다는 말이 있지. 좋은 시를 써서 나라에 빛이 되기를 바라는 바요."

우리는 위대한 스승님 앞에서 천상의 강의를 듣고 있었다.

김동인 선생님이 다시 말씀을 시작한다.

"젊은이들, 나라의 역사공부를 많이 해야 하네. 역사를 모르면 세상을 모르고 역사에 눈을 뜨면 세상이 보이지. 문학도 자기 나라의 역사를 알고 해야지.”

나는 김동인 선생에게서 배우고 얻은 것이 참으로 많았다. 그리고 그 당시 성진 같이 멀고 외진 곳에서 그런 선생님을 만난다는 것이 참으로 꿈 같은 일이었다. 나는 다시 선생님께 역사를 배우려면 어떤 책이 좋겠느냐고 했더니, 김동인 선생님은 “잘 쓰진 못했지만 내가 쓴 『아기네네』라는 책이 있지. 한번은 읽어볼 만할 거야.”

그 후에 나는 그 책을 사랑하는 책으로 두고 읽었다.

성진은 큰 도시이지만 서울에서 멀고 외진 곳이라 그때 당시엔 서점도 별로 없었다. 작은 서점들은 여러 개 있었지만 대개 일본서적을 팔고 있었다.

고동제와 나는 일 주일이면 두세 차례씩 그 서점에 들르곤 했다. 어느 날 서점 주인이, 이번에 『문장』 잡지가 새로 창간되는데 그 기대가 클 것이라고 했다.

『삼천리』, 『신동아』, 『조광』, 그리고 『소년』들을 그 서점에서 취급하고 있는데 또 한 식구가 늘겠다고 하며, 큰 소리로 웃었다.

드디어 『문장』이 왔다. 모두 187장, 정가는 40전이다. 발간 날짜는 1939년 2월이다.

표지화는 수선화에 제자와 같이 추사 김정희의 ‘필적집안’으로 되어 있고 커트는 김진섭, 김용준이고 주간은 이태준으로 되어 있었다.

창작소설엔 이광수의 「무명」 중편, 유진오의 「이혼」 단편,

이효석의 『산정』, 이태준의 『영월영감』, 시엔 월탄, 김상용, 모윤숙, 임화, 이양하이고, 수필엔 김동인, 김진섭, 최정희, 고유섭, 박윤진, 송석하였다.

『문장』이 우리들에게 가장 큰 희망을 주는 것은 추천원고 모집이다. 이것은 우리의 꿈이었다. 우리는 당장 시인이 된 것 같은 느낌이다.

> 추천작품 모집
> 시조 이병기, 시 정지용, 소설 이태준
> 추천작품은 당선작품으로 인정하고 본지에 게재하며 기성작품과 동등한 고료를 지불함(기성작가로 인정함).

마치 하늘이 갈라지면서 태양이 우리 가슴으로 떨어지는 것 같았다.

고동제와 나는 지금 마치 시인으로 등단이라도 한 것처럼 기뻐했다.

둘이 마주 앉으면 『문장』지 이야기로 꽃을 피웠다.

우리는 곧 투고하기로 하고 추천된 사람들의 작품을 대하는 것을 먼저하기로 했다. 그러나 기다리는 것이 지루한 것 같아 먼저 투고하기로 했다.

추천 작품들이 실리기 시작했다. 우리는 크게 놀랐다. 추천 시인들의 작품이 우리들의 작품에 비해 크게 앞서 있었기 때문이다. 나는 몇 번 투고한 것을 크게 후회했다. 나와 같은 수준의 작품으로는 감히 꿈도 가질 수가 없다고 생각했기 때문이다.

특히 박목월, 조지훈, 박두진, 이한직 이들의 작품을 따라가려면 좀더 깊고 크게 수련을 해야 되겠다고 생각했다.

1940년엔 일인들이 소위 창씨개명이라고 이름짓고 우리들의 성과 이름을 일인들의 성과 이름으로 창씨개명을 했다. 그것은 우리 민족에게 하늘이 무너지고 땅은 꺼지는 슬픔과 통분이었다.

그 일을 직접 당해 보지 않은 사람은 그 통분의 심정을 짐작할 수도 없을 것이다.

고동제는 성진에 있고 나는 일본으로 갔다. 『문장』지는 고동제가 사서 내게 보내주고 있었다. 일본에 있으면서도 추천의 원고는 몇 번 보내기로 했으나 그때 내가 나를 잘 모르고 있었던 것 같았다. 고동제도 추천의 영광은 누리지 못하고 말았다. 1941년 소위 내선일체라 하여 일인들은 '한 나라에 두 개의 말이 있을 수 없다', '두 개의 글자가 있을 수 없다', '두 개의 역사가 있을 수 없다'고 하여 우리 신문과 모든 잡지를 다 폐간시키고 말았다. 단, 이런 경우 일본말과 일본글로 발간하는 것이라면 계속 발간할 수 있다는 것이다. 그래서 같은 해 창간이 된 『문장』과 『인문평론』은 폐간되고 『일문평론』은 그대로 존속하였다.

말과 글이 없어졌다. 우리 민족의 하늘은 무너지고 땅은 비통하여 울고 있었다. 문학을 꿈꾸고 있던 젊은이들은 머리를 들어 하늘을 볼 수도 없었다. 모두 큰 한숨 속에서 갈 길을 묻고 있었다.

1943년 여름이라고 생각된다. 아시아 문학인 대회가 동경에서 열렸다. 우리 나라에서 3인의 대표로 왔었다. 박영희, 유진오, 이광수 그렇게 3인이다.

그들은 신교에 있는 제1호텔에 들어 있었다. 나는 대회 이틀째 되던 날 저녁에 이광수를 만나러 호텔을 찾았다. 이광수는 없었다. 그래 유진오의 방을 찾았다. 조금 후에 박영희가 찾아왔다. 그래 두 분을 같은 자리에서 만나게 되었다. 나는 그분들에게 우리말과 글이 다 없는데도 글을 쓸 수 있겠느냐고 했더니 나는 글을 쓰지 않겠다고 했다. 유진오는 "내가 일본말을 잘 하지만 일본인은 못 당한다. 말에 지고 글에 지는데 어떻게 글을 쓰겠느냐."는 것이다.

이광수를 찾아갔다. "선생님 안녕하십니까?"하고 인사를 드리자 "어서 들어오시오."하고 문을 닫는다. 무슨 일로 왔느냐고 묻는다. "저는 문학지망생입니다. 말씀 드리고 싶어 왔습니다.…" 했다. "많은 이야기는 줄이고, 학생 내 이야기를 들으시오. 내가 매일 하는 일은 일기처럼 일본말로 글을 써서 하루나 이틀에 한 번씩 일본경시청에 제출해야 하는 겁니다. 내 생활이 그렇습니다. 하지만 오늘 학생과 만나서까지 일본말로 할 수는 없지 않겠느냐"고 하면서 "오늘은 우리끼린데 어찌 일본말을 쓰겠는가, 그러나 나를 만나 우리말로 이야기를 했단 말은 어디 가서도 하지 말아라. 그러면 학생에게 어려운 일이 닥치게 된다"고 했다.

(다른 말은 다 줄이고)"우리는 지금 말과 글을 다 잃었습니다. 이럴 때 우리는 어떻게 해야 합니까? 남의 말을 사용

해서라도 문학을 해야 합니까? 아니면 붓을 꺾어버리고 어떤 날이 올 때까지 기다려야 합니까?"

작가들이 소설이나 시를 쓴다는 것은 자기 말과 자기 글로 자기 생각을 쓰는 것이지. 이것이 어떤 힘에 의하여 자기 말과 글자를 빼앗기게 될 때 그때 작가나 시인은 어떤 위치에 설 것인가, 말과 문자는 빼앗을 수 있겠으나 그의 생각은 빼앗을 수가 없고 '그가 어느 나라 사람이다'라는 것은 절대로 빼앗을 수가 없다. 세상에는 그러한 예가 수없이 많다 (예로 든 말은 생략함). 다 빼앗아도 '그가 어느 나라 사람이다'까지는 못 빼앗는다, 는 대답을 들었다.

그가 내게 준 명함은 고친 이름이 아니고 이광수란 명함이었다.

1943년 12월에 나는 고향으로 돌아왔다. 강원도 양양 화일리에서 원자탄이 히로시마에 떨어졌다는 소식을 들었다.

1945년 8월 6일 이날부터 우리에겐 하늘의 광명이 다시 찾아들게 되었다.

그날 나는 시 한편을 썼다. 그것이 시든 아니든 간에 나로서는 그럴 수밖에 없었다. 8월 9일에 다시 원자탄은 나가사키에 투척되었다.

조국의 광복과 독립, 6 · 25, 그 과정을 거치면서 우리의 시는 크게 혹은 작게 발전하였다. 그러나 아직도 우리 시는 더 크게 비약해야 한다.

이 길을 위해 독자와의 거리를 갖지 말아야 한다. 이 땅에는 시의 독자 되기를 원하지 않는 사람이 아주 많다.

여기에서 시가 독자들에게 배당시키는 혜택은 무엇인가? 어색한 답이 될지 모르겠으나, 시와 독자 사이에는 공리성公 利性이란 말이 성립된다.

시작품도 읽는 독자에게 어떤 이익을 주어야 한다. 이 점에 있어서 시는 독자에게 3가지의 이익을 주게 된다.

한 가지는 언어의 순화이고
한 가지는 정서의 정화이고
한 가지는 생활의 예지이다.

이것이 시작품이 독자에게 주는 공리가 되는 것이다. 시인이 크고 깊게 생각해야 할 일은 독자에게 그들이 바라는 것이 무엇인가를 생각하면서 시작활동을 하는 것이다. 여기에서 본인의 졸작 한 편을 소개하며 시인의 지혜롭지 못한 구름을 내 키만큼 높이에 띄워 본다.

별과 고기

밤에 눈을 뜬다.
그리고 호수 위에
내려앉는다.

물고기들이
입을 열고

별을 주워 먹는다.

너는 신기한 구름
고기 배를 뚫고 나와
그 자리에 떠 있다.

별을 먹은 고기들은
영광에 취하여
구름을 보고 있다.

별이 뜨는 밤이면
밤마다 같은 자리에
내려앉는다.

밤마다 고기는 별을 주워 먹지만
별은 고기 뱃속에 있지 않고
먼 하늘에 떠 있다.

졸작이긴 하지만 내 시라서가 아니고 그래도 읽어보라고 권하고 싶은 작품이다.

아메리카의 비극 작가 드리이저는 그 작품 제일 앞에 3욕이란 말을 썼는데, 사람은 그 3욕을 버리라고 한다. 1. 금욕金欲, 2. 권력, 3. 섹스욕, 이것이 욕심으로 커지면 그것으로 인해 국가가 망하고 사람도 망한다고 했다.

시 독자에게는 시가 무엇인지를 이해시켜야 한다. 시가 무엇이냐고 했을 때 시인 각자가 자기대로 시의 정의를 내리고 있다. 이 경우는 한 가지로 통일시킬 수는 없다. 천 명이면 그 정의도 천 가지로 내릴 수 있을 것이다.

이 시적 정의에 따라 독자를 좌우할 수 있으리라.

사람에게는 선과 정의를 위한 나라가 있고 또한 악과 추를 위하는 나라가 있다. 이 두 나라는 모두 한 사람의 마음속에 있다. 이 두 나라는 언제나 어디서나 싸우게 된다. 그 싸우는 전사는 천사와 악마다.

그들이 싸움에 사용하는 무기는 둘 다 언어다. 즉 말의 무기다. 이 무기는 세상 모든 무기 중에서 가장 무서운 무기다. 대개는 싸움에서 천사가 승리하게 된다. 이것이 인류의 평화요, 사람의 행복이다. 간혹 악마가 승리하는 경우도 그리 적진 않다. 이것이 평화를 해치는 전쟁이요, 질병, 살인 불행이다.

천사가 사용하는 지혜의 전술을 시詩라고 한다. 이 전술을 배우지 못하면 인류의 평화나 인간의 행복은 오지 않는다. 악마의 전술도 시다. 하나 그것은 평화나 행복을 위한 것이 아니고 악마세계의 음성이나, 윤리와 도덕을 파괴하고 악마 세계의 헌법을 호도하려는 것이다. 그들 시는 어떤 모습으로 형상화되어 있는가. 호랑이의 이빨 같은, 사자의 꼬리 같은, 악마의 칼날 같은, 원숭이의 콧구멍 같은, 그러나 지혜의 전술의 형상화는 향기의 꽃잎 같은, 어머님의 음성 같은, 천사의 입술 같은, 가을 구름 같은, 선과 미는 하나이고 악과 추도 하나이다. 이제 앞으로의 시는 절대 선하고 아름다워야 한다.

황금찬 시인 약연보

- 1918년 강원도 속초 출생.
- 1951년 시동인 〈청포도〉 결성해 활동.
- 1953년 『문예』와 『현대문학』을 통해 정식 등단.
- 이후 중·고등학교에서 33년간 교사로 재직했다.
- **주요 작품**

『현장』, 『5월의 나무』, 『오후의 한강』, 『구름과 바위』, 『나비제』, 『보석의 노래』, 『떨어져 있는 곳에서도 잊지 못하는 것은』, 『물새의 꿈과 젊은 잉크를 쓴 편지』, 『겨울꽃』, 『구름은 비에 젖지 않는다』, 『오르페우스의 편지』, 『별을 찾아서』, 『행복을 파는 가게』, 『옛날과 물푸레나무』 등 2001년 7월 현재까지 30여 권의 시집을 발표. 이외에 『행복과 불행 사이』 등 15권의 수필집도 냈다.
- **수 상**

월탄문학상, 한국기독교문학상, 대한민국문학상, 서울시문화상, 대한민국 문화예술상 등.
- **현 재**   해변시인학교의 교장으로 활동.